황봉구 시인의 중국역사 문화기행

떵나라 뒷골목 60일간 헤매기

명나라 뒷골목 60일간 헤매기

지은이 | 황봉구
펴낸이 | 양해경
펴낸곳 | 학민사

등록번호 | 제10-142호
등록일자 | 1978년 3월 22일

주소 | 서울시 마포구 대흥동 150-1번지(121-809)
전화 | 02-716-2759, 702-3317
팩시밀리 | 02-703-1494~5
홈페이지 | http://www.hakminsa.co.kr
이메일 | hakminsa@hakminsa.co.kr

1판 1쇄 발행 | 2006년 9월 15일
1판 2쇄 발행 | 2007년 8월 30일

ISBN 978-89-7193-175-2(03820), Printed in Korea

명나라 뒷골목 60일간 헤매기

책 머리에

지난 2001년 『아름다운 중국을 찾아서』를 펴낸 지 벌써 5년의 세월이 흘렀다. 그 동안 정치적인 문제로 우리에게 닫혀 있던 중국 대륙은 개혁과 개방의 물결이 넘실대고 있었고 그들이 공개한 역사유물들은 한 마디로 놀라움 자체였다. 역동적인 움직임은 물론이고 우리 전통문화와 맥을 같이하고 있는 그들의 문화유산은 거대한 충격과 감동으로 다가섰다.

하지만 광대한 영토와 유구한 역사의 잔재들을 짧은 기간 내에 모두 섭렵한다는 것은 불가능한 일이었다. 결과적으로 북경의 자금성이나 이화원, 산서성 태원과 평요 고성, 서안의 진시황릉을 비롯한 수많은 유적지들, 하남성 정주와 개봉, 사천성 성도와 중경 그리고 장강의 삼협과 양주 소주 상해 항주 등, 모두에게 잘 알려진 곳들을 주마간산으로 여행하는데 그치고 말았다.

당시 여행을 하며 나는 중국의 문화유산에서 우리 전통문화의 원류를 발견할 수 있었고, 동시에 일본을 포함한 동아시아가 공통으로 지니고 있는 문화와 예술의 근본요소들을 인지할 수 있었다. 그러나 한두 차례의 여행을 통한 글쓰기는 한계가 있어 못내 아쉬움이 남던 터다.

오래 전부터 한국의 전통적 미는 무엇일까 하는 궁금증을 풀기 위해 여러 가지 자료를 수집하고 있었는데 언제나 부딪치는 과제는 중국과의 관계였다. 중국과 공유하고 있는 미적 요소는 무엇이며 또한 우리 나름대로 특성을 지니고 발전시킨 것들은 무엇일까 하는 문제는 결국 중국을 자세히 보아야 한다는 결론으로 이어지고, 이를 빌미로 다시 두 달여에 걸친 중국여행을 단행하였다.

이번 여행은 사람들에게 그리 잘 알려지지 않은 곳을 택하였다. 중국의 전통문화와 예술유산을 답사하다 보니 결국 우리가 찾은 곳은 하북성 석가장 일대, 태원의 진사, 호북성 무당산과 삼국지 무대인 형주, 자연유산으로서 장가계와 황산, 장강을 따라 내려오며 화중지방에 흩어져 있는 무수한 예인들의 묘소나 사당 또는 기념관이나 누각, 특히 안휘성과 강서성 일대에 산재한 명청 시대의 고촌락, 절강성의 수향이며 예향인 소흥 등이었다.

아울러 북경, 산서, 하북, 하남, 호북, 형주, 호남, 강서, 무원, 경덕진, 황산, 상해, 항주, 소흥 등지의 박물관들도 빼놓을 수 없는 목적지가 되었다. 북경의 이화원, 원명원, 자금성 그리고 열하의 여름별장 등도 다시 방문을 하였으나 그 하나하나가 책 몇 권을 이루어도 기술하지 못할 정도의 깊이를 지니고 있어 지난 번 책에 이어 또 손도 대지 못하고 말았다.

이번의 문화기행은 먼저 나온 책과는 달리 중국의 장구한 예술문화를 빛내고 있는 예술가들의 삶과 작품들, 우리 전통건축의 연원이라 할 수 있는 중국의 고건축군들 그리고 우리의 어느 종가를 연상시키는 명청 시대의 고촌락에 아직도 생생하게 남아있는 건물과 조각들의 예술적 아름다움 그리고 유교문화 등을 중점적으로 기술하였다. 태원 진사와 도교의 성지인 무당산 일대 그리고 장가계의 신비스러운 자연도 자세히 설명하려 노력하였다.

그러다보니 여행기라 해도 딱딱한 내용이 더러 없지 않다. 하지만 우리 문화의 정체성을 탐구하기 위한 참고자료라는 측면에서 많은 관심을 기울여 주었으면 한다. 모자라는 글임에도 선뜻 나서서 책을 발간한 학민사 김학민 사장과 양기원 편집장에게 깊은 감사를 표하며 독자 여러분이 중국을 여행할 때 조금이나마 도움이 된다면 고마운 일이다.

명나라 뒷골목 60일간 헤매기

차례

華北 황토 위의 옛 숨결

01 **석가장**石家莊**과 정정현**正定縣 … *10*

융흥사隆興寺 · 12 | 임제사臨濟寺 · 20

02 **조주**趙州 **백림사**柏林寺**와 진제선사**眞際禪師 **종심**從諗… *24*

03 **태원**太原 **진사**晉祠 … *29*

04 **정주**鄭州 **하남박물원**河南博物院**과 상성**商城 **유허지**遺墟址 … *40*

05 **숭산**嵩山 **소림사**少林寺 … *50*

06 **호북성**湖北省 **양번**襄樊 … *55*

양번襄樊 가는 길 · 55 | 고륭중古隆中 · 61 | 미공사米公祠, 양양고성襄陽古城 · 68

湖南北 道敎 聖地 武當山 그리고 자연의 신비 張家界

01 **무당산**武當山 … *78*

태자파太子坡, 자소궁紫霄宮 · 78 |
남암궁南岩宮 그리고 도교道敎의 진무대제眞武大帝 · 91 |
태허궁太虛宮, 천주봉天柱峰 금전金殿 · 98 |
옥허궁玉虛宮, 우진궁遇眞宮, 현악패방玄岳牌坊 · 112

02 **형주**荊州 … *121*

형주고성荊州古城, 형주박물관荊州博物館, 기남고성유지紀南古城遺址 · 127

03 **장가계**張家界 … *137*

무릉원구武陵源區와 황룡동黃龍洞 · 137 | 황석채黃石寨 · 142 |
금편계金鞭溪, 원가계袁家界 · 148 | 오룡채烏龍寨 · 156 |
천자진天子鎭, 상식현桑植縣, 구천동九天洞 · 160 |
천자산天子山, 하룡공원賀龍公園, 십리화랑十里畵廊 · 165

04 **봉황**鳳凰 … *172*

華中 長江에 흐르는 예술정신

01 **장사**長沙 … *184*
마왕퇴馬王堆, 호남성박물원 · 184 | 악록서원嶽麓書院과 소상팔경瀟湘八景 · 191

02 **두보묘**杜甫墓 … *203*

03 **굴원**屈原 **– 굴자사**屈子祠 … *212*

04 **악양루**岳陽樓, **동정호**洞庭湖 **군산도**君山島 … *225*

05 **무한**武漢 … *237*
황학루黃鶴樓 · 237 | 고금대古琴臺 · 248 | 호북성박물원湖北省博物院 · 258

06 **남창**南昌 … *270*
등왕각滕王閣 · 272 | 팔대산인八大山人 · 281

07 **여산**廬山 … *299*
삼첩천三疊泉 · 303 | 수봉秀峰과 황암폭포黃岩瀑布 · 313 |
백록동서원白鹿洞書院 · 319 | 도연명陶淵明 · 327

江南 찬란했던 明淸의 榮華

01 **휘주**徽州 … *342*

02 **휘주**徽州 **무원**婺源 … *350*
이갱李坑–소교유수인가小橋流水人家 · 352 |
왕구汪口 유씨종사俞氏宗祠–강남제일사江南 第一祠 · 363 |
강만江灣 소강대종사蕭江大宗祠 · 374 | 상하효기上下曉起–고생태녹주古生態綠洲 · 378 |
연촌延村, 그리고 사계思溪 · 383 | 청화진淸華鎭 채홍교彩虹橋 · 390 |
양춘陽春 고희대古戲臺 · 394

03 **휘주**徽州 **황산시**黃山市 … *405*
둔계屯溪 노가老街 · 405 | 굉촌宏村 · 411 | 서체西遞 · 419 | 당월棠樾 · 429 |
당모唐模 · 436 | 잠구민택潛口民宅 · 440 | 정감呈坎 · 444 | 황산黃山 · 447

04 **소흥**紹興 … *455*
노신魯迅 기념관 · 461 | 심씨원沈氏園 · 465 |
서위徐渭–청등서옥靑藤書屋, 그리고 난정蘭亭 · 471

華北

황토 위의 옛 숨결

01

석가장石家莊과 정정현正定縣

날이 덥다. 기온이 35도를 오르락내리락하고 있다. 우리는 북경을 뒤로 하고 열차에 몸을 싣는다. 떠나기 전 북경에서 역사박물관을 들러 '내몽고요대遼代문물정화전'과 '당대唐代문물전'을 열람한 터였다. 특히 契丹(거란)왕조의 문물을 전시한 요대 문물정화전은 우리에게 시사하는 바가 크다. 유목민들의 당시 문화수준이 얼마나 높았는 지의 여부를 떠나 그들의 문화에서 우리는 우리의 숨결을 완연하게 느낄 수가 있었다. 마치 신라의 문물전을 열람하는 듯 하였으니 말이다. 아무래도 우리는 북방유목민계열의 문화에 속하는 것 같다.

새로 지은 북경서참이 웅장하다. 현대식으로 지었지만 순전히 자기들식, 그러니까 중국식으로 만들었다. 열차는 제법 쾌적해서 냉방도 나오고 그런 대로 기분이 좋다. 간선을 운행하고 있는 열차의 설비와 서비스가 상당한 수준이다.

석가장石家莊까지는 2시간 40분이 소요된다. 화북평원이 드넓게 펼쳐진다. 끝없는 벌판의 연속이다. 옥수수 밭이 계속되고 벼농사를 짓는 논은 거의 보이지를 않는다. 철로변에는 포플러나무가 보이고 저 멀리 들판에도 보이느니 포플러뿐이다. 건조한 지대라 가뭄에 강하고 또 빨리 자라는 탓이다. 그래도 마을 주변에는 오동나무도 보이고 자귀나무꽃도 피어 있다. 싸리나무도 틈틈이 보인다. 소나무 관목도 눈에 띈다. 반갑다. 옥수수 밭이 끝나면 그 다음에는 낙화생, 그러니까 땅콩밭이 한없이 나타난다. 마을에 드문드문 버짐나무도 큰 몸체를 드러낸다.

저녁 무렵 석가장에 도착한다. 북경에서 그리 멀지 않은 남부에 자리잡은 대도시이지만 한 눈에 북경보다 외진 곳이다. 중국은 빠른 속도로 발전하고 있는 나라여서 지역간 격차가 상당이 크다. 번잡한 도시를 벗어나 우리의 목표인 정정현正定縣으로 이동한다. 석가장의 북쪽에 위치한 조그만 도시이지만 개발이 한창이어서 길을 모두 뒤집어 놓고 있다. 먼지투성이다. 제법 큰 호텔인데도 모습은 허름하기 짝이 없는 호텔로 들어선다.

저녁은 시골식당에서 먹는다. 꽤나 너른 음식점이다. 몽고화과蒙古火鍋를 주문한다. 문자 그대로 몽고식 냄비탕이다. 2년 전 중경重慶의 '청화대주루淸華大酒樓'에서 먹었던 사천화과四川火鍋가 생각난다. 중경의 이름난 요리다. 몽고화과의 주냄비는 두 부분으로 나뉘어지는데 마치 태극무늬 모양이다. 한쪽은 매운 맛이고 다른 한쪽은 매운 향료를 안 쓴다. 태극무늬로 나눈 것도 다 의미가 있나보다. 매운 것은 양이요 그렇지 않은 부분은 음이라. 손님은 각자의 기호에 따라 선택한다. 양쪽 탕 모두 무진장의 통마늘이 들어가 있다. 수저로 휘저으면 걸리는 통마늘이 얼마나 많은지 기절할 정도다. 마치 냄비를 마늘로 채운 것 같다. 얇게 썬 생강도 보인다. 약초도 들어 있는데 이름도 알 수 없고 종류도 많다. 향신료다. 끓는 탕을 보니 물은 안 보이고 온통 기름이다. 언제인가 다른 곳에서 호기심이 발동하여 기름을 걷어내기 시작하였는데 하도 많이 나와서 포기한 적이 있다. 몽고화과도 다를 바가 없다. 우리의 전골 요리처럼 날것의 재료가 푸짐하고 먹음직스럽게 제공된다. 양고기와 갖가지 채소를 먹는 사람이 선택하여 양을 조절하며 먹는다. 양고기는 소비양小肥羊이다. 어린 양고기가 얇게 저며져 있다. 마치 우리의 차돌백이같다. 상추 배추 등이 보이고 목이버섯도 있다. 두부도 푸짐하다.

특이한 것은 우리처럼 국수나 라면사리가 아니고 '몽고관분조寬粉條'라는 사리가 나오는데, 일종의 전분 당면이다. 얇고 넓적한데 딱딱하지만 집어넣으면 그냥 흐물흐물해진다. 투명한 색깔이지만 부드럽고 맛이 매우 좋다. 술이 없을 수 없어서 이과두주二鍋頭酒 조그만 놈을 시킨다. 도수는 55도다.

첫 날 밤은 그렇게 지나간다.

융흥사隆興寺

날씨는 맑지만 일기예보는 35도다. 아침해는 점심을 지나면 흐릿해진다. 뜨거운 열기로 대지에서 솟아오르는 아지랑이로 운무가 생기고 해를 가린다. 그림자도 점차 사라진다. 해는 떠 있고 날이 맑은 것이 분명한데 서 있는 내 그림자가 없다.

첫 번 째 발이 놓인 곳은 융흥사隆興寺다. 첫눈에 큰 가람임을 알겠다. 양쪽 기다란 담벽 한가운데 정문이 보인다. 천왕전天王殿이다. 북송 때 지어진 건물이라니 꽤나 오랜되었다. 우리의 사찰과 달리 이들은 가람 전체를 언제나 담장으로 둘러쳐 구획을 짓는다. 평원이기 때문에 어쩔 수 없을까. 우리의 사찰은 열려져 있다. 산을 담장 삼아 두르고 그저 절로 들어감을 알리는 당주와 일주문만이 사찰 구역에 들어섬을 알린다. 하지만 우리 삼국시대에는 전반적으로 중국처럼 대칭형 가람을 세우고 가장자리는 담장으로 막았던 것으로 생각된다. 신라 감은사지를 보아도 그렇

융흥사

고, 황룡사도 그러했으며, 백제의 미륵사도 마찬가지다. 고려시대를 거쳐 조선에 이르러 불규칙한 가람 배치가 등장한다.

앞을 가로막은 육각육사전六覺六師殿을 지나니 전체 가람이 웅장하게 보인다. 괴槐목과 향나무가 이중 대칭으로 늘어선 끄트머리에 정면으로 마니전摩尼殿이 장엄하게 보인다. 어디선가 많이 본듯한 모습이다. 어디서 보았을까. 우리나라의 궁원 건축같기도 하고 오래 전에 여행을 한 일본의 나라나 교또에서 본 건물같기도 하다. 지붕의 곡선을 보면 창덕궁이나 경복궁 건물같기도 한데, 앞에 튀어나와 솟아오른 새끼지붕을 보니 아무래도 일본의 건축물들에 더 가까운 듯하다. 이층 구조로 된 건물의 아래층 앞면에 보이는 새끼지붕은 중국에서는 옥산屋山이라 부르기도 한다. 일본에서는 옥산이 뾰족한 경우보다 둥그렇게 만들어진 것이 더 많다. 하지만 이 또한 태원太原에 있는 진사晉祠의 건축군建築群에서 그 원형을 찾아볼 수가 있다. 마니전은 북송北宋 1052년에 지어지고 중국에서도 가장 오래된 건축의 하나라 한다. 그 건축의 형태가 시사하는 바가 크다. 우리나라나 일본의 건축물들의 원형이 아닐까. 건물 자체는 정확한 대칭형의 직사각형이다. 중국의 건물이 늘 그렇듯이 앞으로 들어가서 뒤로도 나올 수 있도록 설계되어 있다. 중앙에는 물론 불상이 모셔져 있다. 불상을 참배하고 벽 사면에 설치된 조각이나 그림들을 보고 다시 자연스레 걸음을 옮기면 뒷문으로 나오게 된다. 우리와 다른 점이다.

지붕을 찬찬히 뜯어본다. 첫눈에 보이는 것이 우선 치미鴟尾다. 용마루 양쪽 끝에 두 개가 나란히 서 있는 것이 우리의 잃어버린 과거를 연상시킨다. 삼국시대의 건물에는 모두 치미가 있었다. 우리나라에서 가장 오래된 건축물의 하나인 부석사 무량수전에도 이미 치미는 보이지를 않는다. 예전 경주의 황룡사 터를 방문하였을 때 거대한 치미를 보고 황룡사 건물들이 얼마나 웅대하였을까 안타까워 한 적이 있다. 그 치미를 이곳에서 보다니.

지붕의 곡선은 대단히 완만하다. 곡선의 기울기가 내가 본 동양의 고대 건축군 중에서 가장 느린 것이 아닌가 싶다. 우리의 건물들은 이미 중국 후기의 영향을 받아 많이 치솟아 오르고 있다. 중국의 경우 명을 지나 청대에 이르면 경사가 급해진다. 북경 자금성의 경우 명나라 초기 영락제 때 이루어진 건물이라 그런 경향이 거의 보이지 않지만, 명청明清대의 건물은 어김없이 지붕의 선들이 가파르다. 특히 청대에 들어 심해지는데 이러한 건축 양식은 강남에서 유행하기 시작하여 전국적으로 유포된다. 용마루까지 곡선으로 휘어지고 처마를 더 높이 들어올리기 위해 추녀는 극단적으로 꼬부라져 하늘로 치솟기까지 한다. 건축 양식의 영향은 다른 예술보다 천천히 영향을 주는지 우리 건물은 청대의 영향이 크게 보이지 않는다. 다만 창덕궁 교태전交泰殿에서 보듯이 지붕에 용마루 선이 없어지고 청나라 양식이 나타난다.

마니전의 가구架構는 비교적 단순하다. 하지만 이미 주심포柱心包로 된 기둥양식이 아니고 다공포多拱包다. 두 겹으로 된 공포다. 칸間을 나누는 들보도 가운데 하나만이 추가되어 있다. 우리의 경우는 세 겹 공포가 일반화되어 있고 칸 사이에 들보가 두 개 나타난다. 이런 복잡한 다공포는 조선시대에 이르러서야 보편화된다. 그러니까 마니전 가구 양식은 분명 우리 건축 양식의 시대를 앞서는 것이 틀림없다. 수덕사 대웅전이나 부석사 무량수전 할 것 없이 우리의 오래된 건축은 그저 단순한 맞배지붕 양식이고 동시에 주심포 건물들이다. 마니전보다 삼백 년이 늦은 건물들인데도 다공포 양식이 보이지 않는다. 건축기술이 중국보다 뒤늦게 발전하였음을 알 수가 있다.

주심포 양식이란 한마디로 기둥과 지붕의 보들이 거의 직접적으로 맞물려 있음을 의미하는데, 그렇다 보니 지붕이 취할 수 있는 모습에 한계가 있다. 다공포로 지어야 지붕의 공간을 확보하며 지붕을 더 높이 올릴 수가 있다. 넓어진 공간에서 건축기술은 다양한 자유를 획득하고 여러 모양의 지붕 모습을 얻을 수 있다. 예를 들어 팔작지붕은 다공포 형식의 건축에서 가능한 것이다.

아마 마니전의 가구架構는 우리의 다공포 건축물의 원형일 것이다. 그래서인가 공포로 인해 밖으로 튀어나온 쇠서(우설牛舌)가 툭 불거져 나온 듯 투박하다. 쇠서란 우리가 절간 건물을 볼 때 처마 밑에 나란히 들보 끝에서 소의 혓바닥처럼 무수히 튀어나온 것을 말한다. 우리의 경우 치장을 하느라고 쇠서가 대단히 아름다운 구조로 되어 있다.

또 하나의 특징은 단청이 없다는 사실이다. 오랜 세월 퇴색하여 보이지 않는 것일까. 그렇지는 않은 것 같다. 단청이 없이 그저 옛날의 산수화처럼 거무튀튀한 색조의 나무들. 하얗거나 붉게 칠한 벽. 그 사이로 결구結構 구조를 이루는 나무기둥들. 단순하면서도 명쾌하다. 아득히 먼 옛 시절이 절로 상상된다.

마니전의 아름다움에 이미 취해 버린 우리들 앞에 엄청난 규모의 건물이 보인다. 웅장하다. 첫눈에 보이는 건축양식의 우리 전통건축과 흡사하다. 친근미가 느껴진다. 크기가 하늘을 찌르듯 하여 현존하는 우리의 어떠한 사찰과도 얼른 비교를 못하게 한다. 고풍스러움이 깊게 배어있는 이 거대한 건물. 바로 대비각大悲閣이다. 마니전과 대비각 사이 양쪽에는 좌우 대칭으로 전륜장轉輪藏과 자씨각慈氏閣이 보이는데 이들 또한 옛 취향이 물씬 풍기는 아름다운 건물들이다. 이층 구조로 되어 있는데, 이층에 난간이 만들어져 있다. 이 또한 우리와 다른 모습이다. 난간을 두른다는 것은 그만큼 규모가 커지기 때문에 더 높은 건축기술이 필요하리라. 규모에도 불구하고 건물들이 한결같이 단순 명쾌하여 고졸미古拙美를 한없이 자아낸다.

본전인 대비각은 송태조 조광윤의 명을 받아 971년에 짓기 시작하여 975에 완공된 것이라 한다. 그렇다면 앞서 본 마니전보다 더 오래 된 건물이다. 융흥사의 본디 이름은 용장사龍藏寺로 수나라 때 창건되었다고 한다. 당나라 때 용흥사龍興寺로 개칭된다. 조광윤이 이곳에 진주하였을 때 정정현 성 밖에 있는 당나라 시기 사찰인 대비사에서 예불을 드린다. 당시 불상들은 과거 전란을 겪으며 크게 훼손되어 있었다. 특히 불교를 심하게 탄압하였던 후주後周의 세종 때 파괴되었기 때문이다.

송태조는 이를 안타깝게 여기고 성 밖이 아닌 성안에 큰 사찰을 일으키도록 명을 내린다. 대비보살을 주조하여 모시고 그 위에 건물을 지으니 바로 대비각이다. 사찰은 역대 왕조를 거치며 여러 차례 중수되고 보완된다. 원나라 때도 수리를 하였고, 명 만력년간에도 대대적으로 중수를 하였다고 한다. 청나라 강희제康熙

대비각

帝와 건륭제乾隆帝 때에도 칙령으로 커다란 보수가 이루어진다. 1713년, 강희제는 친히 절 이름을 새로 내리니 바로 '융홍사'다.

대비각은 정면 7칸 측면 5칸의 거대한 건물이다. 모두 4층 건물인데 이층 지붕 위에 난간을 두르고 다시 그 위에 팔작지붕으로 이층을 더 얹었다. 높이가 상당함에도 균형을 잃지 않고 있다. 지붕의 선은 완만하여 우리의 고대건물들의 지붕 기울기와 비슷하다. 오히려 경복궁 근정전 등의 기울기보다 더 느슨하다. 석가탑 정도의 선이라 할까. 아무래도 우리 근대 건축은 송나라를 지나 원나라, 특히 명대 초기의 영향을 많이 받은 것 같다. 하여튼 중국의 다른 건물들과 달리 융홍사의 건물들은 우리에게 친근미를 느끼게 한다. 오래된 고건축에서 느끼는 고졸미를 마음껏 만끽하며 천천히 경내를 살펴본다. 건물들이 무수히 많다.

크게 보아 중국의 사원들이나 모든 건물들은 일종의 사합원四合院이다. 장방형의 구조로 감싸고 그 안의 건물들도 대칭을 이루며 하나하나 소규모로 장방형의 건물을 이루며 내원內園을 만든다. 융홍사도 마찬가지다. 건물과 건물을 잇는 공중다리도 보인다. 일부 건물에서는 난간이 보인다. 우리는 거의 없는 것이지만 일본 건물들은 대개 난간을 갖는다. 일본이 우리보다 영향을

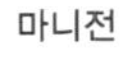
마니전

더 확실하게 받았는가. 송대에 지어진 마니전부터 시작해서 왕조를 달리하며 무수한 건물들이 추가로 지어졌음을 알겠다. 뒤쪽의 건물들로 가보면 지붕 꼭대기에 원형의 꼭지가 보이는 것을 보니 라마교 건축의 영향을 받은 원나라나 청대 건물이 틀림없는데, 전체 양식은 혼합된 것 같기도 해서 혼란스럽다. 융흥사는 한마디로 동아시아 고대 건축사를 연구하는데 보고寶庫임이 틀림없다. 건축을 전공한 사람들이면 북경 가까이 이런 유적이 있다는 사실에 행복해야 할 것이다. 융흥사는 매우 아름다운 건축물로 둘러싸인 절이다. 그리고 승려가 실제로 생활을 하고 있는 것을 보니 중국불교계에서 유서깊은 중요한 절임을 알겠다.

임제사臨濟寺

당나라 함통咸通 원년元年 860년에 지어진 고찰이다. 태위太尉 묵군화墨君和가 자신의 사택을 절로 만들고 임제 의현義玄을 모셔왔다. 의현이 867년 4월10일 입적하자 제자 혜연惠然이 사리탑을 건조하니 이 탑이 바로 징령탑澄靈塔이다. 백림사의 탑처럼 구운 벽돌로 지어진 전탑이다. 당나라 말기에 지어졌지만 전성기의 모습이 남아 있어 탑이 볼만 하다. 구운 벽돌이기에 벽돌에 새겨진 부조조각이 눈길을 끈다.

절 이름이 임제종이니 바로 이 절이 임제종의 본산이란 말인가. 선종禪宗에서도 수많은 불파佛派가 있었지만 가장 그 이름을 드날린 종파가 바로 임제종이다. 우리 조계종 선종도 실은 임제종의 전통을 잇는 것이라 하니, 임제종을 열은 의현을 다시 새겨본다. 의현은 속성이 형씨邢氏다. 황벽희운黃檗希運을 스승으로 하여 그 불법佛法을 이어 받았다. 선종의 법통은 보리달마菩提達摩―신광혜가神光惠可―함지승찬鑑智僧璨―파두도신破頭道信―황매홍

임제사 징령탑

인黃梅弘忍－대감혜능大鑑慧能－남악회양南嶽懷讓－마조도일馬祖道一－백장회해百丈懷海－황벽희운黃檗希運－임제의현臨濟義玄로 이어진다. 그가 선禪을 수련하거나 제자를 가르치는 방법은 매우 엄하기로 유명하였다. 특히 갈喝이라는 말은 그에게서 유래된 것이다. 제자 혜연이 편찬한 임제록을 남겼다. 그의 법손法孫으로부터 많은 고승이 나왔으며, 이후 임제종은 날로 번창하여 송과 원, 그리고 명대에 이르기까지 불교계에 막강한 영향을 미쳤다.

하지만 세월과 역사는 불교에서 말하듯이 정말로 무상하다. 천년도 넘은 고찰이고 임제종의 본산이라는데 왜 이리 허전할까. 탑만 오래된 역사를 이야기해주고 있을 뿐 나머지 건물들은 크게 보잘것도없고 모두 후대에 지어진 것들이다. 문에는 장삿속에 밝은 이들이 어김없이 입장료를 챙기고 있다. 절문 앞에는 관광객을 기다리고 있는 인력거들만 즐비하다. 인력거라 하지만 이제는 그래도 고급화(?)가 되어 자전거 대신 오토바이다.

한가지 눈길을 끄는 것이 있다. 일본 승려 영서선사營西禪師를 봉안한 조사당이다. 건물 앞에 비석들도 여럿 눈에 띈다. 송나라 시절 두 번 왕래하며 임제종을 일본에 전파한 승려란다. 이를 기념하기 위해 동작 빠른 일본인들이 기금을 조성하고 이곳 중국에 기념비와 건물을 세운 것이다.

2년 전 여행하였던 서안 근교의 흥교사興教寺가 생각난다. 강유위康有爲의 현판도 인상적이지만 무엇보다 절간 뜰 안에 서있는 원측탑圓測塔이 기억에 남는다. 신라의 고승인 원측(613~96)을 기려 당나라 때 벽돌로 세워진 아담하고 오래된 탑이었다. 유명한 원효대사와 동시대를 살다가 당나라에서 입적하였다. 당대에는 원측이 훨씬 더 유명한 스님이었다. 인도의 불경 번역에 참여하였으며 방대한 저술까지 남겨놓았다. 이방 출신 승려를 위해 기념탑까지 세운 것을 보면 대단한 고승이었음에 틀림없다. 그러나 아무리 주위를 훑어보아도 우리나라 사람들이 그를 기리는 흔적이 전혀 없다. 별 것 아닌 것에도 신경을 쓰는 일본인들과 대비되는 일이다.

이러나 저러나 인생무상이요, 날씨까지 무상이다. 왜 그리 더운지. 스님들은 이 더운 날씨에 어떻게 정좌하고 참선을 하였을까. 발길을 돌린다. 정정현은 아직 손을 다듬지 않은 진흙 속의 진주같은 곳이다. 곳곳에 버려진 사찰들이 보인다. 한 곳에는 담장 안에 거대한 탑이 보이는데 색다르다. 탑신 곳곳에 갖가지 짐승들이 새겨져 있다. 불교의 탑신에 동물들이라? 힌두이즘의 영향이라도 남아 있단 말인가. 모를 일이다. 문들이 굳게 잠겨 있고 팻말도 없으니 무슨 건물인지 도저히 알 수가 없다.

탑은 멀리 보아서도 매우 아름답다. 중국에는 이렇게 버려져 있거나 다듬어지지 않은 곳들이 무수히 많다. 세월이 해결해 주기는 하겠지만 안타까운 일이다. 주변에는 아직 옛 고성과 성루가 남아 있고, 곳곳에 무너진 토성들도 보인다. 모두 훌륭한 유적지가 될 수 있는 곳들이다. 내가 보기에 정정현은 주위의 명소와 함께 우리의 경주 버금가는 관광유적지가 될 만큼 훌륭한 곳이다. 북경 가는 사람들에게 한 번 권할 만한 곳이다.

02

조주趙州 백림사柏林寺와 진제선사眞際禪師 종심從諗

정정현을 벗어나 남쪽의 조현趙縣으로 이동한다. 하늘은 이미 불타올라 온 대지가 열기에 휩싸여 있다. 언제나 그렇듯이 이동하는 수단은 택시가 제일이다. 택시라고 해야 조그만 승용차다. 비좁고 에어컨도 부실하여 켜나마나다. 좁은 공간에 운전석과 승객석을 망이나 장벽으로 구분해 놓아 더 답답하다. 그래도 안전이 우선일까.

우리나라 대부분의 사찰들은 깊은 산중에 자리잡고 있다. 이곳은 산이라고는 눈을 씻어도 찾을 수 없으니 그저 평원에 덩그러니 가람터가 앉아 있다. 절을 알리는 당주도 없고 일주문도 보이지 않는다. 담으로 가로막은 한 가운데 붉은 색깔의 대문이 눈을 막는다. 행서체로 쓴 현판 '백림선사' 아래 좌우로 두 개의 대련이 선명하다. '寺藏眞際千秋塔 門對趙州萬里橋'이라, 바로 이 절에 그 유명한 조주선사의 탑이 있음이 틀림없다.

안으로 들어서자 펼쳐진 가람은 그리 크게 보이지 않는다.

백림선사 정문

건물의 대부분이 청대에 지어진 것들이다. 사람의 눈길을 사로잡을 만큼 아름답지는 않다. 앞서 본 흥륭사興隆寺의 거대한 아름다움에 이미 경도되었던 탓이리라.

눈길을 끄는 것은 백림선사탑禪寺塔이다. 탑의 정식 명칭은 '조주고불진제광조국사지탑趙州古佛眞際光祖國師之塔'이다. 위대한 선승禪僧인 조주 종심從諗을 기념하기 위해 원元나라 때 (1330)에 건립되었으니 700년이나 된 고탑이다.

무더위가 어지간한 탓인지 절에는 사람이 보이지 않는다. 아무려면 어떤가. 오히려 고즈넉한 분위기에 두리번두리번거리며 탑으로 다가선다. 탑은 아래 부분이 전탑磚塔이고 상층은 목탑이다. 전磚으로 결구結構된 것을 전탑이라 하는데 한마디로 구운 벽돌로 지어진 것을 말한다. 벽돌이라 하더라도 직사각형의 벽돌이 아니라 온갖 크기의 조각을 흙으로 빚어 구워낸 것으로, 그 공교로움이 이루 말할 수가 없다. 당나라 때 지어진 서안의 유명한 대안탑大雁塔과 소안탑小雁塔 모두 전탑이다. 중국에서는 상당히 보편화된 건축양식이지만 우리나라에는 유례가 극히 드물다. 경주 분황사 탑이 전탑이지만 조각없이 단순히 밋밋한 사각형의 벽돌로만 되어 있어 단조롭다.

탑은 팔각형에 모두 7층으로 되어 있고 높이는 28.3m로, 웅장하다고는 할 수 없으나 나름대로 위용을 갖추고 있다. 탑은 벽돌로 높게 그리고 널찍하게 쌓아올린 토대 위에 세워졌다. 천천히 계단을 올라간다. 그 위에 탑의 기단이 보인다. 탑의 기단을 여러 층으로 나누어 쌓아 올렸는데, 맨 아래 부분은 평범한 사각형의 벽돌로 겹겹이 튼튼하게 쌓았다. 기단의 기단이라고나 할까. 그 위의 테두리는 아라베스크 무늬가 섬세하게 새겨진 벽돌을 둘렀다. 그 위로 갖가지 조각들이 보인다. 쏙 들어간 바탕에 다시 부조 형태의 여러 군상들이 보인다. 용, 코끼리, 말, 기린, 모란꽃 등인데, 이건 벽돌이 아니고 무슨 예술작품들이다. 사이사이에 끼인 벽돌기둥에는 또 얼마나 아름다운 꽃무늬들이 새겨 있는지.

고개를 들어 천천히 올려다본다. 기단의 여러 층이 아직도 한참이나 우리의 눈을 사로잡는다. 목조건물의 흉내를 낸 공포栱包 위에 건물의 난간 모습이 나타나고 그 위에 바로 탑의 1층이 시작된다. 각 층들은 우리가 늘 보는 그런 모습들이니 대수로울 것은 없다. 하지만 전체적으로 풍기는 맛은 균형이 잘 잡히고 탑으로서의 아름다움이 물씬 풍긴다. 참선하며 앉았던 의자의 다리가 부러져도 바꿀 줄을 몰랐던 스님에게 이렇게 거창한 탑이라니!

탑을 구경하고 내려선 우리들에게 보이는 것은 몇 개의 비석들이다. 으레 그렇듯이 무슨 글이라도 있나 들여다본다. 커다란 비 하나가 눈에 들어온다. 언뜻 보기에 대한민국이라는 글자가 눈에 띄었기 때문이다. '한중우의조주불교선다韓中友誼趙州佛教禪茶기념비명'이라 쓰여 있다. 불기원 2545년 10월 19일 한국불교춘추사 주관으로 세워진 모양이다. 마지막에는 대한불교 조계종 백양사 방장方丈 서옹선사西翁禪師의 송頌이 쓰여 있다.

부처님이 누웠으되 상서로운 코끼리가 아니로다
우주조화와 작용은 성인이라도 예측 못하는 터
세치 부드러운 혀는 몽둥이와 소리를 넘어서고
'차 한잔 마시게' 스님 말씀 영원히 살아있네[1]

조주화상趙州和尙은 조주성 안의 관음원에서 살던 종심선사로서 산동성 조주曹州 사람이다. 당나라 대종 778년에 태어나 898년에 입적하였다. 120세를 살다가 가신 분이다. 정말 그렇게 오래 살았을까. 당나라 말기에 태어나 오호십육국시대의 혼란기를 지낸 셈이다. 조주선사는 달마가 선을 중국에 소개한 이래 2대 혜가慧可, 5대 홍인弘忍, 그리고 유명한 육조六祖 혜능慧能을 거치는 선종 남종 계열의 선승이다. 마조馬祖 도일道一의 법사인 남전南泉에게 가르침을 받았다. 앞서 이야기한 임제사의 임제 의현과 법통이 같은 셈이다.

1 | 如來臥兮非瑞像 全機大用聖罔測 三寸軟舌超棒喝 趙州喫茶永不息.

조주선사의 선문선답禪問禪答은 유명하다. 위의 송頌은 여래가 누워 있는 모습(와불臥佛)에 빗대어 그가 스승 남전을 만나는 일화를 환기시킨다.[2]

조주는 어린 나이인 14세 때 가르침을 구하기 위해 이른 봄날 남전을 찾아간다. 누워서 낮잠을 자고 있던 남전이 묻는다. 어디서 왔느냐. 네, 서상원瑞像院에서 왔습니다. 그럼 서상(상서로운 부처님 모습)은 벌써 보았겠군. 아뇨, 서상은 모릅니다만 앞의 와여래臥如來(누워 계신 부처님)는 보았습니다. 남전은 어린아이가 비범함을 간파하고 즉시 제자로 삼는다.

봉棒이란 사승師僧이 학인學人을 깨우치게 할 때 쓰는 조그만 몽둥이다. 갈喝은 꾸짖는 소리를 의미한다. 깨달음을 얻기 위해 그의 세 치 혀로 하는 짧은 말씀 하나하나가 몽둥이나 일갈하는 소리 즉 갈봉棒喝을 넘어선다는 뜻일까. 우주의 온갖 조화(전기全機)와 만물의 작용(대용大用)이야 성인도 예측을 할 수 없다고 하니 이런 엄청난 깨달음이야 우리같은 범부에게는 언감생심이다.

2 | 벽암록 – 원오극근圓悟克勤 지음, 안동림 역, 현암사, 51쪽.

03

태원太原 진사晉祠

태원은 산서성山西省의 성도다. 인구가 수백만에 달하는 큰 도시다. 교통의 중심지이기에 무수한 열차들이 지나간다. 또한 산서성은 석탄 생산의 거점이다. 중국은 석탄 매장량이 세계 제일을 자랑하는데 바로 산서성이 중국 석탄의 최대 생산지이다. 우리처럼 무연탄이 아니고 유연탄이다. 그것도 역청탄이다. 역청탄은 고생대의 식물 화석이 고스란히 담겨 있어 가끔 석탄 자체에 그 무늬가 보인다. 역청탄은 기름이 많아 탈 때 끄름이 많이 난다. 하지만 불꽃이 대단해서 마치 기름에 불을 지른 것 같다. 제철소의 코크스 연료가 바로 역청탄이고, 중국은 바로 코크스의 최대 생산국이자 수출국이다. 태원에는 풍부한 원료를 바탕으로 여러 철강제조업체들이 새로 건설되고 있다. 중앙 내륙에 하나의 산업단지가 조성되고 있는 셈이다. 역사적으로 철강을 지배하는 자는 세계를 지배한다. 19세기까지의 영국, 20세기 초의 독일, 중반의 소련과 미국, 그리고 후반의 일본이 그렇다. 마지막 세나라는 생산량이 1억 톤이 넘었었다. 우리도 포스코를 중심으로 철강산업이 세계 5위의 생산량을 자랑할 정도로 철강강국이다. 중국은 지난 80년대만 해도 5천만 톤 정도였으나, 개혁개방 이래 가속도가 붙어 2005년에는 무려 3억 5천만 톤의 생산을 예상하고 있다. 중국은 이제 세계의 기관차가 된 셈이다.

그러나저러나 우리가 머무른 태원은 벌써 여름의 뜨거움이 지배하는 불바다의 한 가운데 자리잡고 있다. 왜 그리 더운지. 옛날 산서성은 명말 청초까지만 해도 숲이 우거진 아름다운 곳이었다는데 인간들의 남벌로 이제는 황량한 반 사막지역이 되어 버렸다. 뜨거움에 숨이 막힌다. 진사는 한마디로 뜨거운 여름처럼 볼 것이 엄청 많은 대규모의 사당이었다. 입구인 진사대문晉祠大門부터 거창하다.

대문을 지나 당괴唐槐－수경대水鏡臺－회선교會仙橋－금인대

진사 입구 패방

당괴

金人臺－대월방對越坊－헌전獻殿－어소비량魚沼飛梁－성모전聖母殿을 지나고, 다시 성모전을 끼고 주백周柏을 지나 오른 쪽 조양동朝陽洞－노군동老君洞으로 올라간다. 다시 빙 돌아 고색창연한 공수자사公輸子祠를 보고 수모루水母樓로 내려와 난노예원難老藝苑을 노닌다. 성모전 방향으로 되돌아와 동쪽 지역으로 향한다. 연화지蓮花池－비랑碑廊－당숙사唐叔祠－당비정唐碑亭－관제묘關帝廟－

수괴隋槐－장백령長齡柏－당괴－문창궁文昌宮을 본다.

다리가 아프다. 오래된 유적은 대부분 다 보았으나 서쪽이 궁금하여 아픈 다리를 무릅쓰고 이동한다. 새로 지은 미술관과 서원이 있고 사찰도 나타난다. 진사를 한 바퀴 다 돌았다.

진사는 주周나라 무왕이 둘째 아들인 희우姬虞를 당후唐侯에 봉한데서 유래되었다. 진의 시조인 셈이다. 그를 기리기 위해 이미 북위北魏 이전에 사당을 지어 제사를 드렸다. 나중에 나라 이름을 진晉이라 고쳤기에 진사라 불리게 되었다. 진은 이미 춘추전국시대에 이르러 조趙, 위魏, 한韓 등 삼국으로 분열된다. 훨씬 후대에 조조의 아들인 조비가 삼국을 통일하고 魏를 세우나 세상은 돌고 도는가, 삼국지에서 제갈공명에게 언제나 당하기만 하던, 아니 실제로는 제갈량보다 더 현명했을지도 모르는 사마의의 자식들이 위를 뒤엎고 세운 나라가 또한 진이었다. 지금도 산서지방의 차량들은 모두 진晉이라는 식별판을 달고 다닌다.

진사는 당나라에 이르러 크게 확장된 것으로 판단된다. 원래 산서 태원지방은 옛날에 양주凉州라 불리는 곳이다. 수양제 치하에서 사령관으로 부임한 이연이 이곳에서 거병하여 장안을 점령하고 당을 개국한다. 그는 출병하기 전에 진사에서 무운을 비는 제사를 지냈고, 이를 기억하는 당태종 이세민은 이곳에 스스로 친필 휘호로 기념비까지 세운다. 하지만 전체적으로 보아 진사는 도교 사원이 틀림없다. 당나라 때 도교가 널리 홍하였던 탓이다. 진사 곳곳에는 성모전을 비롯하여 많은 건물들이 도교에서 숭앙되는 사람들을 모시고 있다.

진사의 대문은 북경의 천안문 양식으로 담장 한 가운데 입구를 내고 위에는 전각이 세워져 있다. 현판의 모택동과 함께 연안으로 대장정을 한 원로 진의陳毅의 글씨라 한다. 모택동도 글씨를 잘 썼지만, 중국에서 한 세상을 풍미했던 사람들은 모두 글씨를 잘 쓰나보다. 입구를 지나면 곧바로 패방牌坊과 마주치는데 아름답다. 언제 지어진 건축물인지는 알 수 없다.

눈을 돌리면 동쪽에도 패방이 하나 더 서 있다. 사람의 눈길을 한참이나 잡을 정도로 아름답다. '진사승경晉祠勝境'이라는 현판 글씨도 우아하다. 패방은 이층으로 되어 있고 꼭대기 치미는 휘휘 감긴 금빛 용이 트림을 하고 있다. 용마루도 금빛 용으로 장식되어 있다. 이런 패방 형식은 우리에게 찾아 볼 수 없는 것이다. 우리나라 왕릉 입구에 홍살문이 있기는 하지만 패방이라 할 수 없을 정도로 간략하다. 중국의 경우에는 도처에서 볼 수 있는 것이 패방이고, 또한 그 구조와 재료도 아주 다양하다.

패방을 지나면 너른 공간이 나오는데 양쪽으로 거대한 고목들이 보인다. 괴목인데 우리의 느티나무는 아닌 것 같고 회나무라 하는데 잘 모르겠다. 당나라 때부터 전해 내려와 당괴唐槐라 불린다니 참으로 오래된 나무들이다. 나무 밑에서는 관광객들이 더위를 피해 편하게 앉아 쉬고 있다. 뜰의 맞은 편에 아름다운 건물이 보인다. 우아하다. 천천히 다가간다. 건물구조가 특이하다. 기둥으로 둘러싸인 전실에는 벽이 없고, 지붕도 용마루없이 곡선으로 굽고 양쪽 옆으로 팔작지붕도 아닌 둥근 지붕을 올려놓았다. 전실과 붙어 본전인데 이층 구조로 되어 있고 팔작지붕이다.

전실 안으로 깊숙이 본전에 현판이 걸려 있다. 수경대水鏡臺다. 용의 무늬로 둘러싸인 현판의 글씨는 행초行草인데 '건륭'이라는 글자가 보인다. 청나라 양이유楊二酉라는 사람의 글씨다. 건물은 언뜻 보아 일본 취향이 나기도 하고, 처마의 곡선이 약간 가파르게 올라선 것을 보니 청나라 때 세워진 것 같다.

뒤쪽에는 '삼진명천三晋名泉'이라는 현판이 보인다. 행서체의 글씨가 단아하다. 아래층 문에는 위에 용무늬가 현란하게 수로 놓아져 있고, 아래 앞 기둥에는 대련이 예서체로 쓰여 있다. '水秀山明無墨無筆圖畵鳥語華笑有聲有色文章'(물은 수려하고 산은 맑으니 묵이나 필이 없어도 그림이어라/새는 우짖고 꽃이 웃음 지니 소리와 색마다 문장이어라). 서예는 어렵고도 재미가 있다. 유有자가 두 번

수경대

나오는데 그 모양이 한결 다르다. 멋을 한껏 뽐어내고 있다. 이 정도로 자유자재 쓰려면 얼마나 세월을 보내야 할까.

몇 그루 괴목을 더 만나고 다리를 건너 또 다른 패방인 대월방對越坊을 지나 헌전獻殿에 이르고, 다시 어소비양魚沼飛梁을 만난다. 대월방 역시 지붕이 이층구조로 되어 있는데, 앞서 본 패방들보다 지붕 면적이 더 너르다. 물론 다공포 양식의 가구架構다. 하지만 놀랍게도 다섯 겹이다. 대단하다. 우리나라의 큰 건물이라야 최대 삼겹의 공포인데 패방의 지붕 하나를 다섯 겹의 공포로 올려놓았다. 중국은 역시 규모가 느껴진다.

헌전은 금나라 1168년에 지어지고 명나라 1594년에 중수되었다 한다. 공포 끝으로 나온 쇠서가 날카롭고 투박한 것을 보니 오래된 건물임을 알겠다. 어소비양은 '물고기가 노니는 연못 위에 날으는 듯한 들보'라는 뜻이다. 소沼에 돌기둥을 박고 위에 십자 모양으로 다리를 얹어 놓았다. 소沼는 사각형의 연못을 이르고 지池는 원형의 연못을 이름이다. 송나라 1023년에 지어진 다리라 하니 무려 천년의 세월이 지난 것이다. 오래된 다리인데도 깨끗한 것은 1953년 대대적으로 보수하였기 때문이다.

우리는 곧바로 앞에 웅장하게 서 있는 성모전聖母殿을 바라보며 다가간다. 부석사를 방문하여 이리저리 여러 건물들과 석축을 오르며 다가서다가 안양루安養樓 밑을 통과하며 올라서면 곧바로 마주치는 무량수전. 고색창연하면서도 위엄이 있는 건물. 바로 그 무량수전을 첫 대면하는 느낌이다. 무량수전과 달리 이층으로 된 지붕이다. 무량수전은 주심포인데, 성모전은 다공포

양식이다. 치미도 있다. 성모전보다 삼백여 년 늦게 지어진 무량수전이 더 고전적인 느낌을 준다. 단순하고 고아하기 때문이리라. 성모전은 그래도 다른 건물들에 비해 대단히 우아하다. 지붕 곡선도 대단히 완만해서 중국 건물이라는 생각이 들지 않을 정도다. 우리가 진사를 방문해야 하는 이유가 바로 이런 점이다.

우리 건축이 중국의 영향을 압도적으로 받았지만, 우리의 고대 건축의 면모를 중국에서 찾기란 쉽지 않다. 성모전이 바로 우리의 모습을 발견할 수 있는 그런 건물이다. 성모전은 대단히 화려한 건축물이다. 아래층 지붕 아래는 회랑 형식으로 되어 있어 열려진 공간이다. 회랑의 기둥은 모두 반용주盤龍柱라 하는데, 나무로 된 용상龍象 즉 용의 형상들이 기둥을 칭칭 감고 있다. 모두 송대에 만들어진 것이라 한다. 정말 국보급 건물이다. 고개를 들어 쳐다보면 툭툭 불거져 나온 쇠서가 아득히 먼 과거를 불러오는 듯하고, 기둥과 기둥 사이에는 모두 편액이 걸려 있다.

중국 사람들은 편액을 좋아하나 보다. 유명한 그림을 보면 그림을 감상한 사람들의 무수한 도장이 찍혀 있는 것처럼 아마 이곳을 방문한 역대 저명인사들도 글씨를 하나씩 휘갈겨 남겨 놓는다. 그러다 보니 천년이라는 세월이 흐르고 공간이 부족할 정도로 편액이 많은 것이다. 밖은 물론 회랑 안에도 고개만 들면 보이느니 편액이다. 모두 내로라 하는 사람들의 이름난 글씨겠지. 성모전 안에는 주상인 성모 읍강邑姜이 모셔져 있다. 여기의 성모가 바로 노자를 낳은 성모원군聖母元君인가 보다. 현묘옥녀玄妙玉女라고도 불린다. 노자는 태상노군太上老君으로 도교에서 받들어지는데, 성모가 잉태한지 81년만에 겨드랑이로 낳았다고 한다.

성모전

태어나자마자 오얏나무를 가리켰으므로 성을 이李로 하였다. 성모는 화관을 쓰고 양손에는 홀을 쥐고 있다. 정좌한 모습이 조용하고 우아하다. 미소짓는 얼굴이 마치 관세음보살같다. 보살이나 성모나 우리네 불쌍한 사람들을 어루만지며 소원을 들어주는 것은 마찬가지일 터. 분명한 것은 가뭄이 심하면 지역 주민들이 이곳에 와 기우제를 드렸다는 사실이다. 실제로 이곳 진사에서 흐르는 물은 진수晉水의 발원지라 한다. 진수는 산서성 중앙을 관통하여 황하에 도달하는 분수汾水의 갈래물이다.

성모상 주위에는 42개의 소상塑像이 있는데 모두 송나라 때 만들어진 것이다. 성모를 모시는 주변 시종들이다. 남녀가 섞여 있지만 대부분 여인상이다. 얼굴과 옷, 그리고 머리 모양이 모두 다르다. 마치 진시황 병마총의 얼굴들이 모두 다르듯 이곳에서도 조상 하나하나가 개성미를 갖추고 있다. 대단하다. 천년 전 작품이라 하니 우리라면 모두 국보로 지정되었을 것이다.

성모전 오른편으로 돌아선다. 거대한 나무 두 그루가 우리 앞을 가로막는다. 주백周柏이다. 서주西周 시절에 심었다 해서 주백인데, 그렇다면 수령이 무려 삼천 년이 된다. 까마득한 고대부터 지금까지 인간사 모두 쳐다보고 살았다는 이야기인데, 그 정도가 되면 나무도 귀신이 붙어 하늘로 올라갔음직 하다. 하지만 아직도 잎이 생생하다. 얼마나 더 살까. 캘리포니아 세콰이어나무도 수령이 수천 년이 넘도록 산다는데, 주백도 바로 그런 괴상한 나무인 모양이다. 송나라 구양수가 두 그루 주백을 보며 읊은 시가 있는 것을 보면 천년이 넘은 것은 확실하다.

주백을 지나 한참이나 높이 뻗어나 계단을 올라선다. 조양당과 노군당을 보러 말이다. 날은 무지하게 덥고 이미 다리는 지쳐 있지만 호기심은 억누를 수가 없다. 실제로는 별것도 아니었는데 말이다. 천천히 성모전을 내려다보며 우리는 서쪽으로 이동한다. 수모루水母樓를 구경한다. 진수晉水의 발원지가 되는 샘물 위에 정자를 세워놓았다. 지붕이 뾰족하고 가파른 것을 보니 청대 건물이다. 현판은 '난노難老'라 쓰여 있고 아래에는 편액에 '진양제일천晉陽第一泉'이라 적혀 있다. 그렇다고 지금 먹을 수 있는 샘물은 아니다. 난노예원難老藝苑으로 들어선다. 맑은 개울물이 흐르고 있다. 날은 덥고 또 사람들도 별로 없고 해서 딸아이와 나는 무작정 내려가 우리 식으로 신발과 양말을 벗고 발을 담근다. 시원하다. 진사가 천하경승이라 하지만 뭐니뭐니 해도 이런 재미에 비할 수 있으랴. 우리는 한참을 쉰 다음에 다시 나머지를 두루 구경한다. 수나라 때 나무, 당나라 때 나무, 그리고 관우를 모신 사당. 당숙우를 모신 사당 등등.

마지막으로 당비정唐碑亭을 빠트릴 수가 없다. 당태종 이세민이 친필로 쓴 비석이 있는 곳인데 유감스럽게도 문이 굳게 잠겨 있다. 워낙 귀중한 비석이라 일반인들에게 공개하지 않는 모양이다. 당태종이 누구인가. '정관貞觀의 치治'로 잘 알려진 명군 아닌가. 아버지 이연의 뒤를 이어 대업을 이루었지만, 형 이건성李建成과 동생 이원길李元吉을 참살하고 제위에 오른 사람이다. 어떻든 중국 역사상 최고의 번성기를 이루었던 당나라의 기초를 닦은 사람이다. 이세민은 고구려 정벌에 실패하고 돌아오다가 옛날 아버지가 거병할 때 진사에 제사 지낸 것을 기억하고 역시 진사에 제를 올리고 국운을 빈다. 그리고 비석을 세운다.

자료를 보니 행초로 쓴 글들이 매우 우아하고 날렵하다. 마치 왕희지의 글씨를 보는 것 같다. 이세민은 왕희지를 무척이나 좋아하였고, 당시 그 주위에는 지금까지도 명필로 이름을 전하는 구양순歐陽詢, 저수량, 우세남 등의 신하들이 즐비하였으니, 그들의 군주인 당태종이 글씨에 능한 것은 우연이 아니다. 이 비석은 이세민의 뛰어난 글씨로 유명하지만 역사적으로도 중요하다. 그 전의 비석은 모두 전서나 예서, 아니면 해서로 쓰여지는 것이 보통인데 이세민은 과감하게 전통을 무너뜨리며 행초를 휘갈긴 것이다.

04

정주鄭州 하남박물원河南博物院과 상성商城 유허지遺墟址

밤새 침대열차를 타고 정주로 향한다. 열차의 침실은 보통 양쪽 3층씩 모두 여섯 개이지만, 우리가 탄 것은 이층 침대로 4명이 사용하고 냉방도 훌륭한 고급 칸이다. 밤은 우리를 도와 이른 아침에 벌써 정주에 도착한다. 짐이 버거워 호텔에 부려놓고 부리나케 밖으로 향한다. 정주를 방문하기로 하였을 때는 내심 정주 북쪽 안양현安陽縣의 은허殷墟를 필히 찾아볼 것이라 다짐하였으나, 여러 모로 검토해보니 그곳에 가더라도 실제로 땅을 파헤쳐 정리해 놓은 유적의 터만 남아있는 게 분명하다.

하남박물원은 문자 그대로 하남성에서 출토된 문물을 전시한다. 수장된 물품이 무려 십여만 점이나 된다하니 대단한 규모다. 본디 개봉開封에 있었으나 1998년 정주에 새로운 건물을 짓고 이전하였다. 외관이 가히 최첨단 현대식이다. 자리도 널찍하고 건물의 크기도 상당하다.

정주는 하남성의 성도다. 하남성은 황하가 섬서성을 왼쪽으로, 그리고 산서성을 오른쪽으로 하고 북쪽에서 남쪽으로 길게 내려오다가 수직으로 꺾이며 흐르는 화북華北 대평원의 중심에 위치한다. 황하의 혜택을 가장 많이 받은 지역이다. 땅이 비옥하고 사람이 살기 좋은 곳이어서 옛날부터 황하중국문명의 중심지요 역대 왕조가 쟁탈을 벌인 요지다.

정주 근방에는 수천 년 도읍지 낙양이 있고, 송나라의 수도였던 개봉도 있다. 남쪽으로는 숭산嵩山 소림사少林寺도 있다. 하남성 낙양과 소림사 부근의 등봉登封은 중국 최초의 왕국인 하夏나라(기원전 2070년, 또는 기원전 2200년부터 기원전 1600년)의 거점이었다. 그리고 정주는 한때 고대 상왕조商王朝(B.C 1600~B.C 1046)의 수도였다. 안사偃師에도 고대 유적지가 있고, 상왕조 마지막 기간에는 안양 즉 은殷이 서울이었지만, 정주에는 아직도 상나라 때의 성지城址와 왕궁터가 남아 있다. 무엇보다 고대 문명의 중심지였던 하남성에서 발굴 출토된 무진장의 보물 유적들이 모두 하남박물원에 보관되어 있다. 바로 이 박물원이 정주에 있는 것이다.

중국의 상고上古 고대사는 아직도 진행형이다. 20세기 초까지만 해도 중국 역사를 연구하는 서구 학자들에 의해 중국 역사는 기껏해야 주周나라 시대까지 거슬러 올라간다고 주장되었다. 그 이전의 역사는 모두 전설의 시대로 치부되었다.

하지만 새롭게 발견되는 고고학적 자료들에 의해 과거의 진실들이 대부분 밝혀지게 되었고, 특히 중국이 안정을 되찾은 1949년 이후 행해진 수많은 유적 발굴에서 놀랄만한 성과들이 나타나고 있다. 아직도 이러한 발굴들은 가끔 세계를 깜짝 놀라게 하는데, 그럴 때마다 중국 역사는 수정이 가해진다. 역사가 자꾸 새롭게 쓰여지고 있는 것이다.

약 1만 년 전 신석기 시대가 대두하는데, 사람들은 떠돌이 수렵생활을 청산하고 농경으로 정착한다. 그리고 도기를 만들어 사용한다. 밭에는 조를 심고 논에는 벼를 재배한다. 모계사회였으며, 모든 사람이 평등한 위치에 있었다. 지금으로부터 7/8000년 전에 자산磁山문화, 배리강裴李崗문화 등이 벌써 꽃을 피웠고 곧 이어 황하를 중심으로 앙소仰韶문화(B.C 5000~B.C 3000)가 찬란하게 등장한다. 섬서성 서안西安의 유명한 반파유적지가 바로 앙소문화에 속한다. 앙소문화는 관중과 중원 광대한 지역을 아우르는 문화로 중국 고대문화를 대표한다.

오천 년에서 삼천 삼백 년 전에는 절강성 하모도河姆渡문화, 황하 하류에서 대문구大汶口문화, 장강 호남성 지역의 대계大溪문화, 동북지역의 홍산문화가 나타난다. 동시에 또는 이어서 중원의 용산龍山문화, 장강 중류 강한江漢지역에 굴가령屈家岭문화와 석가화石家河문화가 흥기한다. 이때쯤이면 도시국가들도 출현하고 성채도 만들어지며 무기도 고급화되기 시작한다. 모계 씨족공동체도 붕괴하고 신분에 차별이 생기면서 부계사회로 이동한다. 우리가 흔히 이야기하는 삼황오제의 시기가 바로 이 기간일 것이라고 추측된다. 삼황오제가 누구인가는 아직도 정설이 없다. 하지만 보통 『사기』에 나오는 황제黃帝, 전욱顓頊, 제곡帝嚳, 요堯, 순舜 또는 신농神農과 복희伏羲 등이 거론된다.

하夏나라는 이리두二里頭문화에 속하는데 이리두는 하남성 언사에 있다. 이리두문화는 앞서의 문화들을 이어 받은 최근의 문화이며 이미 농경생활이 고도로 발달되고 청동기문화도 꽃을 피우기 시작하여 왕조의 탄생은 필연이었다. 하 왕조는 우禹에서 걸桀에 이르기까지 모두 17대 471년간 지속되었다. 요는 순에게 선양하고, 순은 우에게 천자의 자리를 물려준다. 당시는 민주공동체 성격이 강하여 다수의 의견에 따라 현명한 지도자를 선택하여 제위를 넘겨주는 전통이 있었을 것이다. 하지만 부계 사회제도의 확립과 더불어 인간은 드디어 점점 욕심을 탐하게 되고, 자식에게 모든 것을 물려주는 새로운 전통이 생긴다. 우는 당초 동이東夷 출신의 익益에게 제위를 넘기려 했으나 결과적으로 익은 우의 아들인 계啓에게 죽임을 당하고 이로부터 세습제가 이루어진다. 하나라의 역사는 고고학 자료를 통해 모든 역사 기록이 사실임이 확인되었으나 아무래도 하왕조를 이은 상나라에 비해 그 생생함이 떨어진다. 상商은 문자 그대로 당대의 역사 기록 자체가 전해지고 있어 우리에게 당시의 모습을 적나라하게 보여준다.

상商은 성탕왕成湯王이 하나라의 마지막 왕인 폭군 주紂를 멸하고 세운 나라다. 사서삼경 중의 하나인 『대학大學』에는 성탕왕의 이름이 보인다. '湯之盤銘曰, 苟日新, 日日新, 又日新'(탕왕이 반명에 이르기를 진실로 하루를 새롭게 할 수 있거든 나날이 새롭게 하고 또 날로 새롭게 하겠다)이라는 유명한 구절이다. 탕왕은 후대 유학에서 요, 순, 우, 그리고 주나라의 문왕, 무왕과 더불어 유토피아적인 세계의 이상적인 제왕으로 손꼽힌 왕이다. 정말 그랬을까.

상나라 역사에서 우리는 이미 현대문명의 모든 문제점을 들여다 볼 수 있다. 인간의 잔혹함, 끝이 없는 도구문명, 그리고 종교와 권력, 이로 인한 무수한 살육과 전쟁들. 어쩌다가 인간들은 그렇게 되었을까. 획기적으로 발전한 청동기는 무시무시한 무기로, 그리고 신권지배를 위한 제사용구로, 그리고 지배자들이 쾌락을 즐기기 위한 술잔으로 사용된다. 인간은 평등하다는 고대 이상세계는 사라지고 사람들은 계급을 만든다. 상나라는 이웃 나라들과 전쟁을 하여 살육하고 포로로 잡은 자들은 노예로 삼는다. 노예들은 선조들을 위한 종교적 제사에 죽임을 당하거나 산 채로 제물로 바쳐지고, 또 주인이 죽으면 그들을 따라 순장된다.

기복신앙이 대두하고 거북의 뼈를 이용해 점을 친다. 복사다. 이로 인해 갑골문이 등장한다. 문자가 있으니 점만 치는 것이 아니라 사람을 다스리는 법도 나타난다. 탐욕은 갈등을 부르고, 이를 제어하기 위한 법이 만들어지는 것은 필연의 소치다. 당시의 형벌제도는 무서울 정도로 가혹하다. 발꿈치를 잘라 내거나 코를 자르고 허리를 벤다. 문자의 획기적인 발전이 이루어진다. 조개를 사용하여 화폐제도를 도입하고, 이를 위해 남방을 정벌한다. 전쟁은 이미 모든 문제를 해소하는 중요 수단이 된다. 무기도 발전하여 전차戰車가 나타난다. 기수를 중심으로 활을 쏘는 사수射手와 창을 휘두르는 전사 등 모두 세 사람이 전차에 오르고, 그 뒤를 보병이 따른다. 군은 셋으로 나누어 중군과 좌우군을 만들어 적의 중심을 들이치며 양쪽에서 협공을 한다. 커다란 전투에는 수만 명이 동원된다. 현대의 전투와 다를 것이 하나도 없다.

풍부하게 생산되는 양곡으로 술을 담그고 허구한 날 술로 시간을 보낸다. 쾌락을 위해 음악과 춤이 발전한다. 당시의 음악은 대호大濩라 불리는데, 후대에서 상나라 음악은 천박한 것으로 치부한다. 하지만 이미 타락한 현대인의 귀에는 아마 상나라 음악은 문자 그대로 오감을 자극하는 아름다운 음악이었으리라 짐작된다. 뽕나무를 심어 비단옷을 입었고 면직물도 나타난다. 청동기와 더불어 도자기가 발달한다. 역법이 발달하여 동양에서 수천 년간 사용해온 음력이 이때 확립된다. 십이지간지가 고안된 것도 이 무렵이다.

앞에서 이야기한 한 대부분의 발자취를 하남박물원에서 발견할 수 있다. 하남박물원이 중요한 이유는 한마디로 고대 유물, 특히 청동기 문화의 훌륭한 전시품 때문이다. 상나라 말기에 철제무기와 도구가 이미 나타나지만 그들의 생활 깊숙이 박혀 있는 것은 청동기였다. 그리고 크게 훼손됨이 없이 청동기들은 수천 년의 세월을 흘러 우리에게 당시의 모습을 설명하고 있다. 박물관에 전시된 청동기들은 그 규모가 방대해서 아연 감탄을 금치 못하게 한다. 종류가 다양해서 전시된 물품 앞에 모두 이름을 붙여놓았지만, 한자들이 참으로 어렵기만 하다. 상나라 때는 물론 주나라를 거쳐 춘추전국시대의 청동기들도 무수히 많은데 이들 또한 명문이 새겨져 있다. 금문金文이다.

중요한 역사자료라 하지만 우리 눈에는 그저 무슨 무늬처럼 보인다. 무늬도 요상한 것들이 많다. 꼬불꼬불한 무늬. 상상 속의 도철이나 기룡이라는 짐승을 나타낸 것이라 한다. 사람을 잡아먹는 호랑이 무늬도 있다. 당시 화북지방은 기후가 지금보다 온난다습하고 밀림이 울창해서 코끼리나 코뿔소 등 무수한 짐승들이 살고 있었다 한다. 그 탓일까. 코끼리, 말, 양, 오리, 물고기, 용, 학, 봉황 등 그 대상도 무궁무진이다. 청동은 구리와 주석의 합금으로 이루어진 금속이다. 당시 주조기술이 얼마나 대단한지는 상상을 할 수가 없다. 그 섬세함과 규모 모든 면에서 우리를 압도한다. 현대인들도 저렇게 주조해내지는 못할 것이리라.

우리는 역사학자나 고고학자도 아니고, 금속의 발달을 연구하는 사람들도 아니다. 일일이 자세히 보기에는 다리가 아플 정도로 수많은 청동기 유물 앞에서 인간은 무엇인가 하는 질문을 던진다. 당시의 끔찍하기만 한 사회제도 아래에서도 어떻게 저런 아름다움이 창조될 수 있었을까. 인간은 어떠한 상황에서도 끊임없이 아름다움을 추구하는 이유가 무엇일까.

청동기는 첫 눈에 아름답다. 신비하다. 왕권과 신권을 위해 쓰인 제기들이라는 생각은 접어두자. 수천 년 지나 쳐다보는 나그네의 눈에도 청동기들은 놀라울 정도로 아름다운 감동을 준다. 구리 녹이 더덕더덕 붙어 푸르게 빛이 나서 그럴까. 삼천 년 전의 역사 속에 사라진, 꿈같은 옛일이 아련히 떠올라서일까. 아닐 것이다. 우리는 청동기 모양 그 자체에서 아름다움을 느낀다. 고대인들은 현대인과 다를 것 없이 무엇을 형상화할 때 나름대로 '아름다움'이라는 것을 의식하고 만들었음이 틀림없다. 그 노력과 그 노력으로 이루어진 형상물이 시공을 초월하여 현재의 우리에게 있는 그대로 다가온다. 그래서 아름다운 것이다. 청동기는 한마디로 위대한 예술품들이다. 중국문명이, 아니 세계 인

조수관문이호

류가 자랑해 마지않는 그러한 불후의 걸작들인 것이다.

하남박물원에는 고대 청동기 말고도 한漢나라 때 도기들, 특히 당시의 건축물들을 그대로 조형한 도기들이 보는 이로 하여금 감탄을 자아내게 한다. 역대 왕조들의 갖가지 유품들, 당삼채唐三彩, 송원宋元의 자기瓷器 등이 차례로 전시되어 있다. 고대의 비석들도 눈여겨 볼만 하다. 동한東漢시대의 원안비袁安碑는 소전체小篆體로 쓰여 있는데, 둥글둥글 부드러우면서도 호방한 글씨다. 전서도 이렇게 쓰면 아름답구나 하는 생각이 든다. 춘추시대 월왕, 그리고 오왕 부차가 사용했다는 동검도 몇 자루 보인다. 감개무량하다. 중국의 이곳저곳 박물관에는 오나 월의 왕들이 썼다는 검들이 명문과 함께 전시되어 있다. 아마 당대 또는 후대의 장인들이 그렇게 명문을 새겨 넣었으리라. 그렇게 많은 검들을 특정인들이 실제로 사용했을까.

7/8000년전 배리강裴李崗문화 유적지에서 발굴된 골적骨笛 즉 뼈로 만든 피리도 인상적이다. 일곱 개의 구멍이 생생하다. 지금도 사람이 불면 아득한 옛 소리가 들릴 것 같다. 춘추시대의 배소排簫도 보인다. 한 바퀴 둘러보면 중국이 이런 나라구나 하는 생각이 든다. 한가지 특기할 것은 북송 때 만들어졌다는 매병梅瓶이 조선 초기의 분청사기와 다를 것이 하나도 없다는 점이다. 의구심이 생긴다. 조선 분청사기는 그 예술성이 뛰어나고 우리만의 특징적인 아름다움을 잘 부각해낸 것이라 생각하고 있었는데 무려 오백 년이나 앞서 송대에 벌써 그 비슷한 양식과 기법이 발달되었단 말인가.

자기의 아름다움을 이야기하다 보니 앙소문화시대에 만들어진 도기들을 지나칠 수가 없다. 하남박물원에도 몇 점이 있지만 당시에 발굴된 도기들은 서안의 섬서성박물관이나 성도의 사천성박물관 등 도처에 전시되어 있다. 물론 북경의 역사박물관에도 진품들이 보인다. 도기에는 색이 칠해져 있어 보통 채도彩陶라 하는데 홍도紅陶와 흑도黑陶가 있다. 앙소문화는 이런 이유로 채도문화라고도 불린다.

앙소의 채도를 처음 접한 것은 2000년 성도의 제갈무후사 진열실이었다. 바쁜 걸음을 붙잡은 것은 바로 인면어문채도분人面魚紋彩陶盆과 노래하는 늙은이의 설창용說唱俑이었다. 당시 사람 얼굴과 물고기가 그려진 도기를 보는 순간 숨이 멎는 듯했던 감정을 잊을 수가 없다. 은은하게 붉은 빛의 색조도 그렇거니와 그려진 문양들의 단순 솔직함은 인간이 만들었으되 이미 인간세계를 넘어선 무애의 경지였다. 이러한 채도는 앙소문화가 이루어진 지역을 따라 아주 광범위하게 발굴되어 상당히 많은 작품들이 도처에 있다. 아마 섬서성박물관과 성도박물관의 채도는 앙소문화의 반파半坡유적이나 강새姜寨유적지에 발굴된 것이리라.

원시문화의 예술작품들이 대개 그렇기는 하지만 앙소문화의 채도들은 분명히 획을 긋는 중요한 성과다. 도기들은 지금처럼 무슨 예술작품을 만들기 위해 의도적으로 만들어진 것이 아니다. 당시 도기들은 곡식을 담거나 술을 보관하고, 심지어는 죽은 사람의 시신을 담아두는데 쓰였다. 실용적으로 쓰여지고 있었던 물품들이다. 하지만 6/7000년이 지난 우리의 눈에는 이보다 아름다운 도기 예술품들이 있을까 생각이 들 정도로 아름답다.

예술작품은 시대를 반영한다. 당시는 모계 씨족사회로 공동체 생활을 하고 있었다. 이웃 부족의 침입을 방어하기 위해 해자를 파고 집단 거주를 하기는 하였지만, 당시 사람들은 지금과는 달리 평화를 누리고 있었고, 사유재산 개념이 없어 욕심이 거의 없었을 것이다. 그러한 사람들이기에 만든 작품들도 복잡함이 없이 단순하고 순진하며, 마냥 착하기만 한 모습으로 우리에게 다가선다. 말로 표현할 수 없을 정도로 깨끗한 인간의 마음이 투영되어 있다. 사람들은 도기에 그려진 문양들이 부족이나 씨족의 숭배대상인 토템을 나타낸 것이라 하지만 현재의 우리들에게 그런 것이 무어 대수롭겠는가. 작품을 있는 그대로 감상하고 먼 옛날의 잃어버린 유토피아를 상상하며 즐기면 되지 않는가.

이러한 순진무애함은 우리나라 조선 초기의 분청사기나 막사발에도 느껴진다. 조선시대는 물론 원시시대가 아니고 고도로 문명화된 시대이지만 어쩐 일인지 당시의 우리 조상들이 만든 자기들에는 칠천 년 전 중국 원시시대에 만들어진 도기들과 상통하는 점이 있다. 그런 이유로 조선의 자기들이 높이 평가받고 있는 것이 아닌가. 현대의 기술이 풍부한 도예인들이 아무리 애를 쓰며 만들려 해도 이룰 수 없는 그러한 경지. 이미 때가 묻은 사람들은 아무리 마음을 순화시키고 노력을 해도 도달할 수 없는 그런 경지다.

채도쌍연호

05

숭산嵩山 소림사少林寺

우리는 한참이나 탑림塔林을 헤매다가 주저앉는다. 숲을 이루고 있는 탑들. 모두 246좌座란다. 정말 많다. 모두 구운 벽돌로 쌓아 올린 전탑이다. 온전한 탑들도 있지만 벌써 부서져 내리고 탑신 군데군데 잡초가 무수히 자라는 탑들도 보인다. 한해살이풀들을 머리 위에 얹은 탑들. 공을 들여 쌓았을 탑들. 당나라 때부터 만들어진 탑이라는데 얼마나 많은 고승들이 세월 따라 지나갔을까. 탑마다 사리들이 있을까. 부처님 사리가 아니라 참선을 이루기 위해 고행을 마다하지 않은 스님들의 사리가 들어 있을까. 아니면 열반에 든 스님들을 기념하기 위해 세웠을까.

대부분의 탑들은 이름이나 비석이 보이지 않는다. 무상이로다. 정말 세월 속에 파묻히고 이제 해마저 기울어 점점 시야에서 사라지는 저 탑들. 무슨 의미가 있을까. 정녕 인생만사 무상이로다.

소림사는 한 마디로 전체적으로 산만하다. 사찰이지만 모든 것이 번잡스러워 보이고 다듬어지지 않았다. 대웅전도 있고 장경각도 보이고 입설정立雪亭도 눈에 띈다. 2대 종사 혜가惠可가 눈이 내린 달밤, 초조初祖 달마達摩에게 깨우침을 얻기 위해 마냥 서서 기다리다가 한 쪽 팔을 잘랐다던가. 끔찍한 일이로다. 깨우침이 무엇이기에 몸을 상하게 한단 말인가. 우리 같은 범인은 아무래도 이해가 가지 않는다.

'佛法成空却住空行空悟空化空'이라고 기둥에 쓰여 있는 글. 귀한 말씀이려니 얼른 노트를 꺼내 적어놓는다. '불법에 공空을 이룬다 함은 공에 머무르거나 공을 행하거나 공을 느끼거나 공이 되는 것, 그 모두를 버려야 함이니'라는 뜻이다. '서방성인西方聖人'이라는 현판이 걸린 건물도 있다. 서쪽에서 온 인도의 승려 달마를 기리는 곳이겠지. '佛祖拈花示衆拈花授妙法唯迦葉破顔'이라는 주련도 보인다. 부처님의 같은 말씀이라도 가섭처럼 법을 깨우치는 사람만이 그 뜻을 터득하나 보다. 달마도 아마 그런 스님이었겠지.

소림사는 496년 북위 효문제孝文帝의 명에 의해 창건되었다고 한다. 하지만 소림사가 유명한 것은 530년 달마대사가 양梁 무제武帝에 실망하여 북쪽으로 발길을 돌려 이곳 소림사에 머물며 무려 9년간이나 면벽 참선을 하였다는 사실史實이다. 그는 인도에서 들어와 대승불교의 진수인 선禪을 소개하였고, 또한 심신수양의 방법으로서 권법拳法을 보급시켰는데, 실은 이 권법도 그 기원이 인도라 한다. 하여튼 우리는 홍콩영화에서 숱하게 나오는 기상천외의 권법을 접한다. 이소룡이나 성룡의 꿈같은 액션물을 접하면서 소림사 권법은 일반인들에게 널리 알려지고 신비스러운 무술로 인식된다. 중국에서 소림사 무술은 호북성 무당산 일대에서 발원한 무당산 무예와 더불어 쌍벽을 이룬다.

소림사 대웅보전

아침 일찍 숙소를 나서 하남성박물원을 열람하고 정주에서 버스를 탄다. 숭산 자락의 등봉登封까지는 약 두 시간이 걸린다. 등봉에 들어서면 벌써 보이는 건물들은 모두 무술학교들이다. 무술을 연마하는 학생들이 도처에 보인다. 모두 붉은 옷들을 입고 있다. 중국 각지에서 모여든 학생들일 것이다. 무술학교들이 하도 많아서 길에 보이는 대로 세어본다. 수십 개가 넘자 포기한다. 정말 많다. 저 많은 학생들이 모두 무술을 배워 어디에 사용할까.

택시를 갈아타고 소림사로 향한다. 읍내라 그런지 길거리에는 제법 나무다운 나무들이 심어져 있다. 자귀나무꽃이 흐드러져 있다. 히말라야시다, 오동나무 그리고 버짐나무도 보인다. 학교 경내나 절 입구부터는 모두 측백나무다. 숭산은 표고가 1,440m다. 소실산少室山과 태실산太室山으로 나누어지는데, 소림사는 소택산 자락에 위치한다. 가는 길 저 멀리 바라보이는 옥새산玉寨山의 기암절벽이 햇빛에 빛난다.

소림사에 들어서도 어떠한 신비스러움이나 경건함이 느껴지지를 않는다. 절간인데 왜 그럴까. 곳곳에 붉은 도복을 걸친 서양인들도 창대를 휘두르며 무술 연습을 하고 있다. 각종 무기들을 진열한 곳도 있어 우리는 호기심에 그곳에 서서 사진을 찍는다. 소림사는 너무 유명하다보니 사람들의 발길만 많을 뿐이지 이미 세속화되어 버렸다. 아무래도 일정을 잘못 짠 것 같다. 차라리 소림사 본전을 포기하고 숭산 기슭에 있는 숭양서원嵩陽書院이나 숭악사의 전탑이라도 볼 것을.

숭양서원은 중국의 3대 서원 중의 하나다. 숭악사 전탑은

소림사 경내 비석군

520년에 지어진 12각 15층 탑이고, 또 중국에서 전탑으로는 가장 오래된 것 중의 하나라는데 아무래도 시간이 부족하다. 소림사 윗쪽에는 원나라 때 지어진 초조암初祖庵도 있고 달마동이 있다는데 우리는 이것들도 아쉬움으로 접어둔다.

달마대사의 발자취가 있다해서 소림사에서 무슨 가르침을 얻으려는 생각은 당초부터 없었던 터. 그럴 자세를 지니지도 못했지만 소림사의 더위와 산만함은 우리를 그저 멍하게만 만든다. 왜 이름이 달마일까. 달마대사는 무엇 때문에 그 머나먼 인도에서 배를 타고 중국까지 왔을까. 달마(Dharma)는 법法이라는데, 법이란 도처에 있는 것이 아닌가. 아니 만물이 모두 법이 아닌가. 라다크리슈난은 『인도철학사』에서 말한다.

"소승불교는 영혼을 덧없는 구성요소들이 복합체로 간주하고 있음에 비하여, 대승불교는 심지어 이러한 요소들도 실재하는 것이 아니라고 주장한다. 형이상학적인 실재가 받아들여진다. 이 실재는 존재론적 측면에서 진여眞如라고 불린다. 종교적인 측면에서 그것은 법신法身이라고 한다. 그것은 모든 모순을 조화시키는 최고의 원리이다. 그것은 또한 열반이라고 불린다. 왜냐하면 그것은 번뇌하는 인간에게 절대적인 평화를 가져다주기 때문이다. 그것은 세계의 운행을 주관하며, 모든 존재에 형상을 부여한다."

06

호북성湖北省 양번襄樊

양번襄樊 가는 길

아침을 서두른다. 어제 사놓은 차표가 10시 52분 출발이다. 오전 시간이 어정쩡하니 한 곳이라도 더 보아야겠다는 생각에 길을 나선다. 당초 목표로 했던 안양의 은허殷墟를 보지 못하였기에 대신 정주 시내의 상성商城 유적지를 찾는다. 시내 한 가운데 한적한 대로변에 기다란 담장이 쌓여 있고, 그리 크지 않은 소슬대문에 오허隞墟라는 현판이 나타난다. 표를 파는 곳도 없다. 누구 집을 찾아가는 것처럼 우리는 대문을 밀치고 들어간다. 런닝 셔츠만 걸친 두 노인이 반색하며 마중한다. 이곳을 찾는 이들이 거의 없다는 증거다. 입장료를 쑥스럽게 지불하고 우리는 안내를 받는다. 아마 이들은 이곳에 살림집 비슷하게 차려놓고 유적을 관리하고 있는 것 같다.

유적은 두 부분으로 나뉘어 있다. 하나는 자연 그대로의 성벽이다. 성이라야 모두 흙을 다져 쌓은 것이다. 오랜 세월이 지났

건만 성의 모습이 완연하다. 하지만 우리의 잘 다듬어진 백제 풍납토성과는 달리 성 위에는 무수한 잡초들만 무성하다. 한편에는 커다란 건물을 성 위에 씌워 지어 놓았다. 건물 안에 토성의 구조를 보여주기 위해 성을 절단하고 그 단면을 보여준다. 주위에는 간단한 전시물이 진열되어 있다. 훌륭한 유물들은 모두 박물관으로 옮겨졌나 보다.

성은 복잡한 구조가 아니고 단순히 토성이다. 그 쌓은 기법이 대단하였다 하는데 우리 눈에는 그런 것들이 잘 들어오지 않는다. 설명을 보니 성 주위에는 여러 토층이 확인되었다. 이리강二里崗 문화의 흔적도 보이고, 한나라 때의 축성도 나타난다고 한다.

정주 상성은 성탕왕成湯王이 한때 도읍지를 정한 곳이다. 성터 유적은 1955년에야 처음으로 발굴 확인되었다. 성은 약 3750년 전에 만들어지고 직사각형의 성채 길이는 6,960m, 하단의 너비는 20/30m이고 최대 높이는 9.1m다. 이 성은 내성이고 외곽에 외성이 또 있었다. 이리강 유적지는 바로 이 외성 부근에서 발굴되었다. 덤덤하다. 수천 년의 세월이 흘러 우리 앞에 나타난 거대한 성의 흔적들. 앞에는 깊은 해자가 둘러쳐져 있었으리라. 저 토성들은 우리에게 무엇을 이야기해 주고 있을까.

건물 한편에는 간단한 기념품 판매소가 설치되어 있다. 그림들도 걸려 있다. 첫눈에 괜찮은 그림들이다. 비석에 그려진 달마대사의 탁본도 하나 구하고 왕희지의 난정집서蘭亭集序 집자본集字本도 하나 구입한다. 그리고 사본이 아닌 진짜 그림들이 탐이 나서 두 노인네와 한참이나 씨름을 한다. 누구의 작품인지는 모르겠지만 아주 오래된 작품은 아니라도 세월의 흔적이 보인다.

새우를 그린 그림과 대나무 그림을 하나씩 구입한다. 제백석이 새우를 잘 그렸지만 우리 눈에는 걸려 있는 그림의 솜씨도 일품이다. 값을 꽤나 쳐서 지불하였지만 실제로는 저렴한 가격이다. 횡재다. 그들에게도 오늘은 운이 좋은 날일 것이다. 이름난 관광지에서는 구할 수도 없고, 있다 해도 값이 이제는 천정부지다.

열차는 중경까지 달리는 경좌보쾌硬座普快다. 딱딱한 의자로 되어 있는 열차로 보통 특급인데, 우리 식으로 말하면 서민들이 이용하는 완행열차다. 말이 완행열차이지 실은 정차하는 역간의 거리가 우리 특급보다 더 멀다. 우리의 목적지인 양번에는 19시에 도착한다니 자그마치 8시간의 여행이다. 중경까지는 아마 하루 이상 걸릴 터. 호텔에서 본 아침 일기예보는 38도. 어지간하다.

지정된 좌석을 찾아 앉았지만 곧바로 입석 손님들로 열차 안이 꽉 찬다. 두 사람이 앉게 되어 있지만 어디 그게 가능한 일인가. 곧바로 사람들이 함께 앉자고 하여 모든 좌석들이 세 사람씩 자리를 차지한다. 더운 날, 어휴 비좁다. 천장에 달린 선풍기들이 뱅글뱅글 돌아가고 있지만 차안의 열기에 우리도 점차 빙글빙글 어지럽기 시작한다. 열차는 쉴새 없이 달리고 열어놓은 창문들 틈으로 바람이 들어오고 있지만 더위를 식히기에는 턱부족이다. 하나 둘씩 사람들이 옷을 벗더니 웃통이 온통 알몸들이 된다.

좁기만 한 통로를 열차 승무원들과 장사꾼들이 지나간다. 지정된 사람들 말고도 뜨내기 장사꾼들이 올라타 별의별 물건들을 다 판다. 대개는 먹거리다. 장거리 열차이므로 식사 해결이 가장 중요한 일이다. 공안원들의 눈에 띌까봐 그들의 눈초리는 두리번거리며 여기저기를 살핀다.

양번 가는 열차에서의 예의와 약속이란 이미 통상적인 것이 아니어서 너나 할 것 없이 옷을 벗는다. 이렇게 더운데 옷을 벗지 못하는 내가 오히려 이상할 뿐이다. 저들은 시원하겠다. 수건으로 벗은 몸을 닦아내기도 한다. 한 가지 마음에 안 드는 일이 있다. 사람들이 창 밖으로 쓰레기를 마구 던진다는 사실이다. 달리는 철길 주변도 쓰레기 천지다. 비닐봉지가 제일 많고 병이나 종이 할 것 없이 온통 쓰레기가 보인다. 배고파 사 먹은 컵라면, 갖고 온 구운 오리 뼈다귀, 과자봉지, 수박껍질, 마시던 음료수 병, 심지어는 까먹은 해바라기 씨앗의 껍질들. 간단하다. 그냥 창 밖으로 던지면 되니까.

무척 더운 날이지만 날씨는 쾌청하다. 열차 여행의 즐거움은 창 밖을 스치며 지나가는 파노라마의 풍경이다. 밤에만 이동을 하다가 모처럼 낮에 다니는 즐거움이 바로 이런 이유다. 열차는 중원의 한 복판을 아래로 내려가고 있다. 허창許昌에서 길을 바꾼 열차는 평정산平頂山을 거쳐, 보풍寶豊, 남양南陽을 지나 양번에 이르게 된다. 허창은 삼국지 조조의 근거지다. 남양은 시골선비 제갈량이 산동에서 전란을 피해 숨어살던 곳이다.

주위에는 신야新野도 있다. 조조에게 쫓기며 떠돌던 유비가 남양에서 제갈량을 삼고초려 끝에 얻고, 제갈공명은 박망파 싸움에 이어 이곳 전투에서 그 능력을 유감없이 발휘한다. 하지만 유비의 군대는 보잘것없어 계속 도망을 가고 그런 와중에 조자룡이 조조의 대군 속에 뛰어들어 유비의 두 부인인 감부인과 미부인,

그리고 유비의 어린 아들 아두를 구하기 위해 종횡무진 활약한다. 미부인은 우물 속으로 뛰어들어 스스로 자진한다. 패주하는 군대의 후위를 맡은 장판파의 장비. 다리 위에서 일갈하니 조조의 장수 하후걸이 그 소리에 놀라 떨어지고 조조의 군대는 도망을 간다. 지금도 눈에 선한 삼국지의 이야기는 감동적이고 흥미롭다.

기차가 하루 종일 달리다보니 밖의 풍경이 바뀐다. 정주를 떠나 숭산 자락을 지나면 곧바로 평원이 나오는데 달려도 끝이 없이 평야다. 부러울 지경이다. 옥수수와 낙화생 밭이 연이어 펼쳐진다. 면화도 보이고 참깨밭도 있고 담배도 나타난다. 경지정리가 잘 되어 있다. 지하에서 우물을 파고 물을 끌어올리는지 물이 펑펑 나오는 관정 주위에서 아낙네들이 무엇인가 씻고 있다. 건조한 지대라 관개시설이 잘 되어 있을 것이다. 중국의 관개시설과 그 기술수준은 고대부터 유명하다.

나무는 포플러, 버짐나무, 측백나무, 오동나무, 소나무가 보이고, 후박나무나 히말라야시다도 눈에 띈다. 포플러가 많다는 것은 그만큼 기후가 건조하다는 의미다. 집들도 보잘것없이 단층 평면으로 된 것들이고, 예의 붉은 벽돌들이다.

열차가 남쪽으로 한참이나 달리며 벌써 기후가 다른 지역으로 들어간다. 점차 드문드문 논이 나타난다. 반갑다. 쌀농사를 한다는 것은 비가 내리고 물이 풍부하다는 증거다. 고추밭도 있고 고구마도 심었다. 늪지에는 연蓮도 있다. 연꽃이 군데군데 피어 있다. 한국인들이 즐겨 먹고 있는 연뿌리는 보나마나 중국산일 것이다. 집 근처에는 대나무 숲이 보이고, 아카시아도 있다. 측백은 이제 안 보인다. 벌거벗은 아이들이 흙탕물 속에서 물장구를 치며 놀고 있다. 화북의 건조한 평원에서 볼 수 없었던 모습들이다. 염소새끼들이 무리 지어 방목되고 있다.

집들은 단조로움을 벗어나 지붕이 평면이 아니라 위로 치솟기 시작한다. 우리의 지붕들처럼 말이다. 비가 많이 오는 지역의 지붕양식이다. 집들도 다양해서 눈을 즐겁게 한다. 집 옆에는 낟가리도 있고 퇴비덩어리도 보인다. 겉모습으로도 몹시 빈한한 것처럼 보이는 화북지역에 비해 살림살이가 넉넉한 것처럼 보인다. 사람들 사는 양식이 윗쪽 정주 지역과는 판이하게 다르다.

한 가지 의문이 있을 수 있다. 옛날 역사를 보면 중국문명이 찬란하게 먼저 꽃을 피웠던 곳은 관중과 중원이다. 메마르기 짝이 없는 척박한 지대에서 어떻게 문명이 일어나고, 진나라는 무슨 국력으로 천하를 통일하였을까. 진령秦岭산맥 동쪽 자락에 위치한 험한 관문인 동관潼關과 함곡관函谷關을 경계로 하여 서쪽은 관중이요 동쪽 너른 곳이 바로 중원이다. 관중은 황하 서쪽으로 위수渭水가 흘러 비옥한 평원을 이루고 있다. 진령산맥과 오르도스 사이에 황토평원이 있고, 무엇보다 물이 풍부하고 땅이 비옥하다. 중원은 물론 황하가 관통하고 있으니 말할 것도 없다. 또한 이 지역은 옛날에는 지금보다 기온이 훨씬 높았고 강우량도 많았으며 주위 산간은 모두 울창한 산림지역이었다. 진秦이 곡창지대인 관중에서 흥기하여 천하를 통일한 것도 다 이유가 있다. 그리고 당시로서는 강한江漢 지역, 즉 양자강과 한수 사이의 너른 지역은 밀림이 우거져 외진 곳이라 할 수 있다.

실제로 과거에는 이 곳은 무수한 호수와 늪지가 자리잡고 있었다. 후대에 사람들이 끝임없이 개간을 하여 수많은 호수와 택지가 사라진다. 하지만 아직도 중국에서 호수가 많은 지역이 바로 이곳이다. 사람도 그렇게 많이 살고 있는 곳이 아니었다. 중국의 인구 중심지가 장강 지역으로 내려온 것은 기후변화로 인해 북쪽이 점점 삭막해지고 또한 전란이 자주 일어난 까닭이다. 서진西晉이 멸망하고 강남의 동진東晉이 세워질 때, 그리고 북송北宋이 금金에게 나라를 잃고 남쪽으로 내려와 건안建安에 도읍을 정하고 남송을 일으켰을 때, 수많은 한족들이 남하한 것이다.

저녁 무렵 우리는 하남성을 벗어나 호북성으로 들어간다. 그리고 벌써 양번역이다. 7시를 넘었는데도 태양은 하늘에서 맹위를 떨치고 있다. 열차 안이나 밖이나 덥기는 매한가지다. 정말 뜨겁다.

고릉중古隆中

양번은 한수漢水를 가운데 두고 양양襄陽과 번성樊城이 합쳐진 도시다. 이름도 앞 글자를 합친 것이다. 한수와 장강長江 사이는 강한江漢지역이라 이름하는 요지다. 한수는 무한武漢에서 장강과 만나는 큰 강이다. 양양은 중원의 평야가 서남쪽으로 끝나는 무당武當산맥과 동백桐柏산맥을 넘어서면 나타난다. 서안西安의 관중지역과도 대파大巴산맥을 경계로 하여 갈라진다. 장강 바로 북쪽에는 무산巫山의 산줄기가 기다랗게 뻗어 있다. 히말라야 산맥의 동쪽 줄기들이 멈춰서는 곳, 바로 그곳에 강한江漢의 평야가 기다린다.

장강의 험한 삼협三峽을 통과하면 의창이 있고, 또 형주荊州가 나오는데, 바로 화중과 화북, 그리고 강동으로 나서기 위한 핵심 요충지다. 양번은 바로 강한의 평원을 시작하는 북쪽 끄트머리에 위치하는 일종의 입구다. 옛날의 형주는 바로 강한지역을 이름하는데, 좁은 의미로는 형주성 자체를 가리킨다. 양번은 강한지역의 중요 거점이다.

삼국지에서 공명은 처음 만난 유비에게 말한다.

"형주는 북으로 한수漢水, 면수沔水를 껴안아 남해南海에 이로움이 많고, 동으로 오회吳會와 연하고, 서로는 파촉巴蜀과 통했으니 이는 한번 용무用武할 땅입니다. 그 주인이 아니면 능히 그 땅을 지키지 못할 것입니다. 이곳은 하늘이 장군께 드리는 것입니다."[3]

양번 주위에는 삼국지 관련 유적들이 여럿 있다. 현덕에게 와룡과 봉추를 천거하였던 사마휘 수경水鏡선생이 살았다는 곳, 그리고 서서徐庶의 묘도 있다. 서서 역시 현덕에게 제갈량을 찾아보라고 권하였던 인물이다. 행정구역상으로는 모두 양번시에 속하지만, 말이 시이지 광대한 지역이어서 포기하고 얼마 떨어지지 않은 고륭중古隆中을 방문하기로 한다.

햇볕이 무섭도록 쏟아지는 속에서 우리는 택시에서 내린다. 앞에 돌로 만든 패방이 보인다. 청나라 때 만들어진 것이라 하지

3 | 인용문들은 박종화가 편역한 삼국지에서 발췌.

만 그리 볼품있는 패방이 아니다. “양양 성 밖 이십리허에 융중이란 곳이 있는데, 그곳에 천하기재가 한 사람 있습니다.” 바로 이곳이 제갈량이 동생 제갈균과 함께 세상을 멀리하고 숨어살던 곳이란 말인가.

유비가 신야성新野城에 한 동안 머무르며 남양南陽의 와룡을 삼고초려하였다는데, 실은 신야성은 양번보다 북쪽이고 남양은 신야보다 훨씬 떨어진 북쪽에 위치해 있다. 모를 일이다. 패방의 한 가운데 고릉중이라 쓰여 있고, 좌우에 붉은 글씨로 ‘담박이명지淡泊以明志’ ‘영정이치원寧靜以致遠’라 적혀 있다. “담백하게 몸을 가져 뜻을 밝히고, 편안하고 고요히 하여 멀리 생각한다”라는 뜻인데 노자에 나오는 글귀 비슷하다. 이 구절은 현덕이 제갈공명을 찾아 그가 살고 있던 남양 초당을 두 번째로 방문하였을 때

고융중 입구 패방

제갈공명 소상

초당에 들어서기 전 중문中門에 걸려 있는 대련이다.

삼국시대를 이은 진나라 때 벌써 이곳에 제갈량의 고택古宅을 기리기 위해 비석이 세워졌고, 원나라 때 사당이 지어졌다. 명나라 때 일시 훼손된 적이 있지만 곧바로 복원되고 대를 거치며 수 차례 수리와 신축이 이루어진다. 패방을 지나면 숲이 우거진 길이 나오고 오른 편 윗쪽으로 정자가 보인다. 봉하정鳳荷亭이다. 연꽃이 흐드러지게 피어 있다. 날이 더워 사람들은 거의 보이지 않고 단지 우리 둘만이 천천히 걷고 있다. 길가에는 제법 큰 나무들이 보인다. 계목桂木, 원백圓柏, 측백, 상수리나무, 신갈나무가 보인다. 삼각풍三角楓도 있고 우리처럼 다섯 잎으로 된 단풍나무도 있다. 사철나무와 야자수, 소나무, 그리고 히말라야시다도 눈에 띈다. 한 편에 큰 나무들은 장목樟木인데 청나라 강희康熙년간에 심은 것들이다. 고릉중은 그냥 커다란 공원같다.

한참을 올라가면 건물들이 나타난다. 곽말약이 '제갈초려諸葛草廬'라고 쓴 현판이 문에 걸려 있다. 일종의 일주문이다. 지붕은 모두 갈대잎으로 덮여 있다. 기와를 얹은 것보다 한결 보기가 좋다. 문 옆으로는 나무울타리가 듬성듬성 세워져 있다. 안으로 들어서면 초막들이 나오는데 제갈량이 유비를 기다리게 하고 낮잠을 잤다는 제갈 와실臥室이 있다. 앞마당에는 마동麻棟이라는 팻말이 걸린 나무도 있다. 130년 된 신갈나무 고목이란다. 후박나무와 대나무도 있다. 삼고당三顧堂도 보인다. 안에는 제갈량이 현덕에게 서천지도西川地圖를 펼쳐들고 설명하는 장면이 만들어져

제갈초려

삼고당

있다. 마네킹같은 조각들이다. 인형으로 된 사람들이 그저 그랬지만 그래도 옛 모습이 눈에 선연하다. 공명은 말한다.

"이 지도는 서천 54주의 그림입니다. 장군께서 패업을 이룩하시려면 북으로는 조조한테 양보하시어 천시天時를 취하게 하시고, 남으로는 손권한테 양보하시어 지리地利를 차지하게 하시고, 장군께서는 인화人和를 차지하시어 먼저 형주를 치하여 집으로 삼으시고, 다음 서천을 취하시어 기업基業을 세우셔서 솥발(정족鼎足)같이 형세를 이룬 연후에 비로소 중원을 도모하실 수 있을 것입니다."

'한제갈승상무후사漢諸葛丞相武侯祠'라 쓰여진 사당으로 들어선다. 청대에 세운 건물이 틀림없다. 조악하다. 사합원의 특징인 좁은 문과 거대한 담이 우리를 가로 막아선다. 안에는 제갈량의 소상塑像이 모셔져 있다. "신장은 팔척인데 얼굴은 관옥冠玉같고 머리에는 윤건綸巾 쓰고 몸에는 학창의를 입었는데 하늘로 나는 표연한 신선의 자세였다." 나관중이 표현한 그대로 소상을 만들려고 애를 썼겠지만 글쎄다.

위에는 행초로 '천하기수天下奇手'라는 글씨가 보인다. 동고대銅鼓臺라는 건물도 있다. 정 중앙에 구리로 만들어진 것이 있는데 전쟁터에서 신호를 보내기 위해 북으로 쓰이기도 하고, 또 군사들을 먹이기 위한 조리용 통으로 쓰였다고 했던가. 건물마다 삼고초려라는 고사를 중심으로 삼국지에 나오는 인물들과 여러 사건들을 조형화하거나 그림으로 만든 것들이 가득 차 있다. 삼국지를 좋아하는 사람들에게는 금상첨화일 것이다. 하지만 전체적으로 산만하고 눈을 사로잡을만한 유품이나 예술작품들은 띄지 않는다. 사천성 성도成都에 있는 제갈무후사와 비교된다. 성도의 유적지는 잘 다듬어지고, 또 한나라 때 유물들을 전시해 놓아 볼 것들이 많다. 사람들의 눈길과 발길을 붙잡는 데 성공하고 있다.

중국에는 이곳 말고도 제갈량을 추모하는 유적지가 여럿 있다. 성도의 무후사가 대표적이고, 장강 삼협 입구에 있는 봉절奉節 인근에 유명한 팔진도八陣圖 유지遺址가 있다. 호남성 형양에 석고산 무후사가 있고, 적벽赤壁에는 제갈량이 동남풍을 기다리고 있던 곳에 배풍대拜風臺와 무후관이 있다. 섬서성 서안의 서방에 위치한 기산祁山 오장원五丈原에는 그가 마지막 싸움을 벌이다 생을 마감하니 이를 기념하는 사당이 있고, 또한 무덤도 있다는데 가보지를 못하였다. 제갈량의 무덤은 정군산定軍山에도 있다는데 모르겠다.

세상은 돌고 돌아 제갈량이 죽은지 1800년이나 흘렀지만 연꽃은 무심하게 봉오리를 내밀고 있다. 그래도 제갈량은 행복한 사람일까. 먼 이웃나라 나그네가 그를 찾아 이곳까지 찾아왔으니 말이다. 그의 전후 두 편의 출사표를 읽으면 가슴이 뭉클하다. 뛰어난 문학작품이기 이전에 한 인간의 삶이 생생하게 전달되어 온다. 후인들은 이런 이유로 간혹 역사를 왜곡한다.

관운장이나 제갈공명은 역사적 진실보다 더 위대해지고 신비스럽게 사람들이 창조한 인물이다. 유비보다는 조조가, 그리고 제갈량보다는 사마의가 현실적으로 더 똑똑하고 현명한 사람들이 아니었을까. 실제로 역사의 매듭을 지은 사람들도 조조와 사마의였다. 조조는 위 왕조를 세우고 사마의의 자식들은 위를 엎어버리고 진晉 왕조를 일으켰으니 말이다.

양번襄樊 – 미공사米公祠, 양양고성襄陽古城

고융중에서 양번 시내로 돌아온 우리는 미공사를 찾는다. 북송의 걸출한 화가 미불米芾을 기리기 위한 사당이다. 한강漢江을 끼고 훤하게 닦아놓은 대로변에 덩그러니 이상한 건물이 보인다. 바로 옆에 강물이 흐르고 맞은 편이 양양 고성이다. 강물이 바라다 보이니 시원할 것 같지만 메마른 도로변에는 잡초가 무성하고 푹푹 찌는 듯한 큰길은 보기만 해도 덥다. 다니는 자동차들도 거

미공사

의 없고, 우리가 탄 택시 기사는 미공사를 몰라 이곳저곳을 헤매다가 내려놓는다.

큰길 바로 옆에 패루 형식으로 대문이 보인다. 석조 건물이다. 패루라 하지만 문만 있는 것이 아니고 건물의 전면을 패루 형식으로 만들었을 뿐이다. 문의 맨 위에 '미공사'라 쓰여 있고, 아래에 '보륜장진寶輪藏珍'이라는 글귀도 보인다. 추녀가 심하게 꼬부라져 올라간 것을 보니 옛 건물이 아닌 듯 싶다. 아마 근래 들어 보수를 하며 문을 꾸민 것 같다. 미공사는 본디 원나라 말기에 처음으로 세워지고 명나라 만력년간에 중수를 하였다 한다.

안으로 들어서면 너른 마당이 보이고 몇 개의 건물이 주위를 감싸고 있다. 마당이라고 한 것은 정원이라 하기에는 별로 꾸밈새가 보이지 않아서다. 건물들이 하나같이 어설프다. 앙고당仰高

堂, 구화루九華樓, 원루遠樓 등이 있고, 묵을 씻었다는 세묵지洗墨池도 있지만 물이 없다. 이곳 저곳을 둘러보다 회랑을 발견한다. 중국 유적지를 돌아다니다 보면 으레 만나는 석각 회랑이다. 미불은 소식蘇軾, 황정견黃庭堅, 채양蔡襄과 더불어 북송 4대 서법가의 한 사람이다. 수많은 필적들이 돌에 새겨져 있다. 보아도 보아도 계속 나오는 석각들은 사람을 질리게 한다. 이 더운 날에 말이다. 발걸음을 빨리 한다. 아무래도 눈이 부족한 모양이다.

미공사는 굳이 일부러 찾아와 볼만큼 훌륭한 사당이 아니다. 어디 미공사 뿐일까. 하지만 그를 기리는 이곳에서 한 시대에 획을 그은 위대한 예술가를 잠시나마 한 번 되돌아본다. 미불은 동양회화사에 있어 커다란 발자취를 남긴 인물이다. 우리나라 산수화에도 영향을 미쳐 조선 후기 겸재 정선의 그림을 보면 미점산수米點山水가 곳곳에 보인다.

미불(1051~1107)은 북송의 서화가이며 감정가로 유명하다. 자는 원장元章이고 호는 녹문거사鹿門居士, 양양만사襄陽漫士 등 여러 개가 있다. 본디 이름은 기起였으나 1091년 불芾로 개명하였다. 원래 산서성 태원 사람이었으나 양번으로 이사를 해서 오래 살았다. 이로 인해 그를 미양양米襄陽으로 부르기도 한다. 나중에 강소성으로 옮겨 말년을 보냈다. 송나라 휘종 때 서화학박사書畵學博士를 지냈으며, 관직은 예부원외랑禮部員外郎에 이르렀다. 그는 시, 서, 화 삼절로 일세를 풍미한 예인이었다. 성격이 결벽하고 괴벽스러웠다.

그가 무위주無爲州에서 벼슬을 할 때 기이하고 못생긴 돌을 발견하고 크게 기뻐하여 의관을 정제하고 그 돌 앞에서 절을 하며 형님이라고 불렀다는 일화는 유명하다. 그는 돌을 좋아하여 수많은 수석을 모았다고 전해진다. 이 일화는 후대인들에게도 널리 알려져 미불이 절하는 모습을 그린 배석도拜石圖는 후대 화가들이 즐겨 그린 화제다. 행동거지가 미친 듯하고 제 멋대로여서 세인들이 그를 '미전米顚'으로 부르기도 했다. 세상사람들과 잘 어울리지를 못하여 정치적으로 여러 차례 곤경에 처하였다. 시문에 능하고 서화에도 일가견이 있었고, 특히 고서화의 감정에 뛰어나 수많은 명품들을 소장하고 있었다. 그의 행서와 초서는 전인들의 장점을 두루 취하여, 글씨는 준매호방俊邁豪放하고 또 '풍장진마風檣陣馬, 침착통쾌沈著痛快'하다는 평을 들었다.

산수에 있어서는 남방 계통의 동원董源과 거연巨然의 영향을 많이 받았으며, 북방화가들인 이성李成이나 관동關仝 등에 대해서는 비판적인 입장을 취하였다. 그는 그림에 있어서 어떠한 규범에 구속받는 것을 싫어하고 천진발로天眞發露와 불구공세不求工細를 중시하여 수묵점염水墨點染의 기법을 창안하였다. 횡으로 점을 첩첩이 찍어 가는 기법은 과거의 준법 전통을 완전히 혁신하는 것이어서 산수화에 있어 새로운 풍격을 창조하였다.

아들인 미우인米友仁(1086~1165) 역시 뛰어난 화가로서 아버지의 화법을 계승하여 발전시켰다. 아버지를 닮아 미우인도 자유자재로운 화법을 취하였고, 스스로 묵희墨戲라 칭하였다. 그림의 역사에 있어 사람들은 두 부자의 그림들을 일컬어 미가산米家山 또는 미씨운산米氏雲山이라 부르고, 그들의 기법을 따르는 사람들을 미파米派라 한다.

미불에게는 재미있는 일화가 많이 전해진다. 그는 서화의 감식에도 일가견을 이루고 있었는데, 남의 진적인 명화를 빌어다가 그대로 모사하고는 하였다. 그런데 자신이 욕심 많은 수장가收藏家여서 진품을 되돌려주지 않고 대신 모조품을 보내어 스스로의 능력을 시험하였는데, 이렇게 해서 모은 작품들이 무려 천여 점에 달하였다고 한다.

한번은 휘종의 병풍에 글씨를 써서 바치자 휘종이 매우 기뻐하였다. 그러자 그는 휘종이 아끼는 벼루 단계연端溪硯을 달라 하여 이를 하사 받았다. 하지만 너무 좋아했던 나머지 이를 품속에 넣어 귀가하다가 옷이 먹물에 흠뻑 젖기도 하였다.

그는 말하기를 '신필작지信筆作之'라 했는데 붓이 가는 대로 맡겨 붓이 그림을 그리게 한다는 의미이다. 절로 '낙필자연落筆自然'의 경지에 도달하는 것이다. 규범이나 전통기법에 매이지 않았다는 이야기다. 그의 그림은 전해지는 것이 별로 없는데, 그가 그렸다고 주장되는 〈춘산서송도春山瑞松圖〉는 대북의 고궁박물원에 소장되어 있다. 그림을 보면 첫눈에 단순 명료하면서도 고아함을 느끼게 한다. 그가 주장하였듯이 세세하게 대상을 그리는 것은 모두 생략되었고, 원경의 산들은 아주 단순하게 그려져 있다. 근경에는 소나무 몇 그루가 한층 우아한 분위기를 더해주고 초막은 하나의 상징으로만 더할 나위없이 간단하게 그려져 있다.

미불은 과거부터 내려오는 발염기법이나 몰골법에서 한 걸음 더 나아가 적묵積墨이나 파묵破墨의 기법을 도입하였고, 이러한 농묵濃墨을 통한 표현은 후대에 커다란 영향을 주었다. 그의 이러한 미불준법米芾皴法은 우리에게도 전해져 앞서 말한 것처럼 겸재 정선에게도 하나의 전범이 된 것이다. 또한 경물을 있는 그대로 그리거나 상상으로 그리는 것에서도 벗어나 소위 마음의 뜻을 그리는 사의화寫意畵의 전통도 어떤 면에서는 미불에서 비롯되었다고 이야기할 수 있다.

형주로 떠나기 전에 양양 고성을 둘러본다. 양양 고성은 완전하지는 않았지만 그런 대로 옛 성벽과 성문 등이 잘 보존되어 있다. 한나라 때 만들어지고 송나라 때 다시 쌓았으며, 현존하는 성들은 청나라 때 중수한 것이라고 한다. 성의 둘레는 7km에 달

양양고성

하고 성벽의 높이는 8m, 그리고 모두 여섯 개의 성문으로 되어 있다. 특이한 것은 한 면은 한강에 접하고, 나머지 삼면을 해자로 둘렀는데, 그 폭이 어마어마하다. 좁은 곳이 130m이고 너른 곳은 250m에 달한다고 한다. 세계에서 가장 큰 해자라 한다.

예로부터 양번은 천하의 요충지로 전란이 끝이지를 않았는데 전략거점답게 성은 난공불락의 요새였다. 성루에 올라 바라다 보이는 한강의 풍경과 강을 따라 길게 늘어선 성벽은 볼만하다. 성문 앞으로 고시가가 늘어서 있는데 평요고성과 달리 급조한 흔적이 역력하다. 마치 하남성 개봉 역전에 만들어 놓은 고시가를 닮은꼴이다. 성을 찾아가던 우리 눈길에 국수를 뽑아 대나무 걸개에 걸어놓은 것이 인상적이다. 우리의 3, 40년 전 모습이 생각

양번 골목길에서

난다. 그리고 길 한편에 무너진 성벽이 벌거벗은 채 드러나 있고, 그 옆에 사람들이 사는 인가가 세워져 있다. 중국다운 풍경이지만 그래도 저 유서깊은 유적들이 저렇게 방치되어서야. 안타까움이 일어난다. 어떻게 보면 저런 모습이 실제로 일어나는 역사의 삶이 아닐까.

종일토록 걸어서일까, 시장기가 심하게 느껴지는 저녁, 우리는 근사한 식당으로 이동한다. 차림표는 언제나 복잡하지만 이상한 이름이 눈에 띈다. 얼른 주문한다. 여행 중 딸아이와 한 약속은 이미 먹어본 요리는 가급적 주문을 하지 않는다는 것이었다.

요리의 이름은 불문극품소佛門極品素, 버섯요리다. 표고, 팽이버섯, 싸리버섯은 알겠는데, 몇 가지 버섯을 모르겠다. 완두콩이 섞여 있고 달걀포를 둘렀다. 소스의 맛이 일품이다. 주귀우육酒鬼牛肉라는 멋진 이름을 가진 요리도 시킨다. 쇠고기튀김에 마늘, 생강, 풋고추, 붉은 고추 등이 들어 있고, 향채와 참깨도 보인다. 마파두부도 주문하고, 밥 대신에 국수 수간면手擀面을 곁들인다. 마파두부에는 비누냄새가 가득한 화초花椒 알갱이들이 거뭇거뭇 많기도 하다. 우리는 오히려 박하향이 나는구나 하며 맛있게 즐긴다. 옆에 백주잔이 벌써 빈 채로 나를 자꾸 쳐다본다.

太子坡

湖南北

道敎 聖地 武當山
그리고 자연의 신비 張家界

01

무당산武當山

태자파太子坡, 자소궁紫霄宮

무당산으로 가기 위해 단강구丹江口행 버스를 탄다. 덜렁거리는 버스는 두 시간 삼십 분이나 달린다. 고속도로는 아니고 우리의 지방국도 수준에도 미치지 못하는 길이지만 차는 잘도 달린다. 운전사에게 미리 이야기해놓은 터라 무당산 입구에서 내린다. 우리 시골 버스처럼 아무 데나 세우면 그만이다. 무당산 입구에는 주차장이 만들어져 있지만 차는 한 대도 보이지 않고 그저 휑하기만 하다. 짐을 모두 꾸려 걸머진 우리에게 무당산이라고 쓰인 패방은 썩 반가운 얼굴이 아니다. 주차장 전면의 입간판에는 강택민의 초상이 얼토당토하지 않게 크게 그려져 있다.

무당산은 광대한 지역이라 현재 눈 앞에는 아무런 건물이나 유적도 보이지 않고 양쪽에 짙은 녹음의 숲만이 우거져 있다. 1994년에 유네스코에 의해 세계문화유산으로 등재된 유서깊은 곳이지만 관광객들이 보이지를 않는다. 무당산은 한 마디로 도교

마침정

道教의 성지다. 약70km에 걸쳐 수많은 건물들이 산재해 있다.

이곳에 도교사당을 짓기 시작한 것은 당태종 때라 한다. 원나라 때도 이곳은 중시되어 많은 건물들이 지어졌지만 연이은 병란으로 대부분의 고건축들이 훼손되고 현재의 모습을 갖춘 것은 명 영락제 때이다. 나중에 설명하겠지만 영락제는 자신의 정치적인 목적과 결부시켜 이곳에 대규모의 건축사업을 일으킨다. 30만

명이라는 인원을 동원하여 무려 13년간에 걸쳐 공사를 한다. 모두 아홉 개의 궁전, 아홉 곳의 도관道觀, 그리고 기타 33개의 건축군을 건설한다. 현재까지도 남아있는 건축군이 129곳이라 한다. 진귀한 문물이 무려 7,400여 건에 달한다는데, 모두 도교와 관련된 것들이다. 또한 전통무술로도 유명한데 북종소림北宗少林, 남존무당南尊武當이라 하여 소림사 무술과 쌍벽을 이룬다.

주요 건물로는 현악문玄岳門, 원화궁元和宮, 우진궁遇眞宮, 옥허궁玉虛宮, 마침정磨針井, 복진관復眞觀, 자소궁紫霄宮, 남암南岩, 태화궁太和宮, 금전金殿 등이 유명하다. 시간이 걸리더라도 하나하나 찾아가기로 한다. 날은 덥고 힘은 들지만 언제 또 이런 먼 곳에 올 수 있단 말인가.

조그만 봉고차가 우리를 향해 다가온다. 무당산 산장에서 숙박하려는 사람들을 호객하기 위한 차다. 반갑기 그지없다. 다 살아날 방안이 있게 마련이다. 무조건 올라탄다. 차는 패방을 지나 쏜살같이 길을 달린다. 구불구불 산길이다. 중간에 오래된 건축들이 몇 개 보인다. 지도를 보니 모두 옛 유적지지만 일일이 다 볼 수 없어 그냥 통과다. 산간지대이지만 나무들은 그렇게 많지가 않다. 벌거숭이는 아니지만 우리의 울창한 숲에 비하면 산림도 아니다.

첫 기착지인 마침정磨針井에 당도한다. 건물들이 을씨년스러워 조금은 실망이다. 마당 한 가운데 구멍이 뚫린 커다란 쇳대가 박혀 있다. 저것을 갈아 침이 되도록 수련한다? 허허, 미친 짓이로다. 중국다운 이야기다. 진무대제가 젊었을 적에 그렇게 피나도록 도를 닦았단다. 다음 행선지로 향한다. 태자파太子坡다. 차를 주차한 곳은 썰렁하지만 곧바로 앞에 오래된 계단이 나선다. 천천히 올라간다. 계단이 길기만 하다.

심은 지 십 년도 안되었을 측백나무 등 여러 나무들이 보인다. 조림을 하고자 한 흔적이 역력하다. 한참이나 오른 후에 거대한 성문같은 문이 앞을 가로막는다. '태자파'라는 행서가 쓰여 있다. 지붕 위에는 풀들이 어지러이 자라고 있다. 안으로 들어선 우리는 구불구불 뻗어 있는 담장을 따라 걸음을 천천히 옮긴다. 구곡황하장九曲黃河墻이라는 담이다. 건물들이 산비탈을 따라 지어져 있다. 왜 평지에다 건물을 배치하지 않았을까.

담 옆에는 높다란 자락이 보이지만 들어갈 수 없고 우리는

태자파 정문

구곡담장길을 계속 올라간다. 건물들이 특이하다. 벽이 높다랗다. 모두 회벽으로 판단되지만 색을 하나같이 붉게 칠하였다. 첫 건물은 복진관이다. 태자파의 또 다른 이름이다. 목조 건물이다. 벽의 높이와 지붕의 균형이 색다르다. 현판이 걸린 건물은 일종의 커다란 대문이다. 이를 통과하면 나타나는 것이 '운암초보雲巖初步'라는 현판이 달려 있는 커다란 건물이다. 본전인가 보다. 운암초보라니. 아마 무당산 산정까지는 아직도 먼길일 터. 과거에 이곳을 반드시 지나야만 산꼭대기의 신성스러운 '금전金殿'에 갈 수 있었을 것이다. 그래서 초입길인 이곳에 그런 말을 써놓은 것일까. 도에 이르는 길이란 아직도 멀다는 뜻일까. 좌우에는 붉은 등들을 매단 건물들이 나란히 있고 벽돌로 뒤덮은 앞마당에는 돌난간으로 아름답게 둘러쌓은 우물도 있다.

한쪽 윗켠에는 향을 피우는 탑 또는 정자가 보인다. 물론 석조건물이다. 향을 하도 태워 시꺼멓게 그을려 있다. 오래된 문화재 유적인데 아직도 건물로의 생명을 유지하며 살아서 향을 피우나 보다. 석조기둥과 격자무늬로 된 벽 위로 지붕을 얹었다. 기단의 부조浮彫가 꽃무늬를 이루고 있다. 육각형의 정자 모양으로 대단히 아름답다. 종을 걸어놓은 누대도 보이는데 이 또한 우아하다. 건물 내부에는 진무대제眞武大帝가 모셔져 있다. 현무玄武를 딛고 서 있는 모습이다. 진무는 본디 현무가 바뀐 것이다. 동으로 주조된 것인데 현무는 머리를 바짝 세운 거북의 형상에 꼬리는 등 너머 머리까지 굽어 있다. 무당산은 도교의 여러 신들 중에서 유독 진무대제를 기리는 곳이 많다. 진무대제를 중심으로 모든 유적들이 구성되어 있다.

한 구석에 꽤나 높은 건물이 있어 발길을 옮긴다. 바로 오운루五雲樓다. 겉모습은 볼품이 없다. 하지만 들어선 우리는 깜짝 놀란다. 건물의 결구가 매우 특이한 까닭이다. 벽마다 어지러이 글씨와 그림이 걸려 있지만, 정작 우리의 눈길은 높이 치솟아 오른 기둥으로 쏠린다. 비탈에 건물을 지어 아래층은 비탈 밑부터 시작해 올라온다. 그곳에서 높다랗게 세워져 있는 거대한 기둥 하나에 전체 건물의 들보들이 모두 얽혀 있다. 동양 목조건축에서 지붕을 올리는 중심기법인 공포를 사용한 것도 아니고 도대체 무슨 공법이란 말인가. 소위 일주십이양一柱十二梁이다. 기둥 하나에 무려 12개의 들보가 걸려 있다. 무당산 목조건축군 중 그 특이한 건축공법으로 주목을 받는 건물이다. 한가지 더 기이한 것은 지붕에 얹은 기와들이다. 무척 어설프게 기와를 얹어 햇빛이 간간이 비추일 정도다. 이런 이런. 비가 새지 않을까. 천만의 말씀이다. 무려 6백년을 버틴 건물이다. 비가 새기는 커녕 통풍이 잘되어 기둥들은 어디 하나 썩은 곳 없이 튼튼하게 보인다.

박지원의 『열하일기』가 생각이 난다. 박지원은 중국 땅에 들어서서 그들의 건물을 바라보며 벽돌과 지붕의 기와를 우리와 비교하고 한탄하듯이 이야기한다. 초가지붕은 물론이고 벽돌의 효용성에 둔감하여 흙벽으로 집을 짓는 우리네 백성들의 무지가 안타깝기만 하였던 것이다. 이곳 오운루의 기와라는 것도 그저 조그만 골기와 조각들이다. 기와를 잇는 방법이 간단하다. 진흙을 전혀 사용하지 않고 서까래 위에 기와들을 한 줄은 엎어서, 그리고 옆에 줄들은 다시 배를 아래로 하여 아주 쉽게 얹은 것들이다. 얼마나 실용적인가. 실사구시實事求是는 중국의 오래된 전통이고,

모택동도 이를 누누이 강조하고, 또한 그 잘 쓰는 글씨로 휘호를 남기지 않았던가.

경내에는 오래된 나무들이 보인다. 계화목桂花木과 대추나무는 수령이 무려 450년이란다. 모과나무도 무척 오래된 것이고, 종려나무와 소나무도 보인다. 사람들은 태자파를 '일리사도문一里四道門, 구곡황하장九曲黃河墻, 십리계화향十里桂花香'라 칭송한다. 경내에는 조그만 매점도 있는데 '무당산 도교 음악'이라는 시디도 있어 얼른 기념으로 챙긴다. 무당산 일대의 도사道士들이 직접 연주하고 노래한 것이다.

꼬부랑 산비탈길을 한참이나 돌아서 도착한 다음의 행선지는 자소궁紫霄宮이다. 첫눈에 대단한 건축군들이 앞에 펼쳐져 있다. 멀리 뒤로 산을 끼고 그 아래턱에 건물들이 자리잡고 있다. 가람의 배치가 자연과의 조화를 지향하는 우리나라 사찰들의 터잡기와 유사하다. 흐르는 개천 위로 아름다운 아취교가 놓여 있고 이를 지나면 곧바로 정문이다. 다리를 건너기 전에 전면에 전체 건물들 중 앞부분이 모두 보인다. 완전히 대칭구조다. 돌로 쌓은 기단의 담벽 위에 다시 붉은 색으로 칠한 담장이 중앙의 문을 가운데 두고 대칭으로 뻗어 있다. 문 옆의 담장에는 중국 담장의 특색인 둥그런 꽃무늬를 부조로 붙여 놓았다. 문 뒤로 두 개의 마주보는 건물들이 보인다. 보나마나 고루鼓樓와 종루鐘樓다. 사찰에도 그렇고, 궁궐에도 이런 건물 배치가 나타난다. 어허, 이것은 보통 건물들이 아니구나 하는 느낌이 든다. 중국의 큰 건물들에 늘 나타나는 현상이지만 정문이 그냥 문이 아니고 커다란 건물이다. 현판에는 '자소궁紫霄宮'이라 쓰여 있다. 뜻만 푼다면 푸른빛

자소궁 정문

이 도는 하늘 궁전이다. 도교에서 모시는 신들이 노니는 곳이 바로 하늘이다. 명의 영락제가 이곳을 들렀을 때 주위의 땅 모양이 흡사 두 마리의 용이 여의주를 물고 놀고 있는 의자처럼 생겨 '자소복지紫霄福地'라 감탄한다. 해서 궁을 지으라고 명했던가.

자소궁은 영락11년(1413) 왕명으로 지어진 것이다. 무려 860여 칸에 이르는 건축군들이었다. 현재도 이 건물들이 대부분 남아 위용을 자랑하고 있다. 정문으로 들어서기도 전에 건물 모습들에서 우리의 건축을 연상한다. 고루와 종루는 중층으로 된 팔작지붕인데 용마루나 처마의 곡선 기울기가 우리와 흡사하다. 명대 초기의 건물이라 그런 것인가. 분명한 것은 조선조 건물들이 송나라와 명나라의 영향을 받았다는 사실이다. 청나라 건물들의 특징은 별로 보이지 않는다.

다리를 건너 문을 통과하면 다시 앞에 건물이 나타나고 좌우로도 건물이 길게 서 있다. 용호전龍虎殿, 십방당十方堂, 부모전父母殿 등이다. 안쪽으로 커다란 마당이 열려지고 양쪽으로 아름다운 두 개의 건물, 종루와 고루가 우리를 반긴다. 그러나 무엇보다 정면에서 웅장한 건물이 우리의 시선을 압도한다. 본전인 자소전紫霄殿이다. 걸음을 멈추고 천천히 감상한다. 보통 건물이 아니다. 크기만 그런 것이 아니다. 전체적으로 풍기는 건물의 아름다운 자태 때문이다. 고색창연한 석벽으로 된 기단. 일층이 아니라 이층의 구조로 된 석벽이 장엄하다. 이끼가 말라죽어 거무스레한 돌들. 가장자리에 나란히 걸려 있는 돌난간들. 어느 것 하나 예사로운 것이 없다.

석벽이 이층구조로 된 것을 우리나라에서는 본 기억이 없다. 부석사의 석벽도 훌륭하고 화엄사 각황전의 석벽 기단도 대단한 규모이지만 자소전과는 비교가 안된다. 한껏 위엄을 갖추려 크게 만들었을까. 계단 아래에 서 있는 사람들은 계단을 오르기 전에 본전을 자연스레 고개를 들고 우러러 보아야 한다. 효과 만점일 것이다. 우러러 보이는 건물을 향해 우리는 천천히 계단을 올라간다. 24개의 계단 그리고 다시 또 24개의 계단, 계단 양쪽의 난간들이 우아하고 아름답다. 난간과 난간 사이에는 돌벽이 있고 벽에는 부조가 새겨져 있다.

이층 현판은 세로로 '자소전'이라 쓰여 있다. 일층에는 중앙에 운외청도雲外淸都, 좌우에는 각각 협찬중천協贊中天, 시판육천始判六天이라는 글귀가 보이는데 정확하게 무슨 뜻인지 모르겠다.

모두 도교와 관련이 있는 것은 분명할 터. 건물은 중층 팔작지붕이다. 일층 정면은 다섯 칸. 이층 정면은 세 칸이고, 측면도 모두 다섯 칸, 세 칸이다. 물론 정면의 한 칸 길이가 훨씬 더 길다. 화엄사 각황전은 정면 일곱 칸, 측면 다섯 칸이나 실제로 자소전이 더 크게 보인다. 칸이라는 것이 정해진 길이가 있는 것이 아니고 단순히 기둥배열로 셈을 하기 때문이다.

실제로 자소전의 한 칸을 이루는 들보는 무려 여섯 개나 된다. 입을 벌릴 수밖에 없는 규모다. 우리나라 건축에서는 아주 커다란 건물들이 모두 네 개의 들보로 이루어져 있다. 쌓아올린 겹겹의 공포는 우리와 마찬가지로 세 겹이다. 결과적으로 다섯 칸의 건물이지만 규모가 훨씬 큰 것이다. 이층과 일층의 간격도 대단히 넓어서 벽을 두르고 주위에는 난간을 세웠다. 공포의 바깥 부분을 이루고 있는 쇠서를 모두 파란 색으로 칠한 것이 특이하다. 우리 같으면 여러 가지 색으로 단청을 이루었을 터인데.

우리는 지붕의 선과 추녀, 그리고 용마루를 관찰한다. 무엇보다 지붕의 선이 우리와 흡사하다. 하지만 유심히 뜯어보면 곡선이 우리보다 밋밋함을 알겠다. 추녀와 추녀 사이를 잇는 서까래의 선들이 처음에는 곡선으로 내리다가 길게 거의 일직선으로 진행하는 것을 발견한다. 부석사 무량수전의 곡선은 보일 듯 말 듯 굽이가 있다. 그냥 주심포로 된 기둥과 조화를 이룬다. 단순함이라는 면에서 말이다. 화엄사 각황전은 굽이가 더 크다. 아주 커다란 원의 일부를 떼어내 적용한 것처럼 보인다. 우아함의 극치다.

용마루와 치미, 그리고 추녀를 보면 자소전이 얼마나 위대한 작품인가를 금방 알 수 있다. 기와는 모두 푸른 기와인데 유약을 바른 유리기와다. 막새기와도 모두 아름다운 무늬로 수를 놓았다. 용마루와 지붕의 추녀로 이어지는 선은 모두 금빛 유리기와로 쌓았다. 그것도 조소彫塑 꽃무늬 기와들이다. 금빛 기와로 테를 두르고 가운데는 푸른 빛 조소 무늬다. 영롱한 색들이다. 그리고 기와라고도 할 수 없는 대단한 공예품들이다. 용마루를 이루고 있는 화려한 조소 기와들이라니. 추녀 끝은 마치 닭이 살아서 날아갈 것 같다. 웬 닭일까. 아니겠지. 분명 주작朱雀일 것이다. 도교에서 떠받드는 사령四靈인 현무玄武, 주작朱雀, 청룡靑龍, 백호白虎의 하나다. 그러고 보니 이층 추녀에는 청룡이 구불구불 용솟음치고 있다. 그리고 사령 바로 아래에는 선녀일까 아름다운 인물상이 걸려 있다. 그 세세함이라니. 탄식이 나올 정도다. 용마루 끝 양쪽 치미는 용이 꽈리를 틀고 있다. 건물은 햇빛을 받아 푸른

추녀의 주작

기와와 금빛 기와들이 어우러져 경건함과 신비함을 자아낸다.

우리의 자랑인 국보 제67호 각황전은 비해서 어떤 모습일까. 조선 숙종년간(1702)에 세워진 각황전은 조선조 건축을 대표하는 건물이다. 우리가 지금 이야기하고 있는 자소전보다 약 삼백 년이 늦은 건물이다. 각황전은 일층으로 된 석벽 기단 위에 세워져 있다. 기와는 골기와이지만 모두 흑회색의 단색이다. 추녀는 아무런 장식도 없다. 용마루를 이루고 있는 기와도 그냥 일자 기와를 층층이 쌓아올렸다. 치미도 물론 보이지를 않는다.

그렇다면 우리의 각황전과 중국의 자소전을 비교하여 볼 때 어떤 건물이 더 아름다울까. 우문이다. 다만 손이 안으로 굽는다고 할까. 각황전에서 고졸담백하고 우아함이 더 느껴진다. 단순함으로 인하여 기품이 배어 있다. 그게 전부일까.

냉정하게 생각해보면 우리는 자소전이 무척 화려하고 아름다운 건물임을 자각하게 된다. 두 건물 정성을 다하여 지은 것이겠지만 아무래도 국력의 차이가 엿보인다. 자소전 같은 화려한 건물들을 지으려면 얼마나 많은 부를 필요로 하겠는가. 각황전은 4년만에 완공한 것이고, 자소전 건축군들은 무려 13년이나 걸리고, 그것도 황제의 특명으로 나라의 힘을 쏟아 부은 것이 아닌가.

한가지 부기할 것은 우리나라 청와대 본전 건물이다. 경복궁 근정전의 곡선은 자소전 정도의 굽이다. 청와대 건물은 추녀와 추녀 사이가 마지막 부분만 완곡하게 휘고 중앙의 대부분은 거의 일직선이다. 각황전처럼 좀 더 굽이를 주었으면 정말로 우리의 곡선을 이루었을 터인데 하는 아쉬움이 남는다. 사람의 눈이란 이렇게 예민한 것이다. 국가원수가 머무는 곳이라 나름대로 최선을 다하여 지었겠지만 아무래도 완벽함을 기한 것 같지가 않다.

자소전 내부는 통층이다. 우리의 각황전과 마찬가지로 외부만 중층이지 안은 꼭대기까지 휑하니 너른 공간이다. 까마득히 높은 천장에는 용이 여의주를 물고 있다. 단청도 칠해져 있다. 퇴색하였지만 화려하다. 정 중앙에는 옥황대제玉皇大帝가 모셔져 있다. 옆에 협시하고 있는 금동金童 옥녀玉女 군장君張들이 보인다. 모두 명대의 걸작 예술품들이다. 밖으로 나온 우리는 주위의 건물들을 구경한다. 하나같이 범상한 건물들이 아니지만 이미 자소전을 본 우리로서는 눈이 피로하다. 건물마다 치미와 추녀가 장식되어 있다. 한 가지, 고루鼓樓의 처마 곡선이 우리의 각황전 곡선과 아주 똑 같다. 특히 이층의 곡선이 그렇다.

우리 전통건축의 특징은 중국 건물들의 다양함에서 한 부분을 취한 것일까. 태원 진사의 건물들을 바라보며 한국과 일본은 모두 중국의 건축양식에서 일부를 따다가 나름대로 발전시킨 것이구나 하는 생각이 들었는데 여기서도 마찬가지다. 무당산 고건축군이 유네스코 세계문화유산으로 정해진 이유를 자소궁 하나로도 충분히 보여준다. 자소전 밖 바로 옆에는 거대한 후박나무가 건물과 키를 겨루고 있다. 건너편 담장 너머는 대나무숲이 우거져 있다. 바람 한 점 없는 무더운 날. 대나무 숲은 바람 소리 하나 남기지 않고 멀거니 우리를 쳐다본다. 명당에 어우러진 대나무 숲이라. 우리는 천천히 먼 산도 한번 훑어보고 걸음을 아래로 향한다.

남암궁南岩宮 그리고 도교道敎의 진무대제眞武大帝

자소궁에서 나와 조금 올라가면 중간기착지가 나온다. 차도는 이곳에서 끝이 난다. 여관들이 양편에 즐비하다. 원래의 고신도古神道를 따르게 되면 남암궁을 먼저 들르게 되어 있지만 현대의 도로는 능선을 따라 닦여져 남암은 다른 방향으로 길을 꺾어야 한다. 고신도란 옛날부터 도교를 숭배하는 신자들이 무당산 정상에 있는 금정을 참배하기 위해 택하는 길을 말한다. 무당산은 1,612m나 되는 높은 산이고, 또 산자락마다 참배해야 할 궁관宮觀들이 많아 고신도의 갈래는 여럿이다.

더운 날씨에 짐이 마냥 버거운 우리는 여관을 하나 정한다. 구룡산장九龍山莊이다. 관광호텔 수준으로 깨끗하다. 가운데를 정원으로 만들어 놓고 사방으로 여러 층을 올렸다. 몸이 가벼워진 우리는 발걸음을 다시 재촉한다. 주차장을 지나 산길을 택하고 조금 지나면 산정山頂과 남암으로 가는 길이 갈린다.

남암은 오른 쪽으로 내리막길이다. 멀리 절벽 옆으로 남암궁이 보인다. 가는 길은 생각보다 험하지 않다. 잡초가 무성한 길을 따라 내려가면 건너편에 드문드문 집들이 보이고 곧바로 거대한 비각이 나온다. 사방으로 벽돌을 쌓아 올린 비각의 지붕은 사라지고 벽들 윗 부분에는 풀들이 수북하다. 안에 자리잡은 비석과 귀부龜趺는 한마디로 너무 거대해서 입을 벌리게 한다. 경주의 신라시대 귀부들은 아담하고 보기가 좋은데 이곳의 비석과 귀부는 무지막지한 느낌까지 준다. 이곳 무당산 일대에는 무려 12개의 어비御碑가 있는데, 모두 명나라 영락제나 가정제嘉靖帝, 또는 청나라 강희제나 건륭제의 친필 비석들이다.

내리막길에서 한참을 다시 올라가면 거대한 비각이 다시 나오고 곧바로 사합원 양식의 건물들이 나온다. 그냥 통과한다. 계단을 오르면 바로 벼랑에 붙인 궁전들이 나온다. 일직선으로 궁전들은 배열되어 있다. 벼랑에 붙였으니 좁은 공간에 어쩔 수가 없었을 터. 돌난간으로 안전장치를 만들었다. 오른 쪽 밑으로는 천애의 절벽이다. 중국인들은 참으로 이해가 안 간다. 어찌 이런 험난하고 위험한 절벽 옆에다 건물을 짓는단 말인가. 기술도 기술이지만 왜 그런 위험을 무릅써야만 했을까. 아마 이 궁전을 지을 때 무수한 사람들이 안전사고로 죽었으리라.

전에 산서성 대동 인근에 있는 운강석굴과 현공사를 찾았을 때도 이러한 의문이 있었는데 또 그런 곳을 만나다니. 현공사는 절벽에 나무기둥을 박아 그 위에 건물을 얹어 놓았다. 아슬아슬하고 불안스러웠다. 남암궁은 절벽을 파내고 석축을 단단하게 쌓아 올리고 그 위에 건물을 얹어 더 안전하다고나 할까. 해도 고소공포증이 있는 나는 옆으로 가기가 은근히 겁이 난다. 건물 한편에 걸린 현판이 눈길을 끈다. '유구필응有求必應'이라. '찾으면 반드시 보답을 받으리라' 그럴 것이다. 무슨 일이든 노력하고 구하려 하면 하늘은 어김없이 그에 대한 대답을 주실 거다. 괴테의 파우스트 서문 마지막 구절이 생각난다. 헤매는 자 구원을 얻으리니. 동서고금을 막론하고 힘이 없는 인간들은 삶의 질곡에서 벗어나고자 하늘과 신에게 구원을 찾는다. 나 스스로는 그런 가능성을 믿지 않지만 사람이기에 공감이 간다. 다시 현판을 쳐다본다. 고예체古隸體 글씨가 아름답고 격조가 느껴진다.

남암궁에서 무엇보다 기이한 것은 용두향龍頭香이다. 건물 벽을 터놓고 2m 정도로 길게 돌을 빼놓았다. 돌을 받친 디딤돌에는 아름다운 무늬들이 새겨져 있고, 돌의 끄트머리에는 용머리 장식이 높이 솟아있다. 위에는 향을 피우는 곳이다. 사람들이 나갈 수 없도록 쇠사슬로 막았지만 예전에는 이곳에서 향을 피우고 복을

용두향

비는 곳이라 한다. 하지만 향을 피우다 무수한 사람들이 실족하여 천길 낭떠러지로 떨어져 죽음을 당하여, 청나라 강희 16년에는 향을 피우는 것을 금지시켰다 한다.

죽음의 위험을 무릅쓰며 빌어야 하는 복은 무엇일까. 목숨보다 귀한 것이 또 무엇이 있을까. 탁 트인 시야 가까이 기암奇巖인 비승애飛昇崖가 보이고, 그 위에 거송 한 그루가 외롭게 보인다. 멀리 대각선 맞은편으로 아득히 산들이 첩첩이 보이고, 맨 위에 우리가 앞으로 올라가야 할 산정山頂이 보인다.

무당산 일대가 모두 진무대제를 숭배하기 위해 만들어진 곳이지만 남암궁도 예외가 아니다. 진무대제는 이곳에서 도를 닦다가 득도하여 승천한다. 사람들은 이 사실을 유념하고 진무대제를 기리며 그에게 복을 구한다. 기복祈福신앙이다. 중국의 도교는 역사가 오래다. 사람들은 보통 도교라 하면 노자나 장자를 생각하지만 실은 도교의 연원은 그리 간단치가 않다. 한마디로 중국 고대 이래로 내려오는 민속신앙, 특히 무격巫覡신앙이 도교의 한 축을 이루고 있다. 신선사상도 가세하고 나중에 노자와 장자도 편입된다. 사람들은 죽음과 삶을 모두 두려워한다. 사람들은 힘있는 자에게 기대며 두려움을 피하려 하고 살아 있는 중에 마음 편히 살 수 있도록 복을 구하려 한다.

모든 종교가 지니고 있는 속성이지만 도교는 원시신앙의 전설적인 숭배대상에다 역사적으로 이름난 사람들을 모두 신으로 모신다. 노자와 장자는 물론 한漢 고조高祖를 도운 장량도 있으며, 이태백이나 두보도 있고, 후대의 인물인 소식도 있다. 삼국지의 관운장은 관제關帝라 하여 최고 숭앙을 받는 신 중의 하나다.

이런 까닭으로 그 계보를 밝히기가 쉽지 않을 정도로 도교에는 신들이 무수히 많다. 우리에게 낯이 익은 신들로는 무엇보다 옥황상제玉皇上帝, 관제關帝, 성황城隍 등이 있다. 태상노군太上老君도 있는데 이는 노자가 신격화된 것이다. 그렇다면 진무대제는 어떤 신일까.

"진무대제는 원래 사령四靈 가운데 하나인 현무玄武로서 원형은 거북과 뱀이 어울린 형태이다. 송나라 진종이 자신의 선조 조현랑趙玄

진무대제

郞을 피휘避諱하기 위하여 이름을 현무에서 진무로 바꾸었기 때문에 현무가 진무로 바뀌어진 것이다. 송대에 예천관을 보수하면서 거북 한 마리와 뱀 한 마리를 얻었기에, 그 건물의 이름을 진무관으로 바꾸고 진무의 상을 만들어 모셨다. 그 모습은 '검은 옷을 떨쳐입고 장검을 짚었는데 거북과 뱀을 밟고 있으며, 그를 모시는 이는 검은 기를 들고 있었다.' 나중에 다시 진천진무영응우성제군鎭天眞武靈應佑聖帝君이라는 봉호를 받아 북방대신北方大神이 되었으며, 대단히 융숭한 제사를 받았다. 이렇게 하여 사람들은 과거의 현무와 현재의 진무를 분별하게 되었다. 그래서 사령은 여전히 청룡, 백호, 주작, 현무를 말하는 것이었고, … 원대에 이르러 몽고인들은 자신들이 북방에서 일어났기 때문에 북방대신이 자신들을 비호한다고 생각하였다. 그래서 중원으로 들어온 후 진무를 특별히 존숭하였다. 당시 전설에 의하면 무당산은 진무대제의 신산神山인데, 그곳에는 항상 검은 옷을 입고 장검을 빼든 신이 거북과 뱀을 밟고 있는 모습이 보인다고 하였다. 그래서 …무당산을 신성화시키기도 하였다. 명대 주체朱棣(영락제)가 기병하였을 때도 북방에서 시작하여 남하하였기 때문에, 그 역시 진무대제의 이름을 빌어 적절하게 이용하였다. 당시의 전설에 따르면 '매번 양쪽 진영끼리 상대를 하게 되면, 남쪽 병사들은 멀리 공중에서 진무라는 글자가 새겨진 깃발을 보게 되었다'고 한다. 그래서 나중에 주체가 황제가 된 후에 진무를 각별하게 존중하였고, 무당산에 사람을 보내 배례를 드리게 되었다. 이리하여 무당산은 이전의 용호산에 버금가는 지위에 오르게 되었던 것이다"[4]

4 | 도교와 중국문화－갈조광 지음, 심규호 역, 동문선, 1993, 395/6쪽.

영락제는 명태조 주원장 홍무제洪武帝의 넷째 아들이다. 일찍이 현재의 북경인 연경燕京에 연왕燕王으로 봉함을 받아 몽고족의 남하를 저지하는 막중한 임무를 맡고 있었다. 당시 수도는 남경이었는데 홍무제가 죽은 후 손자인 건문제建文帝가 즉위한다. 그는 중앙집권을 강화하기 위해 북방에서 세력을 구축한 연왕을 제거하려 한다. 연왕은 이에 맞서 반기를 들고 4년간의 내전 끝에 제위를 빼앗는다. 골육상쟁이다. 조선왕조 초기 세조가 조카인 단종을 내친 것과 같은 경우다.

바로 이때 영락제는 진무대제를 이용한다. 반정을 정당화시키기 위해 민중의 신앙과 힘을 끌어들인다는 것은 예나 지금이나 대단히 중요한 전략이다. 제위에 등극한 후 영락제는 무당산을 성역화시키고 대공사를 일으켜 민중의 기대에 부응한다. 하지만 실제로 영락제가 도교를 신봉한 것은 아니다. 명의 정치이념은 어디까지나 유교였고, 영락제 자신도 도교의 도사道士들을 멀리하고 그들의 허황된 참언이나 이설異說들을 경계하였다.

도교는 동한 말기에 종교로의 격식을 갖추고 남북조 시대에 흥기한다. 당나라 때 역대 황제들은 도교를 존숭하였고, 이런 여파로 우리나라에까지 전해진다. 송나라 때도 그 위세는 대단하여 송 휘종徽宗은 도교를 융숭하게 대접한다. 하지만 명과 청대에 이르러 도교는 퇴조한다. 청나라 옹정제雍正帝의 경우 도교를 용인하였지만 건륭제乾隆帝에 이르러 엄하게 통제한다. 알다가도 모를 일이다. 무당산 일대의 비석들을 보면 건륭제가 친히 쓴 비석들이 여럿 있으니 말이다. 정치란 그렇게 이율배반이란 말인가. 그렇게 보면 우리나라 부처님 오신 날, 자기의 종교에 상관없이 각정파의 정치인들이 대거 참석하는 것을 보면 민중의 비위를 거스를 이유가 없었던 것은 예나 지금이나 똑 같다.

앞서 이야기한 것처럼 도교는 민중의 토속신앙과 노장이 어우러져 있다. 하지만 다른 종교에 비해 그 교리가 취약한 부분이 많다. 이런 이유로 도교는 시대를 지나면서 유교 및 불교와 대립하면서도 실제로는 그들로부터 정신과 이론을 흡수한다. 하지만 그 근본은 무속신앙이다.

우리나라에서도 무당들이 관운장을 모시고 옥황상제를 운위하고, 또 시골에 가면 중국 도교에서 유래한 성황당이 있다. 아무려면 어떤가. 인간들을 삶의 질곡에서 벗어나게 해주고 무병장수를 누리게 하고 금은보화 재화를 내려주신다면 말이다. 해서 중국인들은 도관에서 향을 피우고 절을 한다. 불교신자나 유교이념에 투철한 사람들까지도 말이다. 소위 유두도불양각儒頭道佛兩脚이다. 대동大同의 현공사懸空寺를 찾아보라. 절이 아니다. 공자 노자 부처님 할 것 없이 모두 모시고 있다. 참으로 편한 발상이다. 한곳에서 힘있는 신神들한테 한꺼번에 복을 기원할 수 있으니!

태허궁太虛宮, 천주봉天柱峰 금전金殿

하루 일정으로 길을 일찍 나선다. 마실 물과 지도 등만 챙겨 배낭을 가벼이 한다. 아침끼니는 길거리 노점같은 허름한 식당에서 간단히 때운다. 우리는 약속한다. 위에 올라가면 도교의 성지답게 신선들이 즐기는 음식을 판다 하니 그 곳에서 맛있게 먹자고. 남암궁과 엇갈리는 길목의 매점에서 황동으로 만든 향로도 하나 챙긴다. 길은 곧바로 험하다. 바위들이 검게 보인다. 돌마다 이끼들이다. 이끼가 무성한 것을 보니 무공해 청정지역이다. 그래야겠지. 신선들이 사는 곳이니까. 낭매선사榔梅仙祠를 보는둥 마는둥 하며 우리는 발걸음을 재촉한다. 우리가 떠난 자리가 아마도 산 중턱을 넘어섰을 터이니 꽤나 높은 곳이다.

풀들이 보인다. 질경이, 억새풀, 망초, 쐐기풀이 반갑다. 돼지풀도 있고 파란 꽃을 매단 달개비와 바랭이 잡초도 있다. 그늘에는 고비도 있고 칡넝쿨도 뻗어 있다. 한편에는 까치수염의 하얀 꽃과 참나리도 무성하다. 가래가 달린 가래나무와 소나무도 보인다. 식생을 보니 우리나라의 경우 맨 아래 산자락에서 살아가는 초목들이다. 지대가 높다는 것을 감안하면 아무래도 우리나라보다 더운 지방이 틀림없다.

길은 잘 정리되어 있다. 험한 비탈에도 계단을 놓거나 커다란 반석들이 깔려 있다. 수백 년을 참배객들이 무수히 지나다녔을 길이니 당연할까. 가마꾼들이 따라 붙는다. 모두 네 사람이 두 개의 화교花轎를 걸머지고 있다. 허름한 옷을 입은 건장한 사나이들이다. 화교는 말이 꽃가마이지 커다란 대나무통으로 두 줄을 만들고 그 중간에 의자를 걸쳐놓은 것이다. 산이 비탈길이고 험하니 사람들은 돈을 내고 이용한다. 이른 아침이어서 그런지 주위에 사람들이 없다. 그들은 우리를 집요하게 따르며 타고 가기를 권한다. 거절을 하는데도 계속 따라붙는다. 불안할 정도로 신경이 쓰인다. 한 시간이 넘도록 그들은 돌아가지 않고 우리를 쫓는다. 그 끈질김이란. 그들의 어깨는 움푹 파여 있다. 대나무통을 멘 자국이다. 얼마나 오랫동안 저 일을 했으면 뼈까지 파고들었을까. 황룡동黃龍洞에 이르기까지 우리의 걸음은 날렵하다. 우리의 힘찬 모습에 가마꾼들이 포기하고 돌아간다.

조금은 미안하다. 그들에게는 밥벌이요 생계수단인데. 좋게 생각하면 다 나눔의 삶일 수 있는데. 황룡동은 절벽 위에 세워져 있고 황룡신을 모신 곳이다. 전설에 의하면 황룡이 매일 이곳 황룡헌에서 신수神水를 마시고 마침내 신선이 되었다 하던가. 황룡신은 붉은 옷을 어깨에 걸치고 있다. 전체적인 모습이 몹시 초라하다. 우리도 더위를 삭히기 위해 물을 마신다. 맛있고 시원하지만 몸은 그냥 아무렇지도 않다. 마실수록 점점 젊어진다는 전설의 신수神水라면 아기가 되도록 마시겠는데.

산은 점점 높아진다. 은행나무, 단풍나무도 보이지만 계곡마다 참나무 군락이다. 잎이 커다란 떡갈나무들도 보이고 신갈나무, 상수리나무도 보인다. 우리의 설악산이나 한라산의 원시삼림처럼 울창하지는 않지만 그래도 수령이 꽤 오래된 고목들이다. 설악산의 경우 비교적 아래 낮은 지역에 참나무 군락이 생성되는데 이곳은 높은 지대에 걸쳐 있다. 허술하게 만든 집들이 몇 채 있다. 우리는 나무의자에 걸터앉아 숨을 돌린다. 특이한 것은 음양과수라는 나무다. 살구만한 열매가 달려 있다. 열매를 말려 다리면 훌륭한 위장약으로 쓰인단다. 주위에는 여름꽃이 한창이다. 의숭화, 수국, 달리아, 장미 그리고 금잔화도 있다. 우리네 풍경과 다를 것이 하나도 없다.

한참을 다시 올라간 우리 앞에 조천궁朝天宮이 나타난다. 이곳을 거치면 신선의 세계로 들어선다. 건물들은 계단을 올라 무슨 관문처럼 앞을 가로막는다. 이곳에서 고신도古神道는 아래로 향해 다시 올라가는 길과 능선을 계속 타는 길로 두 갈래 길이다. 우리는 능선을 택한다. 입간판의 설명을 읽는다. 조천궁은 천계天界로 들어서는 입구다. 천정天庭과 인간세계의 분계선이다. 이곳은 선인들이 내려올 수 있는 제일 낮은 지역이고 사람에게는 높이 도달할 수 있는 마지막 경계다. 뭇 사람들은 이곳에서 오랫동안 수련을 거치면 신선이 될 수 있다고 한다. 우리도 그렇게 해볼까. 조천궁을 나서면 하늘에 이르는 문을 세 개나 거쳐야 한다. 그래야 진무대제를 만나게 된다. 옥황상제의 명을 받아 사람들, 귀신들, 그리고 삼계三界와 구천九天을 통괄하는 진무대제를 접하게 되는 것이다. 오래된 단풍나무 고목 옆에 졸참나무가 하늘을 찌르듯 솟아 있다. 거목이다. 나무들도 하늘로 향하고 싶은 것일까.

일천문一天門이 보인다. 힘이 들다. 신선을 만나는 일이 보통이 아니다. 문 앞에는 오래된 떡갈나무가 우리를 반긴다. 나무마다 신령들이 사는지 모두 고목이다. 문을 통과하면 능선을 내려가는 길이다. 오르락내리락 하는 것이다. 아름드리 수백 년 된 떡갈나무 군락이 나타난다. 고목 숲에 한참이나 서 있으니 시원하게 느껴진다. 무당산에는 꼭대기까지 침엽수림이 나오지를 않는다. 분비나무도 없고 주목이나 누운 잣나무도 나타나지 않는다. 해발 1,612m라면 설악산과 비슷한 높이다. 하지만 설악산에 보이는 나무들이 무당산에는 없다. 기후대가 다른 것이다. 우리 나라도 점점 기후가 높아지고 있다는데 얼마 있으면 설악산도 무당산처럼 될 것인가. 길 옆으로 돌난간들이 나오기 시작한다. 군데군

천주봉 올라가는 길의 돌계단

데 무너져 있다. 앞으로 더 전진하자 계곡 위로 아름다운 석조 아취교가 나온다. 이 산중에 저렇게 아름다운 다리라니. 고색창연한 다리다. 다리 건너 비석도 하나 세워져 있다. 건륭 52년에 세워진 다리다. '무당산 삼문三門 신도神道'라고 붉은 글씨가 선명하다. 우리는 신도를 걷고 있는 것이다. 다리의 이름도 회선교會仙橋. 하지만 아무리 둘러보아도 딸아이밖에 없다. 신선이야 마음으로 만나는 것이니 앞의 딸이 바로 신선이겠지. 다리를 건너면 곧바로 앞에 보이는 것이 석조 난간이 걸쳐진 계단들이다. 고개를 위로 돌려보니 까마득히 끝이 보이지를 않는다. 조금 전에 본 것처럼 난간이 무너지지 않고 완전하다. 보나마나 15세기 초 영락제가 길을 닦았을 것이고, 왕조를 이어가며 수리를 한다. 600년의 세월이 묻어나는 옛 모습을 우리는 있는 그대로 즐긴다. 여행의 보람이 느껴진다. 이 정도면 계단이라도 국보급이다.

우리는 하나씩 발걸음을 옮긴다. 하나 둘 세어보지만 한이 없어 포기한다. 주위에는 졸참나무 고목들이 즐비하다. 다리가 아프다. 도대체 중국인들은 신기한 사람들이다. 이 높고 험한 산자락에 길을 닦다 못해 돌계단을 놓고 그것도 모자라 아름다운 난간을 세워 놓다니. 십 미터 백 미터도 아니고 수 킬로에 달하는 계단 길이다. 나중에 알았지만 산 정상까지 이런 길이 이어진다. 아무리 만리장성을 쌓은 사람들이라 하지만 너무 심하지 않은가. 아무리 신神들을 참배하러 가는 길이라 하지만 지나치지 않은가. 아무리 국력이 크다 하더라도 낭비가 아닌가. 좋게 생각하기로 한다. 신을 만나는 길인데 어찌 소홀할 수 있는가. 정성을 다해 아름답게 꾸며야 할 것이다.

이천문二天門, 삼천문三天門을 통과한다. 아무래도 신들은 우리를 시험하고 있나보다. 사람이 사람을 시험하는 것은 불경스러운 일이지만 신들은 이 더위에 기를 쓰고 올라가는 우리 두 사람을 마지막까지 쳐다보고 있는 것 같다. 정상이 머지 않은 것 같아 우리는 기운을 낸다. 곧바로 거대한 성벽이 옆으로 보인다. 망루인가, 문인가 성벽 위에 올려진 조그만 정자 모양의 건물이 아름답다. 서천문西天門이다. 전조磚彫로 이루어져 있다.

나중에 안 일이지만 금정을 둘러싸고 있는 성벽에 누각 형식으로 4개의 문이 있는데 실제로 성문이 아니고 일종의 형식을 갖추기 위한 모조 성문이다. 성벽이 꽤나 높다. 이끼들이 더덕더덕 붙어 있어 세월을 말해 주고 있다. 성벽 아랫길을 돌아서 우리는 일단의 건물들이 몰려 있는 곳으로 들어선다. 부속건물들인 모양이다. 화장실도 있고 식당도 있으며 사람들이 살고 있는 집들도 있다. 절로 따지면 요사채라고나 할까. 쉬지 않고 곧장 계단을 또 올라 목적지로 향한다.

대악태허궁大嶽太虛宮은 무당산의 정상인 천주봉天柱峰 금정金頂에 이르기 전에 마지막으로 세워놓은 궁전이다. 좁은 공간에 건물들이 밀집하여 있다. 벽은 모두 붉은색이 칠해져 있고, 지붕의 기와는 모두 푸른색이다. 궁 안으로 들어서며 먼저 만나는 것은 황경당皇經堂이다. 좁은 마당에서 난간이 있는 계단을 올라선다. 건물의 전면이 아름답다. 보통 건물이 아니다.

영락 14년인 1416년에 칙명으로 지었다하니 벌써 600년의 세월을 버틴 건물이다. 겹처마 밑에는 흔히 보이는 공포도 보이지 않고 특이한 무늬로 되어 있다. 가운데 세로로 황경당이라는 현판이 걸려 있다. 현판 밑에 좌우로 나무 조각으로 된 신상神像들이 수없이 나열되어 있다. 그 밑에는 다시 연꽃 무늬 등이 나무를 파서 만들어져 있다. 명대와 청대에 나타나는 석각공예다. 수준이 대단히 높다. 그 아래로 '백옥경중白玉京中'이라는 현판이 또 있는데, 청나라 도광道光 25년 1845년에 중수하며 걸은 것이라 한

금전 주위 성벽 망루

다. 안쪽으로 '생천입지生天立地'라는 글씨도 보이는데 모두 도광 황제의 친필이다. '도제군성道濟群生'이라는 글도 보인다. 도가 뭇 생명 즉 백성을 구제하기를 기원한다는 의미다.

기둥과 기둥 사이의 목각들이 눈을 빼앗는다. 문짝의 판에 새겨진 나무 부조들은 도교의 무슨 신화를 그려 넣은 것이 분명하지만 그 내용을 알 수가 없다. 창살무늬도 범상치가 않다. 내부에는 옥황상제, 진무대제, 성모聖母 등이 모셔져 있는데 정중앙에 진무대제가 자리잡고 있다. 신상 주위의 목조각들이라니. 진무대제 위로는 주작과 현무가 보이고 옥황상제 위에는 두 마리의 용이 가운데 여의주를 물려 하고 있다. 목공예 예술의 극치다.

황경당을 지나면 '대악태화궁'이라 쓴 정전이 나온다. 앞에는 공간이 좁은데도 고루와 종루가 대칭구조로 맞보고 있다. 모두 명대 건물로 1416년에 지어진 것들이다. 하지만 건물이 석조이다. 정확히 말하면 돌과 구운 벽돌로 만들어져 있다. 저편에는 남천문이 보인다. 물론 구운 벽돌로 지어진 것이지만 벽돌에는 모두 조각이 새겨져 있다. 나무 대신에 돌로 서까래를 세웠다. 중국을 여행하다 보면 건물들이 목조, 석조, 벽돌 등이 혼합되어 있음을 알게 된다. 목조 일색인 우리와 많이 다르다. 이 세 가지 재료들을 중국인들은 떡 주무르듯이 하며 자유자재로 장인정신을

황경당 내부 옥황상제

발휘하고 있다. 궁 안에는 도사가 지키고 있다. 기다란 소簫를 불고 있다. 연주 솜씨가 대단한 것은 아니지만 그런 대로 들을만한 수준이다. 무슨 곡인가 물어보니 소무목양蘇武牧羊이란다. 한나라 때 흉노에게 잡혀 초원에서 양을 치며 살았던 소무의 이야기를 노래한 것이다. 옆에 책이 있어 슬쩍 들쳐보니 장자莊子다. 허허 그렇구나. 장자가 바로 성경이겠지.

드디어 성벽 안으로 들어선다. 기다란 성벽이 천주봉을 완전히 한바퀴 돌며 감싸고 있다. 높이가 대단하다. 산꼭대기 급경사의 비탈길에 이런 어마어마한 성벽을 쌓아올리다니. 올라가며 4개의 문을 내려다보니 건축양식에 하나도 소홀함이 없다. 기와는 골기와 모양을 본뜬, 기다랗게 구운 벽돌들이다. 용마루도 있고 치미도 달아놓았으며, 추녀의 선 위에는 잡물들도 있다. 성의 전체 모습이 북경의 자금성을 보는 것 같다. 자금성 역시 명나라 영락제가 지었으니 아무래도 공법이 비슷한 모양이다. 둘레가 무려 345m가 된다.

성안으로 들어섰지만 미로같이 좁고 험한 비탈길을 오른다. 쇠기둥을 박고 줄로 연결되어 있어 이를 붙잡으며 올라간다. 그리고 마지막으로 나오는 계단길들. 돌난간으로 둘러친 길이 또 나온다. 하늘 끝까지 계단이 이어지는가. 난간을 잇는 쇠걸이 줄에 자물쇠들이 무수히 매달려 있다. 모든 금빛 자물쇠들이다. 자물쇠들을 이렇게 걸어 놓으면 복이 내린다나. 이렇게 많은 자물쇠들을 본 적이 없다. 인간들의 바램이란 이렇게 한이 없는 것일까. 아래로 태허궁이 내려다보인다. 지붕의 푸른 기와들이 아름답다. 멀리 끝없이 뻗어나가는 능선들도 눈 아래 들어온다.

이제 다 올라왔나 보다. 신의 세계로 들어서서 신들을 만나려고 사람들이 북적거린다. 올라올 때 거의 보이지 않던 사람들이 어디서 나타난 것일까. 우리가 탄 능선길 아래로 다른 길이 있어 케이블카가 설치되어 있었다. 중국에서는 케이블카를 삭도索道라 한다. 당일치기로 오는 사람들이 이용하는 코스다.

신의 세계를 꿈꾸고 올라온 사람들에게 산 정상의 금정金頂은 하나의 커다란 선물이었다. 하늘이 기대에 부응한 것일까. 꼭대기에 아담한 건물이 보이고 약간 낮은 지대의 좌우로 건물들이 배치되어 있다. 건물 앞 계단 좌우로 동으로 만든 학들이 마주보고 있다. 신선들이 타고 다니는 학일까. 금정으로 다가선다. 아무래도 건물의 인상이 특이하다. 지붕은 중층이다. 기와골도 보이고 공포도 보인다. 하지만 이상하다.

가까이 관찰하다가 우리는 깜짝 놀라게 된다. 나무도 아니고 돌도 아니고, 그렇다고 벽돌도 아니다. 쇳덩어리다. 금동으로 만든 건물이다. 건물 하나를 금동으로 완전히 발랐다. 목조건물의 부재 모양을 주조된 합금 동으로 일일이 본떠서 정성껏 쌓아올리다니. 문짝도 동이요 기둥도 동이다. 지붕과 서까래는 물론 추녀와 용마루가 모두 동이다. 도대체 이 많은 동을 어디서 조달하였을까. 도저히 믿을 수가 없다. 그리고 얼마나 금속주조의 기술이 뛰어나면 합금 동으로 저토록 섬세하게 건물을 지을 수 있을까.

이태리 플로렌스를 갔을 때 르네상스 시대에 만들어진 수많은 건물들 중에서 아직도 기억에 남는 것이 있다. 바로 로마네스크 양식으로 지어진 Baptistry(Battistero)성당이다. 색깔이 있는 대리석으로 지어진 아름다운 성당인데 특히 눈길을 끄는 것은 성당의 문들에 새겨진 부조浮彫(Relief) 대리석들이다. 모두 Lorenzo Ghiberti의 작품인데 특히 동쪽 문(East Door)이 유명하다. 천국의 문이라 불리는데, 1425~52년에 만들어진 것이다. 구약성서에 나오는 이야기들을 조각으로 새겨 넣었다. 모두 10개의 부분으로 되어 있다. 아담과 이브, 카인과 아벨, 아브라함이 아들 이삭을 바치는 장면, 모세가 십계명을 받는 모습, 다빗드와 골리앗, 솔로

금전

몬과 시바의 여왕 등등의 이야기들이다. 대단히 섬세한 조각들이다. 겉을 금빛으로 칠해놓아 신비감을 더 자아내게 한다. 종이 위에 그림을 그린다 해도 저렇게 그리기는 쉽지 않을 터. 대리석이 무르다 하지만 어떻게 저토록 세세하게 표현할 수 있었을까.

천국의 문이 만들어진 시대가 바로 영락제가 금전을 지은 시기와 일치한다. 한쪽은 대리석으로 지었고 한쪽은 동으로 주조하여 만들었다. 그리고 으레 그렇듯이 동양의 건물들은 누구의 작품이라고 남겨지는 것이 드물다. 단지 황제의 명을 받들어 시대를 살아가는 장인들이 땀을 흘려 만들었을 뿐이다. 어떤 건물이 더 아름다울까. 어떤 작품들이 더 예술적으로 뛰어나다 할까. 기술은 어느 쪽이 앞섰을까. 아무래도 돌보다는 동이 더 어렵지 않았을까. 양쪽 모두 깊은 신앙심의 발로로 지어진 것들인데 정말로 신들의 세계나 천국으로 들어서는 문들은 저렇게 아름다워야 하는 것일까. 금전 앞의 석주 난간을 올라서면 디딤판들이 모두 대리석들이다. 대리석 한 가운데 금빛 심들이 박혀 있다. 무슨 보석같다. 이런 돌들을 어디서 구해서 깔아 놓았을까.

이층 지붕 밑으로 금전金殿이라는 현판이 걸려 있다. 물론 금동이다. 동 특유의 녹이 쓸어 글씨가 잘 보이지 않는다. 용마루 끝의 치미는 백호가 입을 벌리고 받치고 있다. 추녀를 타고 내리는 곡선에는 잡물들이 있고 끝에는 학을 탄 신선이 앉아 있다. 공교로운 아름다움이 눈을 앗는다. 지붕을 이루고 있는 처마의 선도 은근하다. 앞서 본 자소궁의 곡선처럼 아름답다. 건물 안에는 진무대제가 모셔져 있다. 대제를 둘러싼 신상들도 보통이 아니

금전 앞의 학

다. 모두 동으로 만든 동상銅像들이다. 지금 만든다 해도 저런 품격높은 동상이 나올까. 위에는 '금광묘상金光妙相'이라는 현판이 걸려 있는데 잘 보이지를 않는다. 금전 앞마당에는 향을 피우는 곳도 마련되어 있어서 사람들은 향을 피우며 절을 한다. 우리처럼 두 세 가닥의 향을 꽂고 피우는 것이 아니라 두 손으로 한 움큼, 아니 커다란 다발을 통째로 한꺼번에 피운다. 욕심이 지나칠까. 삶의 고단함이 어디 한 두 가닥일까. 바다처럼 깊고 넓기만

한 삶의 바다. 향의 부피나 연기만큼 복도 많이 내려주소서.

배가 고프다. 금정을 내려와 식당을 찾는다. 신선들이 즐기던 음식이라? 동떨어진 이야기다. 누가 그런 허황된 말을 하던가. 우리는 그냥 허기를 채운다. 커다란 맥주병이 바로 신수神水로 가득하다. 산을 돌아내려 온다. 멀리 산들이 아스라이 펼쳐진다. 저 아래 속진의 세계가 있나니 우리들의 삶터라. 아니 금정 바로 밑 얼마 안 가서 우리는 하늘에서 버림받은 인간세계를 본다.

까까머리 늙은이가 곰방대를 물고 연신 불을 붙이고 있다. 걸터앉은 의자는 꼬마 의자다. 딸아이가 언제나 탐을 내는 의자다. 의외로 튼튼하고 편하다. 저 팔자가 상팔자려니. 나무판자로 얼기설기 짠 집 앞에는 희망이 걸려 있다. 격재진보格財進寶라. 재화를 맞이하고 보물을 찾아 얻는다? 방도 붙어 있다. 대련의 바탕이 붉은 색이 아니고 노란색이다. 누군가 세상을 떠난 모양이다. 중국에서는 상을 당한 집의 대련은 노란 바탕에 쓴다는 이야기를 딸아이의 중국 친구에게서 들은 것은 훨씬 나중의 일이다. 東西南北方方有利, 春夏秋冬季季興旺－동서남북 사방에 좋은 일이 있으시고, 춘하추동 일년 내내 흥함이 있으소서. 현실에서 이루지 못한 부귀영화 그리고 희망과 꿈이 더위에 지친 채로 집 앞에서 흐느적거리고 있다.

옥허궁玉虛宮, 우진궁遇眞宮, 현악패방玄岳牌坊

옥허궁은 영락 11년 1413년에 지어지고 가정 31년 1552년에 중수를 하였다 한다. 하지만 청나라 건륭 10년 1745년 대화재가 발생하여 모두 소실되었다. 궁은 모두 2,200칸이나 되는 대단한 규모였다. 그 규모가 얼른 감이 안 온다. 실제로 앞의 공터가 한없이 펼쳐져 있는 것을 보니 그 웅장한 모습이 어떠하였을까 상상이 가기는 한다. 아마도 무당산 궁관 가운데 제일 큰 규모로 무당산 건축군들 중에서 중심이 되는 궁이었을 것이다. 지금 남아

옥허궁 탑벽무늬

있는 다른 궁관들만 해도 엄청난 데 무척 아쉬운 일이다.

구운 벽돌로 쌓아올린 비각 안에 거대한 비석을 관람한다. 천장은 뻥 뚫려 있다. 벽 위에 잡초가 무성하다. 비석은 어마어마하게 크다. 사람 키의 서너 배는 됨직하다. 거대한 거북의 등에 얹힌 비신碑身의 머리는 용 두 마리가 장식을 하고 있다. '짐은 성조成祖(영락제)가 크게 일으킨 현제玄帝(진무대제)를 모시고 있는 태화산 복스런 땅에'라고 시작하는 비문이 또렷하다.

1988년 처음으로 북경을 찾았을 때 방문하였던 명13릉에 대한 기억이 새롭다. 우리나라 구리시에 금곡릉이 있는데 본디 이름은 홍유릉洪裕陵이다. 홍릉은 고종과 명성황후, 그리고 유릉은 순종과 순명황후의 능이다. 이 능들은 종전의 능들과는 다르게 황제의 묘로 격식을 갖춘 능이다. 조선왕조가 쇠망하고 나서 세웠기에 아쉬움이 남아 있기는 하지만, 그래도 조선 왕조의 다른 능들과 달리 그 규모가 우리를 압도한다. 특히 문무석文武石과 수석獸石들은 그 크기가 상당하다. 하지만 명13릉 입구에 늘어서 있는 집채만한 수석들을 보고 우리는 아연실색하게 된다.

코끼리나 말의 생김새와 그 크기란! 게다가 능의 봉분까지 가려면 다시 택시를 타고 한참이나 달려야 했다. 그리고 그들의 봉분은 능이 아니고 산이었다. 나무가 우거진 산이었으니. 당나라 고종과 측천무후가 잠자고 있는 섬서성 서안西安의 건릉乾陵은 능역의 길이가 십리도 넘는다. 옥허궁은 그런 그들의 행태가 역연히 나타난다. 우리는 천천히 산책을 한다. 허허 벌판에서 말이다. 드문드문 불타지 않은 유적들이 보인다. 향을 피우던 향탑은 전체가 유리벽돌로 만들어졌다. 대단하다. 벽돌만 아니라 문을 이루고 있는 문무늬도 모두 유리물을 부어 만든 유리돌 무늬다. 기술도 기술이지만 참으로 섬세하다. 탑 위에 수북하게 잡초들이 무성하다. 마당 한 가운데는 개천도 흐르고 아름다운 아취교도 남아 있다. 옥허궁의 구역을 가로지르는 벽에는 꽃무늬 벽돌 장

옥허궁 내 비석

옥허궁 탑

식이 눈을 끈다. 두 마리 공작이 노닐고 노랗게 활짝 핀 꽃잎들이 볼만하다. 중국의 담장에는 으레 이런 장식들이 보이지만 옥허궁의 벽돌무늬장식은 그 예술적 수준이 대단하다. 다시금 우리는 한탄한다. 경주 황룡사가 지금껏 남아 있다면, 그리고 익산의 미륵사가 현재까지 보존되었다면 하고 탄식하듯이 말이다. 세월 무상이로다. 정말로 이름 그대로 옥허玉虛다.

큰길로 나와 아래로 한참을 내려가서 우진궁遇眞宮을 찾는다. 우진궁은 명나라 초기 무당산 도사로서 무당산 태극권太極拳의 창시자 장삼풍張三豊을 신으로 모시는 사당이다. 태극권은 소림사

무술과 더불어 중국 무술의 양대 산맥을 이루는데, 중국 불교 선종을 남북 양종으로 나누듯이 소림사를 북종이라 하고 무당산을 남종이라 일컫는다. 소림권은 외가권外家拳이라 하여 외형적 아름다움도 소홀히 하지 않는데 비해, 무당산 일파는 내가권內家拳이라 하며 무당권으로도 불린다. 전설에 의하면 장삼풍은 무당산의 도사였는데 하루 밤 꿈속에 나타난 신으로부터 권법을 전수받는다. 이어 무술을 크게 일으키고 이를 후대에 전하게 된다.

무당산 무술은 한마디로 내면을 중시한다. 양생養生을 주로 하며 몸을 보호하고 수신을 목적으로 한다. 일종의 정신正身, 정기正氣 작용이다. 호연지기浩然正氣를 얻고자 각고의 노력을 기울인다. 이를 위해 수요정手要正, 두요정頭要正, 심요정心要正, 의식청정意識淸正, 인환요청정人還要淸正을 요구한다. 그 움직이는 모습은 '행여사行如蛇 동여우動如羽'라 하여 뱀처럼 행동하고 새의 날개처럼 움직인다. 그리고 이정제동以靜制動, 이유극강以柔克剛, 후발제인後發制人이라 하여 조용함으로 움직임을 다스리고 부드러움으로 강함을 다스리며 맨 나중에야 사람을 상대하는 것이다. 이 권법의 이치는 모두가 태극음양설을 근거로 한다고 한다.

그들의 주장을 들어보면 마치 노자의 말씀을 읽는 것 같다. 노자 36장에는 '유약승강강柔弱勝剛强—부드러움이 강함을 이긴다', 45장에는 '정승조靜勝躁—고요함이 조급함을 이기고, 寒勝熱—차가움이 뜨거움을 이기며, 淸靜爲天下正—맑음과 고요함이야말로 천하의 바름이다'라는 말이 나온다. 또 78장에는 '天下莫弱於水—천하에 물보다 약한 것이 없으나, …弱之勝强—약함이 강함을 이기고, 柔之勝剛—부드러움이 강함을 이긴다 …'라는 구절도 있다. 앞의 태극권의 강령과 하나도 다를 것이 없다. 역시 도교의 무술답다.

유감스럽게도 실제로 그들의 무술을 본 적은 없으나 기회가 있어 비디오 영상으로 일부를 엿볼 기회가 있었다. 그 움직임이 웃음을 자아낼 정도로 부드럽고 이상할 정도로 몸을 유연하게 사용한다. 마치 춤추는 듯한 우리의 택견을 보는 듯하다. 그렇다고 우리의 무술이 중국에서 전해져 왔다는 것은 오해일 것이다. 우리의 택견이나 본국검은 삼국시대 이래로 현재까지 꿋꿋하게 전해 내려오는 우리만의 무술이다. 어찌했든 내공內功을 중시하고 심신을 수련하며 양생을 도모하고 부드러움과 살생을 가리는 것은 중국이나 우리나 함께 공유하는 점이다. 서양의 레슬링이나

현악패방

권투, 그리고 검법과는 판이하게 다르다. 길고 뾰족한 칼로 상대방을 찌르기에 급급한 펜싱과는 격을 달리 한다.

마당 한 쪽에 모과나무 고목이 보인다. 이렇게 큰 모과나무가 있다니. 가운데가 뻥 뚫려 있는 거대한 고목이다. 팻말도 있다. 수령이 600년이란다. 주위에 호롱박처럼 생긴 배를 달고 있는 배나무도 보이고, 반갑게도 커다란 무궁화나무에서 꽃이 한창이다.

무당산 일정의 마지막인 현악패방玄岳牌坊은 그리 멀지 않은 곳에 있었다. 새로운 길이 나기 전 옛날에는 무당산의 정문이 바로 이곳이었다. 무당산의 입구 정문을 맨 마지막에 보다니. 현악패방은 중국에서도 가장 아름다운 것의 하나에 속한다. 현악이란 진무대제를 기리는 산이라는 뜻이다. 명나라 가정 31년 1552년에 세워졌다. 아름다운 패방이요 자랑할 만한 문화재이지만 주위가 썰렁하다. 자동차길 옆에 그냥 덩그러니 쓸쓸하다. 우리같으면 요란스레 치장을 하고 주위를 단장하여 관광지로 만들었을 터인데 아무 것도 없다. 그저 간단한 팻말 하나 서 있고, 그나마 퇴색하고 쓰러지듯 기울어져 있다.

그럼에도 불구하고 패방은 보는 이를 금방 압도할 만큼 당당하다. 패방은 세 칸이고 기둥은 네 개이며 모두 다섯 층이나 된다. 높이는 12m에 달하고 너비가 12.26m다. 대단한 규모다. 패방의 한 가운데 '치세현악治世玄岳'이라 쓰여 있다. 당시 가정황제嘉靖皇帝가 도교에 의탁하여 도교의 숭앙받는 신인 진무대제가 하늘에서 내려와 세상을 잘 다스려 주기를 희구하는 마음이 담겨 있다.

패방은 전체가 아름다운 석각 공예의 진수다. 명대 건축물을 보면 목조로 된 무수한 공예품 말고도 돌이나 벽돌 등으로 이루어진 공예조각들이 무수히 붙어 있다. 현악패방도 마찬가지다. 기둥이나 지붕의 처마, 난간, 버팀돌 등 할 것 없이 온통 조각들이다. 신선들이 아래를 굽어보고 있고 기둥 사이마다 학들이 구름 속을 날아다니고 있다. 천상의 세계다. 지붕 맨 위의 용마루 한 쪽이 사라져 아쉽기는 하지만 그것은 극히 일부에 불과할 뿐, 패방이 풍기는 예술적 품격은 보는 사람으로 하여금 넋을 잃게 한다. 정말로 대단한 예술문화유산이라 하겠다.

하지만 걱정이다. 이렇게 버려지듯이 놓아두면 안되는데. 세월에 그을리며 패방은 현대인들의 무심함을 나무라는 듯 시꺼멓게 멍들어 가고 있다. 손도 좀 보고 주위에 조그만 공원이라도 만들어 놓는다면 얼마나 좋을까.

02

형주荊州

무당산을 조금 벗어나니 드넓은 벌판이 펼쳐진다. 논들이 끝없이 보인다. 무한武漢까지 이르는 강한江漢평야다. 가로수는 모두 포플러다. 밑둥을 흰색으로 발랐다. 집들은 벽돌집이지만 하얀 타일을 붙여 그래도 보기가 낫다. 하지만 농촌의 집들이라는 것이 첫눈에 보아도 궁색함이 배어 있다. 성한 문이라고는 거의 없고 창문이 없는 경우도 많다. 화북이나 섬서성보다 사정이 나은 편이지만 시골은 어디까지나 시골이다. 개발이 한창인 중국도 이런 내륙까지 손길이 미치기에는 세월이 아직 멀다.

부락에는 드문드문 낟가리도 보인다. 그래도 관개시설은 잘 되어 있는 것같다. 멀리 개울들이 흐르고 군데군데 웅덩이들도 있다. 우리네 농촌과 흡사하지만 물이 더 많은 곳이다. 들판에는 연밭도 보인다. 연꽃을 재배하는 것이다. 꽃들이 무심하다. 부처의 세계에서 피는 꽃이지만 이곳의 연꽃들은 그저 속세의 사람들이 입에 풀칠을 하기 위해 심은 것들이다. 그렇다고 속세의 연꽃이나 부처의 연꽃이 무엇이 다를까. 배롱나무꽃도 한창이다. 낙엽세콰이어도 줄지어 나타난다.

한수漢水를 다시 건넌다. 한강이라고 불리는 이 강은 말이 장강의 지류이지 보통 큰 강이 아니다. 섬서성에서 발원하여 한중漢中을 지나 호북성을 관통하고 무한에서 장강과 합류한다. 길이 1,532km에 달하니 우리의 한강보다 훨씬 길다. 수량이 풍부하나 낮은 평원을 지나기 때문에 호북성 동쪽에 무수한 호수와 샛강을 만들고 우기에는 쉽게 범람한다. 중국에서 홍수가 났다고 하면 이곳에서 무한에 이르는 지역이 먼저 피해를 입는다.

버스가 잠시 정차한 틈을 타 옥수수를 사먹는다. 길쭉하게 크지만 알갱이가 시원치 않다. 그러고 보니 우리 옥수수는 개량이 된 품종으로 비교가 안될 정도로 실하다. 과일은 풍성하다. 바나나와 여지가 보인다. 참외도 있고 복숭아, 수박도 있다. 수박은 종류가 다양하다. 겉모습은 엉성해 보이지만 막상 속내는 우리 것보다 달다. 메마른 모래땅에서 재배하여 그럴까. 오래 전 이집트에서 사먹은 수박이 생각난다. 사막의 수박은 햇볕을 많이 쪼여 과일이 아니라 과자다. 우리처럼 물이 질질 흐르지도 않고 육질이 단단한 듯 하면서도 당도가 높다. 맛이 일품이다.

어느덧 양번으로 돌아온 우리는 택시기사에게 좋은 식당을 안내하라고 한다. '민간주헌民間酒軒'이라. 한자의 상징력은 대단해서 호기심을 자극한다. 다고육사茶菇肉絲와 유작청초油炸青椒를 주문한다. 육사肉絲란 고기를 채 썬 듯이 길게 자른 것이다. 팽이버섯, 차나무버섯, 토마토 파란 것과 붉은 것을 채 썰고, 마른 붉은 고추를 잘게 썬 것, 파 마늘 등이 들어간다. 고기는 돼지고기인데 중국식으로 기름에 볶은 것이다. 맛이 일등급이다.

다음 요리는 문자 그대로 기름에 튀긴 고추다. 이곳은 음식이 맵다. 더운 지방이라 그럴까. 하여튼 고맙도록 체질에 맞는 음식들이다. 형주에 본점이 있고 이곳은 지점이라 하니 저녁도 그리 가기로 한다.

형주로 가는 대파大巴를 탄다. 큰 버스라는 뜻이다. 30인 정도 좌석이 있는데 아주 고급스럽다. 온냉 정수기도 있고 티브이도 달려 있어 시간을 달랠 수가 있다. 냉방이 시원하다. 자리도 우리의 우등버스보다 간격이 넓어 편하다. 통로 쪽으로 의자를 약간 뺄 수도 있다. 차장도 있어 불편함에 귀를 기울여 준다. 도로는 콘크리트로 포장되어 있다. 드문드문 패어져 있다. 그래도 차는 잘도 달린다. 앞에서 바라보니 조금 불안하다. 어떨 때는 가슴이 조마조마하다. 길 위에는 닭도 뛰어 다니고 물소도 어슬렁거린다. 노인네들도 느릿느릿 걸어간다. 자전거는 물론이요, 손수레도 지나가고 오토바이도 달린다. 마주 오는 차들은 영화의 한 장면처럼 속도 조절없이 내달려 오다가 곡예하듯이 서로 비켜 간다. 정말로 귀신들처럼 운전을 한다. 우리나라도 운전이 험하기로는 이름이 나 있는데, 이곳 중국에서는 명함도 못 내밀 것이다.

의성宜城을 지나 종상鐘祥을 통과한다. 산은 하나도 보이지 않는 대평원이다. 복받은 나라다. 논이 지평선 너머까지 펼쳐져 있다. 화북에는 거의 없던 논들이다. 이곳은 아주 오래 전부터 벼를 재배한 지역이다. 호남성에서는 1만년 전 신석기 시대에 재배한 볍씨들이 발견되고 황해를 연한 강소성 일대에서는 아직도 야생벼가 자라나고 있다고 한다. 물이 풍부한 곳이라 곳곳에 개울이 흐르고 연못이나 웅덩이가 보인다. 어떤 연못들은 물고기 양식을 하는지 분수들이 보인다. 아마 공기를 넣기 위한 장치일 것이다. 뿔이 심하게 구부러진 검은 물소들이 물탕질을 하고 있다. 이가염李可染의 그림에 나오는 장면들이다. 가로수에 매어 놓은 물소들이 한가하게 되새김질을 하고 있다.

가로수는 거의 모두 포플러다. 간혹 아카시아도 보인다. 의성 시내와 종상 시내는 모습이 거의 비슷하다. 무엇보다 시내 한가운데의 대로들이 인상적이다. 이곳들 뿐만 아니라 중국은 대부분 이런 모습들이다. 우선 도로가 믿을 수 없을 정도로 넓다. 스케일이 크다. 한 가운데 왕복 6차선의 도로가 있고, 양쪽으로 화단과 가로수들이 조성되어 있다. 가로수들은 대개 히말라야시다나 괴수槐樹다. 우리 나라에서는 특이하게 대구와 김천의 가로수가 모두 히말라야시다다. 동대구역 앞길이 모두 히말라야시다로 덮여 있다. 버짐나무도 있다. 그 옆으로 다시 자전거길이 만들어져 있고, 그 옆에 가로수가 또 한 줄 늘어선다. 그리고 마지막에야 인도가 나타난다. 그러고 보니 도로 하나에 총 6개의 가로수들이 줄지어 서 있다. 장관이다. 시골의 조그만 도시도 이럴진대 우리의 사정이 딱하다. 땅덩어리가 좁아서인가 생각이 짧아서인가, 중국의 도로에 비하면 너무 협소하고 답답하다.

차는 종상을 지나 형문荊門을 통과하고 형주로 내달린다. 멀리 지평선 끝에 산들이 나타난다. 서쪽에서 내려오는 무산巫山의 자락들이다. 티벳에서 시작하여 청해성을 지나온 산맥들이 여기서 숨을 다하고 있다. 이곳 형주부터 드넓은 화중華中평야가 시작된다. 산들만 느려지는 것이 아니라 삼협三峽을 노도같이 험하게 흘러내린 장강도 의창을 지나 강릉에 이르러 숨을 돌리며 게을러진다. 차는 야트막한 구릉지대를 통과한다. 두 시간을 달리는데도 구릉이 보인다. 구릉이라야 높은 것도 아니고 그저 완만한 언덕들이다. 길이 부드럽게 오르락내리락 한다. 프랑스의 구릉지대를 달리던 생각이 난다. 석회암 카르스트 지형이라 프랑스는 평원이 온통 구릉이다. 곧게 뻗은 고속도로가 길게 오르락내리락하는 것을 보면 장관이다. 언덕 비탈이나 언덕 마루 할 것 없이 밀밭이나 포도밭이 펼쳐져 있는 풍경이란.

그렇게 많던 논은 이제 보이지를 않는다. 옥수수 밭들이 연이어 나타나더니 목화밭도 보인다. 우리 나라에서는 거의 사라진 목화밭이다. 흰 꽃들이 자욱하다. 참깨밭도 끝이 없다. 팥인지 녹두인지 콩밭도 많다. 저렇게 너른 땅에서 참깨를 재배하니 텃밭 농사를 짓는 우리 농민들이 어찌 당하리오. 산에는 소나무 숲이다. 길옆에도 소나무들이 나타나고는 한다. 가지런하다. 식목이 잘 되어 있다. 조림한 숲들은 금방 흔적이 확인된다. 수목의 하늘 가장자리가 일정한 것이다. 독일의 숲을 관통하는 고속도로를 달리다보면 그들의 숲은 모두가 조림된 것임을 알 수가 있다. 연도를 달리하며 심었기에 숲의 높이가 서로 다르다.

이곳도 마찬가지다. 중국인들이 근래 식목에 커다란 힘을 기울이고 있음을 알겠다. 집과 건물들은 점점 깨끗해진다. 지붕도 기와다. 비가 많이 오는 지방이라는 것을 감안해도 아무래도 남쪽으로 내려갈수록 모든 것이 풍부하다. 부가 느껴진다. 활엽수들도 나타난다. 참나무다. 간혹 후박나무나 배롱나무 그리고 종려나무 등도 있다. 기후가 거의 아열대다. 위도가 30도로 우리보다 한참 아래이니 당연한 일이다.

어둠이 세상을 덮고서야 우리는 형주 시내로 들어선다. 긴 여행이다. 호텔에 짐을 부린 우리는 곧바로 민간주헌民間酒軒 본점으로 직행한다. 우리는 푸짐하고 멋진 저녁을 즐긴다. 여행의 또 다른 재미다.

죽통유미배골竹筒糯米排骨(18위안)-유미糯米는 찹쌀이요, 배골排骨은 갈비다. 돼지갈비와 찹쌀, 그리고 붉은 고추 등의 양념을 함께 대나무통에 넣고 찐다. 대나무의 원통을 마디와 마디를 길이 방향으로 길게 잘라내고 그 안에 넣고 찐다. 대나무 향이 특이하다. 무슨 통조림 냄새 같다. 맛이 부드럽고 진하다. 며칠 전 양번에서 먹은 호남취자간배골湖南臭子干排骨이 생각난다. 어린 돼지새끼 갈비와 새까만 색의 말린 두부를 매운 국물에 말았다. 음식의 무궁무진함이라니.

민간구육民間扣肉(18위안)-길고 두껍게 썬 삼겹살, 조의 알갱이보다 약간 크게 으깬 쌀, 젖은 붉은 고추 다진 것, 계피 등 각종 약초와 향료. 이를 버무려 먼저 끓인 다음에 쌀과 고추를 다시 넣고 찐다.

양반금침고凉拌金針菇-가느다란 버섯과 길게 썬 피망을 기름에 버무렸다. 콩나물 무침 맛이 난다. 팽이버섯처럼 졸깃졸깃하다.

한편에는 음식점 자랑이 한창이다. 우리처럼 한마디로 그들 식당이 원조라는 이야기다. 왈, 중화정종지방특색점中華正宗地方特色店, 형초미미가효명점荊楚美味佳肴名店이다. 유감스럽게 배는 한정되어 있으니 모든 요리를 맛볼 수가 없다. 차림표는 왜 그리 복잡한지. 그들이 자랑하는 탕요리만을 이름이라도 읽어보며 눈요기를 해보자. 가로 안에는 값이다. 우리 돈으로 환산하려면 130원을 곱하면 된다. 어디 가서 이렇게 싸고 훌륭한 요리를 먹을 수 있을까. 북경이나 상해라도 어림없다. 벌써 그곳은 값들이 만만치가 않은 탓이다.

노압저두외탕老鴨猪肚煨湯(25)－오리와 돼지 간

후두고외토계탕猴頭菇煨土鷄湯(28)－원숭이 머리, 버섯, 토종닭

삼씨외유합탕蔘氏煨乳鴿湯(48)－인삼과 비둘기

황두외저각탕黃豆煨猪脚湯(28)－돼지족발, 콩

산진갑어외탕山珍甲魚煨湯(48)－거북이

산사외오탕山蛇煨烏鷄(68)－산뱀과 오골계

식도락가라면 군침이 돌만한 희귀 요리들이다. 보신이라면 사족을 못쓰는 우리네 사람들이 왜 이런 곳을 놓아둘까. 술이 없을 수가 없다. 이곳은 지강백주枝江白酒가 유명하단다. 맛있는 음식에 톡 쏘는 독한 술이라. 삶의 천국이 따로 있을 수가 없다.

형주고성荊州古城, 형주박물관荊州博物館, 기남고성유지紀南古城遺址

이른 아침 백제성이 구름 속에 아른

천리 강릉이 하룻길인데

언덕엔 원숭이 소리 멈추지 않고

날랜 배 벌써 첩첩 산을 지난다[5]

이백의 시다. 장강의 빠른 물살만큼이나 경쾌하다. 눈에 보이는 풍경도, 그리고 배 위에서 시를 짓는 이백의 마음이나 모두 탁 트여 있다. 싯구의 흐름이 또한 그러하다. 우리도 벌써 형주다. 하룻밤 자고 일어난 우리의 몸과 마음도 가볍다. 그러나 형주는 그 이름에서부터 퀴퀴한 역사의 흔적을 느끼게 한다. 얼룩진 역사의 무게가 곳곳을 파고들어 이백의 시처럼 마냥 들뜬 마음일 수가 없다. 형주는 옛 강릉성이다. 현재의 형주시는 남쪽으로 사시沙市와 합쳐지고 장강을 따라 위치한 강릉江陵을 흡수하여 동서로 길게 뻗은 도시다. 말이 도시이지 실제로 면적이 14,000여 평방킬로에 달하는 광대한 지역이다. 우리의 경상북도 만한 크기다.

장강 중류에 위치하고 서쪽으로 익주益州 즉 촉蜀지방으로 들어가기 위한 입구이며, 동시에 촉에서 화중華中평야나 중원으로 진출하기 위한 교두보다. 제갈량이 촉에서 한중漢中을 지나 섬서성 관중으로 진출하려 애를 쓴 것만큼이나 화중이나 오월吳越로 나가려면 반드시 형주를 근거지로 삼아야 했다. 장강의 중류에 위치하여 물자가 풍부한 강한江漢평원의 남쪽 중심지이며, 동시에 동정호 가까이 호북이나 호남을 아우를 수 있는 전략 요충지다.

아침에 우리는 형주박물관을 먼저 찾는다. 중국은 지방의 웬만한 도시마다 박물관이 있다. 시설은 대개 낙후된 것이지만 소장품에는 대단한 유물들이 많다. 형주박물관은 새로 지은 건물이

5 | 朝辭白帝彩雲間 千里江陵一日還 兩岸猿聲啼不住 輕舟已過萬重山.

형주고성

라 외관이 깔끔하다. 중국의 다른 박물관들처럼 수장품목들은 비슷하지만 특이한 것은 신석기 문화유물을 집중 전시하고 있다는 점이다.

굴가령屈家岭 문화는 지금으로부터 약 5000~4600년 전에 강한평원 일대에 존속하였던 문화다. 장강과 한수 사이에 최근 들어 8개의 신석기시대 고성이 발견되었다 한다. 그중 하나가 음상성고성陰湘城古城이다. 동서 길이가 580m, 폭이 350m로 약 20만 m^2에 이르는 규모다. 흙으로 쌓아올린 성벽의 높이는 7m, 기층은 46m, 상층은 10~25m로 이루어지고, 주위는 거대한 해자로 둘렀다. 성문 대신 수로를 뚫어 배를 타고 성 안팎으로 드나들었다. 박물관에는 성의 지도와 설명이 자세하게 안내되어 있다. 당시의 생활상을 보여주는 수많은 유물들이 있었지만 사진을 찍을 수가 없어 유감이었다. 그들의 생활은 어느 정도의 수준이었을까.

“굴가령 문화의 주민들은 벼농사를 위주로 하며 돼지와 개 등을 사육하고 어로와 수렵 및 채집 경제를 함께 했다. 석기는 소형 자귀와 도끼 등의 도구가 흔했고, 소량이지만 구멍 뚫린 돌도끼와 돌삽도 있었다. 도기 제작은 수공 위주였지만 물레를 이용한 도기 제조기술이 출현되면서 생산량이 향상되었다. …동시에 교환을 목적으로 하는 상업성 생산을 야기시켜 사회에 엄청난 변혁을 몰고 왔다.”[6]

석가하石家河문화는 굴가령 문화에 이어서 나타난 것으로 약 4300~4000년 전에 형성된 문화다. 더 오래된 고문화古文化인 대계大溪문화의 채도문화권에 속하고 세 발 달린 토기를 제작했다. 이때 이미 중국문자의 원시형태가 나타났다고 한다.

“석가하 성은 성벽 길이가 1,100~1,200m이고 성밖에 수십 미터 너비의 원형 해자가 둘러쳐져 있었다. 거주지는 성의 중심에 있었으며 칸을 나눈 가옥으로 조성되었다. 벽은 굽지 않은 돌을 쌓아 올리거나 두들겨 다져 만들었다”[7]

“석가하 고성의 거대한 공사는 당연히 강력한 조직과 지휘 센터를 필요로 하였으며, 규모 면에서 볼 때 씨족 혹은 부락이 감당하기 힘들었다. 노동력과 물자를 더 많은 지역에서 공동으로 제공해야 했던

6, 7, 8 | 문명의 새벽 - 조춘청趙春靑 지음, 조영현 옮김, 시공사 2003년, 100, 138, 139쪽.

것이다. … 큰 성이 작은 성을 통제하고 작은 성은 다시 약간의 촌락 지역을 통제했다. 석가하 성이 통제하던 지역은 결코 원시적인 씨족 혹은 부락사회만은 아니었으며, 역시 당시 장강 중류지역의 고대 왕국들이었다"[8]

역사의 기록이 남아 있는 중국 최초의 왕국인 하夏나라 보다 더 오래 전에 발흥한 왕국들이다. 면적이 100만m²에 이르는 거대한 성이라니. 하지만 어떻게 보면 난공불락인 성채의 출현은 바로 인간들의 비극이 시작되었음을 암시한다. 인간들은 오래 전부터 성을 쌓고 스스로를 보호하였으며, 동시에 전쟁을 일삼는 무리들이었다. 이들 문화보다 앞선 앙소仰韶문화의 반파半坡유적지를 보면 아득한 세월임에도 벌써 깊은 해자를 파지 않았던가. 모계씨족사회를 형성하고 있던 공동체의 나눔 생활인데도 인간의 탐욕은 태고부터 물려받았음이 틀림없다. 욕심을 채우기 위해 남을 죽이는 그런 잔인한 탐욕 말이다.

눈길을 끄는 전시품들이 있다. 옥으로 만든 사람 얼굴의 옥면구玉面具, 맷돌, 항아리, 거북 등이 보인다. 시대가 뒤늦은 것이지만 청동으로 만든 요강도 있다. 중국에서 가장 오래된 요강이란다. 높이가 2m 남짓한 거대한 남성 생식기 모형도 있다. 설명을 보니 조상 숭배의 시작이란다. 남근 숭배는 인간의 정말 오래된 풍습인 모양이다. 한쪽에는 돼지의 뼈들을 진열해 놓았다. 돼지는 신석기 시대에 가축화된 것 같다. 도표가 재미있다. 돼지의 뼈가 변화해온 모습을 시대 별로 그려 놓았는데 야생과 현재의 돼지를 비교하여 보면 원시시대 즉 석가령 문화시대에는 반반 정도의 특성을 지니고 있었고, 현재의 돼지들은 야생돼지와의 공통점이 30%에 불과하다고 한다. 돼지들이 불쌍하다.

특이한 것은 무수한 무구武具들이다. 특히 동검銅劍들이 줄지어 진열되어 있다. 모두가 춘추전국시대 월越나라의 왕들이 쓰던 것들이라 한다. 월이라 하면 현재 절강성 항주, 소흥 지방인데 왜 멀리 떨어진 이곳에 그들이 쓰던 검들이 있을까. 칼은 정말 명검들이어서 아직도 날이 시퍼렇다. 섬서성 박물관에서 본 검들도 그랬다. 머리카락을 벨 정도라니. 정말 대단한 금속 주조 솜씨들이다. 2500년의 세월에도 녹이 쓸지 않았다. 칼에는 금색으로 새긴 명문도 보인다. 장식화된 대전체大篆體다. '월왕녹영검越王鹿郢劍'은 앞에 '월왕월왕越王越王'이라 새겨 있고, 뒤에 '자지우사者旨于賜'라 쓰여 있는데, 녹영은 월왕 구천의 아들로 기원전 464~459년간에 재위한 왕이다. 또 월왕 구천의 증손자라는 월왕 주구州勾(기원전 448~412)가 사용했다는 검도 있다. 8개의 글씨가 새겨 있는데 '월왕주구越王州勾 자작용검自作用劍'이라 읽는다고 한다. 왕이 직접 사용하던 검이란 말인가.

예전에 강소성 소주蘇州의 검지劍池를 관광한 적이 있다. 오월의 칼들은 고대부터 보검으로 이름이 나서 오왕 부차가 월왕 구천에게 쫓겨 도망갈 때 그곳에 무수한 보검과 명검들을 수장시켰다는 고사가 있다. 하지만 그곳에서 칼을 건졌다는 이야기는 아직 없다. 혹시 초나라의 강역이 강동까지 미쳤었으니 이미 그때 초나라 왕들이 모두 건져오지 않았을까. 그리고 초나라가 멸망당할 때 다시 이곳에 묻힌 것은 아닐까. 어디까지나 상상이다. 글씨는 역시 대전체大篆體다. 설명에는 글씨가 차금조전체借金鳥篆體라 하는데, 처음 듣는 서체 용어다. 꼬부랑 글씨 모양이 상형문자 새 조鳥자를 닮아서 그렇게 부르는가 보다. 칼들은 이것 말고도 여럿이 더 보인다. 참으로 칼 한 자루만 있어도 국보 취급을 받을 텐데 왜 그리 칼들이 많은가. 왜 아직도 저렇게 서슬이 시퍼런가. 보물이라고 느끼기 전에 인간에 대한 말할 수 없는 두려움이 엄습한다.

우리가 옛 초나라의 도읍인 기남성紀南城을 찾은 것도 바로 그런 이유에서다. 기남성은 당시 영郢으로 불린 곳이다. 형주성 한참 북쪽에 위치한 곳을 택시를 타고 무조건 가자고 한다. 택시 기사는 지도를 보고서야 알아듣는다. 성터는 허허벌판에 자리잡고 있다. 성은 규모가 대단해서 동서로 4,450m, 남북으로 3,588m에 달하였다 한다. 성의 아래 너비는 40~80m이고 높이는 3.9~7.6m, 성벽 위의 너비는 10~15m라 하였으니 기남성은 거대한 성채도시였다. 주위는 온통 밭이다. 연꽃을 재배하는 곳도 있고 웅덩이도 있다. 토성임이 분명한데 성벽의 자취라고는 풀과 잡목으로 뒤덮인 기다란 언덕들이다.

성벽으로 올라간다. 아무런 흔적도 보이지 않는다. 무심한 요즘 사람들이 설치한 전신주들만 길게 꼬리를 물고 있다. 유적이라고 해야 제대로 된 안내판도 없다. 바로 이곳이 피비린내 나던 역사의 현장이란 말인가. 영은 기원전 689년 초나라 문왕文王이 이곳으로 도읍을 정하고 이후 411년간 애환을 함께 한 곳이다.

우리가 초나라 하면 대개 한왕 유방과 초왕 항우의 쟁패를 떠올리지만 실은 항우가 근거한 초는 현재 강소성 북부의 서주徐州(팽성彭城)를 중심으로 하여 회화淮河와 장강을 거쳐 강동지방까지 미친다. 하지만 그 이전에 춘추전국시대 오나라와 월나라가 사라지고 초나라가 장강 유역을 모두 차지한 이후 강남 일대를 모두 초라고 부르게 된 것이다. 그리고 초의 문화라 하면 중국에서 북방과 대립되는 남방 지역의 문화를 이른다. 하지만 초나라의 발생과 중심지는 어디까지나 바로 형주 일대다.

영은 춘추전국시대 두 번이나 외적의 말발굽에 짓밟힌다. 한 번은 오나라 왕 합려와 그 신하인 오자서伍子胥에게 침탈을 당하고, 나중에 다시 진나라 장군 백기白起에게 철저히 유린을 당한다. 모두 인간의 드라마가 얽힌 역사들이다. 『사기』를 쓴 사마천은 「초세가楚世家」와 「열전列傳」에서 오자서의 이야기를 소설처럼 극적으로 써놓았다. 역사는 시대를 사는 사람들의 이야기이고, 또 사람들의 삶이란 소설처럼 극적이지 않은가.

초평왕楚平王에게 억울한 죽임을 당한 아버지의 원수를 갚기 위해 오나라로 도망친 오자서는 결국 자기의 조국인 초나라를 치고 그 수도 영을 함락시킨다. 원한에 맺힌 오자서는 초평왕의 무덤을 파헤치고 시체의 목을 벤다. 원수는 갚았지만 결국 그도 오왕 합려의 아들 부차로부터 검을 받고 스스로 목숨을 끊어야 했다. 태사공 사마천의 말이 뼈가 시리도록 다가온다.

"원망하는 일이 사람에게 독을 끼침이 심하구나! 임금된 자는 그 신하에게도 원망을 품게 만들어서는 안 되는데, 하물며 그 동열同列인 사람 사이이겠는가!"[9]

9, 10 | 사기열전-사마천 지음, 남만성南晩星 역, 을유문화사 1987, 46, 149쪽.

초회왕楚懷王과 굴원屈原의 고사도 유명하다. 굴원의 간언을 듣지 않은 초회왕은 유명한 세객說客 장의張儀의 속임수에 넘어가 결국 일신을 망친다. 진나라에 들어가 잡혀 결국 그곳에서 생을 마감한다. 물론 왕의 신임을 받지 못한 굴원은 떠돌다가 멱라수에서 몸에 모래를 품고 투신 자살한다. 초회왕을 이어 받은 경양왕 때 진나라 장수 백기는 초의 수도 영을 함락하고 왕릉을 불태운다. 초왕은 동쪽으로 도망가니 기원전 278년의 일이다. 태사공은 말한다.

"세속의 상말에 자(척尺)도 짧은 것이 있고, 치(촌寸)도 긴 것이 있다고 한다. 백기는 적을 잘 헤아리고 임기응변하여 기이한 꾀를 냄이 무궁하여 명성을 천하를 진동하였다. 그러나 응후應候에게서 오는 환患을 당하여 스스로 구출하지 못하였다."

이야기는 계속된다.

"진왕은 드디어 사자를 보내서 그에게 칼을 내려 주면서 자결하게 하였다. 백기는 칼을 끌어 잡고 자결하려 하면서 이렇게 말하였다. '내 하늘에 무슨 죄가 있어 이 지경에 이르는가?' 하고는 한참 뒤에 말하기를, '내 본래 죽어야 마땅할 것이다. 장평長坪의 싸움에서 항복해온 조趙나라의 군사 수십만 명을 죄다 구덩이에 생매장해 죽였으니, 이것으로 죽기에 넉넉하다'하고 드디어 자살하였다" [10]

역사상 위대한 정복자라 불리고 영웅으로 칭송되는 사람들은 모두가 무수한 인명들을 개미 밟듯이 그리고 풀을 베듯이 죽인 사람들이다. 알렉산더와 나폴레옹이 그러하며, 히틀러는 말할 것도 없고 징키스칸 역시 그러하다. 그런데도 왜 인간들은 그들을 역사에서 찬양하는가. 세월에 무너져 내리고 깎아져 내린 성터 위에서 우리는 뜨겁기만 한 여름의 바람을 맞으며 사진이나 찍는다. 그리고 발길을 돌이킨다. 가시돋친 잡목들이 무성하다.

형주로 돌아온 우리는 형주 고성을 돌아본다. 양번의 양양고성과 구조와 모습이 흡사하다. 성을 둘러본 우리는 장강으로 향한다. 드넓은 양자강을 보니 마음이 툭 트인다. 강변의 찻집이 인상적이다. 청나라 양식을 본뜬 건물이다. 처마가 하늘을 닿을 것처럼 날카롭게 꼬부라지며 치솟는다.

우리는 석축으로 쌓아올린 둑방을 조심스레 내려간다. 장강을 오르내리는 여객선과 화물선들이 분주하다. 나룻배를 기다리고 있는 농민들이 광주리에 야채를 가득 담고 있다. 우리는 천천히 강물에 발을 담근다. 말없이 흐르고 있는 장강의 도도한 역사에 발을 담근다.

03

장가계張家界

무릉원구武陵源區와 황룡동黃龍洞

새벽 열차를 타고 새로운 아침을 맞이한다. 지방의 열차는 마냥 느리기만 하여서 잠을 설치며 자는둥 마는둥 시간을 보낸다. 장가계 시에서 다시 버스를 타고 장가계 국가 삼림 공원으로 이동한다. 공원 입구에는 여관이나 호텔들이 즐비하다. 외국인 관광객들이 도처에 보인다. 우리도 깨끗한 호텔을 잡고 여장을 푼다. 반나절의 시간이 남으니 장가계에서도 동쪽으로 치우쳐 있는 황룡동을 먼저 구경하기로 한다. 황룡동에 가는 길 양쪽 좌우로 펼쳐지는 절경은 가슴을 두근거리게 하고도 남는다. 바로 백장협百丈峽 풍경구다. 깎아지른 듯한 산봉우리들이 즐비하고 그 계곡 밑으로 뚫어놓은 길을 달린다.

황룡동은 거대한 석회암 동굴이다. 동굴 안에 물길이 있어 배가 관광객을 실어 나를 정도다. 석회암 동굴을 찾을 때마다 느끼는 것이지만 기기묘묘한 석순과 종유석은 우리로 하여금 시간이란 무엇인가 생각하게 한다. 수만 년, 수십만 년, 한 방울 한 방울 물이 떨어지며 생성되는 저 단단한 세월의 흔적들. 백년도 살지 못하는 인간이란 도대체 어떤 존재들인가.

황룡동은 규모가 엄청나서 보는 사람의 기를 질리게 한다. 우리나라 울진의 성류굴을 여러 번 다녀왔지만 그 규모가 비교가 안된다. 오래 전 유럽의 룩셈부르그 고성을 찾아가는 길에 들렀던 벨지움의 동굴이라면 모를까. 돌아오는 길, 무릉원시에서 아스라이 바라보이는 산봉우리들은 정말로 꿈에서나 볼 그런 풍경들이다. 이곳이 무릉도원일까. 도연명이 이곳까지 유람하지는 않았을 터. 분명 후세 사람들이 이곳의 아름다운 풍경에 도취해 도연명의 유명한 싯구를 빌어 이름을 붙였을 게다.

장가계는 말이 공원이지 무척 광대한 지역이다. 장가계시는 삼림공원을 포함하여 총면적이 9,516km²에 달하는 커다란 도시다. 중국에서의 시는 우리의 개념과 많이 다르다. 우리로 따지면 도道 정도가 되는 크기들이다. 인구는 154만명, 토가족土家族, 백족白族, 묘족苗族, 회족回族, 한족漢族이 어우러져 살고 있으나 주민의 69%가 토가족이다. 본래 대용현大庸縣으로 불렸으나, 88년에 자리현慈利縣과 상식현桑植縣 등을 흡수하여 시로 개칭되었다. 북위 28/9도에 위치하며 연 평균기온이 16도라 하니 아열대기후에 속한다. 1992년 세계자연유산으로 등록되었다.

장가계는 지질학적으로 석영사암石英砂岩으로 되어 있다. 본래 공원으로 지정된 면적은 264km²였으나 현재는 지역을 넓혀 모암하茅岩河와 구천동九天洞 그리고 천문산天門山 등 3개의 명승구를 추가로 포함하여 총면적이 약 500km²에 달한다.

장가계의 아름다움을 수식하는 언어는 부지기수다. 잠깐 몇 가지 들어보면 '기봉임립奇峰林立' '용동군포溶洞群布' '구학종횡溝壑縱橫' '계수도도溪水滔滔' '기화쟁연奇花爭娟' 그리고 '장봉藏峰, 교橋, 동洞, 호어일체湖於一體' 등등. 현란한 표현이다. 또 있다. 대자연의 미궁, 중국산수화의 원본, 분재를 확대한 풍경, 축소한 선산仙山, 불가사의한 천연박물관이며 지구기념관. 중국인들은 장가계의 경치를 요약한다. 기奇, 수秀, 유幽, 야野, 험險이라고. '다섯 걸음을 할 때마다 새로운 경치요, 열 걸음을 할 때마다 새로운 하늘이라' 자랑한다.

황룡동 용굴

천자산天子山 일대는 고원지대다. 최고봉은 곤륜봉崑崙峰인데 높이가 1,262m다. 생각보다 높지 않은 산이다. 하지만 정상인 곤륜봉을 중심으로 평원과 같은 고원지대가 펼쳐지고, 아래로 침식 작용에 의해 무수한 계곡과 봉우리들이 산재되어 장관을 이룬다. 마치 미국 콜로라도의 그랜드 케넌과 같은 이치다. 하지만 그랜드 케넌과 장가계는 모두 신이 만들어 놓은 자연의 경이지만 그 격이 많이 다르다. 스케일은 그랜드 케넌이 훨씬 더 크지만 미국의 그것은 숨결이 없다. 사람이 살지 않고 나무를 볼 수가 없는 황량한 모습 그대로다. 장가계는 구석구석마다 원시림이 우거져 있고 맑은 물이 흐르고 있으며, 또한 사람들이 살고 있다. 경이로운 자연이되 사람들과 식물들이 함께 숨쉬는 곳이다. 또한 그랜드 케넌은 보통 고원의 마루에서 아래를 내려다본다. 그리고 계곡을 타는 것은 목숨을 건 행동이다. 보통사람들에게는 불가능한 일이다. 하지만 장가계는 아래에서 위를 볼 수도 있고, 계곡 곳곳에 발걸음을 할 수 있으며, 또한 천자산 고원에서 장관을 아래로 한 눈에 내려다 볼 수도 있다. 한마디로 더 친근한 풍경이다.

장가계에 대해 좀 더 자세히 소개하기로 한다. 우리나라 여행사들이 광고하는 것을 보면 보통 장가계－황석채－원가계－황룡동 등으로 지명을 적어 놓고 선전을 하는데, 이 이름들은 서로 다른 공원들이 아니고 모두 장가계 공원에 속하는 극히 일부 지역들의 명칭에 불과하다. 장가계의 명승지는 다음과 같이 분류된다.

▲장가계 국가 삼림공원

— 비파계풍경구琵琶溪風景區

— 황석채黃石寨풍경구

— 양가계楊家界풍경구

— 금편계金鞭界풍경구

— 요자채腰子寨풍경구

— 사도구砂刀溝풍경구

— 원가계袁家界풍경구

— 풍서산風栖山풍경구

▲ **천자산자연보호구**天子山自然保護區 — 공원의 중앙에서 천자산 고원高原 지역과 그 아래의 무수한 협곡들을 아우른다.

— 황용천黃龍泉풍경구

— 원앙계鴛鴦溪풍경구

— 노옥장老屋場풍경구

— 다반탑茶盤塔풍경구

— 십리화랑十里畵廊풍경구

— 서해西海풍경구

— 석가첨釋迦檐풍경구

— 황하안黃河岸풍경구

▲ **삭계욕자연보호구**索溪峪自然保護區 — 공원의 동쪽 부분이다. 무릉원구武陵源區가 있는 곳으로 말이 장가계에 속해 있지 별도의 지역이라 할만하다. 황룡동黃龍洞은 읍에서도 동쪽으로 멀리 떨어진 곳이다.

— 왕가욕王家峪풍경구

— 백장협百丈峽풍경구

— 보봉호寶峰湖풍경구

— 백호당천연白虎堂天然동물원

— 선천線天풍경구

— 황룡동黃龍洞

금강산도 일만이천봉이라 하는데 장가계는 그보다도 훨씬 더 큰 지역이다. 어떻게 해야 이 아름다운 곳을 후회하지 않을 만큼 샅샅이 훑어볼 수 있을까. 구경도 지나치면 병이 되는가. 걱정이 앞선다.

황석채黃石寨

오늘의 첫 번째 행선지는 황석채다. 그곳에 올라갔다 와서 다시 고원을 탄다면 너무 무리일 것 같아서 어쩔 수 없이 올라가는 코스만 케이블카를 이용하기로 한다. 케이블카 안에서 우리는 여기저기 두리번거린다. 보이는 것마다 우리의 눈을 빼앗는다. 황석채는 너른 평지다. 고원인 셈이다. 사방 주위가 절벽으로 에워싸인 평지다. 침식작용이 더디게 작용하였나보다. 해발 1,048m라 하니 그래도 꽤 높은 곳이다. 케이블카를 타고 온 뒤쪽 방향의 경치도 볼만하였는데, 황석채에 올라서 바라보이는 앞면 그리고 양쪽의 경치는 그야말로 절경들이다. 실제로 황석채 한 곳만 다녀와도 장가계는 이런 곳이구나 이야기할 수가 있을 것이다. 너른 평지는 잘 꾸며져 있다. 우리는 안내판을 따라 황석채를 한바퀴 돌기로 한다. 왼쪽에서 앞 방향, 그리고 다시 오른 쪽으로 돈 다음에 계곡을 타고 금편계로 내려갈 작정이다.

황석채라는 이름은 신선인 황석이 이곳에서 살았던 사실에서 유래한다. 누가 보아도 신선들이나 살았음직한 아름다운 곳이 아닌가. 하지만 황석이 정말 이곳에서 살았을까. 나중에 언급하겠지만 금편계를 한참 올라가면 장량張良의 무덤도 나온다. 장량이 이곳 장가계에 묻혔다는 이야기다. 있을 수 없는 일이다. 장량은 지금의 하남성 일대의 한韓나라 출신이요, 한고조 유방이 천하를 통일한 후에 그가 봉읍지로 받은 유留 땅은 정확히 알 수는 없지만 아마 제濟나라 지역이라 했으니 지금의 산동성이나 강소성 북부 지방일 것이다. 그는 그곳에서 천수를 다하고 기원전 168년에 죽었으니 지금이나 한나라 때나 깊은 오지에 불과한 이곳으로 숨어들어 살았을 리가 만무하다.

하지만 역사는 신화를 창조한다. 사마천의 『사기』 「유후세가留侯世家」를 보면 장자방은 평소에도 '오곡을 먹지 않았고'[11] 늘 말하기를 '원컨대 세속의 일일랑 떨쳐버리고 적송자赤松子를 따라 고고히 놀고자 한다'[12]고 하였다니 도교신앙을 믿는 후세인들이 그를 역사에서 끄집어내 신격화시키고 전설을 만들었을 것이다. 『사기』에 나오는 황석黃石과 장자방의 고사를 인용한다.

"장량은 일찍이 한가한 틈을 타 하비의 다리 위를 천천히 산책하

11, 12, 13, 14 | 정범진외 옮김, 까치, 568, 552, 569쪽.

였는데, 한 노인이 거친 삼베옷을 걸치고 그에게 다가와 일부러 신을 다리 밑으로 떨어뜨리고는 그를 돌아보고 '얘야, 내려가서 내 신을 주워 오너라!'라고 하였다. 장량은 의아해 하며 한바탕 때려주려고 하였으나 그 사람이 노인이었으므로 억지로 참고 다리 아래로 내려가서 신을 주워 왔다. 그러자 노인이 이번에는 또 '나에게 신겨라'라고 하였다. 장량은 기왕에 노인을 위해서 신을 주워왔으므로 윗몸을 곧게 세우고 꿇어앉아 신을 신겨주었다. 노인은 발을 뻗어 신을 신기게 하고는 웃으면서 가버렸다. 장량은 매우 놀라서 노인이 가는 대로 물끄러미 바라다보았다. 노인은 일리쯤 가다가 다시 돌아와서 말하기를 '너 이놈, 참으로 가르칠 만하구나. 닷새 뒤 새벽에 여기서 나와 만나자꾸나'라고 하였으며, 그러자 장량은 괴이하게 여겨 꿇어앉아 '예'하고 대답하였다. 그리고 닷새 째 되는 날 새벽에 장량이 그곳으로 가보니 노인은 벌써 나와 있었다. 노인은 화를 내며 '늙은이와 약속을 하고서 뒤늦게 오다니 어찌 된 노릇이냐?' …다시 닷새 뒤 장량은 밤이 반도 지나지 않아서 그곳으로 갔다. …책 한 권을 내놓으며 말하기를 '이 책을 읽으면 제왕의 스승이 될 수 있으며, 10년 후에 그 뜻을 이룰 것이다. 그리고 13년 뒤에 너는 또 제수濟水 북쪽에서 나를 만날 수 있을 것인데, 곡성사 아래의 누런 돌(黃石)이 바로 나이니라'하고는 그곳을 떠나가며 더 이상 다른 말을 하지 않았으며, 그러고 나서 다시는 그를 볼 수가 없었다. 날이 밝아 그 책을 보았더니 '태공병법'이었다."[13]

사마천이 『사기』를 완성한 것은 대략 기원전 91년이라 하니 장자방이 죽은 후 백년도 안된다. 역사를 기록하며 사실史實에 충실해야 할 사마천이 어인 일로 이런 허황된 이야기를 수록하였을까. 『사기』에는 도처에 도교 관련 이야기들이 나온다. 장량이 죽은 지 얼마 되지 않아 그는 역사의 존재가 아니라 이미 전설 속으로 편입된 모양이다. 사마천 자신도 말한다.

"학자들은 대부분 귀신은 없다고 말하면서도 또 괴이한 일이 있다고들 한다. 즉 유후留侯가 만난 노인이 그에게 책을 준 것과 같은 일은 괴이하다 할 것이다.… 나중에 그의 화상을 보았더니 얼굴 생김새가 여자처럼 예뻤다."[12]

여자처럼 고운 용모이니 바로 신선의 얼굴이 그런가보다. 하여튼 황석은 사람이 아닌 귀신 즉 신선이요, 장량도 나중에 도교의 신으로 격상되니 그런 신선들이라면 속세를 떠나 산 속 깊숙이, 그것도 천하의 절경이 어우러지는 곳에 살아야 할 터. 황석채의 아름다운 경치를 본 사람들이라면 범상한 명칭으로 부르기에는 마음이 차지 않았을 것이고 마땅히 장량 정도의 인물과 관련되어야 그럴 듯 했을 것이다.

황석채를 빙 도는 길목마다 나무들이 무성하다. 삼나무, 전나무, 음양과수가 보이고 섬잣나무같은 것도 눈에 띈다. 벼랑마다 전망대를 만들어 놓고 앞에 보이는 절경마다 이름을 붙여 놓았다. 이름 짓기에 이골이 난 사람들이라 이름들도 가지각색이다. 모양을 따라 지은 것도 있을 터이고 무슨 이야기가 숨어 있는 이름도 있을 것이지만, 우리는 하도 많은 이름들은 그저 훑어보기만 한다. 그래도 노트에 메모가 돼 있는 이름들을 열거해 보면 오지봉五指峰, 사자점두獅子点頭, 선녀헌화仙女獻花 등이 보이고, 멀리 원가계 방향으로 보이는 경점景点에는 흑종장黑樅墻, 비운동飛雲洞 등이 있다. 전화원前花園도 있다.

금강산 일만이천봉도 모두 이름이 붙어 있을까. 하여튼 눈에 보이는 장가계의 봉우리들은 모두 이름이 있나보다. 우리는 각 봉우리마다 어떻게 생겼는지 지금 생각해보니 일일이 구분하여 기억도 할 수 없지만, 일부 기억이 난다 하더라도 짧은 언어들로 기술하기는 실제로 불가능하다. 그만큼 경치가 빼어나다.

봉우리들이라 하지만 삼각형으로 생긴 것들이 아니다. 커다

오지봉

란 직사각형 기둥이 하늘로 뻗친 모양이다. 기둥이라 해도 그냥 조그만 것들이 아니고 그 높이가 4/500m에 달한다 하니 어마어마한 기둥산들이다. 틈마다 나무들이 자라고 맨 위는 평평하다. 그리고 마지막으로 소나무들이 곧게 하늘로 손을 내밀고 있다. 원말元末의 4대화가 중 한 사람인 황공망黃公望의 산수를 보면 산의 꼭대기가 평퍼짐하다. 소위 파준坡皴이라는 준법으로 알려 있지만 보는 사람으로 하여금 산봉우리를 왜 저렇게 그렸을까 의문이 생기게 한다. 하지만 이곳을 와보니 산머리가 정말로 평평하다. 이곳뿐인가. 옛 관중지방 즉 지금의 섬서성 일대를 보면 황토고원에 깊은 계곡이 파이고 산의 윗마루는 모두 평지다. 중국산수화에서 늘 보이는 기암괴석들은 실제가 아닌 가상의 세계에 있는 것들로 생각하지만, 중국이라는 커다란 땅덩어리들을 이리저리 돌아다니다 보면 중국의 산수들은 전통적으로 실제로 눈에 보이는 경치들을 그렸음을 알게 된다. 강소성 소주에 있는 아름다운 정원 유원留園에 있는 관운봉冠雲峰이라는 태호석太湖石을 보라. 얼마나 거대하고 기괴하며 또 아름다운가.

봉우리 아니 기둥산이라고 불러야 마땅할 거대한 산의 정상에는 소나무들이 빼곡하다. 나무들이 보통의 소나무들과 다르다. 키가 크고 아주 곧다. 안휘성 황산 일대의 소나무들도 유명하지만 생김새가 아주 다르다. 장가계의 소나무들은 우리나라 울진의 춘양목과 흡사하다. 설악산 수렴동 계곡에서 보이는 나무들과도 비슷하다.

예전에 백암온천에 머무를 때 아침나절 온천 뒷산을 등산한 적이 있다. 그때 본 아름드리 소나무들의 장관이란! 중국이나 우리나라나 반만년 역사를 지내며 곧은 소나무는 전부 베어 목재로 쓰고 못생긴 나무들만 남아 우리는 보통 소나무 하면 구불구불 휘어진 것으로만 생각한다. 그리고 그게 소나무의 멋이려니 착각한다. 인간의 자연에 대한 간섭은 예나 지금이나 무서운 일이다.

절벽 밑 계곡으로는 삼나무 숲이 보인다. 한곳에는 활엽수림도 있다. 아마 참나무 군락일 것이다. 표고에 따라 나무들이 다르니 말이다. 짙은 초록색 물결이 강물처럼 흐른다. 우리의 마음과 눈도 시원스럽게 그 물결을 따라 여기저기 부딪치며 흐른다.

금편계金鞭溪, 원가계袁家界

내려가는 길도 잘 정비되어 있다. 계단길을 내려가며 우리는 심호흡을 한다. 공기가 맛있다. 남천문南天門을 지나면 오른 쪽으로 점장대点將臺가 보인다. 봉우리마다 이름이 있지만 일일이 확인할 수도 없고 우리는 그저 입을 반쯤 벌린 채로 경치에 감탄하며 걸음을 옮긴다. 이끼들이 선명하다. 음나무도 보이고 음양곽수도 있다. 설악산의 음나무 거목들이 인상적인데 이곳에서도 마찬가지다. 삼나무 숲도 나타난다. 숲 사이 아름드리 소나무들도 드문드문 보인다. 대나무도 사이사이로 군락을 이루고 있다. 땅에는 고사리가 수북하다.

장가계 매표소 가까이 내려와 우리는 왼쪽으로 길을 꺾어 금편계 계곡으로 들어간다. 맑은 물이 흐른다. 그 동안 비가 오지 않아나 보다. 수량이 넉넉하지는 않지만 그래도 물소리를 들으니 반갑다. 한참을 올라가니 왼편에 벽산구모劈山救母 봉우리와 오른쪽으로 금편암金鞭岩이 보인다. 수백 미터에 달하는 거대한 암석들이다. 지도를 보니 사도취경師徒取經과 쌍구탐계雙龜探溪 등등의 봉우리 이름들이 보이지만 아름다운 봉우리들이 하도 많아서 잘 구분이 안된다. 우리는 계류의 바위를 찾아 휴식을 갖는다. 발도 담근다. 참으로 시원하다. 싸 가지고 온 참외, 오이, 소시지, 햄 등으로 요기를 때운다. 신선의 세계라고 따로 있을까. 우리가 맞이하는 순간의 느낌이야말로 신선의 경지다.

계곡 주위에는 숲이 울창한데 삼나무 숲이다. 곧이어 천계川桂나무들이 숲을 이룬다. 무슨 나무인지 모르는 사람들을 위해 친절하게 안내판을 나무마다 달았다. 봉우리들도 이름을 불러주니 좋고 나무들도 이름을 부르니 한결 가깝게 느껴진다. 길옆에는 조릿대가 무성하다. 정말 편안한 소풍길처럼 발걸음을 계속한다.

천리상회千里相會라는 갈림 길목에서 다시 한번 휴식을 취한 다음에 원가계로 방향을 튼다. 이제 본격적인 산행이 시작된다. 난찬파亂竄坡라는 비탈길이다. 이름이 어렵다. 숨거나 달아나기가 힘든 곳이라는 뜻인데 정말로 가파른 길이 숨을 턱턱 막히게 한다. 이런 길이 무려 3km 가량 계속된다. 천리상회의 엇갈리는 길목에서 낯선 중국인 둘이 따라붙고 있는데 그들은 크게 숨을 헐떡거리지 않는다. 한 사람은 40대 가량 되어 보이고 한 사람은 중학생 정도의 어린 소년이다. 선량하게 생긴 사람들이라 경계할 필요를 느끼지 않지만 왜 자꾸 우리만 따라오는지 부담스럽다. 우리가 가면 같이 가고 우리가 쉬면 멈춰 함께 쉰다.

묻는다. 까닭을. 저녁에 어디에서 잘 거냐고 대답한다. 하 그렇구나. 민박업소에서 보낸 호객꾼들이구나. 그렇다고 무작정 말도 없이 묵묵히 이 험한 길을 함께 하다니! 무당산 가마꾼들도 그랬는데 정말 중국인들은 어지간하다. 말없이 집요하게 목적을 이루기 위해 참고 견디며 시간을 기다리는 저 모습이란!

가파른 돌계단을 무수히 올라선다. 낮은 지역에 보이던 천계나무 숲이 사라지고 참나무 군락들이 나타난다. 자세히 보니 신갈나무와 상수리나무들이다. 음나무들도 보인다. 모두가 수백 년은 됐음직한 아름드리 고목들이다.

장가계를 유람할 때 많은 사람들이 산봉우리와 계곡의 아름다움에만 관심을 보이는데 실은 장가계의 이름이 국립삼림공원이라는데 주목할 필요가 있다. 원시림과 원시고목을 감상할 수 있다는 것은 장가계가 주는 커다란 즐거움의 하나다. 우리가 설악산을 자랑하는 것은 험한 바위봉우리와 빼어난 자태만이 아니다. 깊숙이 계곡에 자리잡은 숲은 비할 바 없이 우리에게 신비스러움을 느끼게 한다. 설악산 수렴동계곡에는 남한에서 보기 드문 원시림 군락이 보인다. 태고의 생명들이 숨쉬고 있는 곳이다. 지금 우리가 마주하고 있는 장가계의 원시림도 또한 마찬가지다. 그리고 이러한 식생은 지대가 한참 높아지고 있음을 말해준다.

한 시간 이상이나 땀을 흘리며 힘들게 올라가자 순간 아래에 천하의 절경이 펼쳐진다. 오! 이런 곳이 다 있다니! 후화원後花園이란다. 전망대가 만들어져 있다. 사람들도 없다. 관광객들이 이런 곳까지 고생하며 올라올 리가 없다. 고즈넉한 분위기가 얼마나 좋은지. 우리는 다리도 펴며 한참이나 고개를 돌리며 경치를 감상한다. 그러고 보니 황석채 쪽에서 전화원이라고 하여 바라다 본 맞은편이 바로 우리가 서 있는 곳이고, 바로 여기서는 후화원이렷다. 발 아래에 꿈에서나 봄직한 절경이 끝없이 펼쳐져 있다고 상상해 보라. 정말로 꿈일 것이다. 우리는 피로도 잊은 채 한참을 꿈속에서 헤맨다. 난간이나 계단 등이 잘 가꾸어져 있다. 최근에 만든 것이다. 잘 알려진 황석채 등에서 이제는 공원 구석구석으로 손을 미치는 것 같다. 대단하다.

후화원

다시 길을 올라간다. 얼마 되지 않아 우리는 고원으로 올라선다. 너른 평지가 나타난다. 소위 말하는 중평中坪이다. 중간 산마루인 셈이다. 삼나무 숲도 있지만 밭들이 널려 있다. 해바라기 밭도 있고 드문드문 집들이 모여 있는 마을도 보인다. 아카시아 나무도 눈에 띈다. 이런 곳에 아카시아가 다 있다니. 천사들이 노니는 천하절경을 옆에 끼고 사람들은 그저 덤덤하게 살아가고 있나보다. 도연명의 「무릉도원기」에 나오는 것처럼 그런 곳에서 사는 사람들이야 세상이 변해 가는 것에 관심도 없으려니와 알려고도 하지 않는다. 그리고 자기가 사는 곳이 바로 천국인지도 모를 것이다. 우리 눈에는 별천지이지만 실제로 엄연히 속세의 사람들이 사는 곳이다. 길에는 아스팔트 포장도 되어 있다.

터벅터벅 걸음을 옮긴다. 날이 점점 흐려진다. 경치가 좋은 곳에는 어김없이 전망대를 만들어 놓아서 조금만 내려가면 멋진 눈요기를 할 수가 있다. 미혼대迷魂臺가 나타난다. 마침 흐린 하늘 사이로 햇빛이 쨍 하고 내려 쏜다. 번쩍이는 금빛이다. 햇빛은 우리가 보는 풍경을 금빛으로 색칠한다. 정말 장관이다. 무어라 형용할 수 있을까. 분명 옥황상제가 심심하면 거니는 뒤쪽 정원이 틀림없다. 우리 나라 창덕궁의 후원들처럼 말이다. 하지만 물론 자연의 절경은 비교가 안된다. 정신을 혼미하게 하는 곳이라는 이름, 바로 미혼대에 걸맞은 절경이다.

다시 이동하는 동안 빗발이 내려선다. 후드득후드득 고지 위로 불어오는 바람에 실려 빗방울이 우리의 몸을 건드린다. 천하제일교天下第一橋! 벼랑에 선 우리는 기가 막히다. 바로 앞의 절벽 기둥산과 우리가 선 벼랑을 다리로 연결해 놓았다. 그것도 철제교량이다. 아취형으로 난간도 만들어 안전하고 단단하게 만든 것이다. 고소공포증이 있지만 안 건너 갈 수가 없다. 다리 중간에 서서 밑을 내려다보니 아득히 계곡이다. 숲이 우거진 골짜기가 아주 저 멀리 아래로 보인다. 현기증이 일어난다. 중국인들은 도대체 이런 다리를 어떻게 만들어 놓았을까. 수백 미터 높이의 벼랑에 어떤 방법으로 이런 다리를 가설할 수 있었을까. 머리는 어지러웠지만

원가계 풍경

두 눈은 생생하게 살아 여기저기 아름다운 경치를 탐하고 있다. 앞에 펼쳐져 있는 계곡과 벼랑들은 백장절벽百丈絶壁 또는 천인千刃절벽이라고 불리는 곳이다. 끝없이 기다랗게 뻗은 절벽과 기둥산 그리고 기암괴석들. 가느다란 기둥산들도 있지만 어떤 곳은 산마루가 꽤나 넓다. 산기둥은 온통 몸을 소나무로 감싸고 있다. 허리, 배, 가슴에, 그리고 이마나 머리 위에도 소나무들이다. 모두 곧추선 나무들이다. 그 기개가 대단하다. 본디 궁한 곳이나 아무도 찾지 않는 그런 위험한 곳에는 반드시 소나무가 있다. 다른 나무들은 그런 거친 곳에서 살지를 못하나보다.

한 곳은 산기둥과 산기둥이 윗 부분 근처에서 연결되어 있다. 자연스럽게 만들어진 아취형 다리다. 그 밑 둥근 틈새로 멀리 다른 산기둥들이 보인다. 참으로 선녀들이 사는 곳이리라. 날개가 달린 선녀들 말이다. 이런 곳이라면 여기저기 날아다녀야 움직일 수 있으니 말이다. 천하제일교가 아니라 천하제일경이다. 도대체 사람들은 왜 이런 곳을 놓아두고 그 비좁은 황석채에서 오물오물 몰려있을까. 구름들이 더 많이 몰려오고 우리들에게 그만 보라고 한다. 유감스러운 일이다. 우리는 길로 다시 올라와 석가평石家坪을 지나 유가언劉家堰에 이른다. 유가언은 마을 이름이다.

그 동안 동행을 한 중국인 두 명은 어느덧 친구가 된다. 날도 저물 것 같고 결국은 소년이 이끄는 대로 따라가 그곳에서 민박을 하기로 한다. 소년의 이름은 리찬(려권黎權), 그의 고모부 집에서 하루를 묵기로 한다. 몇 시간을 어렵게 고생하며 따라오더니 마침내 목적을 달성한 것이다.

이제 우리는 천국의 한 쪽 구석에 세속인들이 사는 곳에서 시간을 보낸다. 천국이 뭐 별로 다를까. 천국이라면 천국이 이미 아닌 것을. 민박집은 생각보다 깨끗하고 훌륭하다. 동네는 한창 개발이 진행중이다. 몰려오는 관광객을 상대하기 위해 농사일들을 접고 모두 집을 개조하고 있다. 리찬의 고모부도 마찬가지다. 그리고 리찬은 방학을 이용하여 아르바이트를 하고 있는 셈이다.

숙박료는 중국돈으로 50원, 침대 시트가 깨끗하다. 좌변기는 없지만 화장실도 그런대로 괜찮다. 에어컨은 없다. 고원지대라 벌써 서늘하기 때문이다. 우리는 저녁도 시킨다. 배보다 배꼽이 더 커서 70원을 요구한다. 아무려면 어떤가. 버섯과 배추볶음, 고추와 쇠고기 볶음, 그리고 멀건 국, 밥이다. 메뉴에 비해 비싼 편이지만 이런 고원지대에서 음식재료를 구하기란 쉽지가 않았을 터. 기꺼이 응한 우리들은 술도 시킨다. 왈, 돈 안 받고 서비스로 토속주를 주겠단다.

백주에 각종 약재를 가미한 것이라는데 색깔은 누르스름하고 맛이 일품이다. 주인집 식구들도 함께 먹자고 청한다. 웃음들이 환하다. 맥주도 두 병 추가. 콩나물 볶음이 나오고 저린 오이무침도 뒤따라 나온다. 기름에 볶은 땅콩도 가져온다. 음식들이 모두 기름에 둘둘 휘저으며 볶은 것들이다. 아주 쉬운 요리법이다.

어둠이 짙어지며 이야기는 깊어간다. 고모부는 마을의 회장이란다. 우리 식으로 말하면 이장쯤 되나 보다. 관광객을 더 많이 유치하기 위해 마을의 환경을 개선하려고 동네 사람들을 설득하고 있다 한다. 한 달 수입이 약 1,500원이란다. 이런 오지에서 그만한 수입이면 고소득이다. 하지만 그는 정부 당국의 갑작스런 조치가 내려질까 두려워하고 있다. 바로 이주명령이다.

그는 이야기한다. 천자산 일대에 수많은 민박집이나 여관들이 있었는데 2001년 주룽지가 이곳을 한 번 방문하여 환경정비를 지시하는 바람에 수많은 사람들이 집을 철거당하고 이주를 해야 했다고 한다. 그리고 민박 자체가 불법이란다. 중국이니 얼마든지 가능한 일일 것이다. 아직 사유재산이나 자본주의 개념이 붙박지 못하고 있다는 증거이고, 또 관청은 주민들 위에 무소불위로 군림하고 있음이다. 밤은 깊어 하루의 피곤을 달래려는 듯 잠은 우리를 불러 손짓한다.

오룡채烏龍寨

엊저녁 술을 마셔서 그런지 갈증으로 새벽 4시 경 일어난다. 비가 내리고 있다. 중국에 오고 나서 처음으로 보는 비다. 반갑기도 하다. 빗소리가 제법 드세다. 먼동이 트고 횃닭 우는 소리가 들린다. 개구리 소리도 요란하다. 다섯 시가 넘어서자 여기 저기 매미들이 합창한다. 자연의 대합창이다. 아침 일찍 국수로 끼니를 때우고 우리는 산행을 시작한다. 비가 내리며 계곡에는 비안개가 자욱하다. 드문드문 봉우리들이 보이다가 사라진다. 아침 자체로 절경이다.

우의를 걸친 우리들은 천천히 발걸음을 옮긴다. 다리가 묵직하고 약간 아프다. 오늘은 오룡채烏龍寨를 중심으로 그 주위를 구경하기로 한다. 안내자로 나선 리찬은 성큼성큼 길을 앞선다. 녀석은 신이 나서 기운이 넘치는 듯 하다. 우리는 리찬에게 일당을 듬뿍 주기로 하고 그를 안내자로 삼은 터다. 꼭 필요한 것은 아니지만 붙임살 좋은 소년인 리찬이 예뻐 보이기도 하고, 또 아무래도 현지 안내인의 도움을 받는 것이 더 좋을 것이라는 생각이 들어서다. 그리고 무엇보다 리찬의 사정이 딱하기도 하다.

리찬은 토가족이다. 아버지는 막벌이꾼이란다. 농사일이나 건설현장에서 닥치는 대로 잡일을 한다고 한다. 벌이가 영 시원치가 않은데 형제는 세 명이고 리찬은 막내다. 큰형은 트럭운전사이고 둘째형은 고등학교 3학년이다. 엄마는 천자산이 고향이고 장가계 공원 천자산 너머 북쪽에 위치한 천자산진天子山鎭에서 조그만 구멍가게를 운영하고 있다.

이곳에 정착한지가 20여 년인데 부모의 나이는 동갑으로 마흔 아홉이란다. 운전사라는 형은 반년 수입이 겨우 천원 남짓하고 부모의 벌이도 시원치가 않아 생활이 어렵고, 무엇보다 학교에 들어가는 교육비가 큰 부담이다. 리찬의 경우만 해도 6개월에 300원 정도 돈이 드는데, 이를 충당하기 위해 방학이면 고모부댁으로 올라가 숙박 손님들을 유치하며 돈벌이에 나선다. 그러니 이번에 우리 한국인 관광객들을 만나 운이 억세게 좋은 것이다.

오룡채는 흑룡채라도 불린다. 가는 길이 몹시 험하다. 절벽 옆으로 난 길은 한 사람이 겨우 빠져나갈 정도다. 난간을 대고 약간 넓혀 놓아서 그렇지 예전에는 등을 바짝 붙이고 발을 조심스럽게 옮겨야 했다고 한다. 몸도 돌릴 수 없을 정도의 좁은 통로이니 간이 콩알만해진다. 앞으로 나아가야 하는데 겁이 난다. 그래도 뒤돌아 갈 수야 없지 않은가. 다행히 절벽 밑은 구름바다이다. 겁 많은 사람의 사정은 생각하지도 않고 구름은 제멋대로 앞을 전부 가리다가 사라지다 한다. 어떤 때는 저 멀리 계곡 밑까지 경치가 펼쳐지고 다시 그곳 바닥에서 구름이 뭉게뭉게 피어오르며 우리에게 접근한다. 구름을 뚫고 치솟은 봉우리들. 구름이 허리를 감고 있다. 강물처럼 바다 속으로 흘러가는 구름 줄기들. 본디 겁 많은 인생이니 만사 접어두고 이 아름다운 비안개 바다에 몸을 풍덩 던져볼까. 한 사람이 겨우 비집고 지나갈 만한 바위 틈벽을 지나 올라가자 갑작스레 섬처럼 너르게 펼쳐진 곳이 나온다. 바로 오룡채다. 그러고 보니 오룡채는 커다란 기둥산 위의 마루인 셈이다. 사방이 절벽인 기둥 맨 꼭대기에 자리잡고 있다는 이야기다. 오룡채란 한 마디로 산채다.

토비土匪 들이 거주하던 곳이다. 하지만 건물 안에는 제법 여러 가지 전시품들이 보인다. 토가족들이 쓰던 옛 물품들이 있고 안내판에는 토가족의 역사적 사실도 기록해 놓았다. 향왕천자向王天子라는 토가족의 영웅에 대한 이야기다. 명나라 태조 홍무 2년 1368년에 향왕천자는 토가족을 모아 명나라에 반기를 들었다. 15년 이상 줄기차게 싸웠지만 결국은 잔혹하게 진압당하고 향왕천자는 절벽에서 백마를 탄 채 뛰어 내린다. 호남성이라면 중국의 심장부에 해당되는데 땅이 얼마나 크면 소수민족들이 아직도 할거하고 그들의 역사를 운위하고 있을까. 공산 해방 후까지 이곳에는 토비가 남아 있었다고 한다. 1964년 마지막 토비 부부가 잡혀서 총살되었다. 왜 이런 시시콜콜한 이야기까지 적어놓았을까. 토비, 그러니까 우리말로 하면 산적인데, 토가족들의 마음 한

구석에는 무엇인가 아쉬움이 서려 있음이 틀림없다.

우리는 하루 종일 빗속을 헤맨다. 이곳은 원가계와 양가계, 그리고 천풍서산天風栖山풍경구가 서로 만나는 지점이다. 허니 경치가 무지하게 아름다울 것이다. 그러나 비안개로 절경들을 볼 수가 없다. 아래 방향으로는 일보등천一步登天, 공중주랑空中走廊 등의 경점景点이 있고, 위로는 마제암馬蹄岩, 육랑봉六郎峰, 천파부天波府 그리고 오색화五色花 등등 이름을 다 열거할 수 없을 정도로 수많은 절경들이 산재해 있다지만, 유감스럽게 기회가 오지를 않는다. 원가계는 어제 구경을 잘 한 셈이다. 양가계나 천풍서산 일대는 멀리서나마 경치를 보려 했는데 계획에 차질이 생긴다. 모두 욕심일테지. 신선의 나라에 들어온 것만도 황송한데 한 눈에 모두 보려 하다니. 괜스레 리찬이 미안해한다.

우리는 어느 길목인가 토가족 유랑극단을 만난다. 붉은 토속 의상을 걸치고, 그들은 이호 반주에 맞춰 노래를 부른다. 노래 한 번 신청하는데 10원이다. 우리는 곡을 몇 개 신청한다. 안개가 자욱한 산에서 마땅한 일도 없는 터인데 우리는 꼬마 의자에 걸터앉아 노래를 경청한다. 노래 소리가 상당히 고음이다. 중국인들은 대개가 맑고 고운 고음高音을 좋아한다. 그들이 발간하는 음반도 너무 고음효과를 내서 귀에 거슬리는 경우가 많은데, 중국인들은 아무렇지도 않은 모양이다. 토가족 처녀가 부르는 노래가 높이 올라가면 그 소리는 안개 속을 헤치다가 바위 벼랑에 부딪혀 되돌아온다. 거대한 자연의 공명효과가 마냥 신비스럽다.

구름바다 위를 하루 종일 산책을 하고 있자니 아무리 신선의

토가족 극단

세계라 하지만 심신이 지쳐온다. 서둘러 천자산 방향으로 올라가 잠자리를 찾는다. 역시 민박이다. 내일 아침 다시 만나기로 하고 리찬을 내려보낸 우리는 빗소리를 자장가삼아 피곤함을 달랜다.

천자진天子鎭, 상식현桑植縣, 구천동九天洞

밤새도록 비가 억수같이 퍼부었지만 우리는 오랜 시간 깊은 잠을 잤나 보다. 몸이 거뜬하고 상쾌한 아침이다. 벌써 올라온 리찬과 협의하여 천자산 관광을 미루고 하산하기로 한다. 비가 걷힐 때까지 천자산을 북쪽으로 내려가 구천동을 보기로 작정한다. 구름바다 위에서 노닐고 있던 우리는 구름을 뚫고 내려간다.

산에 걸린 구름들을 뒤로하고 평지로 내려오자 시야가 탁 트인다. 인간들의 세계다. 위에는 아직도 구름이지만 적어도 눈 앞에는 구름들이 안 보인다. 천자진에 사는 리찬의 부모에게 인사를 드리고 우리는 상식현으로 떠난다. 상식현까지는 무려 45km나 되는 거리다. 구천동은 그곳에서 다시 더 들어가야 한다. 보통 거리가 아니다. 차편이 마땅치가 않아 걱정을 하였더니 정기 차편이 있단다. 시간을 정해 가는 차편이 아니라 요청에 의해 부르면 오는 차편이다. 나타난 버스(?)는 1톤 트럭을 개조한 것이다. 운전석에 몇 사람 타고 뒷좌석은 널빤지를 양쪽으로 세워 깔아 놓았다. 지붕은 천막으로 씌우고 말이다. 앉아서 가는데는 이상이 없다. 그 정도면 충분하지 않은가.

상식현 가는 길은 정말 아름답다. 비현실적으로 아름다운 장가계 풍경보다 사람들이 어우러져 사는 시골 풍경은 지금도 잊을 수 없을 만큼 절경이다. 트럭은 비포장도로를 덜컹거리며 천천히 달린다. 빗물에 패인 도로라 위험하다. 가파른 언덕길이 무수히 나오지만 별 탈이 없다. 이 글을 쓰며 사진도 다시 바라보고 깨알같이 빼곡하게 적어놓은 노트장도 들친다. 눈에 선하다. 한 곳에서는 산을 넘자 산허리를 뚫고 폭포가 쏟아진다. 위에서 떨어지는 것이 아니라 산허리에 동굴이 있는 모양인지 아가리를 벌린 중턱 구멍에서 거대한 수도관이 터진 듯 물길이 치솟으며 아래로 떨어진다. 장관이다. 토가족들의 집이 드문드문 보인다. 모두 목조건물들이다. 광주리를 등에 걸머진 토가족들이 나타난다. 개천에는 고기잡이를 하고 있다. 모두 대나무로 만든 뜰채를 사용하고 있다. 개구리를 산채로 잡아 닦달하는 모습도 보인다. 자세히 보니 내장만 훑어내고 있다. 그러니까 다리는 물론 머리와 몸뚱이도 먹는다는 이야기다. 4/50년 전 내가 어렸을 때 일부 사람들이 그랬는데. 아련하게 기억이 떠오른다. 나도 개구리 뒷다리에 소금을 살짝 뿌리고 구워 먹던 일도 생각이 난다. 얼마나 맛있었던지. 집집마다 개도 있고 닭이나 오리들을 방목하고 있다. 길가에는 염소떼를 몰고 가는 소년도 있다.

산비탈마다 계단논들이다. 우리나라 지리산 자락에 아직도 약간 남아있는 계단논이 중국에는 곳곳에서 보인다. 밭에는 옥수수, 팥, 콩, 오이, 고구마, 고추, 호박 등이 보인다. 재배하는 작물들이 우리와 꼭 같다. 길가의 가로수는 버짐나무들이다. 경치와 어울리지 않는다. 어느 집 벽에는 중국이동통신 광고가 있다. 이

상식현 가는 길, 동굴에서 폭포가 쏟아진다

런 벽지에도 자본주의가 침투하고 있다니. 또 한 벽에는 '少生優生利國利民'라고 쓰여 있다. 아이를 적게 낳아 잘 키우면 그게 나라와 국민을 위한 것이라는 구호다. 소수민족이라 아이를 더 낳을 수 있지만 국가정책에 따르라는 이야기다.

큰 개울이 벌판을 휘돌아 흐른다. 울창한 대숲이 집을 감싸고 있다. 대나무 잎들이 바람에 떨리는 소리가 저들의 자장가일 것이다. 한가하게 꼴을 뜯어먹고 있는 소. 고기잡이하고 있는 사람들. 삽을 쥐고 논둑을 걸어가는 사람들. 광주리를 등에 메고 장터에 가려는 아낙네들. 멀리 천자산의 기암괴석 봉우리들이 언뜻언뜻 보이고 계단논들의 초록빛은 한결 진하게 빛이 난다. 살림살이인들 도시인에게 빈한하게 보일지 모르지만, 전체적으로 빚어지는 풍경은 속세의 또 다른 신선세계이다. 사람들이 살고 있는 그런 하늘나라이다. 아마 은둔자들이 버릴 것 다 버리고 숨어산다면 이런 곳에서 살지 않을까. 천자산 고원의 경치도 아름답지만 인간의 숨결이 느껴지고 또 자연과 잘 어울려 살고 있는 이런 농촌풍경이야말로 더 멋있는 절경이다. 구천동의 석회암동굴은 동양 제일이라고 이야기된다. 제법 잘 꾸며져 있다. 하지만 찾아오기가 힘든 곳이어서 사람들이 거의 보이지 않는다. 사람들이 들끓던 무릉원의 황룡동과 대비된다. 덩그러니 우리 셋만 안내를 받자니 안내원이 신이 나지를 않는지 많은 관광 포인트를 생략한다. 덩달아 우리도 기분이 언짢다. 구천동 안에도 역시 계류와 연못이 보이고 타고 다니는 돌로 만든 배도 무척 크다. 하여튼 구천동은 황룡동과 흡사하다는 말로 이야기를 끝내고 싶다.

상식현 읍내로 되돌아 나온 우리는 시장을 구경한다. 리찬의 눈빛이 달라진다. 가게들이라 하지만 우리의 시골만도 못한 수준이다. 하지만 리찬에게는 평소에 보기 힘든 가게들이요 또 상품들이 아닌가. 우리는 리찬을 데리고 아래위로 옷을 한 벌 사서 입힌다. 리찬이 조깅화를 만지작거린다. 하나 고르라 하니 머뭇거린다. 맘에 드는 신발을 들고 가격을 묻더니 얼른 내려놓는다. 그 비싼 신발을 사주었더니 녀석이 당황할 정도로 좋아한다. 흥분이 되는지 얼굴이 벌겋게 상기된다. 우리도 기분이 좋다. 어렸을 때 명절이 오면 어머니께서 고무신이나 운동화 한 켤레, 그리고 아래위 옷을 한 벌씩 해주시던 기억이 난다. 그때의 흥분이란. 새 옷은 오히려 부끄러워 입지 못하고 망설이지 않았던가.

시장에서 가지, 고추, 배추, 두부, 수박, 복숭아를 산다. 양이

천자진 마을 풍경

많아져 광주리도 사서 내가 등에 멘다. 밀짚모자를 쓰고 광주리까지 걸머졌으니 영락없는 중국인 농부다. 천자진으로 돌아오자 모두들 반긴다. 늙은 외할머니도 오고 이종사촌 부부와 형도 나타난다. 장을 보러간 어머니는 내일 온단다. 리찬의 아버지가 능숙하게 요리를 한다. 우리는 온 가족과 함께 맛있는 저녁을 즐긴다. 물론 토속주도 함께 말이다. 식사 후에 이종사촌형 부부가 차를 대접하겠다고 초대한다. 살림살이가 풍족하다. 텔레비전도 있고 냉장고도 있고 하니 말이다. 밤은 그렇게 깊어간다.

천자산天子山, 하룡공원賀龍公園, 십리화랑十里畵廊

알전구 하나가 덩그러니 달려 있는 좁은 민박집. 모기가 물어 약을 뿌린다. 주위 풍광은 아름답기 그지없다. 개구리소리, 풀벌레소리들이 교향곡이다. 하룻밤은 계곡을 흐르는 물소리가 베개가 되어 우리를 단잠에 빠뜨린다. 비가 많이 내린 탓으로 계곡에 흐르는 소리가 천지를 진동시킨다. 우리는 베개 밑으로 물소리를 끌어 들여 자장가를 청한다. 아침에 개운하게 일어나니 동네를 둘러싸고 있는 대나무 숲에서 새소리들이 요란하다. 쾌청한 날씨는 아니지만 먹구름이 보이지 않는다. 아무래도 날이 개일 모양이다. 다행이다. 리찬의 집에서 아침을 먹고 농부의 트럭을 타고 서둘러 천자산으로 다시 올라간다.

날씨는 점점 더 개이고 하늘이 가끔 보인다. 천자산이 바라보이는 동네 어귀에서 우리는 내린다. 찻삯을 지불하기는 하였지만 농부들이 고맙다. 게가 보인다. 한 마리도 아니고 여러 마리다. 갈게와 똑같이 생긴 놈들이다. 아니 이런 높은 고원에 게가 살다니. 그만큼 습하다는 이야기일까. 이해가 안된다. 화석들도 보인다. 모시조개도 있고 우렁이도 있다. 붉은 빛이 도는 돌과 바위도 눈에 띈다. 아주 오래 전에는 이곳이 바다 아니면 커다란 호수였음을 보여 준다. 그러고 보니 장강 유역에서도 우리는 붉은 빛이 도는 바위들을 무수히 본 기억이 난다.

천자산의 최정상이라는 곤륜봉은 매부리코처럼 생겼다. 하지만 크게 볼품이 없다. 걸음을 더 옮기자 남쪽 아래로 보이는 경관이 다시 우리를 매혹시키기 시작한다. 이제 우리는 천자산 고원에서 장가계 공원을 모두 바라보는 셈이다. 일지봉관경대一指峰觀景臺로 내려선다. 구름과 햇살이 뒤엉킨다. 햇빛이 비칠 때는 눈이 부시다. 구름이 몰려오면 순간 어두워지기도 한다. 구름들이 봉우리와 절벽을 휘감는다. 어떤 때는 시야를 구름이 완전히 가린다. 구름인가. 비안개인가. 연기인가. 또는 는개인가. 아니면 꿈인가. 천학만봉이 구름과 몸을 섞으며 천하의 절경을 이루고 있다. 날이 완전히 흐려 비가 오거나 또는 날이 화창하여 모든 경관이 자세히 드러나는 것보다 구름이 드문드문 걸린 경치들이 정말 선경仙境답다. 계곡의 구름들은 깊은 강처럼 흐른다. 그리고 봉우리에 걸쳐 있는 노송들. 이것은 완전히 시적 변용인가 싶다. 신선의 무리들이 그때 그때 몸을 변모하였으니 말이다.

길가에는 머위도 보이고 고사리가 지천이다. 다시 큰 도로로 나온다. 아스팔트가 깔린 큰길에서 길목마다 샛길이 나타나고 샛길을 따라가면 전망대가 나온다. 잘 닦인 계단 길옆에 대나무와 관목들이 무성하다. 망제대望帝臺, 인간미궁人間迷宮, 점장대點將臺 등이 연이어 나타난다. 우리는 샛길마다 아래위로 오르락내리락 하지만 피곤한 줄을 모른다. 우리 앞의 산봉우리들 일대가 신당만神堂灣이라는 지역이다. 점장대는 48인의 장군 봉우리들이 보인다 해서 그렇게 불린다. 여기가 토가족의 전설적인 왕 향왕천자가 명나라 군사들에게 부상당한 몸으로 쫓기다가 백마를 탄 채 까마득한 벼랑 밑으로 뛰어들었다는 곳이다. 전설에 의하면 이 일대는 구름이 많아 은신처로 적합하여 향왕천자는 아직도 이곳

선녀헌화

에 숨어 병사들을 조련시키며 후일을 도모하고 있다고 한다. 구름이 갑자기 치솟는다. 향왕천자를 숨기려는 구름일까. 좌측으로는 백비곡령白妃哭靈이라는 봉우리도 있다. 이름이 묘하다. 무슨 전설이 숨어있겠지. 한 곳에서는 역시 토가족들이 노래판을 벌려놓고 있다. 높지만 유장하고 느릿한 노래가 인상적이다.

드디어 하룡공원에 이르고 천자각에 올라선다. 하룡은 모택동을 도와 연안 대장정에 참여했던 인물이다. 모택동과 마찬가지로 호남성 출신인데 천자산 인근이 고향이란다. 그를 기념하는 커다란 석상이 인상적이다. 구리로 만든 것이 아니고 자연석이다. 사람들이 오랫만에 뒤끓고 있다.

신당만

거창하게 지어놓은 천자각에 오르니 세 방향이 다 보인다. 왼쪽으로는 아스라이 무릉원 시가지가 보이고, 앞으로는 장가계 공원 전 지역이 펼쳐진다. 하지만 눈앞에 보이는 것은 서해西海풍경구와 십리화랑풍경구다. 경점景点으로는 선녀헌화仙女獻花, 장군대열將軍隊列, 무사훈마武士馴馬 등이 널려 있다. 우리는 천자각에서 아쉽게 리찬과 헤어진다. 그는 무척이나 서운한 표정이다. 약속한 안내비보다 훨씬 더 얹어 돈을 지불하니 놀란다. 이번 며칠간 관광객 안내 아르바이트로 그는 학비를 다 번 셈이다. 우리도 날씨가 좋듯이 기분이 좋다.

채가욕蔡家峪으로 내려선다. 도중에 이호를 연주하는 아가씨를 만난다. 그녀 역시 아르바이트 중이란다. 이천영월二泉映月과 양소良宵를 신청하여 휴식 겸 듣는다. 돌과 바위들은 기기묘묘해서 신선이 앉았다는 의자도 있고 거북이도 보인다. 사람들이 다시 뜸해지고 거의 보이지를 않자 음나무 가득한 원시림들이 나타난다. 와룡령臥龍岭으로 들어선 것이다. 계단은 끝없이 이어진다. 힘이 들다. 세속의 평지로 내려가는 것도 쉬운 일이 아니다.

신갈나무가 한 두 그루 나타나더니 아름드리 졸참나무 숲이 우리를 놀라게 한다. 인간들의 발자국이 닿지 않는 곳에는 이런 원시림이 아직 존속하고 있다. 사념수思念樹라는 거목들도 보인다. 수십 미터 높이로 하늘을 찌르고 있는데, 이상하게도 잎이 맨 윗 부분에만 달려 있다. 그래서 사념수인가. 무슨 생각이 있길래 저렇게 하늘 높이 나무기둥을 세우고 끄트머리에 잎사귀를 달아 하늘에 신호를 보내는가. 도중에 보이는 보탑봉이 인상적이다. 정말 거대한 봉우리다. 계속 절경을 음미하며 내려가면 계단의 끝자락에 도달하는데 바로 십리화랑 계곡이다.

물소리가 요란하다. 그리고 사람들 소리까지도 요란하다. 한국 관광객들이 여러 팀이다. 이곳에는 레일카가 마련되어 다리 아픈 사람들을 계곡 아래까지 나르고 있다. 한국인들은 금방 티가 난다. 여인들은 모두 짙은 화장을 하고 있고 너나 할 것 없이 모자를 쓰고 있다. 우리처럼 밀짚모자가 아닌 멋진 여행용 모자 말이다. 옷맵시도 훌륭해서 중국인들은 도저히 따라올 수가 없다. 그리고 또 시끄럽다. 반가움에 그들에게 접근한다.

하지만 나는 얼떨결에 그들의 서울 자랑을 들어야 했고, 점차 말없이 그들의 생각대로 서울 말씨까지 배워 쓰는 조선족이 된다. 우리는 천천히 계곡을 타고 걸어서 내려간다. 수량이 늘어난 계곡은 절경이다. 도로가 완벽하게 정비되어 있다. 그다지 크게 자연을 훼손시키지 않고 편의시설을 잘 만들었다. 내려가는 길 좌우로 기암괴석의 연속이다. 무슨 봉우리들이 저렇게 많담. 채약노인採藥老人이라는 봉우리는 정말로 노인이 망태를 진 모습이다. 십리화랑과 삭계욕索溪谷이 만나는 삼거리가 드디어 나타난다. 평지에 내려온 것이나 마찬가지다. 해는 이미 쨍쨍 내려 쪼이고 우리는 만사 젖혀놓고 세수도 하고 발도 씻고 양말도 말리며 한참을 물놀이한다. 물론 근처에서 끼니도 때우고 말이다. 금강산도 식후경이 아닌가.

삭계욕을 지나 금편계에 이르니 곧 장량의 묘가 보인다. 백 미터도 넘는 듯한 절벽 한가운데에 봉분같은 것이 있고, 하얀 깃발을 꽂아 놓았다. 일반인들은 접근할 수가 없단다. 앞서 이야기한데로 아무래도 가짜 묘임이 틀림없다. 물이 콸콸 흐르는 금편계를 천천히 내려가니 이곳 역시 형언할 수 없을 정도의 절경들이 좌우로 그리고 앞뒤로 즐비하다. 모홍춘毛紅椿이라는 교목도 보인다. 아카시아 나뭇잎을 닮았지만 키가 훨씬 크다. 신선들이 노니는 봉우리는 수없이 맥을 이어서 눈과 고개를 아프게 한다.

우리는 봉우리들을 천자산 하늘에서 보고 산기둥 위에서 보았으며, 산중턱에서 음미하고 또 땅 위에서 위로 올려다보았다. 각도와 위치에 따라서 천차만별의 기둥산들. 태양 햇살이 봉우리 사이로 비친다. 계류에 떨어지는 햇살이 반짝이며 부서진다. 아마 저 햇살을 타고 오르면 다시 신선의 나라로 들어가겠지. 여시여화如詩如畵라. 중국인들이 이야기하듯 시와 같고 그림같기도 한 장가계 천자산 공원을 한바퀴 휘돈 셈인가. 꿈만 같다.

04

봉황鳳凰

장가계 시내의 깨끗한 금각평金角坪 호텔에서 하루를 묵은 우리는 밀린 짐들을 정리하며 오랫만에 달콤한 휴식을 취한 터. 고생을 많이 해서 그런지 아침 식사도 꿀맛이다. 호텔 인근 저자거리의 허름한 밥집에 걸터앉아 우리는 완탕(餛飩)을 곱빼기로 주문하여 밥을 듬뿍 말아먹는다. 배가 잔뜩 부르다. 반찬은 그저 중국인들이 즐기는 짠지다.

고춧가루도 친다. 얼큰한 완탕국 맛이 일품이다. 완탕은 아주 조그만 만두, 그러니까 정확히 말해서 교자다. 조그만 만두가 얇은 판에 얹혀 혀끝에는 부드럽게 느껴진다. 중국 여행을 하다보면 한국인들은 입맛이 없어 고생을 한다고 하는데 모를 일이다. 아마 무진장한 중국요리 중에서 고르기를 잘못한 탓이려니.

길수吉首를 거쳐 봉황鳳凰으로 더 내려가기로 작정하였지만 열차시각에 맞추려니 시간이 남아돈다. 시내에 있는 토가풍정원을 찾는다. 잘 꾸며진 민속촌이다. 규모도 크지만 중국에서 보기 드물게 관광객의 눈길을 끌고 호기심을 자아내도록 이곳저곳 신경을 많이 쓴 흔적이 역력하다. 이 지역에 살고 있는 토가족들의 전통 풍습이나 집들을 잘 재현하고 있다.

대문을 들어서며 곧바로 부딪치는 건물은 제사당祭祀堂이다. 앞 두 기둥에 하얀 용이 몸을 휘감고 있다. 요란스럽지만 볼만하다. 뒤편 언덕 위 비탈길에 여러 층으로 지은 목조건물이 인상적이다. 언덕의 경사를 따라 비스듬히 건물을 올렸다. 지붕의 추녀나 곡선은 청나라 양식을 흉내내었지만 아무래도 이는 토가족 양

토가풍정원

식에다 근래의 중국 스타일을 가미한 듯 싶다. 우리가 시골 구석에서 본 토가족들의 목조 집들은 추녀가 이렇게 꼬부라지지는 않았는데. 여하튼 전 건물이 목조로 이루어진 것에 놀라움이 앞선다. 계단이나 기둥. 그리고 무수한 무늬창살 등등.

여러 가지 나무들이 보인다. 파초 잎이 커다랗게 흔들거리고 한편에는 무척 오래된 듯한 배롱나무가 꽃을 매달고 있다. 배롱나무는 여름 한철이면 가지마다 무수하게 꽃송이가 달린다. 노란 암술을 가운데 조그맣게 달린 분홍빛 꽃은 무리를 지고 다시 나무를 분홍색으로 물들이 듯 감싼다. 여름 내내 피는 귀한 꽃인데 경기 북부에는 추운 탓인지 잘 적응을 못한다. 전라남도 담양군에 있는 명옥헌에 가보라. 정자야 그렇다 치고 조금 떨어진 연못가에 배롱나무가 군락을 이루고 있다. 장관이다. 하지만 우리가 지금 보고 있는 토가풍정원의 배롱나무는 그 기둥이 정말로 고목이다. 귀신이 살고 있는 듯한 수백 년 묵은 나무다.

한곳에는 황소 한 마리가 빙빙 돌며 커다란 돌을 굴리고 있다. 방아를 찧고 있는 것이다. 열매에서 기름을 짜는 통도 있는데 우리나라에서는 본적이 없는 것이다. 나무를 켜켜이 대서 압력을 가해 기름을 짜는데 꽤나 과학적이다. 또 한곳에서는 술을 담그고 있다. 종류를 알 수 없는 수많은 약재들이 널려 있다. 증류주를 담그고 있는데 그야말로 약술이다.

기차시간이 그래도 남은 우리는 시장을 구경하기로 한다. 사람들 숨결을 가장 진하게 맡을 수 있는 곳이 바로 시장이다. 돼지고기를 파는 정육점은 우리처럼 실내가 아니고 그저 길판이다. 고깃덩어리들이 그냥 좌판에 널려 있는데 비위생적이라는 점은 고사하고 영 보기가 그렇다. 난장판이고 도살장같다. 돼지 비곗살이 두텁다. 중국인들은 비계를 선호한다. 동파육이라는 고급요리가 있는데, 소동파가 즐겨 먹었다 해서 그런 이름이 붙었다 했다. 하지만 그저 살점 하나 없는 비계 덩어리다. 두부도 다양하지만 짙은 갈색, 그리고 검은 색도 있다. 채소들이야 우리와 크게 다르지 않다.

눈길을 끄는 것은 기다란 콩이다. 중국인들이 즐겨 먹는 채소다. 풋고추가 산더미처럼 쌓여 있는데 우리처럼 꽈리고추, 청양고추, 그리고 보통고추 등 종류가 간단하지가 않다. 우리가 먹는 고추에다가 피망은 물론 가지처럼 커다란 고추, 동남아에서 먹는 무지하게 매운 조그만 고추 등등 아주 다양하다. 가지처럼 큰 고추는 호피虎皮라 불리는데 육질이 두텁고 맛이 일품이다. 특이한 것은 향료들을 파는 가게들이다. 마치 경동시장의 약초를 파는 곳 같다. 이름모를 향료들이 가득하다. 우리가 궁금해하는 화초花椒를 보니 종류가 여럿이다. 알갱이는 자주빛이다. 이게 물에 들어가 끓으면 새까맣게 변색이 되고 비누냄새를 풍긴다. 우리들의 입과 중국인들의 입에는 박하향이지만 말이다.

후추는 바로 호초胡椒다. 말뜻만 보면 오랑캐들이 먹는 고추다. 이것 역시 종류가 여러 가지여서 해남백호추海南白胡椒, 백호추白胡椒 등 팻말이 붙어 있다.

그러고 보니 우리 음식이란 중국에 비해 무척이나 단조롭다. 서양인들의 단순한 식품보다는 그래도 나은 편이지만 아무래도 대륙의 입맛처럼 복잡하거나 다양하지를 못하다. 향료라는 것이 냄새가 나서 사람들이 거부 반응을 일으키지만, 실제로 더운 지방 특히 역사가 오랜 문화권에서 향료 식문화가 잘 발달되어 있다. 인도가 그렇고 중국이 그렇다. 인도의 카레는 그 종류가 얼마나 많던가. 야만의 문화에서나 소금만을 찾는다. 서구인들처럼 소금밖에 모르다가 후추를 알고, 결국 그 때문에 역사가 바뀐 것이 그 대표적인 사례다.

길수와 봉황으로 가는 열차는 험한 산길을 달린다. 한탄강 같은 깊은 계류를 끼고 철길이 만들어져 있다. 한참이나 달려 도착한 길수에서 봉황까지는 또 50km 정도인데 산이 얼마나 험한

봉 황

지 터널의 연속이다. 무려 두 시간이나 걸린다. 굼벵이처럼 천천히 달리는 열차에서 내다보이는 풍경은 아름답다. 산비탈에는 논과 밭들이 산등성이를 타고 꼭대기까지 올라간다. 생강밭도 있고 차밭도 나온다. 나무들이 보잘것없다. 민둥산이나 마찬가지다. 이런 험한 산중에도 사람들의 손길은 어김없이 자연을 해치고 간섭한다. 안타까운 일이다.

봉황은 조그만 성채도시다. 깊은 강을 끼고 만들어진 성곽이 천혜의 요새다. 성읍이 최초로 건설된 것은 당나라 686년이라 한다. 하지만 명나라 가정嘉靖 1554~56년 경에 이곳 일대에 150km에 달하는 장성長城을 구축하고 봉황에는 벽돌로 된 성을 쌓아 진鎭을 설치한다. 청나라 강희 1715년에 돌로 2km 정도의 성을 개축하고 인근의 3개 주와 총 23개 현을 다스리는 관부를 이곳에 둔다. 험한 지역을 선택하여 성을 쌓은 이유는 명확하다. 이 지역은 소수민족인 묘족이나 토가족들이 사는 곳이고, 이들은 틈만 나면 반란을 일으킨다. 변방이나 마찬가지인 이곳을 다스리고 반란군들에 대비하려면 아무래도 험한 요지를 선택해야 했던 것이다. 산이 깎아지르듯 험하고 깊은 강물이 굽이돌아 흐르는 이곳 봉황이야말로 방어하기에 적합한 곳이다. 실제로 청나라 건륭제 시절, 반란이 크게 일어났으나 봉황의 성벽을 깨트리지 못한 반란군이 결국 중앙에서 파견한 지원군에게 진압되었다고 한다.

고성古城에는 동문 북문 등 문이 몇 남아 있고, 성벽도 잘 보존되어 있다. 평요고성이나 시안의 성처럼 웅장하지는 않고 아기자기하다. 한가지 기억나는 것은 우리가 성문에 오르며 현판을 우리말로 읽었더니 지나가던 아낙네가 복창을 한다. 허 참. 알아

봉황 옛거리

들은 것이다. 중국의 오지 특히 남방 쪽에서는 한자를 훈독하는 발음이 우리와 흡사하다. 생각컨대 우리가 삼국시대나 고려시대에 한자를 발음 그대로 도입하여 사용한 이래 발음에 거의 변화가 없었음이고, 또 이곳 중국 남방에도 북방과 달리 옛날 본래의 음을 그대로 유지하고 있었음이다.

고성 내에는 아직도 옛 촌락들이 그대로 남아 있다. 골목마다 석판石板이 깔려 있다. 길이를 모두 합치면 무려 4km가 넘는다고 한다. 청석青石이라는 돌들인데 검푸른 돌이 반질반질하게 윤이 난다. 돌을 깐 시기가 원나라와 명나라 때라니 오래된 것은 무려 8백년이 지났다. 그래도 흐트러진 곳 하나없이 단단하게 깔려 있는 석판도로를 보니 중국인들의 실용적인 면이 새삼 되새겨진다. 골목길 좌우로 가게들이 즐비하다. 모두 골동품이나 관광 기념품들을 파는 곳들이다. 하지만 크게 눈길을 끄는 것들이 별로 없다. 시가지 오래된 주택의 지붕에는 풀과 이끼들이 솟아나 있다.

20세기를 살다 간 문인 심종문沈從文의 고가를 찾는다. 지윤이가 그의 작품을 읽고 감명이 깊었던 모양이다. 봉황에 올 때부터 그가 살던 곳을 반드시 방문해야 한다고 강조한 터다. 하지만 유감스럽게도 고풍스런 집 담장 한 가운데 대문은 자물쇠로 굳게 닫혀 있다. 내부를 볼 수 없다니 유감이다. 강 위를 가로지르는 거대한 돌다리를 건넌다. 아취 형태로 교각을 세운 다리다. 위에는 건물이 길게 지어져 있고 그 안에는 상점들이 즐비하다. 크게 볼거리는 없는 가게들이지만 다리 위에서 멀리 보이는 경치는 일품이다.

다리를 돌아 내려 우리는 깊고 푸르게 흐르는 타강沱江가로 다가선다. 오래된 정자 아래 터에 자리 잡은 배에 올라 점심을 때운다. 우리는 말이 없다. 딸아이는 이런 저런 생각으로 감회가 깊은 모양이다. 깊은 비탈의 산 아래 시퍼렇게 굽이돌아 흐르는 강물은 역사를 품고 흐른다. 얼마나 많은 삶들이 조용하기만 한 이 자연을 비집고 중원으로부터 몰려든 역사의 격랑 속에 사라지고 또 새로 태어났을까. 멀리 바라다 보이는 강가의 탑이 특이하다. 약간 기우뚱해 보이는 탑. 왜 물가에 세웠을까. 경사가 급한 강가마다 목조건물들이 다닥다닥 붙어 있다.

이곳 봉황의 건물들은 특이하다. 삼면이 주랑으로 둘러싸인 조각루弔脚樓라는 건축양식이 인상적이다. 목조건물을 이층으로 짓고 이층에 난간을 삼면으로 두른다. 산간 지역의 길 옆에 가끔 시골집들이 보이지만 우리처럼 초가 단층이 아니라 모두 기와지붕을 얹은 이층으로 되어 있고, 조각루 형태로 지어져 있다. 단층집이라 해도 커다란 나무기둥을 땅에 박고 그 위에 건물을 올려 이층집으로 보인다. 아마 이 지역이 습하고 기온이 높기에 통풍도 잘되고 벌레나 뱀 등을 막기 위한 것일 수도 있다.

그리고 무엇보다 뒷면을 제외한 앞과 좌우를 모두 나무 난간으로 둘렀다. 보통은 그냥 나무 기둥들로 난간을 만들지만 여유가 있는 사람들은 난간을 갖가지 목공예로 장식한다. 토가족도 앞면을 난간으로 만드는데 이곳도 마찬가지다. 이층처마를 길게 내고 그 아래에 난간이 설치되어 있으니 보기도 좋고 살기도 편할 것이다. 이곳에 사는 묘족苗族들의 집들이라 한다. 장가계는 토가족들의 땅이고 이곳은 벌써 다른 민족들이 사는 것이다.

저녁은 이층으로 된 식당으로 들어선다. 왁자지껄하게 요란스럽다. 우리는 벌써 역사는 뒷전으로 밀어놓고 살아있는 눈앞에서 오로지 맛있는 음식만을 탐하려 한다. 옆 테이블에 낯익은 요리가 보인다. 내 눈에 말이다. 뱀새끼같은 민물고기 요리다. 아무 말없이 같은 요리를 주문하는 나를 보고 지윤이는 의아해한다. 히히. 바로 미꾸라지 튀김이다. 갖은 양념을 다 하여 볶은 것인데 정말 어릴 적 생각이 난다. 봄철 알이 통통하게 배어 손가락보다 더 굵은 미꾸라지를 잡아, 튀겨 먹고 고추장에도 구워먹고 또 매운탕으로 끓여 먹었다. 봉황의 미꾸라지 맛도 일품이다. 딸도 용기를 내어 시식을 하고는 괜찮네 하며 맛에 동의한다.

요리이름은 초니추炒泥鰍, 문자 그대로 진흙에 사는 미꾸라지 튀김이다. 아까 시장을 지나오며 유심히 보았는데 이들은 호박꽃도 먹고 있었다. 우리처럼 호박순이나 호박은 물론 커다란 호박잎과 호박꽃까지 팔고 있었다. 저런 것까지 이곳 사람들은 식용을 하는구나. 하물며 미꾸라지쯤이야. 문화권의 차이에 따른 사람들의 편견이 이리 심할 수가 없다. 개고기를 안 먹는 서구인들이 우리를 야만이라고 비난하듯이 말이다.

봉황은 전혀 개발이 안된 곳이지만 그래도 본디의 예스러움은 많이 잃어버린 상태다. 시가지도 정비되어 있지 않고, 그렇다고 옛 모습을 우아하게 간직하고 있지도 않다. 다만 섣부른 상업화가 진행되어 가게들은 불친절하기 짝이 없고 약간은 지저분하기까지 하다. 승용차라고는 거의 보이지 않고 택시는 모두 세 발 달린 오토바이를 개조한 것들이다. 내륙이 몹시 낙후되었다 하지만 이곳을 보니 정말 도시간 지역간 개발의 격차가 크다.

하지만 개발된 도시를 보러 온 것은 결코 아니고, 오히려 현대문명의 손길이 미치지 않는 곳을 기대하며 이 먼 곳까지 마다하고 찾아온 우리들이 아니던가. 이것도 저것도 아닌 곳이 바로 봉황이다. 실망이 크다. 하지만 이 또한 역사의 흐름이 보여주는 편린이 아니던가.

華中

長江에 흐르는 예술정신

01

장사長沙

마왕퇴馬王堆, 호남성박물원

회화에 오후 늦게 도착하고서도 우리는 저녁 8시 20분에 장사로 가는 열차를 어렵게 탄다. 내일 새벽 5시 30분 도착이다. 열차의 등급은 보쾌普快다. 보통열차지만 신공조경좌新空調硬座로 냉방이 나와 제법 쾌적하다. 밖은 캄캄해서 아무 것도 안보이고 열차는 달빛을 따라 달리고 있다. 달이 따라 오고 있는가, 열차가 움직이는가.

서울을 떠난 지 한 달이 다 되어 간다. 왜 나는 이런 머나먼 대륙 땅에서 무엇을 위해, 그리고 무엇을 얻으려 이렇게 밤길을 달리는가. 인생은 허무한 것인데 왜 이 고생을 하며 중국의 역사 유적지를 탐방하는가. 밤이 깊어가며 이백의 시도 생각나고 소동파의 적벽부赤壁賦도 떠올려진다.

“손님이 말하기를,

‘달 밝아 별도 드문데 까막까치가 남쪽으로 날아가니 이는 마침

조조가 읊었던 바 그대로 아니겠습니까. 서쪽으로 하구를 바라보고 동쪽으로 무창을 바라보자니 산천은 서로 얽혀 짙푸르기만 한데 이곳이야말로 또한 조조가 주유에게 욕을 봤던 곳 아니겠습니까. 바야흐로 조조가 형주를 격파하고 강릉으로 내려와 물길을 따라 동으로 나아갈 적에 그 군선軍船이 늘어진 길이가 천리나 되었고, 휘날리는 깃발은 하늘을 가리웠습니다. 강가에서 새 술을 걸러놓고 옆에는 창을 비껴든 채 시를 읊었으니 가히 일세의 영웅이라 할만한데, 지금은 어딜 가서 그 흔적을 찾아보겠습니까.

하물며 나와 당신은 강가에서 고기잡고 땔나무하며 물고기나 사슴과 벗하고, 이렇게 일엽편주에 몸을 실어 표주박 술잔이나 서로 권하며 하루살이 짧은 인생을 천지간에 부쳐두었으니 꼭 끝없는 대해의 한 알 좁쌀과도 같지 않습니까. 지금의 내 삶이란 것이 이처럼 한 순간에 불과하다는 사실에 생각이 미치면 문득 한없이 슬퍼지고, 끝없이 흘러갈 이 강물만 부러워집니다. 마음 같아서야 신선을 옆에 끼고 즐거이 노닐면서 밝은 달을 품에 안고 영원히 살고 싶지만, 이 일이 이루어질 수 없음을 아는지라 그 여음을 쓸쓸한 가을바람에 실었습니다.'

소식이 답한다,

'손님도 저 물과 달을 아시지 않습니까. 물이 흘러가는 것이 이와 같으나 아주 가버려 없어진 적은 없고, 달이 차고 이지러지는 것이 이와 같으나 결코 더 줄거나 늘어나는 법이 없습니다. 변한다는 각도에서 보면 천지도 일순간을 멈추어 있지 못하지만, 불변한다는 각도에서 보면 만물과 저 또한 모두가 무궁합니다. 그런데 무엇을 또 부러워하겠습니까. 무릇 천지간의 만물에는 저마다 주인이 있어 나의 소유가 아니라면 비록 터럭 하나라도 취해선 안되겠지만, 오직 강 위의 맑은 바람과 산 속의 밝은 달만은 귀로 들으면 음악이 되고 눈으로 보면 경치를 이루어 이를 취해도 막는 이 없고 이를 써도 다함이 없으니 이가 바로 조물주의 무한한 보고요, 저와 당신이 지금 함께 즐겨야 할 것들 아니겠습니까.'

동파가 호북성 황주黃州에 유배를 가서 지은 부賦, 즉 산문시다. 신세가 처량한데도 오히려 호연지기浩然之氣를 노래한 동파를 생각하니 수천 년 삶이 끈질기게 이어온 중국 땅을 밟으면서 사람들의 변치 않는 생명력과 숨결을 느낄 수 있는 우리 팔자도 괜찮지 아니한가. 예나 지금이나, 그리고 소동파나 우리나 같은 달을 보고 같이 세월을 읊고 있으니 이것이 바로 동파가 이야기하는 상리常理가 아닐까. 기차는 한없이 달리고 '우리는 열차 안에서 서로를 베개 삼아 장사에 이미 도착하였음을 모른다.'

언제나 그렇듯이 호텔에 짐을 부려놓고 아침부터 다시 길을 나선다. 우리는 역사적으로 무수히 회자되어온 소상강瀟湘江과 동정호洞庭湖에 가까이 온 것이다. 장사는 동정호로 흘러드는 상강 기슭에 발달된 도시로 인구는 약 150만 명이나 실제 행정구역상의 도시는 인근 지역을 넓게 포함하여 근 600만에 달한다.

우선 유명한 마왕퇴를 찾기로 한다. 1972년 처음으로 우연히 발굴된 전한前漢시대의 세 묘는 얼마나 세계를 놀라게 했는지 모른다. 쏟아져 나온 부장품들은 중국과 세계의 모든 역사를 다시 쓰게 하고도 남을 정도로 엄청나다. 중국은 이렇게 세계를 놀라게 하는 경우가 숱하다. 1920년대 광물자원 조사를 다니던 스웨

덴 사람 J. G. Andersson이 하남성 앙소仰韶에서 채색토기를 발견한 이래 중국 역사는 갑자기 수천 년을 더 거슬러 올라가게 되고, 그 동안 무심코 굴러다니며 약재로 쓰이던 갑골에 새겨진 이상한 문자들은 신화神話를 역사의 사실로 되돌려 주기 시작하였다. 공산정권이 들어선 후에 발견된 진시황릉은 또 얼마나 경이로운가. 호북성에서 발굴된 거대한 편종들도 또한 믿을 수 없을 정도로 어마어마하다. 이 글을 쓰기 얼마 전에 지윤이는 강소성 서주徐州를 다녀왔는데 그곳에서 전한시대 초기의 제3대 초왕 유무劉戊의 묘를 관람하고 소감을 피력한 바 있다. 겨우 1995년에서야 발굴된 것인데 그 규모가 상상을 초월한다. 앞으로 지하에 숨겨져 있는 보물들이 얼마나 또 나타날지는 아무도 모른다. 하지만 분명한 것은 그런 사건이 일어날 때마다 중국인들은 역사를 새로이 써야 한다는 사실이다.

마왕퇴의 무덤들은 도시의 북동쪽에 위치한다. 하지만 이곳을 찾는 이들에게 마왕퇴 무덤이 보여줄 것은 별로 없다. 무덤은 일부만 공개되고 있고, 또 실제로 볼 만한 것도 없다. 무덤 주위에는 나무들이 무성하다. 무덤이 아니라 조그만 동산이다. 우리는 동산에서 길을 따라 산책을 한다. 인생 무상이다. 마왕퇴에서 발굴된 유물들은 모두 호남성박물원에 전시되고 있었다. 무덤에서 그렇게 멀지 않은 곳에 위치한 박물관은 첫눈에 현대식으로 웅장한 건물이지만 수리를 하는지 공개되지 않고 본관 옆에 별도로 자리한 마왕퇴 유물전시관만 문을 열고 있었다. 아쉽기는 하지만 우리의 목적도 마왕퇴가 아니던가. 잘 정리된 유품들은 우리가 그저 잠깐 다녀가는 정도로 관람할 성질의 것이 아니다. 백

과사전 정도의 지식이 요구되는 그런 대단한 규모다. 인상적이었던 것들 몇 가지만 당시 메모한 대로 기술한다.

— 견직물 : 비단으로 된 직물들이 무수히 전시되어 있다. 자수로 된 것도 있다. 백색으로 된 선과 노란 점무늬가 뒤엉킨 꽃무늬가 보인다. 고도의 디자인이다. 자세히 들여다보니 날염과 발염 기법을 모두 쓴 직물들이다. 더구나 색의 수를 세어보니 무려 일곱 가지다. 7도 인쇄와 마찬가지라는 이야기인데, 이는 현대 섬유공장에서도 선불리 만들기 힘든 기술이다. 소사단의素紗單衣라는 팻말이 붙은 옷도 있다. 홑옷이라는 말일 게다. 미세하다. 그리고 투명하다. 하늘거리는 옷이다. 극히 미세하게 뽑은 실로 만든 것이다. 현대 직물공장에서 이를 극세사極細絲라 하는데 아주 고도의 기술이 필요하다. 설명을 보니 옷 한 벌의 무게가 49g에 불과하다니 도저히 믿을 수가 없다. 누가 저런 옷을 입을 수가 있었을까.

— 악기樂器들과 주악용奏樂俑 : 악기들과 그 악기들을 연주하던 나무로 된 인형들이다. 금琴이 보이는데 현재처럼 7개의 줄이다. 다만 길이가 현재의 금보다 짧아 82.4cm라고 적혀 있다. 25현으로 된 슬瑟도 있다. 금슬琴瑟이다. 정말 2100년 전의 악기일까 하고 의문이 들 정도로 모습이 완전하다. 명주실로 된 줄과, 또 줄을 받치던 괘掛도 그대로다. 피리(우竽)도 있다. 22개의 죽관으로 되어 있는데 생황과 비슷하다. 대나무통이 새것처럼 생생하다. 굴원屈原의 초사楚辭 구가九歌에 우슬竽瑟이라는 단어가 나오는데 바로 그 악기인 모양이다. 죽적竹笛도 모습 그대로다. 모두 7개의 구멍이 있는 것을 보니 지금까지 내려오는 피리(적笛)들이 이미 수천 년 전 제 모습을 대체로 유지하고 있음

을 알겠다. 우리나라 삼국시대에 사용하던 가야금이 전라도 나주인가에서 형체를 겨우 알아 볼 수 있을 정도로 발굴된 적이 있어 우리를 기쁘게 하였지만, 이보다도 훨씬 오래 전의 악기가 거의 완전하게 눈앞에 있는 것을 바라보니 부러움이 아니라 시샘이 느껴진다.

— 가용歌俑과 무용舞俑 : 노래하고 춤추는 사람들이다. 왼 손을 배에 지긋이 대고 오른 손을 굽혀 내밀고 있는 것이 무척이나 아름답다. 옷자락 소매 부분이 너른 것을 보니 우리나라 소매 깃도 이미 오래 전에 중국의 영향을 받은 듯 싶다.

— 건강체조 그림 : 도인도導引圖라 불리는데, 비단에 그려진 모두 44명의 사람들이 체조를 하고 있다. 세계에서 가장 빠른 건강체조 그림이다. 31개의 그림들은 동작의 명칭까지 적어놓고 있다. 이와 달리 비단에 52가지 병과 처방을 기록한 글도 있다. 고예체 글씨가 보기가 좋다.

— 백서와 죽간 : 여러 종류의 백서와 죽간이 발굴되었는데, 주목할 만한 것은 의학醫學 관련 죽간이다. 그리고 무엇보다 획기적인 것은 노자老子가 기록된 백서 즉 비단에 쓴 글씨들이다. 갑과 을 두 개의 백서가 발견되었는데, 이 백서들은 노자 원문에 대한 지난 수천 년간의 논쟁에 종지부를 찍고 그 동안 품었던 많은 의문을 일거에 해소시켰다. 나는 최근에 노자를 다시 읽었는데 이번에는 하상공河上公본本과 왕필王弼본本을 대조하며 읽었다. 그리고 아울러 20세기 후반 노자 연구의 대가인 주겸지朱謙之의 『노자교석老子校釋』도 참조하였는데, 주겸지가 살아 생전에 마왕퇴의 백서를 보았다면 그렇게 큰 고생을 하지 않았을 것으로 생각된다. 하여튼 하상공본이 왕필본보다 수백 년 앞서 쓰여졌다는 사실이 확인된 것만도 얼마나 큰 수확인가.

— 채회 T형 백화彩繪T形帛畵 : 길이가 무려 205cm, 윗부분 너비가 92cm에 달하는 비단 바탕에 그린 그림이다. 죽은 자를 위한 장례 절차로 사용되었던 그림인데, 그림의 형상들이 거의 퇴색하지 않은 채로 생생하게 모습을 보여주고 있다. 일견해서 무어라고 말할 수 없을 정도의 신비함이 느껴진다. 아마 이 그림은 고대 중국의 신화와 전설, 그리고 당시의 민간신앙에 대해 많은 것을 이야기하고 있을 것이다. 예를 들어 맨 위의 여자는 뱀꼬리를 하고 있는데 여와라 한다. 여와는 중국의 고대 그림들 중에서 복희씨와 꼬리를 서로 칭칭 감고 있는 모습으로 자주 나타난다. 이들이 바로 중국 신화에서 나오는 중국인들의 시조始祖다.

— 기타 : 장검과 화살의 격발장치 같은 무구류, 각종 각색의 칠기그릇들은 화려함의 극치다. 죽통이나 죽선竹扇, 비단 향랑香囊, 별자리나 지도도 있다. 그리고 당시의 음식들도 확인된다. 연잎 뿌리도 있고 떡도 있다. 각종 씨앗도 발견되는데 쌀, 조, 보리, 밀, 콩, 배 등이다. 심지어는 죽은 자의 위에서 채취된 참외씨앗으로 발아를 시도하였을 정도로 모습이 잘 보존된 것들이다. 일일이 열거하자면 한이 없다.

우리는 무엇보다 지하층에 진열되어 위에서 내려보게 만들어 놓은 갓을 보고 충격을 받는다. 죽은 여인의 모습이다. 그리고 분해된 여러 장기들은 그 주위에 약병 안에 그대로 보관되어 있다. 여인은 키 154cm에 체중 34.7kg인 50세 전후의 나이였다 한다. 죽은 자는 입을 벌리고 있다. 겹겹이 비단을 몸에 감고 있다. 검은머리는 아직도 새까맣다. 발굴 당시 네 겹 관으로 된 속에서 발견되었다. 저 여인은 아마 영생을 바라고 무덤에 묻혔을 터. 살아 생전에 호강을 하고 다시 수천 년 지나 다시 세상에 모습을 드러내고 있으니 정말로 영원한 삶을 살고 있는 것일까.

마왕퇴 묘는 모두 세 기基인데 제일 먼저 발굴된 1호 묘는 2호 묘의 주인공인 장사 지역의 승상이었던 이창利蒼의 부인이다. 이창은 한고조 유방이 죽은 후 통치를 하던 여후呂后 시절 즉 기원전 186년에 사망하고, 부인은 그보다 후에 사망한 것으로 추정한다. 3호 묘는 그들의 아들인 이희의 무덤이다. 일국의 조그만 열후列侯에 불과한 이들의 호화스런 생활은 갖가지 추측을 자아내는데, 굳이 백성들의 피와 땀을 착취하여 무덤까지 사치스럽게 꾸몄다는 생각은 설사 옳더라도 잠시 지나쳐 두자. 우리는 그저 시간과 공간을 넘어서 수천 년이라는 아득한 시절로 돌아가 굳이 인간의 삶과 죽음은 무엇일까 하는 보다 근원적인 질문을 하게 된다. 과거는 흔적도 없이 사라져야 하거늘 저 사람들은 왜 지금까지 남아 우리에게 많은 의문을 던지게 하는 것일까.

악록서원嶽麓書院과 소상팔경瀟湘八景

오후에 강을 건너 악록서원을 찾는다. 도심에서 상강일교湘江一橋를 지나면 곧바로 악록산 기슭이 나온다. 길을 따라 가다가 택시에서 내려 우리는 서원을 찾는다. 주위가 어수선하다. 서원을 찾는 길은 한창 공사중이라 진흙탕이다. 발을 제대로 디딜 수가 없다. 발목까지 진흙을 묻힌 상태로 서원을 들어가야 하다니. 서원은 호남대학교 경내에 있다. 호남대학교가 악록서원을 바탕으로 현대의 교육기관으로 발돋움하였다니 당연할 일이다. 입구에서의 혼란스러움은 금방 사라지고 오래된 나무들이 즐비한 숲 한 가운데 서원이 나타난다.

맨 먼저 만나는 문에서 '천년학부千年學府'라는 말이 우리를 맞이한다. 아래로 대련이 보인다. '千百年楚材導源於此, 近世紀湘學與日爭光'이라. '천년 동안 초나라 땅의 인재들이 이곳에서 비롯되고, 근세기 호남의 학문은 태양과 그 빛을 다툰다'라는 뜻인데, 모택동의 글씨다. 이곳에서 그리 멀지 않은 소산韶山에서 태어난 모택동이다. 당연히 악록서원은 그에게 남다른 의미가 있었을 터. 모택동의 글씨는 여러 군데서 보았지만 특이하다. 특히 북경대학 현판이 인상적이다. 기름기가 거의 없이 날카로운 듯 하면서도 섬세하다. 그러면서도 획마다 힘이 넘친다.

옛날부터 내려오는 여러 서체들은 아름답지만 어떤 면에서 고식적이고 형식적 느낌을 주는데, 모택동의 서체는 한 시대를 풍미한 호걸답게 나름대로의 개성이 가득하다. 중국 근대 사상가인 강유위康有爲의 글씨도 전통을 거부하듯이 글씨에 풍성함이란 하나도 보이지 않고 그저 뼈대만 남은 듯 가늘고 날카로운데 모택동의 글씨는 굳이 따진다면 그의 영향이 보인다고나 할까. 한 나라를 다스리는 위정자들은 곧잘 글씨를 잘 쓴다. 청나라 건륭제의 글씨는 곳곳에 하도 많아 그 수를 헤아릴 수도 없지만 주로 고아한 행서체로 언뜻 보면 균형이 잡히고 잘 쓴 글씨같은 데도 개성이 부족하다. 오히려 송나라 휘종의 수금체瘦金體는 천고를 내려오며 그 아름다운 개성을 자랑하지 않는가. 우리나라 박정희 대통령의 글씨도 광화문을 비롯하여 행주산성, 그리고 아산의 현

악록서원 정문

충사 등 도처에 걸려 있는데 단순하면서도 힘이 있다. 명필이라기보다 한 개인의 강건함을 느끼게 한다.

문을 들어서면 곧바로 혁희대赫曦臺가 나오는데 모택동의 시가 주희朱熹(1130~1200), 장식張栻(1133~80), 그리고 왕수인王守仁(1472~1528)의 시와 격을 나란히 하며 새겨져 있다. 조금 더 가면

악록서원 어서루

'악록서원'이라는 현판이 붙은 대문이 나온다. 송나라 진종眞宗이 직접 하사한 글씨라 한다. 악록서원이 처음 세워진 것은 958년경이다. 하지만 학문이 고도로 발달하는 송대에 이르러 서원은 면목을 일신하고 1015년, 황제인 진종으로부터 현판을 받고서 강남의 최고서원으로 그 이름을 확립한다. 악록서원은 중국에서 하남성 등봉登封의 숭양嵩陽서원, 상구商丘의 응천應天서원, 그리고 강서성 구강九江의 백록동白鹿洞서원과 함께 4대 서원의 하나로 꼽힌다.

백록동서원에도 주희의 발자취는 곳곳에 남아 있지만 이곳 악록서원도 마찬가지다. 그는 자신이 살고 있는 복건성에서 천리길을 마다하고 악록서원의 석학인 장식을 찾아온다. 그리고 두 달 이상 머무르면서 학생들을 가르치며 또 장식의 학파와 토론을 벌인다. 소위 말하는 주장회강朱張會講이다. 당시 이들의 강의를 듣기 위하여 선비들이 인산인해를 이루었다고 한다.

주희가 누구인가. 북송의 주돈이周敦頤(1017~73), 소옹邵雍(1011~77), 장재張載(1020~77), 그리고 마침내 정이程頤(1033~1107)와 정호程顥 형제에 이르기까지 발전된 성리학이 다시 그들의 제자를 통해 호남과 복건으로 전해지고 주희는 마침내 성리학을 집대성하게 된다. 유학뿐만 아니라 이미 중국 땅에서 뿌리내린 도교나 불교의 영향까지 흡수한다. 공자 이래 내려오는 유교가 드디어 윤리적 그리고 실천적 학문에서 벗어나 형이상학적 요소를 갖추고 동양의 지배이념으로 자리를 확고히 하게 된 것이다.[15]

우리나라는 고려시대에 주자학을 처음으로 접한다. 조선조 오백 년은 너무나 잘 알려진 것처럼 중국 이상으로 성리학이 고도로 발전되고 아울러 왕조의 통치이념이 된다. 유교는 종교라기보다 이데올로기에 가깝다는 생각이 든다. 다른 종교들처럼 특정한 절대신이 있는 것도 아니고 승려나 수도사 등의 종교인들도 없으며 또한 기복신앙과는 거리가 멀다. 가장 핵심적이라 할 수 있는 종교의 특성이 빠져 있다. 그럼에도 불구하고 동아시아 문화권에서 정치사회제도와 관습을 비롯한 모든 문화를 완전히 지배할 정도의 엄청난 위력을 발휘한 것이 바로 유교요 또한 성리학이다.

고려시대 안향安珦이 처음으로 주자학을 소개한 이후, 조선에 이르러 화담花潭 서경덕徐敬德을 필두로 퇴계退溪 이황李滉 율

15 | 홍원식, 악록서원을 찾아서, 오늘의 동양사상, 반년지, 제6호 2002년.

곡栗谷 이이李珥 등 기라성같은 학자들을 배출한다. 학문이 최고봉에 이른 퇴계의 경우 이기이원론理氣二元論을 주창하는데 주자朱子의 주장과 거의 일치한다.

근래 들어 기氣에 대한 철학적 연구가 활발히 이루어지고 있다. 나는 아무래도 이기이원론보다는 도道와 만물의 근원을 기氣에서 찾은 중국의 초기 성리학이나 서경덕의 이론이 마음에 와 닿는다. 어쨌든 실천철학 분야에서 이들은 모두 성誠과 경敬을 강조하는데, 이퇴계의 글을 읽게 되면 철학적인 면을 떠나 한 사람이 어떻게 수양해야 하는가에 대해 감동을 받게 된다. 『논어』나 『대학』, 그리고 『중용』을 읽으면서도 실은 철학적인 면보다 사람에 대한 성찰에 더 매혹을 느끼지 않았는가.

중국의 건물들이 언제나 그렇듯이 우리는 문을 계속 통과한다. 다음 문에는 '실사구시實事求是'라는 편액이 걸려 있다. 안으로 더 들어가면 '학달성천學達性天'이라는 편액이 있고, '도남정맥道南正脈'이라는 글도 보인다. 실사구시라는 말을 보니 중국인들의 실용적인 면이 학문적 바탕이 있음을 느끼게 한다. 학달성천은 강희제, 그리고 도남정맥은 건륭제의 글씨라 한다. 그래서 그런지 편액의 테두리가 예사롭지 않다.

우리는 지금 악록서원의 강당講堂에 들어와 있다. 이곳에서 주희는 강의를 하였다. 좌우 벽에는 아주 큰 글씨로 충忠, 효孝, 염廉, 절節 네 글자가 보인다. 검은 바탕에 흰 글씨다. 주희가 쓴 글씨라 한다. 실제로 썼다기보다는 후인들이 주희의 글씨를 모아 이곳에 새겨 넣었을 것이다. 글자는 네 개이지만 그냥 글자들이 아니다. 20세기 근대화 이전에 수백 년간 우리 선조들의 사고와 행동을 획일적으로 묶어온 절대 언어들이다. 그 의미들이 오늘날에는 퇴색되었음이 틀림없다. 그러나 어떤 면에서는 그 의미를 새로운 시각으로 다시 탐색하여야 할 필요도 느껴진다.

주자학에서 하늘은 리理이며 또한 성性도 리理다. 천인합일도 이런 생각에서 비롯된다. 그러니 학문을 탐구하여 결국 성性과 천天이 일치하는 경지에 도달한다. 인간에 대한 생각이 대단히 긍정적이다. 이런 면에서 성리학은 불교나 도교와 궤를 달리한다. 도남정맥은 주자 일파가 복건성 일대에서 일어났음을 의미하며, 주자학을 도남학이라고도 부른다.

좁은 공간을 지나 다시 문묘文廟 방향으로 발길을 옮긴다. 나무들이 거대하다. 장수樟樹는 150년이 넘는 수령이라 한다. 유자柚子나무는 사과만한 열매를 노랗게 달고 있다. 석류열매도 주렁주렁 달려 있다. 대나무도 있고 은행나무도 있다. 답답함도 느껴진다. 우리는 되돌아 나와 조그맣게 꾸며진 정원으로 나선다. 역시 늘어진 수양버들과 연못을 보니 살 것 같다. 아무리 학문을 운위한들 무슨 소용이 있는가. 눈앞에 푸른 생명이 더 현실적이고 볼만하지 않은가.

시내로 되돌아가기 전에 상강湘江의 둑으로 올라선다. 강을 자연스럽게 흐르도록 놓아두지 않고 우리의 한강처럼 콘크리트와 벽돌로 제방을 높이 올려놓았다. 둑방에는 젊은이들이 자전거도 타고 연인들도 쌍쌍이 산책을 하는 것이 보인다. 하지만 실제로 그럴만한 풍경이 아니다. 강폭은 무척 크고 강물은 흙탕물이다. 여름이니 비가 와서 그럴 것이다. 가운데 기다란 섬이 있다. 바로 귤자주橘子洲다. 그 유명한 소상팔경瀟湘八景의 하나인 강천모설江天暮雪의 배경이 되는 곳이다. 저녁 어스름 속에 날리는 눈발과 강 한가운데에 떠 있는 섬이라. 말만 들어도 근사하다.

소상팔경은 산시청람山市晴嵐, 연사모종煙寺暮鐘, 원포귀범遠浦歸帆, 어촌석조漁村夕照, 소상야우瀟湘夜雨, 동정추월洞庭秋月, 평사낙안平沙落雁, 강천모설江天暮雪 등 여덟 가지 풍경을 말한다. 모두 상강과 동정호 주변의 이름난 풍광들이다. 북송의 송적宋廸이 8개의 풍경을 그림으로 그린 후에 소상팔경은 하나의 유행처럼 되었고, 결국은 하나의 이미지로 굳어 버린다. 얼마나 많은 사람들이 소상팔경을 그리고 또 시로 읊었던가. 현대에 들어서 중국의 부포석傅抱石과 같은 대가도 이를 주제로 하여 그림을 그린다. 그의 소상야우는 얼마나 아름다운가. 과거의 전통적인 주제를 새로운 그만의 기법으로 그려 낸 걸작이다. 그리고 중국의 고금 독주곡에도 〈평사낙안〉이 있는데, 들어보면 정말로 모래사장에 기러기들이 내려앉는 듯 조용하고 우아한 선율이다.

우리도 예외는 아니다. 고려 때 이미 이인노李仁老(1152~1220)와 이규보李圭報(1168~1241), 그리고 이제현李齊賢(1287~1367)이 시로 읊고 있으며, 조선시대에 이르러 그림과 시로 무수히 다루어진다. 유감스럽게도 우리의 그림들은 일본에 많이 보존되어 있는데, 조선조 16세기 전반에 그려진 〈소상팔경도瀟湘八景圖〉 병풍들도 예외가 아니다. 조선 중기 이전의 그림들이 극히 귀한 우리나라 사정이고 보면 안타까운 일이 아닐 수가 없다. 18세기의 대화가인 겸재謙齋 정선鄭敾도 소상팔경을 화첩에 그렸는데, 현재

간송澗松미술관에 전해 내려온다. 민화 병풍에서도 소상팔경도는 무수히 발견되니 소상팔경은 이미 실제 경치라는 의미를 넘어서서 어떤 틀에 박힐 정도의 이미지를 확고히 한 것이다. 소상팔경은 중국의 풍경인데 그곳에 가보지도 않은 숱한 우리의 할아버지들이 이를 그리거나 읊었다면 이는 벌써 꿈에서나 그려볼 아름다운 이상향일 것이다.

중국 내륙 지방까지 수 차례 걸쳐 여행을 한 익제 이제현의 강천모설을 인용한다. 연구에 의하면 익제는 실제로 상강 지역을 여행한 적이 없다고 하니, 이 또한 상상에서 시를 읊은 것이다.

저녁 어스름 젓던 노를 돌리며
추위를 마다하고 선술집에 올라라
강 구름 눈 내리니 시름이 솟아오르고
옛날 담주는 볼 수 없어라

소리가 높으니 구름 언저리 기러기
정신이 맑으니 물위 갈매기라
천금의 준마에 비싼 옷 걸쳐서도
어이 고깃배에 누워 있기만 하리오[16]

담주는 장사의 옛 이름이다. 시구절과 느낌이 언뜻 이백을

16 | 서정록西征錄을 찾아서-지영재 지음, 푸른역사, 2003, 505쪽. "向夕廻征棹 凌寒上酒樓 江雲作雪使人愁 不見古潭州 聲緊雲邊雁 魂淸水上鷗 千金駿馬擁貂裘 何似臥漁舟"

떠올리게 한다. 그러나 둑방에 실제로 서서 강물과 섬을 바라보고 있는 우리의 심정은 앞서 이야기한 꿈같은 정경과는 한참이나 멀다. 뒤죽박죽 사람들의 손길이 아무렇게나 닿아 강이 본래의 모습을 완전히 잃어버린 상태다. 아무려면 어떤가. 먼길을 마다하고 이곳에 찾아와 실망을 하지만 본디 소상팔경은 실제가 아닌 꿈속에 만들어진 관념의 풍경이 아니었던가.

저녁에 우리는 꿈에서 현실로 되돌아온다. 고차원의 학문이나 소상팔경도 이미 피안의 세계다. 장사에서 유명하다는 식당 '화궁전火宮殿'을 찾는다. 무슨 음식점이 이렇게 으리으리한가. 문간에는 종업원들이 늘어서서 반기고, 화로에는 불길이 치솟아 오르고 있다. 거대한 3층 누각으로 이루어진 식당이다. 뜨락의 한가운데는 화신묘火神廟도 있고, 그 안에 정말 신상도 모셔져 있다. 이 음식점은 성도成都에서처럼 소걸小吃이 유명하다. 간단한 음식이 아니라 음식 종류는 무진장이고 양껏 또는 마음대로 갖가지를 조금씩 먹을 수 있다는 이야기다. 진열된 요리들을 보고 고르면 된다. 우리같은 외국인에게 정말 호사로운 눈요기다. 정식 요리도 있음은 물론이다. 이 식당에서 제공할 수 있는 요리의 종류는 수백 가지다. 상상을 절한다. 낙타, 양, 돼지, 참새 등등. 그들이 보여주는 요리 이름을 몇 가지만 소개한다.

藥膳蒸烏鷄	오골계, 대합, 대추와 죽순 등을 끓인 탕
牛肉饊子	쇠고기와 쌀로 만든 과자
蟲草燉水魚	동충하초와 물고기

화궁전에서의 만담가

百合棗龜湯	백합조개, 자라 그리고 대추를 끓인 탕
臭豆腐	발효시킨 두부를 기름에 구운 것. 검은 색이다

취두부와 제매단자娣妹團子(고기만두. 달콤한 액체가 들어가 있다. 모양이 다양하다), 나미종자糯米粽子(찰밥 약과이며 밀가루에 싸서 먹는다) 등을 시켜 먹는다. 진열된 음식들을 손가락으로 가리켜 주문한 몇 가지 음식들은 이름도 모르는 터. 꿀맛이다. 옆자리에 대가족이 나들이를 나와 외식을 하는 모습이 풍요로와 보인다.

한편에서는 간이무대가 설치되어 있다. 그곳은 차를 마시는 곳이다. 철관음 차를 시켰더니 일인당 30원이란다. 싸지는 않다. 하지만 차보다도 무대의 공연이 더 재미있다. 만담을 읊는 사람도 있고 바보 병신 흉내를 내는 사람도 있다. 또 여러 지방의 사투리를 사용하며 사람들을 웃기기도 한다. 장님이 나와 월금月琴을 연주하며 창을 하기도 한다. 반주하는 악대는 피리, 이호, 그리고 타악기가 전부이다. 이호 연주가에 신청하여 〈이천영월二泉映月〉을 듣는다. 장사에서의 밤은 그렇게 깊어간다.

02

두보묘杜甫墓

장사를 떠나 멱라를 거쳐 평강平江으로 향한다. 두보묘를 먼저 찾으려는 생각이다. 멱라까지는 버스도 근사하고 길도 훌륭하다. 하지만 멱라에서 갈아탄 시골버스는 좌석의 덮개가 해어지거나 지저분하다. 버스는 몇 십 년 된 고물같다. 길도 엉터리 포장길과 진흙길이 뒤섞여 있다. 그래도 덜커덩거리는 버스에서 바라보이는 풍경은 아름답다. 장사에서 멱라까지 오는 길도 그러했지만 높은 산은 없고 그저 평원과 야트막한 구릉의 연속이다. 구릉에는 잘 가꾸어진 삼림이 끝없이 펼쳐진다. 삼나무나 소나무다. 두보의 묘는 평강에서도 다시 택시를 타고 40분쯤 달려서야 나타난다. 길은 울퉁불퉁 시골도로여서 달리는 택시를 마구 흔들어댄다. 깊어 가는 한여름의 풍경이 우리나라 시골과 많이 닮아있다.

두보는 파촉의 성도를 떠나 장강을 내려오며 이미 수년간 떠돌이 생활을 하고 있었다. 지병인 당뇨와 폐병에 시달리며 쇠약해진 몸과 그만을 쳐다보고 있는 식솔들을 이끌고 배 한 척에 의지하며 그를 곤경에서 도와줄 사람을 찾아 헤매고 있던 참이었다. 그 와중에서도 틈을 내어 동정호와 악양루에 오른다. 하지만 머물던 장사에도 다시 반란이 일어나 몸을 피하여야 했다. 결국은 외

두보묘 부근의 농가

삼촌뻘 되는 침주郴州자사刺史 최위崔偉의 기별을 받고 그를 찾아 호남성 남쪽으로 뱃길을 돌리고 있었다. 하지만 뢰양耒陽에 이르러 홍수를 만나고 "뱃길이 막혀 열흘을 꼼짝달싹도 못하고 날이 들기만 기다리다가 닷새 동안을 먹지도 못하고 있었다."[17]

두보는 눈물이 많은 사람이다. 그가 지은 시를 읽어보면 도처에 시름과 걱정 그리고 눈물이 수를 놓는다. 천성이 그래서 그런 것이 아니라 그의 삶이 그렇다. 안록산의 난을 피해 이곳저곳을 떠도는 신세이었으니 오죽했으랴. 당시의 혼란한 상황에서 어디 두보만 그렇게 고생을 했으랴. 하지만 그는 고생길에 시달리면서도 시대의 아픔을 외면하지 않는다. 두보는 한창 나이인 삼

17 | 두보, 이병주 지음, 민음사 1995, 295쪽.

십대에 이미 현실을 비판하는 시를 짓지 않았는가. 전란이 일어나기 전에도 백성들이 겪는 현실의 삶은 비참하였다. 그의 유명한 시 「병거행兵車行」은 구절마다 시대의 아픔이 배어 있다.

> 수레는 덜커덩 덜커덩, 말들은 우우거리는데
> 행군하는 병사들은 저마다 허리에 화살을 차고
> 아비 어미 처자들은 뛰어가듯 전송을 하고 있다
> 먼지는 자욱하여 함양 다리도 보이지 않고
> 옷을 붙잡고 발을 뒹굴며 길을 막고 통곡을 하니
> 울음소리 하늘로 치솟아 구름 덮인 하늘을 찌른다[18]

시는 계속된다. 전장에 끌려가 생을 마치는 사람. 변경에는

두보묘

허물어진 두보사당 벽

죽은 사람들의 피가 바다를 이룬다. 마을에는 농사를 지을 사람이 없어 잡초만 수북하고 그런 마당에도 관리들의 수탈이 자행된다. 아들을 낳으면 무얼 하나, 전장에 끌려가 죽을 것을. 뼈를 거두지 않은 원통한 귀신들이 비만 오면 울부짖는다.

두보의 날카로운 붓끝이 종횡무진 말처럼 내달린다. 참으로

18 | 車轔轔 馬蕭蕭 行人弓箭各在腰 爺孃妻子走相送 塵埃不見咸陽橋 牽衣頓足攔道哭 哭聲直上干雲霄.

비통하고 통렬한 시다. 하지만 세월이 흘러 늘그막에 이른 두보의 사정도 이미 그의 시와 별로 다를 것이 없다. 당시 엄무嚴武의 비호를 받아 성도의 완화초당浣花草堂에서 보낸 몇 년간의 생활이 그나마 그에게는 안정된 시기였을까. 빈한한 가운데도 여유를 잃지 않고 낭만적인 모습까지도 보인다.(「객지」)

초막의 앞뒤로 흐르는 물이 모두 봄인데
기러기만이 무리 지어 언제나 나를 찾네
꽃이 길에 흐드러져도 그대 오실까 쓸지를 않았더니
이제인가 당신이구려 싸리문을 여네
장이 멀어 차린 음식이 넉넉치 않고
술통의 술은 어려운 살림이라 막걸리뿐이구려
괜찮으면 이웃의 영감도 불러 함께 마시려나
울타리 너머 불러서 남은 잔 다 비우세[19]

하지만 그것도 잠시, 인생은 덧없이 흐르는가. 그는 다시 떠돌이 신세가 되어 방랑을 한다. 그러면서 도달한 곳이 바로 호남성 상강 일대다. 후인들은 말한다. 닷새를 주리다가 뇌양의 현관인 섭씨聶氏가 보내준 술과 고기를 너무 먹어 죽었다고.

"두보가 뇌양에 갔더니 현령인 섭씨가 예를 갖추지 않았다. 하루

19 | 舍南舍北皆春水 但見羣鷗日日來 花徑不曾緣客掃 蓬門今始爲君開 盤餐市遠無兼味 樽酒家貧只舊醅 肯與隣翁相對飮 隔籬呼取盡餘杯.

는 강상의 물가를 지나다가 취하여 술집에서 잤다. 이날 저녁에 강물이 넘쳐서 사나운 물살에 떠내려가고 말았는데, 그 시체는 어디로 갔는지 알지 못한다. 현종이 장안에 환어하시어 두보를 생각하고 천하에다 찾아오라는 영을 내렸다. 그래서 섭씨가 강가에 흙을 모아 쌓고서 '이는 두보가 쇠고기와 막걸리를 너무 먹어 배가 불러 죽어서 이곳에 장사를 지냈다'고 하였다"[20]

호남성 안내지도를 보니 그렇지 않아도 두보의 묘가 두 군데다. 한곳은 뇌양이요 다른 한 곳은 바로 우리가 찾아가는 평강이다. 앞에서 이야기는 전설과 같은 허구에 불과함이 틀림없다. 왜냐하면 두보는 그가 지은 시에서 고을 삿또인 섭씨에게 고마움을 표시하고 있음이다.

"뇌양 현령인 섭씨가 내가 홍수로 막혀 있다는 소식을 듣고, 편지를 보내면서 술과 고기를 보내와 거친 강가에서 주림을 건져 주었다. 이에 시로써 고마운 뜻을 대신 전함에 있어, 감홍은 본시에서 다 밝혔다. 이에 감영에 이르러 원님인 섭씨에게 바치었다."[21]

배탈이 나 죽을 지경에 이른 두보가 그런 상황에서 시를 지었다는 것은 말도 안된다. 모두 후인들이 만들어낸 전설일 것이다.

그렇다면 두보는 어디서 죽은 것일까. 왜 평강에 두보의 묘가 있을까. 과문이어서 그런지 확인할 길이 없다. 어차피 사실이

20, 21 | 두보-이병주 지음, 민음사 1995, 297, 296/6쪽.

중요한 것은 아니다. 우리가 품고 있는 두보에 대한 경외심을 확인하기 위하여 그를 기리고자 함이니 아무러면 어떤가.

택시가 멈춘 곳은 한적한 시골이다. 마을도 아니고 드문드문 인가가 몇 채 있을 뿐이다. 산이라고 할 수 없는 언덕들이 여지저기 보이고 벌판에는 벼가 한창 자라는 논이 멀리 지평선까지 펼쳐 있다. 발을 딛고 있는 땅은 황토다. 시뻘겋다. 손가락으로 가리켜지는 곳에는 마치 폐허가 된 성벽이나 문을 닫은 공장처럼 건물이 하나 보인다. 저게 무슨 건물인가. 택시기사도 처음 와보는 곳이란다. 동네 아주머니가 나서서 안내를 한다. 고맙다. 안쪽으로 들어서니 문을 닫은 초등학교 건물이다. 오래 전에 폐교가 되었는지 곳곳이 무너져 있다. 벽이나 창문이나 성한 곳이 없다. 그나마도 무덤은 학교 건물 뒤편에 있다. 우리는 학교의 창문을 뛰어넘어 그곳에 이른다.

일본인들이 최근에 세운 조그만 비석이 눈에 띈다. 사당으로 쓰여진 듯한 건물이 나오고 그 앞에 무덤이 보인다. 사당은 그야말로 폐허다. 벽에는 초상화와 벽화 그리고 글씨들이 널려 있지만, 퇴색하고 깨어지고 또 무너져서 온전한 모습들이 전혀 아니다. 시성두습유상詩聖杜拾遺像도 있다. 초상화는 으레 그렇듯이 버쩍 마른 얼굴이다. 성도의 두보 사당에서 본 두보의 초상이나 동상들은 하나같이 마르다 못해 광대뼈만 남아 보이더니 이곳도 마찬가지다. 폐병환자였기 때문일까. 아니면 예민한 감성의 보유자가 시대의 아픔을 견디지 못해서 그랬을까. 또는 한마디로 먹지 못해서 그랬을까.

현실적인 상상은 접어두자. 위대한 시인이야 어디 뚱뚱한 몸매를 가지고 있었을까. 당연히 가냘프고 약해 보여 후인들의 동정과 슬픔을 자아내는 것이 당연하였을 터. 두보 묘를 중수하며 쓴 행서체 글씨들이 그나마 벽을 가득 메우고 사람을 반긴다.

시뻘건 흙과 잡초를 밟으며 우리는 무덤으로 다가간다. 동리 사람들 말로는 무덤 옆에 문이 있어 지하로 통하는 길이 있고, 그 안에 관이 모셔져 있다고 한다. 하지만 지금은 밀봉되어 내려갈 수가 없단다. 담을 넘어갈 수가 없으니 확인할 길이 없다. 흑회색의 구운 벽돌로 둥글게 쌓아올린 무덤 앞에 비석이 나타난다. 어설프게 갓도 씌어져 있다. 비석 양옆으로 담을 둘러쌓고 그 안쪽으로 묘를 모셔놓고 있다. 비문을 읽는다. '光緒九年 癸未冬十月 吉日 唐左拾遺工部員外郎杜文貞公之墓, 署平江縣事武陵縣知縣 李宗蓮 題'라 쓰여 있는 것을 보니 1882년에 두보 묘를 새로 단장하였음이 틀림없다. 그렇다면 백여 년 남짓한 세월에 이렇게 폐허로 변하였단 말인가.

선통제宣統帝 부의溥儀가 최후의 황제라 하지만 광서제가 실질적으로 청나라의 명운을 마감한 마지막 황제라 할 수 있다. 서태후의 전횡에 시달리며 개혁을 도모하다 실패하고 1908년 비운에 죽어간 황제다. 그리고 20세기 전반, 대륙은 역사의 격동에 휩싸인다. 누가 여유가 있어 두보의 시를 기리며 이곳에 관심이나 가졌을까. 하지만 너무하다. 성도의 화려할 정도로 잘 꾸며진 완화초당과 비교된다. 물이 떨어지는 기암괴석과 화초로 꾸며진 완화초당. 건물들도 화려하고 멋진 동상도 있다. 이곳은 잔디 하나 없이 그저 시뻘건 황토다.

나는 흙 위에 무릎을 꿇고 준비해온 백주를 따른다. 위대한 시성詩聖, 두보여! 동방의 나라, 먼 곳에서 그대를 이렇게 찾아와 경배를 드리오니 받아주소서. 아는지 모르는지 답이 없다. 나는 술잔을 무덤 위에 흩뿌린다. 무덤 너머 삼나무들이 무심하게 하늘로 솟아 있고 이름 모를 새들이 깍깍 울어대고 있다. 역사는 반복하는가. 천 수백 년 전 두보가 성도의 제갈무후사를 참배하고 지은 시는 우리가 두보에게 바치고 싶은 바로 그런 구절들이다.

승상의 사당을 어디에서 찾을까
금관성 밖에는 잣나무가 우거져 있네
계단의 푸른 풀은 봄빛을 알리고
나뭇잎새로 노란 꾀꼬리는 괜스레 아름다운 노래라
그대 세 번 찾아오심에 천하를 도모하고
두 임금 모시며 세상을 다스리니 늙어 신하된 마음이여
싸우러 나가 이기지 못하고 몸이 먼저 떠나니
길이 사나이들의 옷깃에 눈물을 적시게 하네[22]

22 | 丞相祠堂何處尋 錦官城外柏森森 映階碧草自春色 隔葉黃鸝空好音 三顧頻煩天下計 兩朝開濟老臣心 出師未捷身先死 長使英雄淚滿襟.

03

굴원屈原 – 굴자사屈子祠

날이 쨍하고 맑은 날. 햇살이 따갑다 못해 뜨겁기까지 하다. 눈이 부시도록 밝은 날에 우리는 두보를 아침나절에 찾았고, 다시 굴원을 만나러 가는 중이다. 이토록 좋은 날씨에 우중충하도록 일생을 어둡게 산 두 위대한 시인을 찾으러 다니다니. 버스는 중형이지만 지방 노선을 운행하는 차라 상태가 좋지 않다. 우리는 멱라로 돌아와 굴자사로 향하는 버스를 탄 참이다. 길가 들판에 농부들의 손길이 바쁘다. 수세미와 고과苦瓜의 노란 꽃들이 흐드러지게 피어 있다.

길에 버리듯이 내려진 우리는 멍하니 좌우를 둘러본다. 낮은 언덕 위에 우리는 서 있다. 마침 버스에서 함께 내린 처녀가 방향이 같다고 우리를 인도한다. 날은 더운데 터벅터벅 우리는 걸음을 옮긴다. 맨 땅이다. 한참을 걸어가니 길가에 관광지라고 가게들이 늘어서 있다. 사람들은 거의 없고 한산하기만 하다. 우리의 관광지를 생각하면 오산이다. 그냥 썰렁하고 가게들은 텅 비어 있다시피 하다. 아가씨는 우리가 한국인이라고 하자 다짜고짜 〈가을동화〉 이야기를 꺼낸다. 원빈의 팬이다. 첫 방영 때부터 동네 사람들이 이 드라마를 보고 난리를 쳤다고 한다. 허, 한류바람이 정말 대단하구나.

언덕 끝에 다다르자 멱라강이 넓게 펼쳐져 있다. 하류이어서 강폭이 넓다. 둑도 없다. 강가에는 갈대 숲이 무성하지만 물이 불어서 갈대들이 잠기려 한다. 물은 조용히 흐르고 있다. 조그만 호수를 건너 언덕에 오르니 해태 두 마리가 우리를 무섭게 바라보고, 곧 굴자사의 패루가 나온다. 패루는 겉으로 다공포 양식의 거창한 모습이지만 가만히 보니 흉내만 내었을 뿐 공포가 정말로 결구를 위한 구조물은 아니다. 안으로 들어가니 정원이 있고 건물들은 왼편으로 보인다. 패루가 옆에 붙어 있는 셈이다. 굴자사는 상당히 넓었다. 그리고 잘 꾸며져 있다. 근래 대대적으로 건물

굴자사 굴원 동상

을 짓고 단장도 새로 하였나보다.

정 중앙에 바로 굴원의 동상이 세워져 있다. 천문단天問壇이다. 천문은 굴원의 작품명이다. "사람이 극도로 지치면 일찍이 하늘을 부르지 않는 자가 없다"라고 사마천이 언급하였듯이, 굴원은 왕에게 내침을 받고 떠돌며 방황하면서 하늘에 이것저것 묻는다. 그렇다고 하늘이 시원스레 답을 하여 주었을까. 동상의 얼굴은 하늘을 향하고 있다. 하늘에게 물음을 던지는 모습을 형상화한 것이다. 천문단을 지나면 맞은 편에 이소각離騷閣이 나온다. 삼층 건물이다. 최근에 지은 것이 틀림없지만 건축 양식은 청대의 건물을 그대로 옮겼다. 추녀가 뾰족하게 하늘을 향하고 있다.

이소각

시대마다 취향이 다르지만 송, 원, 명에 걸쳐 만들어진 우아한 지붕 곡선이 청대에 들어 과장될 정도로 구부러진다. 그게 더 아름다울까. 명대의 곤극도 지금 들어보면 대단히 우아하고 아름다운데 청나라 후반기에 발달된 경극을 들어보면 과장이 심하고 소리도 과격하거나 높기만 하다. 문화는 시대의 반영일까.

건물 안에는 거대한 비석이 있는데 「이소경離騷經」 전문을 옮겨 놓았다. 중국인들은 굴원의 시부詩賦를 문학작품으로만 대하는 것이 아니라 일종의 경전 취급을 한다. 그만큼 굴원은 경배의 대상이다. 우리나라도 마찬가지다. 굴원의 작품이 『시경』과 더불어 중국에서 가장 오래되고 또 위대한 문학 작품일진대 그 영향이 오죽하였으랴. 조선조 정철의 유명한 가사인 사미인곡思美人曲은 제목만 보아도 벌써 굴원의 냄새가 난다.

「이소」는 굴원의 대표작이라 할 수 있다. 첫머리에 자신의 출신 배경을 설명한다. 그리고 그가 어떻게 살고 있는가 하는 인생관도 피력되어 있다. 하지만 군왕을 모시는 입장에서 왜 그가 버림을 받았는지도 설명을 한다. 그의 이상이 실현될 수 없음을 알고 그는 방황을 한다. 환상도 있다. 이상을 상징하는 사랑을 찾아 헤매기도 한다.

해와 달은 머무름 없이 빨리 흐르고
봄과 가을은 차례 바뀌어 번갈아 지나니
초목이 시들어 낙엽짐을 생각하면
미인의 늙음이 또한 두려워지네.

저 당인들은 일시적 안일만 찾은 탓에
국가의 길은 어둡고 험난하네

"나는 넓은 밭에 난초를 재배하고 또 혜초도 가득 심었네… 가지와 잎이 무성해지기를 바라고 때를 기다려 내 장차 수확하려 했더니, 비록 시들어 버린다 해도 슬프기까지 없지마는, 슬픈 것은 뭇 향초香草가 악초惡草로 변하는 것."

아침에는 목란에서 떨어지는 이슬을 마시고
저녁에는 국화의 처음 피어나는 꽃을 먹네.

"옛 성인의 법도에 따라 중용을 지켰는데, 가슴 가득 한스럽게도 이러한 일들을 거쳤네. 원수沅水와 상수湘水를 건너 남쪽으로 가서 순임금에게 나아가 내 말을 아뢰야겠네."

길은 아득하여 길고도 먼데
나는 이리저리 다니며 찾아 헤매었네

멀리 가고자 하나 머물 곳이 없어
잠시 이리저리 떠돌며 거닐어 보네.

"세상 사람들은 본래 뇌화부동하나니, 어느 누가 변함없이 지조있게 살겠는가?"

햇빛 찬란한 하늘로 오르는데
홀연히 고향이 내려다보이네
마부도 슬퍼하고 내 말도 아쉬어
움추리며 돌아본 채 나아가질 않네

아, 끝났구나
나라엔 현인이 없고 나를 알아주는 이도 없으니
내 또한 어찌 이 나라를 연연해 하리오
그들과 더불어 미정美政을 행할 수 없으니
내 장차 팽함이 행한 바를 따르리라[23]

이슬을 마시고 꽃을 먹는 고결한 성품의 소유자가 버림을 받고 방황을 하며 헤매다가 결국 절망하여 죽음을 생각한다. 팽함은 은殷나라 때 충언을 하다가 받아들여지지 않자 물에 뛰어들어 죽은 충신이다. 「이소」는 굴원이 죽기 훨씬 전에 지은 작품이라는데 벌써 그는 죽음을 예견하고 있었단 말인가. 「어부사漁父辭」에서 스스로 이야기한 것처럼 '창랑의 물이 맑으면 갓끈을 씻고, 창랑의 물이 흐리면 발을 씻으리라/滄浪之水淸兮 可以濯吾纓 滄浪之水濁兮 可以濯吾足'하였거늘 왜 외곬길을 택하였을까. 안타까운 일이다.

23, 24 | 초사－서성徐成 옮김, 시는 발췌한 것임. 日月忽其不淹兮 春與秋其代序. 惟草木之零落兮, 恐美人之遲暮./ 惟夫黨人之偷樂兮 路幽昧以險隘./ 朝飮木蘭之墜露兮, 夕餐秋菊之落英./ 路曼曼其脩遠兮, 吾將上下而求索./ 欲遠集而無所止兮, 聊浮遊以逍遙. / 陟陞皇之赫戲兮, 忽臨睨夫舊鄕. 僕夫悲余馬懷兮, 蜷局顧而不行./ 已矣哉! 國無人莫我知兮, 又何懷乎故鄕. 旣莫足與爲美政兮, 吾將從彭咸之所居.

뜰의 오른쪽으로 초혼당招魂堂이 있고 왼쪽으로 구가대九歌臺가 보인다. 초혼은 송옥宋玉이 창작한 것이요 구가는 굴원의 작품이다. 구가는 모두 11편의 작품들로 구성되어 있다. 구가는 한마디로 무당들의 노래들이다. 왕일王逸은 "구가는 굴원의 작품이다. 초나라 수도 영郢의 남쪽 도읍들과 원수沅水와 상수湘水 일대 사이에는 귀신을 믿고 제사 지내기를 좋아하는 풍습이 있었다. 그 제사에서는 반드시 노래와 음악을 짓고 춤을 추어 여러 신을 기쁘게 하였다. 굴원이 방축되어 그 지역을 떠돌 때 근심에 고통스러웠고 걱정이 들끓어 밖에 나갔는데, 그 지방 사람들이 제사를 올리고 노래하고 춤추는 것을 보았다. 그 가사가 비루한 것을 보

초혼당

고 이에 구가를 지었다" [24] 했다.

우리나라 고대 문학 작품들도 그렇듯이 무속신앙에 바탕을 둔 민중의 노래들은 언제나 시인들로 하여금 영감을 느끼게 한다. 그리고 구가를 읽어보면 낭만적인 느낌이 충만하다. 여러 가지 귀신들을 읊으며 샘이 솟듯이 쏟아낸 이미지들은 읽는 사람으로 하여금 자유로운 상상의 나래를 펴게 한다. 비통하지만 그래도 굴원의 다른 작품들에 비해 그 강도가 덜하다. 오히려 종횡무진한 그의 낭만적 시상들이 돋보인다. 후대의 시인들이 굴원의 작품에서 영감의 실마리를 찾는 이유다.

새로 지은 굴자사는 사합원의 대칭 양식으로 되어 있어서 우리는 양옆으로 담장이 둘러쳐진 이소각을 지나 또 다른 정원으로 나선다. 맞은 편에는 구장관九章館이 보인다. 최근에 지어진 것이지만 멀리서 보니 아름답다. 추녀가 역시 꼬부라져 있다. 처음 보기에는 명대의 건축양식을 닮았다. 그래서 그런지 더 우아하게 보인다. 옆으로는 충현루가 서 있고 회랑에는 무수한 비문들이 늘어서 있다. 언제나 이러한 비문들은 우리를 질리게 한다. 구장관 안에는 커다란 벽에 7개의 부조로 만든 벽화가 그려져 있다. 벽 아래 부분에는 각종 서체의 글씨들이 즐비하다.

굴원의 작품 중에서 구장은 아주 비통한 느낌을 준다. 처절하기까지 하다. 그림들은 구장의 각 작품들을 상징하고 있는 듯하다. 「애령哀郢」은 나룻가에 앉아서 떠나온 고향이며 초나라 도읍지인 영郢을 바라보고 있다. 「추사抽思」는 물가에서 손을 들어 얼굴을 가리는 듯 먼 곳을 쳐다보고 있다. 「사미인思美人」은 수레를 말들이 끌고 있다. 「섭강涉江」은 칼을 어깨에 걸치고 용에 올라타 강을 건너고 있다. 「석왕일惜往日」은 바위에 걸터앉아 하염없이 넋이 나간 모습이다. 「비회풍悲回風」은 바람이 매섭게 몰아치고 있다. 「석송惜誦」은 두 사람이 윷놀이하는 모습이다. 구장의 실제 몇 구절을 읽어본다.

마음은 자꾸 끌려 가슴을 에이는 데
아득한 이 길을 어디로 가야 할지.
바람부는 대로 물결치는 대로
아! 예 와서 못 돌아갈 나그네가 되었네(애령哀郢)

나는 이미 죽음을 각오한 몸이어니
부디 이 생명에 애착일랑 없도록
후세의 군자여 분명히 말하거니
이 내 뜻을 깊이 새겨 법삼게 하고 싶네(회사懷沙)

강물은 어지러이 정한 길이 없고
끝없이 넓은데 정한 법도 없네
모였다 퍼졌다 정처없는 흐름 타고
출렁이며 이리 달려 어디만큼 멈출는지.(비회풍悲回風)[25]

구장대를 벗어나니 한쪽에 오래된 건물들이 나타난다. 이곳

25 | 굴원의 구장-송정희宋貞姬 옮김, 명지대학교 문고 2.

의 굴자사는 이미 한나라 때 건립되었다 한다. 하지만 청나라 건륭 19년 1754년에 대대적으로 중수하였다. 건물의 전면은 명청대 건물들이 모두 그렇듯이, 볼품이 하나도 없고 문만 덩그러니 뚫려 있는 듯하다. 안에는 굴원의 신위가 모셔져 있다. '고초삼려대부굴원지신위故楚三閭大夫屈原之神位' 앞에서 무릎을 꿇으며 절을 올린다. 한 인간으로서 그의 안타까울 정도의 삶의 현실, 그리고 이를 위대한 문학 작품으로 승화시킨 그의 고결하고 치열한 영혼에 바치는 절이다.

굴자사의 정원에는 계화桂花가 유명하다. 앞마당에는 금계화요 뒷마당에는 은계화라 불리는 거대한 계수나무다. 건물마다 글씨와 그림들이 가득하다. 역대 화가들이 굴원을 기리기 위해 그린 것들인데, 굴원 자신을 그린 것도 있고 작품 내용을 그려낸 것들도 있다. 명대 화가인 진홍수陳洪綬의 그림도 보인다.

나는 근래 20세기 중국의 걸출한 화가인 부포석傅抱石의 화집을 입수하였는데 그의 산수도 대단하지만 인물화도 눈길을 끈다. 그는 과거의 위대한 시인들을 즐겨 그렸는데, 이태백, 두보, 도연명 등이 대상인물들이다. 하지만 부포석은 굴원에게서 커다란 영감을 받았음인지 〈굴자행음도〉를 비롯하여 그의 작품 내용을 대거 그림으로 그려낸다. 〈이상도二湘圖〉, 〈상군湘君〉, 〈상부인湘夫人〉, 〈산괴山鬼〉, 〈운중군雲中君〉, 〈하백河伯〉 등이다. 한번도 아니고 같은 주제를 여러 번 그리기도 한다. 〈굴자행음도〉는 「어부사漁父辭」에서 묘사된 것처럼 굴원이 수척한 얼굴에 머리는 산발을 하고 옷깃은 바람에 휘날리며 풀이 무성한 강가를 거닌다. 〈산귀〉나 〈운중군〉은 귀신의 형상이라 하지만 요염하고 아리따운 여인들이다. 〈운중군〉에서는 여인이 용이 끄는 수레를 타고 금빛으로 가득 찬 하늘을 날고 있다.

부포석은 그의 새로운 필법인 '산봉개화필散鋒開化筆'을 사용하여 효과를 극대화하고 있다. 산봉개화필이란 일종의 비백飛白이나 건필乾筆의 효과인데, 붓을 흩어지게 하여 파묵破墨의 효과를 낸다. 사람들은 부포석이 항일전쟁 중에 애국심을 고취하기 위하여 애국충절의 표본인 굴원을 소재로 그림을 그렸다고 한다.

하지만 그렇다 치더라도 굳이 그렇게까지 정치적 목적을 가진 그림으로 볼 이유는 없다. 그림 자체가 주는 생동감과 낭만적인 모습은 누가 보더라도 생생한 감동을 주니 말이다. 더욱 중요한 것은 이천삼백년 전의 위대한 시인이 현대의 화가에게까지 아직도 커다란 영감을 주고 있다는 사실이다. 그것 하나만으로도 굴원은 억울한 죽음을 한 것이 아니라 영원의 삶에 도달한 사람이다.

굴원의 작품들은 『시경』과 더불어 중국문학의 양대 원천이다. 하지만 우리가 21세기 들어서도 그를 주목하는 것은 그가 보여준 충절이 아니라 그가 작품에서 보여준 인간적 감성과 자연만물의 시적인 표현이다. 그의 작품에는 시인 자신의 가치관은 물론 당시의 인간적 감정들이 고스란히 표출되어 있다. 그리고 무궁무진한 환상이 있다. 또한 예전의 고사나 신화들에 나타난 무수한 인간군상들에 대한 고찰도 보인다.

무엇보다 그는 시를 지음에 있어 그가 부딪치며 보는 자연의 모든 대상들을 생생하게 살려내고 있다. 방황을 하며 만나는 모든 것들이 그의 시 속에서 살아서 용해된다. 이러한 수준의 작품들이 무려 이천삼백년 전에 쓰였다는 사실은 놀랄만하다. 서양에서 이런 자유분방한 작품들은 18세기말과 19세기 들어서야 낭만주의자들에 처음으로 나타난다. 이는 우리가 중국문화, 더 나가서 동아시아 문화를 새삼스럽게 다시 인식하고 또 배우며 분석해야 하는 이유다.

한 건물에는 용선龍船이 전시되어 있다. 거대한 목선이다. 길이는 26m에 달하고 폭은 1m다. 23명이 탄다고 한다. 배의 몸통에는 용의 비늘이 그려져 있다. 뱃머리는 물론 용의 대가리다. 입을 딱 벌리고 있다. 이 지방의 민간인들이 쓰던 것이라 한다. 용선의 유래는 굴원의 죽음에서 시작된다. 억울하게 죽은 굴원을 안타깝게 여겨 지역의 주민들이 다투어 배를 몰고 그의 시신을 찾으려 나선 데서 비롯된다.

전설에 의하면 굴원의 묘는 두 곳에 있는데 하나는 가짜이며 실제로 굴원의 시신을 건져 올렸을 때는 물고기들에 뜯겨 얼굴이 없었다고 한다. 해서 진흙으로 얼굴을 빚어 시신을 묻었다 했다. 이때 서로 다투어 배를 몰던 이야기가 결국은 민속놀이로 발전하여 지금도 굴원이 모래와 돌을 품고 강에 투신한 음력 5월 5일, 바로 단오절에 멱라강에 배를 띄우고 경선競船이 이루어진다 했다. 하지만 용선을 이용한 경선놀이는 이미 이곳뿐만 아니라 중국 전역에 퍼져, 심지어는 홍콩에서도 이런 놀이가 이루어지고 있다. 그만큼 굴원의 이야기는 역사가 아니라 이미 신화가 된 것이다. 용선이라 하면 또 20세기 아병阿炳의 비파독주곡인 〈용선〉을 빼놓을 수가 없다. 대단한 걸작이지만 이미 그의 곡조에는 굴원의 죽음이라는 어두운 면은 전혀 찾아볼 수가 없다. 이미 죽음

용선

은 승화되어 즐거운 놀이가 된 것인가.

한 인간의 삶과 죽음이 이렇게 수천 년 간 오래도록 막대한 영향을 끼치는 것은 유례가 드물다. 이미 굴원이 죽고 백수십 년이 흘러 사마천은 그를 기린다. 사마천이 이렇게 한 사람을 열전에서 칭찬하는 것도 또한 찾아보기 힘들다. 굴원이 실제로 묻힌 무덤이 이곳 굴자사에서 약 10여km 떨어진 곳에 위치한다는데, 가는 길이 험하고 또 마땅한 차편도 없고해서 포기한다. 이미 굴자사에서 가슴을 다 열고 굴원을 회고하지 않았는가.

04

악양루 岳陽樓, 동정호 洞庭湖 군산도 君山島

'昔聞洞庭水 今上岳陽樓' 옛날부터 말로만 수없이 들어오던 동정호, 그리고 그렇게 많은 시인들이 아름다움을 읊었던 악양루를 오늘 우리도 찾는다. 두보처럼 말이다. 악양루는 넓은 대로변에 위치한 공원 안에 있다. 주차장을 지나 붉은 담벽을 따라 가면 곧 매표소가 나온다. 사람이 드나드는 곳에 웬 매표소? 그만큼 세월이 흐르고 악양루는 이제 사람들이 오로지 싯구에 나오는 기억을 확인하기 위해 찾아오는 곳인가.

입구에서 저만치 악양루까지 공원이 잘 꾸며져 있다. 공을 많이 들인 흔적이 역력하다. 태호석과 기암괴석으로 장식한 조그만 동산도 있고, 후박나무, 소나무, 배롱나무꽃, 그리고 여러 활엽수들이 잘 가꾸어져 있다. 옆으로는 긴 회랑이 있는데 물론 악양루와 관련된 시문들을 새겨 넣은 비석들이 즐비하다. 한 곳에는 모택동 사후 잠시 집권을 하였던 화국봉의 글씨도 보인다.

악양루는 높이가 20여m에 달하는 삼층 건물이다. 지붕의 곡선이 특이해서 추녀부터 시작한 지붕의 선이 산의 능선처럼 맨 꼭대기 꼭지점까지 뻗어 올라간다. 보통 지붕들은 추녀에서 치미까지, 그리고 두 치미 사이에 용마루가 있는데 악양루는 이런 양식이 생략되어 있다. 결구는 다공포양식이고 이층에는 난간을 둘렀다. 언제 지어진 것인지 확인할 수 없으나 청나라 아니면 근래 건물임이 틀림없다. 건물 자체는 거대한 기단 위에 세워지고 기단의 아래에는 일종의 성문이 뚫려 있다. 그렇다고 성벽이 좌우로 있는 것도 아니다. 이는 악양루가 육지에 세워진 성문이 아니라 거대한 동정호에 연해 세워진 성루요, 동시에 동정호 뱃길과 육로를 연결하는 통로이기 때문이다.

일층에는 북송의 범중암范仲淹(989~1052)의 유명한 「악양루기岳陽樓記」 전문이 걸려 있다. 기둥마다 벽마다 한자들이 어지럽다. 이층도 마찬가지다. 삼층에 올라가니 모택동이 초서로 쓴 두보의 「등악양루」가 보인다. 모택동이 말년에 몸이 아팠을 때 쓴 것이라는데, 두보 역시 병들어 아픈 몸을 이끌고 여기저기 방랑을 하다가 악양루에 올라 지은 시구절이 동병상련으로 생각이 났을 것이다.

악양루에서 바라보니 동으로는 악양의 시가가 자리잡고, 서쪽으로는 망망대해가 열려 있다. 그보다도 악양루의 앞이 동정호이고 뒤가 시가지라 함이 옳을 것이다. 관광객들과 뒤섞여 나무계단을 오르락내리락하다가 우리는 이층 난간으로 나간다. 발 아래는 나루터로 내려가는 계단과 주위 나무들 뿐이요, 고개를 들어 멀리 바라보니 그저 가이없이 펼쳐진 물뿐이다. 오른 쪽으로 멀리 아스라이 무슨 육지인가 섬이 보이는데 바로 군산도다.

악양루에서 동정호를 바라보는 사람들은 어떤 느낌을 가질까. 천하의 명문이라는 범중엄의 「악양루」기를 보면 악양루에 오른 사람들의 느낌이 간단명료하게 표현되어 있다. 지금으로부터 천년 전의 사람인 범중엄 자신도 이미 그때 옛날 사람들이 동정호와 악양루의 아름다움을 다 이야기했다고 적고 있으니, 우리는 무어라고 말을 해야 할까.

"내가 보건대 파릉의 뛰어난 경치는 오로지 동정호 하나인데 먼 산을 품고 장강을 삼키면서 넓고도 넓어 광대하고 가로놓인 것이 가장자리가 없도다. 아침에 빛나고 저녁에 어스름지며 날씨는 수없이 변하니 바로 이것이 악양루의 큰 볼거리라. 옛 사람들이 모두 말한 바 있으니 북으로는 무협에 통하고 남쪽 멀리는 소상강이라. 귀양객들이나 걱정 많은 사람들이 이곳에 많이 모이고는 하였으니 경치를 바라

악양루

보는 감정이 어찌 다름이 없을 수 있겠는가."[26]

이 더운 날 악양루에 올라서 망망대해 같은 호수를 쳐다보는 우리는 그저 덤덤하기만 하다. 생각보다 커다란 감흥이 일어나지 않는다. 마음이 무디어서 그럴까. 아니면 세월이 흘러 주위 풍광이 자연스럽지 못해서 그럴까. 악양루 근처야 그렇다 치더라도 바라보는 동정호야 어디 변함이 있으랴. 하지만 범중엄은 이미 계절과 날씨 따라 시시각각 변하는 동정호의 풍경에서 사람들은 서로 다른 감흥을 가진다 했으니 우리도 그런 것인가.

그의 의하면 송나라 1044년 당시 지방관이었던 등자경滕子京이 악양루를 크게 중수하고 기문을 그에게 의뢰하여 「악양루기」를 지었다 했다. 악양루의 유래는 삼국시대로 거슬러 올라간다. 당시 오나라 손권은 유비와 형주를 놓고 다투고 있었다. 오의 장수 노숙魯肅이 파구巴丘에 주둔하며 수군을 지휘하고 있었는데, 망루를 높이 짓고 수군이 훈련하는 모습을 직접 참관하였다 한다. 당나라 현종 716년 다시 누각을 크게 확장하고 남루南樓라 부르다가 나중에 악양루라 개칭하였다. 악양이라는 이름이 붙은 것은 동정호 오른 쪽의 산을 파구巴丘, 파릉巴陵 또는 천악산天岳山이라 불렀는데, 그 양지 바른 곳에 루가 있기 때문이다.

아무래도 당나라 때의 경치는 지금과는 많이 달랐을 것이라고 추측된다. 상업화된 볼거리들이나 낯이 선 도시의 풍경도 없

26 | 予觀夫巴陵勝狀, 在洞庭一湖. 銜遠山呑長江, 浩浩湯湯, 橫無際涯, 朝暉夕陰, 氣象萬千, 此則岳陽樓之大觀也. 前人之述備矣 然則北通巫峽, 南極瀟湘. 遷客騷人 多會于此 覽物之情得無異乎

었겠지만 그 보다도 악양루의 앞뒤를 이루는 산과 동정호의 모습이 무척 달랐을 것이다. 기록에 의하면, 당시 장강과 한수 사이에 있던 엄청나게 큰 호수 운몽택雲夢澤은 점차 사라져 늪지나 육지가 되고, 대신 장강 이남의 동정호가 무서울 정도로 빠르게 확장되어 지금의 동정호보다 몇 배나 커졌다 하니 그 장관이 대단했을 것이다. 그리고 철도도 없었고 육로보다 수로가 발달된 상황에서 무수한 배들이 악양루 앞에 진을 치거나 드나들었을 것이다. 크고 작은 배들은 모두 돛을 달았을 터. 지금의 못생긴 동력선보다 훨씬 그림처럼 보였을 것이다. 그리고 배에서 쏟아져 나오는 사람들은 저 아래 호숫가에서 계단을 타고 올라와 망루 밑의 성문을 지나갔을 것이다. 그러니 사람들의 발자취와 숨결이 한결 느껴지는 그런 망루였음이 틀림없다.

악양루에 이태백이 먼저 발을 딛는다. 그리고 한 수 읊는다.

누에서 바라보니 악양은 다하고
강은 멀어 호수가 펼쳐진다
기러기들이 나란히 시름은 사라지고
산들도 줄줄이 좋구나 달까지 반긴다
구름 사이로는 연이어 손님상이라
하늘이 다가와 술잔을 건넨다
술이 취하노니 서늘한 바람 일어
노래하고 춤추는 이 소매깃을 돌아든다[27]

역시 이백이다. 사람들이 악양루에 올라서기만 하면 이렇게 신선처럼 되나 싶을 정도로 시상이 자유롭고 표일하다. 하지만 악양루에 오르기 전 천악산에 올라 읊은 시는 또 다른 홍취를 보여준다.

맑은 아침에 파릉에 오르다
둘러보니 아득치 않음이 없어라
밝은 호수에 하늘빛이 비추니
바닥까지 모두 가을빛
가을 색이 얼마나 새파란지
가이없는 물바다 모두 또렷이 맑다
산은 푸르러 먼 나무들을 덮고
물은 푸르러 차가운 안개가 사라진다
돛배가 강 복판으로 나오고
날으는 새는 햇무리로 향한다
바람도 맑으니 장사포 나루
서리 낀 하늘이라 운몽택의 밭들
빛을 바라보니 서글퍼라 색바랜 머리카락
물을 쳐다보니 슬퍼라 지난 세월이여
북녘 물가 벌써 넘실거리고
동쪽 강물 절로 콸콸거리니
초나라 사람들 백설곡을 창하고

27 | 與夏十二登岳陽樓 : 樓觀岳陽盡 川迴洞庭開 雁引愁心去 山銜好月來 雲間連下榻 天上接行杯 醉後涼風起 吹人舞袖迴.

월나라 여자들 채련곡을 노래하다
이를 듣자니 또다시 마음이 에이고
언덕에 기대니 눈물이 샘처럼 솟는구나[28]

가을에 동정호를 바라보니 그 아름다운 풍광에 오히려 가슴이 저려온다. 이백은 동정호의 풍광에 감탄하면서도 결국은 자신의 불우함을 되돌아본다. 느낌이 두보를 닮았지만 시가 구슬처럼 투명하고 움직이는 폭이 종횡무진이다. 하지만 쓸쓸함과 세월은 어쩔 수가 없는 것이다. 범중엄이 말한 대로 쓸쓸한 경치를 바라보면 슬픔을 느끼나보다. 자유로운 영혼인 이백의 시구에 무슨 샘처럼 솟는 눈물이란 말인가. 명나라 때 음악인 〈동정추사洞庭秋思〉가 떠오른다. 금곡琴曲이지만 고금古琴, 이호二胡 그리고 소簫로 연주하는 삼중주곡이 듣기가 더 좋다. 고금의 매듭과 이호와 소의 이어지는 선율이 기가 막힌 조화를 이룬다. 음악이란 본디 구김새가 없이 투명한 것이니 아마 이백의 심정이 바로 이와 같았을 터. 그러나 저러나 가슴이 울보인 두보의 시구는 또 어떤가.

예부터 들어오던 동정호
오늘에야 악양루에 오르니
오나라 초나라가 동남으로 열려지고
하늘과 땅이 밤낮으로 떠있다

28 | 秋登巴陵望洞庭 : 淸晨登巴陵 周覽無不極 明湖映天光 徹底見秋色 秋色何蒼然 際海俱澄鮮 山靑滅遠樹 水綠無寒烟 來帆出江中 去鳥向日邊 風淸長沙浦 霜空雲夢田 瞻光惜頹髮 閱水悲徂年 北渚旣蕩漾 東流自潺湲 郢人唱白雪 越女歌採蓮 聽此更腸斷 憑崖淚如泉.

벗들은 소식 하나 없고
늙고 병든 몸 외로운 배에 머무는데
오랑캐들 관산 북녘에 있나니
난간에 기대어 눈물을 흘린다[29]

짤막하면서도 시의 구조가 빈틈이 없다. 그리고 눈에 보이는 대상과 시인의 마음이 대칭을 이루며 절묘하게 아름다운 풍경과 쓸쓸하도록 슬픈 심사를 잘 표현하고 있다. 시인들의 힘은 위대하다. 이백이나 두보의 절창이 천년이 넘도록 애송되며, 그들이 읊었던 악양루는 이미 하나의 시적 상징으로 변하여 버리지 않았는가. 어디 이들 뿐인가. 유우석이나 이상은 등 헤아릴 수 없이 많은 시인 묵객들이 악양루를 찾는다. 그리고 지금도 많은 사람들이 혹시나 또는 정말로 악양루는 어떤 풍광일까 궁금하여 발길을 찾지 않는가.

악양루에서 내려와 주위를 둘러본다. 양쪽으로 조그만 패루들이 서 있다. 범중엄의 「악양루기」에 나오는 조휘석음朝暉夕陰, 기상만천氣象萬千 등이 쓰여 있다. 노숙의 점장대点將臺도 만들어져 있다. 성문 아래를 통과하여 호숫가로 내려간다. 계단이 아득하다. 실제로 아래에서 악양루를 쳐다보니 그제야 건물이 그럴듯하게 보인다. 옆으로 발길을 돌려 한참 오르는 듯 걸어가니 관광

29 | 登岳陽樓 : 昔聞洞庭水 今上岳陽樓 吳楚東南坼 乾坤日夜浮 親朋無一字 老病有孤舟 戎馬關山北 憑軒涕泗流.

객을 위해 음악을 들려주는 곳이 나온다. 우리는 잠깐 들어가 〈굴원문도屈原問道〉, 〈어주창만漁舟唱晩〉, 〈춘강화월야春江花月夜〉 등을 듣는다. 모두 동정호와 어울리는 곡들이다. 소簫와 고쟁古箏을 주 악기로 하고, 간혹 훈塤과 생笙으로 선율을 만들고, 박자는 편종編鐘과 편경編磬으로 맞추는 것이 특이하다.

조금 더 옆으로 올라가면 무덤이 나오는데 소교小喬의 묘란다. 소교는 주유의 부인이고 이교二喬의 한 사람이다. 삼국지에 재미있게 기술되어 있지만 정말로 소교가 여기 묻혔을까. 무덤 옆에는 소동파의 적벽회고赤壁懷古가 느닷없이 쓰여져 있다.

우리는 다시 천천히 호수로 내려간다. 날이 약간 흐려진다. 바다같은 호수 위로 불어오는 바람이 퀴퀴한 냄새를 풍긴다. 물비린내인가. 한여름 무더위가 물빛에 젖어든다. 물도 땀을 풍기는 모양이다. 퇴색한 콘크리트를 딛고 서자 아득한 수평선을 바라보는 눈망울은 다른 풍경을 모두 잃어버린 채 동정호의 텅 빈 호수만을 응시한다. 천천히 세속의 기억은 사라지고 눈길은 저 멀리 하늘가로 다가선다. 결국 우리는 그 하늘가를 찾아 배에 올라탄다. 군산도로 가는 유람선이다. 사람들은 말한다.

"소상의 아름다움은 오로지 동정호에 있고 동정호의 아름다움은 오로지 군산도에 있다."

약 12km 떨어진 곳에 위치한 군산도는 조그만 섬이다. 섬에는 이런저런 볼거리들을 많이 만들어 놓았다. 하지만 모두 최근에 조성된 것들이다. 순제舜帝를 따라 죽었다는 아황娥皇과 여영女英 두 자매 황비가 묻혔다는 이비묘二妃墓와 이들을 기리는 상비사湘妃祠가 그나마 청나라 광서光緖 9년에 지었다 하니 백년이 넘은 것이다. 그리고 이곳을 찾아가는 나그네들은 흑갈색의 반점이 있는 대나무 숲을 지나가게 되는데, 사람들은 이 반점들이 순제의 소식을 이곳에서 듣고 통곡하다 물에 뛰어든 두 여인의 눈물이라 한다. 그리고 이백방천고二魄芳千古라 한다. 여인들의 열녀 정신이 천고에 빛나고 있는 것이다.

하지만 그 윤리관이 무섭다. 수천 년 동안 중국을, 아니 동아시아를 지배하였던 무서울 정도의 그 윤리관. 이제는 다 소용없는 일이다. 그리고 실제로 하夏나라 이전의 이야기이니 모두 전설이다. 무덤도 가짜임이 틀림없다. 인간은 숭배하고 싶은 것이 있으면 우상이라도 만들어 경배한다. 그러니 아무려면 어떠랴. 연구에 의하면 굴원의 초사에 나오는 상부인湘夫人이 앞의 두 여

상비사

인들이라 하나 실제로는 상강에 살고 있는 강의 여신이라 한다. 하지만 사람들은 이것저것 합쳐 새로운 전설을 만든다. 그리고 전설은 세월이 흐르면 신화가 된다. 결국 사람들은 그런 이야기들이 마치 과거에 실재하였던 것처럼 믿는다.

군산도에는 관광객들을 유치하기 위해 이것저것 많이 꾸며 놓았다. 하지만 어설프다. 우리는 상점에서 그 유명한 군산차君山茶를 두 봉지 산다. 천천히 호숫가를 따라 걷다가 군자도의 뒤편으로 돌아든다. 물이 불은 동정호에는 무수한 갈대가 머리만을 내밀고 있다. 아무도 가지 않는 길을 더 들어가니 아하! 정말로 우리가 찾던 동정호의 풍경이 나타난다.

끝없이 펼쳐지는 갈대밭과 뻘, 그 사이사이 물길에 늘어선 배들. 정크선이다. 고기잡이 배들이지만 살림도 하는 곳이다. 이곳 토박이들의 삶의 터가 눈앞에 늘어선 것이다. 배들을 덮고 있는 천막은 짙은 녹색이지만 누더기를 깁듯 더덕더덕 붙거나 해어져 있다. 그물들과 뜰통들이 멋대로 천막지붕 위에 널려 있다. 수십 척들이 여기저기 모여 있는 것을 보니 여기가 바로 일종의 수상마을인 모양이다. 갈대밭 사이로 동네를 만들어 사는 사람들.

군산도를 찾는 관광객들은 허울좋은 볼거리만 보고 가지만, 이곳 토박이 어부들은 숨어 지내 듯 섬의 뒤편에 배와 몸을 가리고 산다. 하지만 인위적인 요소들은 전혀 없는 곳에서 자연과 더불어 망망대해 호수를 삶의 터로 삼고 사는 이 사람들이야말로 동정호의 진정한 주인이요 또 아름다움이다. 발걸음을 멈추고 풀숲을 헤치며 물가로 내려가 손을 담그고 씻는다. 물이 파랗게 맑은 것이 아니라 뿌옇게 흐리다.

당나라 시인 유우석劉禹錫은 「망동정望洞庭」에서 '거울 같은 동정호의 수면에 산이 푸르게 비치어 마치 은쟁반 안에 있는 푸른 소라같다 湖光秋月兩相和 潭面無風鏡未磨 遙望洞庭山水翠 白銀盤里一青螺'고 했지만, 우리 눈에는 정크선들이 동정호 흐린 물에 점점이 박힌 것이 마치 동정호 아름다운 쟁반에 담긴 거친 삶의 숨소리들 같다. 허울좋은 관광이 아니라 다행스럽게도 우리는 동정호의 진면목을 본다. 아마 두보가 이 장면을 보았다면 또 다른 절창을 남겼을 텐데.

저녁에 악양역 앞, 우리가 머물고 있는 멋진 4성급 호텔인 중달빈관中達賓館의 식당을 찾는다. 그리고 동정호 속의 또 다른 삶이었던 웅어雄魚의 머리로 요리한 음식을 시킨다. 웅어는 1미터 이상 자라는 대어다. 무지막지하게 커다란 생선대가리에 매운 고추 말린 것을 듬뿍 얹고 갖은 양념을 한 다음에 푹 찐 요리다. 천하일미다. 그 이름은 바로 '산랄초증어두酸辣椒蒸魚頭'렸다. 갑자기 닷새를 굶고 지냈다는 두보가 생각난다. 해서 그런지 요리는 혀끝을 가를 만큼 맵기만 하다.

05

무한武漢

황학루黃鶴樓

하루를 악양에서 무한으로 이동하며 보내고, 우리는 무한에서 충분한 휴식을 취하며 하룻밤을 지낸다. 호북성으로 다시 돌아온 것은 몇 가지 이유가 있어서다. 먼저 무한은 교통의 길목이어서 강서성의 여산廬山과 남창南昌으로 가자면 무한을 거치는 것이 더 빠르고 편리하다. 무엇보다 무한에는 그 유명한 증후을편종曾侯乙編鐘과 황학루가 있지 않은가. 또 있다. 1911년 10월 10일 손문은 이곳에서 신해혁명을 일으킨다. 그리고 청조는 멸망한다.

무한은 중국 대륙의 중심부에 위치하고 있다. 옛날부터 내려오는 한구漢口, 무창武昌, 그리고 한양漢陽의 세 지역이 합쳐 이루어진 도시다. 대륙의 젖줄기인 장강의 중류에 위치하며, 이곳에서 중원을 가로지르며 흘러오는 한수漢水와 장강이 만난다. 강한평야의 농산물 집산지이기도 하지만 공업도 발달하여 내륙경제의 중심이다. 이런 까닭에 서구열강이 일찍이 상해와 이곳에 조차지역을 확보하였던 적도 있다. 베이징에서 남쪽 광동이나 홍콩으로 가는 길이 모두 이곳을 통과하여야 한다. 하지만 취약점도 있다. 본디 이 지역은 고대 이래 운몽택처럼 커다란 호수들이 새로 만들어지고 또 사라지고 하던 저지대 습지여서 지리적 변동이 심한 곳이다. 물의 나라인 것이다. 지금도 홍수가 났다 하면 먼저 무한 지역이 첫 손가락을 꼽힌다. 1998년 대홍수 때 도시 전체가 범람될 위험에 직면하여 강택민이 진두지휘하고 붉은 군대 인민군이 많은 인명을 상실하며 몸으로 홍수를 막은 사실도 있다.

늦잠에서 깨어난 우리는 황학루를 먼저 찾는다. 택시가 멈춘 곳은 정문이 아니고 후문이다. 그런 사실도 모른 체 우리는 문을 통과한다. 황학루는 보이지 않고 비탈진 산기슭에 무수한 건물들이 나타난다. 멀리 꼭대기에 건물의 끝이 보이는데 무슨 건물인지 알 수가 없다. 모택동사정毛澤東詞亭이 나타나고 정자 안에 커다란 비석이 세워져 있다. 모택동이 지은 「보살만菩薩蠻」과 「수조가두水調歌頭」가 본인이 쓴 초서체로 새겨져 있다. 「보살만」이나 「수조가두」는 천여 년을 내려오는 유명한 곡패曲牌인데 모택동도 이백이나 소동파에게 질세라 사詞를 붙인 모양이다. 말미에 1927년이라 적은 것을 보니 아마 그가 이곳 무한에서 농민운동을 주도할 당시에 지은 시 같다. 모택동은 시인이요 또한 서예가로도 이름이 났으니 정자 하나 세운다고 누가 무어라 할까. 하지만 갈겨 쓴 초서는 도대체 읽을 수가 없다. 벽에 붙인 비석들이 늘어서 있는 비랑碑廊도 있다. 황학루를 읊거나 쓴 사람들이 부지기수일 터. 그들의 글모음을 비석에 파놓은 것들이다. 맹호연과 백거이의 이름도 보이나 우리는 건성으로 지나간다. 낙매헌落梅軒이라는 건물도 보이는데 고락궁古樂宮이라고도 한다. 하여튼 중국사람들은 이름을 잘 짓는다. 매화가 떨어지는 곳이라. 아마 한자가 지닌 상징성 때문에 이름이 지니는 의미가 돋보이나 보다. 하지만 주위에 매화는 보이지 않는다. 여름이라 그런가. 안에는 악기들이 있는데 돌로 만든 배소排簫도 있고 뼈로 만든 피리도 있다. 대나

낙매헌

무가 울창한 숲도 나오고 계단길이 한참이다. 능선의 맨 위에 도달하니 백운각白雲閣이 나온다. 멀리 황학루가 보인다. 백운각에서 사방을 바라보니 전망이 좋다. 장강을 비롯하여 주위가 온통 물이다. 하지만 앞쪽으로는 현대의 대도시가 시야를 가린다.

천천히 능선을 따라 황학루로 향한다. 그러니까 황학루 뒤에서 다가서는 셈이다. 능선 주위에는 나무들이 무성하다. 흑송도 있고 풍양楓楊이라는 나무도 있다. 자괴刺槐라는 이름이 달린 나무를 보니 아까시아다. 하, 가시가 달리니 찌른다는 의미의 자괴인가. 플라타나스에는 현령목懸鈴木이라는 팻말을 달아놓았다. 밤알만한 크기로 구슬공처럼 생긴 단단한 열매가 주렁주렁 달리니 현령목이다. 나무기둥의 껍질이 곧잘 벗겨져 마치 얼굴에 버짐이 핀 것처럼 보여 우리나라에서는 버짐나무라 부르는데 참으로 이름붙이기에는 다 까닭이 있다. 곧 고동정古銅頂이 나타난다. 산의 제일 꼭대기에 동으로 주조한 거대한 종이 매달려 있다. 청나라 동치同治 7년 1868년에 설치한 것이라 한다.

전면에 거대한 황학루 누각이 우리를 압도한다. 고동정 바로 앞에 있으니 산의 최정상에 위치한다. 실제로 산은 별로 높지가 않다. 이태백이 '황학산을 바라보니 그 기세가 하늘을 반쯤 가린다'하였는데 실감이 전혀 나지를 않는다. 지금 이 산의 이름은 사산蛇山이라고 불리는데, 장강 바로 옆 평원에 오로지 이 산 하나만 덩그러니 있으니 높아 보이고 또 전망이 아주 좋다. 전략적으로도 중요할 것이다. 마치 일산 평야에서 한강 바로 옆에 우뚝 선 행주산성이 높지는 않지만 전략적으로 요충지이듯이 말이다. 이백의 「황학루를 바라보며」를 읽어본다.

황학루

동으로 황학산을 바라보니

힘찬 모습이 하늘을 반쯤 가린다

둘레에선 하얀 구름이 솟아나고

가운데 봉우리는 붉은 해에 걸쳐 있다

바위 능선은 굽이굽이 뻗어 가고

병풍 두르듯 봉우리들이 또한 빼곡하다

듣자니 선인이 있어

이곳에서 나르는 방법을 배워

어느 날 아침 봉래산 바다를 향해 날아가고

아주 긴 세월 돌집만 비어 있다

금빛 굴뚝엔 연기가 피어나고

옥같은 연못은 숨은 듯 맑기만 하다[30]

보잘것없는 모래알이나 지푸라기도 시인의 눈길에 들면 시적 대상으로 아름답게 묘사된다. 하지만 이백의 시에서 표현된 아름다움은 조금은 지나치다. 주위를 아무리 둘러보아도 이백의 낭만적인 시상이 보이지를 않는다. 혹시 이백이 읊은 황학산은 다른 곳이 아닐까. 하지만 학을 타고 날아갔다는 이야기를 하고 있으니 분명 이곳이 황학산이 틀림없을 터.

황학루는 장방형 구조의 건물이라 앞이든 뒤쪽이든 보이는 모습은 마찬가지일 것이다. 뒤편에서 바라보는 우리 눈에 황학루는 동정호의 악양루보다 훨씬 높아 보인다. 실제 높이는 51.4m이고 아래층의 너비가 30m나 된다. 모두 오층으로 되어 있는데 건물의 구조가 특이하다. 무엇보다 지붕의 네 귀퉁이 모서리에 달린 추녀가 세 개씩이다. 지붕에서 흘러내리는 추녀마루가 세 개가 되니 지붕 세 개가 겹쳐져 있는 꼴이다. 각 추녀의 끝은 청나라 양식으로 심하게 꼬부라져 하늘을 향하고 있다. 그렇다보니 각 추녀들이 어우러져 하늘로 치솟는 모습이 마치 활활 타오르는 불꽃같다. 강렬하게 타오르는 불꽃들이 하늘을 향하다니.

30 | 望黃鶴山 : 東望黃鶴山 雄雄半空出 四面生白雲 中峰倚紅日 巖巒行穹跨 峰嶂亦冥密 頗聞列仙人 于此學飛術 一朝向蓬海 千載空石室 金竈生烟埃 玉潭秘淸謐… 이하 생략

황학루 추녀

본래 황학루는 삼국시대 오나라 손권이 지은 것이라 한다. 물론 군사적 목적에서다. 그리고 언제인가 전설이 만들어진다. 옛날 옛적에 득도한 신선이 살았는데 가끔 이곳에서 술을 마시고는 하였다. 어느 날 주점에 들러 벽에 학을 한 마리 그려 놓고 말하기를, 사람들이 여기서 술을 마시고 놀면 황학이 날아와서 흥을 돋굴 것이라 하였다. 나중에 보니 정말 사실이었다. 술집 주인이 사례를 하자 선인仙人은 피리를 꺼내 한 곡조 불렀다. 그러자 학이 나타나고 신선은 학 위에 올라타 하늘로 사라졌다. 주인은 감격하여 그 자리에 커다란 누각을 세우고 황학루라 이름붙였다.

전설은 세월이 흐르면 역사적 진실이 된다. 해서 후인들은 황학루를 탐방하며 주위의 경관에 감복하고 또 역사적 사실을 확인하고 싶어한다. 이런 연유로 황학루는 점점 유명해지고 세월이 흐르는 동안 건물은 부서지거나 불에 타 사라지고, 또 사람들은 황학루를 다시 올려 세운다. 명나라 때 4번, 그리고 청나라 때 6번이나 중수를 하였다 한다. 현재의 건물은 1985년에 준공을 본 것인데, 청대의 황학루를 본뜬 것이라고 한다. 하지만 4년이나 걸린 건물에 비해 졸속감이 느껴진다. 모두 목재를 사용하여야 하나 콘크리트와 목재를 혼합한 구조물이다. 우리의 광화문이 박대통령 시절, 부족한 재원으로 인하여 콘크리트로 서둘러 복원한 경우와 마찬가지다. 중국을 여행하다 보면 도처에서 이런 일들이 일어나고 있는데 정말로 깊은 유감이다. 중국인들답지 않게 왜 그리 허둥지둥 서두르는지 모르겠다.

그럼에도 불구하고 황학루는 웅장하다. 뒤쪽 꼭대기에 '초천극목楚天極目'이라는 현판이 걸려 있고, 아래층에는 '염권건곤簾卷乾坤 세련형악勢連衡岳'이라는 글씨가 보인다. 앞으로 돌아서니 정면 맨 위에 황학루 현판이 보인다. 그리고 아래에는 '기탄운몽氣呑雲夢' '운횡구파雲橫九派'라는 두 개의 현판이 걸려 있다. 참으로 중국인들은 과장이 섞일 정도로 스케일이 크다. 현판들의 의미가 모두 엄청나다. 초나라 하늘이 눈을 다하게 하고, 주렴은 하늘과 땅을 걷어올리며, 땅의 형세는 멀리 형산에 줄지어 닿고, 기운은 운몽택 너른 호수바다를 삼키고, 구름은 눕나니 천하라. 황학루의 기세가 한마디로 온 천하를 뒤덮는다는 뜻이다.

우리는 그런 황학루를 발로 디딘 듯 천천히 오른다. 산 오른

쪽 아래, 장강 변에는 기차가 지나다니고, 강 건너 한구漢口 지역의 도시가 보인다. 멀리 한수가 장강으로 흘러드는 모습도 보이고, 무창武昌 지역 강변으로 무수한 배들과 하역시설들이 보인다. 왼쪽으로는 장강대교가 강을 가로지르고 있다. 보이는 모습 모두가 살아서 움직이고 있다. 당나라 때의 낭만을 찾지 못해 아쉬웠지만 그럴 이유가 전혀 없을 정도로 황학루에서 보이는 풍경 속에 자연과 인간들이 살아서 숨을 쉬고 있다. 황학루는 시대에 걸맞게 현재의 생생한 장면을 비추고 있는 것이다.

황학루 안에서 건물을 바라보니 추녀 끝에는 커다란 물고기가 거꾸로 매달려 꼬리는 하늘로 치솟고, 아가리는 크게 벌려 추녀를 삼키고 있다. 각층마다 용마루 끝에는 용이 달리고 용의 입에는 이빨이 보일 정도다. 기와는 모두 골기와지만 금색으로 유색을 발라 햇빛에 아름답게 반짝인다. 황학루는 역시 초나라 제일의 누각임이 틀림없다. 아름다운 건물은 물론이고 위치로 보나 역사적 인지도로 보아도 그렇다. 아마 옛날부터 그랬을 것이다. 옛모습 같지 않다고 안타까워 하지만 사람들이 기억하고 있는 낭만은 이제 마음속에 자리잡고 있는 하나의 신화가 되었을 뿐이다. 천천히 우리는 최호와 이백의 고사로 돌아간다. 더운 날, 현대화된 도시와 다리들만 보인다지만 이곳을 찾은 이유 중의 하나가 바로 그들 때문이 아닌가. 그들의 작품을 연이어 읽는다.

옛 사람 황학 타고 날아가더니
이곳은 텅 비어 황학루만 남겼구나
황학은 떠났음에 돌아올 줄 모르고

흰 구름만 천년 동안 하늘에 둥실둥실
맑게 갠 강에는 한양의 나무들 또렷하고
향그러운 풀숲이 앵무섬에 가득하여라
해거름에 고향이 어드메일까
안개 피어오르는 강엔 파랑이 이나니 마음은 서글퍼라[31]

이백의 「황학루에서 맹호연을 광릉으로 보내며」를 읊는다.

벗은 서쪽으로 황학루를 이별하고
아지랑이꽃 같은 삼월에 양주로 떠난다
외로운 배 먼 그림자 푸른 허공으로 사라지고
보이느니 장강만 하늘 아득히 흐른다[32]

최호는 당나라 때 생존시에는 꽤나 이름이 있었다 한다. 『전당시全唐詩』에 여러 편의 시가 실려 있지만, 지금은 오로지 「황학루」라는 시 한편으로 그를 기억하고 또 그의 시에 얽힌 이태백의 고사로 인해 이름이 오르내린다. 사람들은 이야기한다. 최호가 시를 먼저 짓고 나중에 이곳에 들른 이태백이 '眼前有景道不得. 崔顥題詩在上頭'라 하였다 한다. 경치가 좋지만 싯구를 찾지 못하고 있는데 머리를 들어보니 하필 최호의 멋진 시가 걸려 있어 시짓기를 포기하고 말았던가. 그리고 나중에 금릉에 들러 봉황대

31 | 黃鶴樓：昔人已乘黃鶴去 此地空餘黃鶴樓 黃鶴一去不復返 白雲千載空悠悠
晴川歷歷漢陽樹 芳草萋萋鸚鵡洲 日暮鄕關何處是 煙波江上使人愁.

32 | 黃鶴樓送孟浩然之廣陵：故人西辭黃鶴樓 烟花三月下揚州 孤帆遠影碧空盡 唯見長江天際流.

에 오르자 최호의 시가 생각나서 다시 봉황대를 제재로 하여 시를 지었다 한다. 모두 후인들이 꾸며낸 말이 틀림없을 것이다. 아마 시상이 비슷하여 그렇게 생각했을 것이다.

봉황대엔 봉황이 노닌다는데
새는 날아가고 대는 텅 비어 강물만 절로 흐른다
오나라 궁궐 화초는 깊어진 오솔길 덮고
진나라 사람들 묻혀 오랜 언덕을 이루었구나
세 봉우리 반쯤만 파란 하늘에 불쑥 솟고
한 줄기 강물을 백로섬이 가른다
기어코 뜬구름이 해를 가리니
서울은 보이지 않고 마음만 어두워진다[33]

최호의 시도 좋지만 이백의 봉황대 시는 비슷하면서도 스케일이 크고 시의 대상들이 다양하다. 아무래도 이백의 표일함이 돋보인다. 또 하나 유명 시인들인 이백이나 맹호연이 서로 교유하며 이곳 황학루에 함께 들러 시를 읊었다니 참으로 꿈만 같은 이야기들이다. 물론 그들은 술도 거나하게 걸쳤을 터. 신선이 술 마시는 곳이었으니 주당이라면 빠지지 않는 그들이야 당연스런 일이다. 나도 괜스레 날이 더운지 목이 마르다.

황학루를 뒤로 하고 앞으로 나서면 양쪽에 팔각정이 대칭으

33 | 登金陵鳳凰臺 : 鳳凰臺上鳳凰遊 鳳去臺空江自流 吳宮花草埋幽徑 晉代衣冠成古丘 三山半落靑天外 一水中分白鷺洲 總爲浮雲能蔽日 長安不見使人愁.

로 서있다. 하나는 감천瞰川이요 다른 하나는 람홍攬虹이다. 하나는 강을 굽어보는 정자요 다른 하나는 무지개를 붙들고 있는 정자다. 앞으로 더 나아가니 결국 황학루 공원 입구다. 패루가 서 있다. 뒤에는 '강산입화江山入畵'요, 앞 정면에는 '삼초일루三楚一樓'라 쓰여 있다. 우리는 강산에 떠 있는 그림같은 황학루로 들어가는 것이 아니라 황학루라는 꿈에서 깨어나서 그림 밖의 현실로 천천히 걸어나간다.

아쉬움에 우리는 장강대교를 도보로 건넌다. 복층 다리다. 아래는 철도요 위는 자동차가 다닌다. 다리 밑에서 바라보는 장강은 무서울 정도로 소용돌이를 치고 있다. 물살이 빠르다. 예전에 무협의 장강을 보았을 때 그 거친 물살과 소용돌이가 인상적이었는데 무한까지 내려온 장강은 하나도 모습이 변하지 않고 노도처럼 흐르고 있다. 바닥에서 위로 치밀어 오르는 소용돌이가 물마루로 펑퍼짐하게 퍼지며 연이어 강을 덮고 있다.

장강의 깊이는 어느 곳에서는 무려 80m라 하니 물이 흐르는 것이 아니라 솟구치는 소용돌이의 연속이다. 저녁 노을이 천천히 강을 감싸기 시작한다. 바람도 느껴진다. 우리는 다리 위에서 한참을 보낸다. 최호의 시처럼 물끄러미 고향 생각을 하면서 움직일 줄을 모른다.

고금대古琴臺

"백아는 고금을 잘 타고 종자기는 듣기를 잘 했다. 백아가 높은 산을 생각하며 고금을 연주하자 종자기는 '좋구나, 높고 높아라, 태산 같구나' 하고, 백아가 흐르는 물을 생각하며 연주하면 종자기는 '좋구나, 넓고 넓도다, 강물 같구나'라 하였다. 백아가 뜻하는 바가 있으면 종자기는 반드시 그것을 헤아렸다. 백아가 한번은 태산을 유람하다가 갑자기 폭우를 만났다. 바위 아래에서 쉬는데 마음이 슬퍼져 이내 고금을 꺼내 연주를 하였다. 처음에는 임우霖雨의 곡조를 탄하고 다시 붕산崩山의 소리를 연주하였다. 연주할 때마다 종자기는 번번이 그 의취意趣를 꿰뚫었다. 백아는 이내 고금을 밀어놓고 감탄하면서 말했다. '정말로 훌륭하십니다. 그대의 감상은. 그대가 무릇 생각하고 계신 것은 바로 내 마음입니다. 내가 어찌 소리를 숨길 수 있겠습니까?"

『열자列子』의 「탕문湯問」편에 나오는 이야기다. 지음知音이라는 유명한 고사가 바로 이것이다. 자고로 자기를 이해해주는 벗을 만나기란 얼마나 힘든 일인가. 춘추전국시대 진晉나라 사람인 유백아가 초나라로 여행을 하는 도중에 나뭇꾼인 종자기를 바로 이곳 무한에서 만나 우의를 나누고, 나중에 종자기가 먼저 죽자 자기 음악을 알아 줄 사람이 없음을 한탄하고 그만 고금줄을 끊었다던가.

이를 기념하여 만든 고금대는 장강으로 흘러드는 한수漢水 옆 호수인 월호月湖를 내려다보는 곳에 자리 잡고 있다. 고금대라고 쓰인 문을 통과하면 곧바로 좌우에 인심석옥印心石屋과 비랑碑廊이 나타난다. 크게 볼만한 것들은 아니다. 이 건물들은 청나라 도광道光년간 1835년에 만들어진 것들이라 한다. 실제로 고금대가 처음 지어진 것은 송나라 때라 한다. 송나라의 문인이나 귀족

고금대

관료들은 당시 고금을 극진히 사랑하였으니 당연한 일일 것이다.

고금대는 거창한 기념관도 아니고 그렇다고 잘 꾸며놓은 공원도 아니다. 그저 조그만 정원 정도라 할까. 마당 한가운데는 '금대'라 쓰인 비석이 있는데, 사방을 돌난간으로 둘러쳤다. 돌이 그냥 돌이 아니라 하얀 옥석이다. 그 돌들에 새겨진 부조의 그림들이 아름답다. 청나라 때 작품이라 한다. 한편에는 근래 작품인 듯한 돌로 된 조각상이 있는데, 백아와 종자기가 손을 마주 잡고 있다.

마당에는 커다란 고목들도 보인다. 설송雪松이라는 나무가 보이는데, 나무 이름이 지음수知音樹란다. 이곳에서 백아가 연주를 하였는데 나무가 나중에 영기靈氣가 들어 한 기둥이 두 줄기로 뻗어나고, 이는 백아와 종자기가 서로 감정을 공유하고 있음을 상징하는 것이라 한다. 하여튼 갖다 붙이는데는 중국인들을 따라잡을 수가 없다. 옆에는 후박나무도 있고, 커다란 풍양 고목도 보인다.

중앙에 자리잡은 건물에 '고산유수高山流水'라는 글이 걸려 있다. 그리 크지 않은 건물이다. 특별한 것은 없이 몇 가지 기념품을 팔고 있다. 고금연주곡 음반을 두어 장 사들고 다시 멀리 호수를 내려다보며 휴식을 취한다. 〈고산유수〉는 백아가 작곡한 것이라 한다. 그렇다면 이천 수백년 전의 곡이다.

처음에는 한 곡이었으나 당나라 때 〈고산〉과 〈유수〉의 두 곡으로 나뉘고 현재 우리가 듣는 〈유수〉는 명나라 주권朱權이 1425년 편찬한 『신기비보神奇秘譜』에 보인다. 유감스럽게도 내가 고금 연주를 접한 것은 그리 오래 전의 일이 아니다. 처음으로 듣는 중국 음악은 충격 이상이었다. 연이어 접한 강기姜夔의 〈사곡詞曲〉과 〈곤곡崑曲〉, 특히 탕현조湯顯祖의 〈모란정〉은 얼마나 꿈같이 아름답던가. 오문광吳文光이 연주한 고금 독주곡 〈유수流水〉는 짧지만 감동적이다. 곡을 들으며 우리는

"무엇을 연상할 수 있을까. 잔잔히 흐르던 물길에 용솟음치는 물마루, 물줄기가 바위에 부딪쳐 솟구치는 거대한 물마루 바로 그것이었다. 곡이 빨라진다. 소용돌이가 나타나며 어쩔 수 없이 물살도 급하다. 거칠고 빠르다. 물도 맑은 물이 아니고 흙탕물이 틀림없다. 아마 황하가 흐르는 모습이었을 것이다. 황하는 말 그대로 누런 물줄기다. 황토지대를 한없이 흘러내리는 거대하고 장대한 흐름이 황하다. 폭포도 있다. 황하의 폭포를 거슬러 뛰어 올라가는 물고기는

용이 되어 하늘로 오른다 하던가. 그래서 우리는 등용문이라 하지 않는가.

곡은 마치 이런 물줄기처럼 거대하면서도 제멋대로 넘실대며 춤을 추는 듯 흐르고 있다. 강물은 잔잔한 흐름을 거부한다. 장강도 마찬가지여서 강의 중류까지만 해도 깊은 협곡을 흐르며 곳곳마다 소용돌이가 무섭게 솟구친다. 이럴 때쯤이면 금의 일곱 개 현들은 끊어질 듯 소리를 거칠게 토해낸다. 이 곡 〈유수〉를 듣다보면 마음에 절로 강물이 흐른다. 조용한 강물이 아니라 노도처럼 흐르는 황하가 마음 한 구석에도 깊이 흐른다. 마음은 우주이니 아무리 거대한 황하라도 마음에 널린 산과 들을 헤치며 흐른다. 마음이 그렇게 느끼도록 곡은 금을 타며 흐른다. 그리고 그 강물은 반드시 눈에 보이는 강물이 아니어도 좋다.

이러한 미적 감정은 동아시아 예술의 특징이다. 이는 바로 의경意境이다. 마음의 경치이다. 이 개념은 중국의 모든 예술에서 보이는 것인데 회화에 있어 사의화寫意畵도 이의 일종이다. 아름다운 산수를 그리거나, 나무 또는 새를 그리더라도 사물 자체의 아름다움뿐만 아니라 그 속에 숨어 있는 후경後景을 강조한다. 나는 〈유수〉를 들으면서 곡 뒤에 숨어있는 광기어린 자유를 읽는다. 곡의 중반부를 넘어서며 마구 훑으며, 또 선이 끊어질 정도로 힘차게 뜯어내는 현들의 소리에서 나는 무서운 힘과 그 힘으로 인해 정신이 돌아버릴 정도의 세찬 광기를 느낀다. 가녀린 현을 놓고 연주자는 도대체 무슨 짓을 하는가. 차라리 오동나무로 만든 눈앞의 작은 악기를 내동댕이치고 부숴라. 아니면 두 손을 움켜쥐고 일곱 개의 줄을 모두 끊어 버려라. 자연의 순리는 정해진 것인가. 아니다. 우리 사람들이 도저히 예측할 수 없을 만큼 자연은 제 멋대로이다. 어떻게 보면 자연은 미쳐 있을 수도 있다. 그 속에 사는 우리 인간들도 무수한 관습과 제도를 만들고 순응하려 하지만 인간의 본성 한 구석에는 거친 혼돈이 있다. 그것은 미친 자유일 수도 있다." [34]

중국의 예술문화를 상징하는 것을 하나만 들라 하면 무엇을 꼽을까. 건축이나 회화보다도 음악, 그것도 단연 고금일 것이다. 악기 중에는 대중성이 강한 비파도 있고 이호도 있지만, 그 역사로 보나 음악의 깊이로 보나 고금에 견줄 만한 악기는 없다. 서양에서 베토벤은 음악을 형이상학적인 경지까지 끌어올렸지만 중국에서 고금은 벌써 수천년 전부터 세속과 신선의 세계를 아우르는 '태고 이래의 신물神物'이었다. 아무래도 고금에 대해 간략하지만 그 대강을 짚고 넘어가야 할 것이다. 지윤智允이 일찍이 정리해놓은 글을 추려서 옮긴다.

"고금은 평평하게 놓고 연주하는 현악기(zither) 부류에 속한다. 1.2m 길이의 나무판 두 개를 맞붙여 공명통을 만드는데 머리 부분은 넓고 갈수록 좁아진다. 앞면은 오동나무를 쓰고 뒷면은 개오동나무(관을 만들 때 주로 쓰는 목재)를 대며 몸통 전체에 옻칠을 한다. 앞면 머리 부분엔 비교적 딱딱한 나무로 테를 두른 것이 있는데 이를 승로承露라 하며, 여기서 몸통의 아래 부분까지 뚫려있는 일곱 개의 구멍(현안弦眼)은 현을 두를 때 쓴다. 승로의 왼쪽에는 악산岳山이라고 조금 솟아난

34 | 태초에 음악이 있었다-황봉구, 학민사, 2001.

부분이 있어 이가 현을 떠받치게 되어있다. 몸통 끝에는 초승달 모양으로 구부러진 부분이 있어 양쪽으로 마호가니 나무를 사용해 테를 두르는데, 이처럼 장식된 부분을 초미焦尾, 혹은 관각冠角이라고 한다. 보통 현을 붙들어매거나 몸체를 반듯하게 괴는 작용을 하며, 그 가운데 부분을 용은龍隱이라 한다. 고금 옆구리에는 13개의 동그란 모양의 자개를 박아서 음위音位를 표시하는데 이것을 휘徽라고 한다. 악산 옆에 있는 것이 일휘一徽이고 중간에 비교적 큰 것이 칠휘七徽, 가장 끝에 있는 것이 십삼휘十三徽이며, 이들 위치는 몸통의 길이에 따라 적당한 등급으로 나눈 것이다.

고금의 뒷부분은 금저琴底라고도 하며, 그 생김새는 앞면과 대체로 비슷하나 돔 모양이 아닌, 즉 하반부 전체를 악기의 복강腹腔으로 파버린 형태이다. 바닥에는 직사각형 꼴로 구멍이 두 개 있어서 공명 기능을 담당하는데, 그 가운데 것(대략 사휘와 칠휘 사이)을 용지龍池라 하고, 그보다 작은 것(십휘와 십이휘 가운데에 위치)을 봉소鳳沼라 한다. 봉소 오른쪽에는 족지足池가 있어서 이곳에 안주雁柱를 끼워 둔다. 앞면의 줄 끄트머리는 털실로 묶어서 금진琴軫(줄 감개)에 감아놓고, 악산 위에 있는 줄은 다시 용은까지 잡아당겨 이를 각각 금 뒷면에 있는 두 개의 안주 위에다 묶는다. 줄의 재료로는 주로 사현絲弦을 쓰고, 휘의 위치와 가까운 일현一弦이 가장 굵고 음이 낮다. 옆으로 갈수록 굵기가 조금씩 가늘어지며 사현四弦까지는 둘둘 말린 실을 쓴다. 연주자의 위치와 가까운 칠현七弦이 가장 굵기가 가늘고 음이 높다.

최근에 출토되었던 가장 오래된 금으로는 전국 초기의 증후을묘

曾侯乙墓에서 발굴된 십현금十弦琴과 마왕퇴한묘馬王堆漢墓에서 발굴된 칠현금七弦琴을 꼽을 수 있다. 전자는 오늘날로부터 대략 이천사백여 년의 역사를 지녔으며, 후자는 약 천구백여 년 정도 된 것이다. 언제부터 금이 제작되기 시작했는지에 대해선 저마다 의견이 다르다. 명청明清 시기에 간행된 고금 전문서적들을 살펴보면 그 서두에서 한결같이 신농神農, 복희伏羲, 순舜 등의 상고시기 선현들에게 금 제작의 공을 돌리고 있다. 그러나 금의 제작 여부에 관해 비교적 믿을 만한 자료는 전한前漢 이후부터 찾아볼 수 있으며, 이를 통해 전통 문인들이 금에 부여했던 그들의 도와 높은 의지를 엿볼 수 있다.

琴者, 禁也, 禁止於邪, 以正人心 —漢, 班固(白虎通 · 禮樂) 금琴은 곧 금禁하는 것이다. 그것은 사악한 기를 다스리며 마음을 올곧게 한다.

여기서 우리는 금이라는 언명 자체와 그것의 목적이 곧 유가가 중시하는 인덕仁德과 중정中正, 화평和平의 사상과 그대로 부합하고 있음을 알 수 있다.

君子聽琴瑟之聲, 則思志義之臣 —漢, 劉德(樂記 · 魏文侯篇) 군자가 금琴, 슬瑟의 연주를 들으면 의로운 신하를 그리워하게 된다.

보다시피 현악기의 부드러운 음색을 정직하고 의리있는 신하의 이미지와 연결시키고 있다. 금琴이라는 말 자체도 그것의 동음어인 금禁과 통하는 까닭에 곧 사악한 기운을 억누르며 곧은 마음을 가짐을 비유하게 되었다. 그리하여 금琴은 흔히 성인의 악기, 성인의 음악으

금대

로 추대되었다. 명明대의 『신기비보神奇秘譜』 서문에는 다음과 같은 구절이 보인다.

"然琴之爲物, 聖人制之, 以正心術, 導政事, 和六氣, 調玉燭, 實天地之靈氣, 太古之神物, 乃中國聖人治世之音, 君子養修之物."(금이 하나의 물건이 된 바 성인이 그것을 만들었다. 그것으로 마음을 바르게 하고 나라 살림도 이끌며 자연의 여섯 가지 기운을 조화롭게 하고 태평한 천하를 조절하고, 하늘과 땅의 영험스런 기운을 실하게 하는 바 태고의 신성한 물건이다. 이것으로 중국의 성인들은 나라를 다스리는 음으로 하였고 군자가 스스로를 수양하는 물건으로 삼았다.)

금琴의 각 부분에 대한 명칭 역시 이러한 유가사상의 영향을 짙게 받은 것들이다. 앞머리가 넓고 뒤가 좁은 것은 바로 귀천의 구별을 상징하며, 궁宮, 상商, 각角, 치徵, 우羽는 각각 군君, 신臣, 민民, 사事, 물物의 다섯 가지 사회등급을 대표한다. 후에 두 줄의 현이 더 첨가되면서 이들 역시 문文과 무武를 상징하게 되었다. 열두 휘十二徽는 순서대로 열두 달을 나타내며, 그 가운데 위치한 가장 큰 휘는 이른바 군君이 윤월閏月을 상징함을 드러낸다. 고금이 지닌 세 가지 음색, 즉 범음泛音, 안음按音, 산음散音은 각기 하늘과 땅, 사람의 화합을 나타내고 있다. 이렇듯 고금의 각 부분의 명칭이 상징하고 있는 의미들은 실제로 유가가 숭상했던 예악사상 및 중국인이 강조하는 화합 등을 반영하고 있다.

백 오십여 종의 악보에서 합계 삼천여 가지의 곡이 전해져오고 있으며, 이름만 다른 곡을 제외하면 모두 육백여 가지에 이른다. 오늘날 악보 해석을 거쳐 연주할 수 있는 곡들은 대략 100여 가지 정도이다. 대부분의 곡들이 문곡文曲으로서 심원한 경지와 뜻을 노래하고 있다. 보다 격렬한 분위기의 대표적인 무곡武曲으로는 〈광릉산廣陵散〉이 있다. 기타 이와 유사한 곡들로는 〈풍뇌인風雷引〉, 〈주광酒狂〉, 〈오야제烏夜啼〉 등이 있다. 표현하는 내용에 따라 분류를 하자면 우선 경치를 묘사하는 경우 가령 〈소상수운瀟湘水雲〉, 〈평사낙안平沙落雁〉, 〈유수流水〉와, 정을 노래하는 경우 가령 〈장문원長門怨〉, 〈고원古怨〉, 〈양관삼첩陽關三疊〉, 〈억고인憶故人〉, 그리고 한가지 사건을 서술하는 경우 가령 〈호가십팔박胡笳十八拍〉, 〈광릉산〉 등과 같은 세 종류가 있다. 실제로 경치를 묘사하고 있는 곡들은 대개 이를 빌려 내면의 정을 노래하고 있으며, 이렇듯 흔히 사물을 빌려 정취를 표현하고 인간사를 비유함으로써 그것이 서로 융화되는 경지를 최고로 쳐왔다."

호북성박물원湖北省博物院

고금대에서 멀지 않은 곳에 귀원선사歸元禪寺가 있어 우리는 그곳을 들른다. 절이 위치한 곳은 오래된 구시가지로 골목은 좁고 집들은 다닥다닥 붙어 있다. 현대화된 도시 무한의 뒷골목이라 할 수 있다. 하지만 절은 무척 넓고 사찰의 건물은 웅대한 규모다. 청나라 순치順治년간에 지은 사찰이라 하니 고찰이라 하기보다 새로운 사찰이다. 하지만 현판에는 '귀원고찰'이라는 절 이름이 달려 있다.

마당 한 가운데 연못이 만들어져 있다. 못이 깊어 사람들이 빠지지 않도록 돌로 기둥을 세우고 난간을 둘렀다. 못 위에는 연꽃 모양의 조각을 배처럼 띄우고 그 가운데 다시 연꽃이 자라고 있다. 연꽃 배에 징그러울 정도로 수많은 자라들이 기어올라 한낮의 햇볕을 즐기고 있다. 불교신도들이 해마다 방생을 한 것이겠지.

귀원사는 장경각에 약 7천여 권의 불경이 보관되어 있고, 그 안에 옥으로 만든 부처도 있다. 하지만 가장 인상에 남는 것은 나한당羅漢堂에 모셔져 있는 500좌의 금동나한상들이다. 얼굴생김새가 모두 다른 나한들이 줄지어 있는 모습이란 정말 장관이다. 그것도 오래되어 퇴색한 것이 아니고 방금 칠한 것 같다. 어둠침

침한 건물 안에 샛노란 금색이 번쩍번쩍 빛나니 마냥 신비스러운 느낌을 준다. 사람 크기만한 금동불상이 한 두 개만 있어도 대단할 터인데 수백 개가 한꺼번에 도열하고 있으니 조각의 솜씨를 음미하기 전에 벌써 그 미련스러운 규모가 사람을 질리게 한다.

대웅보전에 걸려 있는 주련柱聯 하나를 읽는다. '敎有萬法 體性無殊 不可取法捨法非法非非法―부처의 가르침에는 수많은 법이 있으나 그 체성에는 유다른 것이 없으니 법을 취함도 아니되며 법을 버려서도 안되고 법이 아닌 것도 안되며 법이 아닌 것이 아님도 안된다.' 뒤집어 이해하면 만물이 법이 아닌 것이 없다는 이야기 아닌가. 하지만 사람들의 욕심은 한이 없어서 이런 이야기를 되뇌며 부처에게 경배를 드리면서도 한편으로는 500개나 되는 나한상을 만들어 그 정성을 표시하고자 한다. 그 체성에는 본디 다를 것이 하나도 없는데 말이다.

다시 장강을 건너 무창 지역의 호북성박물원으로 향한다. 박물관은 동호東湖의 한쪽 가장자리에 현대식으로 아담하게 지어져 있고 주위 경관이 꽤나 아름답다. 이곳의 자랑은 증후을편종이다. 정주의 하남성박물원은 고대청동기가 자랑이고, 섬서성박물관은 진시황릉 출토유물이 볼거리요, 장사의 호남성박물관은 마왕퇴의 놀랄만한 유물들이 세계의 주목을 끌고 있다. 무한의 박물관은 이에 질세라 증후을편종을 특별전시관에 모셔놓고 있다.

증후을묘는 1978년에야 발견되었다. 증曾나라는 전국시대 수주隨州와 경산京山 일대를 다스리던 나라다. 주나라 황실과 같은 희씨姬氏 성이 제후로 봉해진 나라다. 증후 을乙은 기원전 433년에 죽었다하니 무려 이천오백년 전의 유물들이다. 발굴 당시 무수한 예기禮器, 병기兵器, 옥기玉器, 칠기漆器 그리고 죽간竹簡 등이 쏟아져 세인들을 놀라게 하였다. 무덤 하나만 발굴하면 웬만한 박물관을 모두 채우고도 남을 정도이니 참으로 부러운 나라임이 틀림없다.

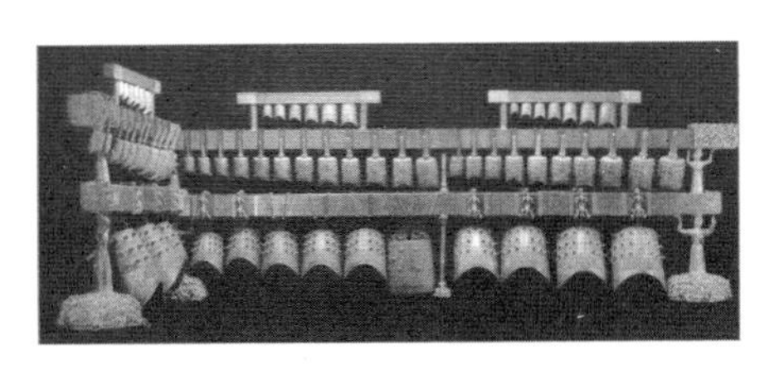

증후을편종

어둠 컴컴한 실내를 천천히 옮아가며 유물들을 감상한다. 청동기들이 무수하게 많다. 모두 대단한 걸작들이다. 하남성 박물원의 청동기들이 사람의 눈을 아연케 하더니 이곳에서도 마찬가지다. 청동을 어떻게 다루면 저토록 정교하고 복잡한 무늬와 모양을 만들어낼까. 현대의 기술로도 가능할까. 명나라와 청나라 때 고도로 발달된 목각보다도 더 아름답고 섬세한 문양들이다. 나무도 아니고 쇳물을 부어 만든 것이니 참으로 눈을 의심치 않을 수가 없다. 한 곳에 특이한 모양의 청동 입상이 보인다. 동록각입학銅鹿角立鶴이라는 이름이 붙어 있다. 높이가 143.5cm에 달하는 커다란 조각이다. 갈퀴가 세 개인 두 발을 딛고 몸체는 앞으로 내밀며 양 날개를 수평으로 힘껏 펼쳤다. 목은 비정상일 정도로 높이, 그리고 길게 위로 향하고 머리를 하늘로 치세웠다. 머리 양쪽으로 사슴뿔처럼 생긴 것이 커다란 원을 그리듯이, 그리고 타오르는 불꽃처럼 휘둘러 있고 눈은 튀어 나왔으나 감은 듯 하늘만 쳐다보고 있다. 아

증후을편종 발굴 당시 모습

마 죽은 자를 하늘로 인도하는 신령스러운 새일 것이다. 죽은 자가 영생을 바라는 욕심은 고대 동서를 막론하고 공통된 현상이다. 설명을 보니 묘를 발굴할 때 함께 묻은 순장자의 관이 22개나 발견되고 그 안의 주검들은 모두 16~26세로 추정되는 젊은이들이었다 한다. 참으로 끔찍하고 무서운 일이다. 하지만 그런 사실에도 불구하고 인간의 맺힌 염원은 예술적 조형미로 승화되어 수천 년이 흘러간 지금, 아름다운 학의 모양으로 우리 눈앞에 서있다. 모순이 아닐 수 없다.

악기들도 보인다. 25현弦 채칠금彩漆琴은 25개의 기러기발이 그대로 남아 있다. 길이는 167.3cm에 폭이 38.5~42.2cm의 크기다. 복희씨가 50현 금을 만들었는데 황제黃帝가 25현으로 개량하였다는 설명이 붙어 있다. 금琴이라는 글자가 쓰여 있지만 아무래도 슬瑟이나 쟁箏의 고대악기인 듯 싶다. 편경編磬도 있고, 호篪, 배소排簫, 그리고 생황笙簧도 눈에 띈다.

증후을편종은 별도의 독립된 방에 전시되어 있다. 바닥에는 카펫이 깔려 있고 벽에는 커튼이 드리워져 있는 아주 높고 커다란 방이다. 정 중앙에서 조명을 받고 있는 편종의 거대한 규모, 그리고 그 신비스러운 아름다움에 우리는 당혹을 넘어 충격을 받는다. 저게 악기라니. 크기가 서로 다른 종들이 다닥다닥 붙어서 가지런하게 달려 있는 이상스런 구조물. ㄱ 자로 꼬부라져 있는 구조물이다. 종은 모두 64개로 되어 있다. 지금까지 발견된 편종들 중에서 가장 규모가 크다. 우리나라 편종의 구성은 모두 16개의 종으로 되어 있고 이층구조물이다. 그것도 고려 예종 1116년에 송나라에서 도입하여 조선조 오백 년간 변동없이 그 편제를 따르고 있다. 그러나 크기만 비교를 해도 우리의 편종보다 수십배가 더 큰 것이 바로 눈앞에 있다. 증후을편종은 삼층으로 되어 있고 모두 14개의 기둥들이 버티고 있다. 끝쪽의 기둥은 그냥 버팀목이 아니라 청동으로 주조된 무사武士의 상像들이다. 처음에 보았을 때 원통으로 된 치마를 두르고 있어 여인상으로 착각하였으나 허리에 모두 검을 차고 있는 것으로 보아 무사임이 틀림없다. 하지만 얼굴이 밝고 화사하다. 두 손으로는 경건하게 횡으로 누운 나무 걸개를 받치고 있다. 아래층에 달려 있는 종들은 무지막지하면서도 신비하다. 종들을 걸고 있는 것은 모두 청동으로 주조된 기묘하게 생긴 동물인데 등 위에는 문자들이 새겨져 있다. 꼬리는 하늘로 치솟고 아가리는 종을 물고 있다.

종에도 가운데 글씨들이 새겨져 있다. 설명을 보니 당시 초楚, 진晉, 제齊, 주周, 신申 등 다섯 나라가 사용하고 있는 음조의 상관관계를 기술하고 있다 한다. 종들이 가지고 있는 음역은 모두 다섯 옥타브가 넘고 12반음계를 표현할 수 있으며, 자유롭게 음조를 바꿀 수 있다 한다. 제일 조그만 종은 높이가 20.4cm, 무게는 2.4kg이며, 가장 커다란 종은 높이가 153.4cm, 무게는 203.5kg에 달한다. 제일 큰 종은 맨 아래 정 중앙에 위치하는데 모양이 유별나고 종잡이는 용인지 아니면 현무인지 모를 영물들이 주조되어 달려 있다. 종들의 총 무게는 무려 2,500kg가 넘는다고 한다. 편종을 구성하고 있는 구조물의 높이는 2.65m에 달한다.

2년 전 북경 대종사에 있는 편종들을 보고 감격하였는데 여기서 최고의 작품들을 보다니. 대종사에서는 그 종들로 연주한 음반도 구입하여 태고의 신비를 소리로 음미할 수가 있었는데, 이곳 증후을묘 편종으로 음악을 연주한다면 어떤 소리들이 날까. 무척이나 궁금하다. 편종들의 보존상태가 놀랄 정도로 양호하니 지금 연주한다 해도 전혀 무리가 없을 것이라는 생각이 든다.

천천히 놀란 마음을 진정시키며 자리를 뜨지 못하고 한참을 더 보낸다. 종을 매달고 있는 붉은 나무기둥들이 이채롭다. 무늬는 마치 독일의 나치당원들이 쓰던 휘장과 똑같아 흥미롭다. 기

등을 떠받치고 있는 받침대들은 모두 거대한 청동 조각들이다. 복잡하고 정교한 무늬의 조상들이라 모두 어떤 의미가 있을 터인데 알 수가 없다.

증후을묘 편종은 음악사적으로 세계에 그 유례를 찾을 수 없을 정도로 중요한 유물이다. 하지만 그 구조물을 보면 음악뿐만 아니라 조각, 공예, 미술, 문자 등 다방면에서 주목을 받는 유물일 것이다. 참으로 수천 년 전 사람들의 생활은 어떠했을까. 이 거대한 악기들을 동원하여 제사를 지내거나 손님을 접대하며 연회를 베풀 때 연주를 하였을 터이니 그 장관이 어떠했으랴. 상상만 해도 그 아름다움이 가슴을 저민다.

흥분을 삭히고 방을 나선 우리 눈에 또 다른 편종이 보인다. 수주隨州에서 발굴된 뇌고돈 이호묘擂鼓墩 二號墓에서 발굴된 것들이다. 모두 36개의 편종으로 이층으로 된 구조물에 걸려 있다. 아래에는 모두 8개의 커다란 종들이 매달려 있고 윗층에 자그마한 종들이 모두 28개 걸려 있다. 이 또한 대단한 규모의 편종이지만 그 짜임새와 종들의 크기 배분이 앞서 본 증후을편종에 훨씬 미치지 못한다.

중국인들은 어찌해서 악기를 저렇게 공을 들여 거대하고 아름답게 만들었을까. 종교적인 이유일까. 중국에서 발굴된 악기의 유물들은 헤아릴 수 없이 많다. 신석기시대에 만든 뿔로 된 피리를 비롯하여 고고학적으로 발굴되는 곳마다 악기들은 빠짐없이 출토가 된다. 편종도 이미 기원전 3500년 경의 앙소문화에서 도자기로 빚은 형태로 발견되고, 그 이후에 발전을 거듭하여 증후을편종에 이르게 된다.

음악의 유래를 유희의 개념으로 보면 인류의 역사와 그 궤를 같이하지만 중국은 다른 문화권과 달리 음악에 유희를 넘어서는 의미를 부여하고 음악을 중시한 전통이 있다. 음악은 인간의 윤리와 정치의 규범이 되며 또한 하늘의 소리까지 대변할 수 있는 형이상학적 깊은 의미까지 내포한 것으로 간주된다. 음악은 나라를 다스리는데 없어서는 안될 중요한 수단이다. 동시에 음악은 인간이 궁구하는 최고의 인격을 시현할 수 있는 도구이며, 음악이 지니는 화和는 인간이 사회를 구성하는데 절대적으로 필요한 예禮와 더불어 인간 본성이 구현되는 동전의 양면인 것이다.

『춘추좌전春秋左傳』에 "무릇 정치란 음악을 형상하고 음악은 화를 따르며 화는 평을 따릅니다(夫政象樂, 樂從和, 和從平)라는 구절이 보인다. 그 유명한 『악기樂記』에는 "큰 음악은 하늘 그리고 땅과 함께 조화한다. 큰 예는 하늘 그리고 땅과 함께 조절한다(大樂與天地同和, 大禮與天地同節)이라 했으며, 또 "음악은 하늘과 땅의 조화이고 예는 하늘과 땅의 차례이다(樂者, 天地之和也. 禮者, 天地之序也)라 했으니 더 이상 무엇을 말하랴. 공자는 『논어』「태백泰伯」에서 '興於詩, 立於禮, 成於樂'이라는 짧은 한마디로 인간이 지니고 있어야 하는, 그리고 인간이 추구해야 할 사람됨됨이를 갈파하고 있다. 간단하지만 얼마나 심오한 말씀인가. 음악이 지니고 있는 본성은 인간이 추구할 가장 높은 이상적인 경지인 셈이다.

중국인들은 그들의 빛나는 전통예술들 중에서 가장 자랑스러운 것으로 시문학이나 회화를 거론한다. 하지만 내가 보기에는 명나라 때 최전성기에 도달한 곤곡崑曲이야말로 중국이 최우선적으로 꼽아야할 예술성과이다. 사람들은 18세기 이후에 고도로 발달된 서양 고전음악을 이유로 중국의 곤곡을 상대적으로 소홀히 하지만, 적어도 내 귀에는 탕현조의 〈모란정〉이 이룩한 종합예술의 경지는 서양이 발전시킨 모든 음악적 성과를 넘어선다. 독일 낭만주의 음악파들이 이룩한 인간성의 적나라한 표현, 오페라의 극적인 요소와 바그너의 거대한 악극, 베토벤이 도달하고자 하였던 형이상학적 차원의 선율과 인간의 심오한 내면을 드러내는 실내악, 예술적 향기가 물씬 풍기는 독일가곡 등이 〈모란정〉 한 편에 모두 융화되어 있다. 그뿐인가. 중국인들답게 한쪽으로 치우치지 않고 조화를 이룬 것은 바하의 경지이기도 하다.

중국의 음악이 이러한 성과를 하루아침에 이룩한 것은 결코 아니다. 이천오백 년 전의 증후을편종의 거대한 아름다움을 보며 우리는 탄식하듯 박물관을 빠져 나온다. 나오는 길에 월왕구천검이 시퍼렇게 우리의 눈길을 끈다. 격자무늬가 새겨진 검은 아직도 서슬이 퍼렇고 명문에는 '월왕구천越王勾踐 자작용검自作用劍'이라는 글자가 아직도 선명하다. 옆에는 또 오왕吳王 부차夫差가 사용했다는 창날도 보이는데 여기에도 오왕 부차가 직접 만들어 썼다는 글이 새겨져 있다. 한편에는 아름다운 음악을 연주하던 편종이 있

호북 월왕구천검

는데 다른 한쪽에는 시퍼런 칼날 두 개가, 그것도 서로 싸우고 죽인 사람들이 사용하였다는 칼들이 아직도 시퍼렇게 살아 우리를 겨냥하고 있다. 인간은 본디 그러한 존재들인가.

시간이 남은 우리들은 동호를 유람하기로 한다. 동호는 항주

오왕 부차라는 명문이 보이는 창날

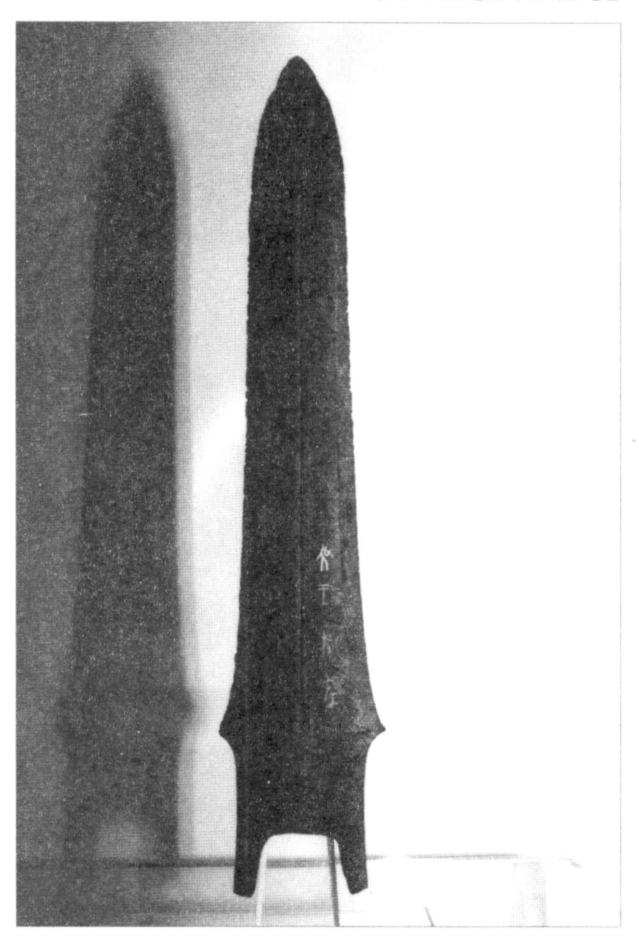

서호의 여섯 배에 달하는 거대한 규모라 우리는 그저 박물관 인근만 구경하기로 한다. 호수는 아득할 정도로 넓게 보인다. 커다란 규모에 비해 잘 정돈되어 있다. 수삼水杉이라는 나무가 늘씬하게 줄지어 있는 호숫가를 거닌다. 낙엽세콰이어를 닮았지만 나무 기둥의 폭이 더 가늘고 기다랗다. 낚시를 하는 사람도 있고 떠내려오는 고기를 건지려 망을 들고 다니는 사람들도 있다. 소나기가 오려는지 하늘은 검게 물들고 습한 바람이 세차게 불어온다.

우리는 언제나 그렇듯이 저녁을 호사하러 좋은 식당을 찾는다. 어제는 노통성주루老通城酒樓에 들러 삼선두피三鮮豆皮, 두피대왕豆皮大王, 장육대포藏肉大泡를 먹었다. 유명한 식당인 가보다. 모택동이 1957년 이곳에 들렀다는 사진이 커다랗게 걸려 있었으니 말이다. 오늘은 음식점들이 즐비한 홍산洪山광장으로 나선다. 식당들이 하도 많아 망설인다. 무한대반武漢大班으로 들어선다. 아래 윗층으로 사람들이 바글바글하다. 우리는 이층에 자리를 잡고 멋진 요리를 즐긴다.

— 홍소황화어紅燒黃花魚 : 숭어같기도 하고 붕어같기도 하다. 은빛이 감돈다. 장강에 사는 물고기란다. 그들은 직접 산 고기 한 마리를 들고 와 의견을 묻는다. 생선의 등에 칼집을 내고 익힌 다음에 전분으로 만든 소스를 얹었다. 완두콩과 당근 그리고 채로 썬 피망, 버섯 등이 함께 버무려져 있다.

— 철판흑초우육鐵板黑椒牛肉 : 불에 달군 쇠냄비가 먼저 나오고 보는 앞에서 냄비에 양파 마늘 버터를 부어 녹이며 익힌다. 양념 잰

고기를 냄비 위에 붓고 뚜껑을 닫으며 그 안에서 천천히 고기가 익는다. 기름이 넘쳐흐른다. 후추가루를 듬뿍 쳐서 매운 맛이 일품이다.

— 태식칠채소泰式七菜蔬 : 고기만 먹을 수 없어 채소를 찾았더니 추천을 한다. 서근西芹, 우편藕片(우엉), 선로순鮮露筍(죽순), 선백합鮮百合, 홍백몽紅白夢(당근) 등이다.

06

남창南昌

이곳 장강의 중류 일대는 중국에서도 덥기로 이름난 곳이다. 커다란 강과 곳곳에 호수와 늪지가 널려 있고 비가 많이 내리는 곳이라 습도도 높아 마냥 후덥지근하다. 오늘은 그저 열차를 타고 이동하는 날이라 부담은 전혀 없다. 열차는 쾌적하다. 무한을 떠난 열차는 드넓은 평원을 한없이 달린다. 부러울 정도로 광대한 평원이다. 끝이 안 보인다. 버려져 있는 땅은 하나도 없다.

벼타작을 하는 광경도 보인다. 소가 커다란 돌을 빙빙 돌리고 있다. 내가 어렸을 때도 보지 못하고 벌써 사라졌던 타작 방법을 중국에서 보다니. 땅콩밭과 참깨밭이 그칠 줄 모르고 달리는 열차를 따라온다. 참깨농사는 잔손이 많이 가는 힘든 농사다. 그리고 우리는 그것도 조그만 밭두락에나 심는 곁두리 작물이어서 겨우 식구들이나 먹을 정도의 소출이 보통이다. 그러니 참기름 값이 금값이다. 2년 전 개봉의 평원에서 만난 마늘밭도 생각이 다시 난다. 지평선까지 뻗어 있는 마늘 밭. 열차로 몇 시간을 달려도 펼쳐져 있는 마늘 밭. 우리의 농업은 현실을 직시하고 대안을 찾아야 한다. 그냥 수입 반대나 외치며 폐쇄적 농업경제를 유지하는 한 우리의 농업은 미래가 없다.

우리는 궁금증에 계속해서 창 밖을 내다보지만 중국인 승객들은 전혀 무심하다. 그저 봉지에 담긴 해바라기 씨를 까먹느라 열중하고 있다. 금방 해바라기씨 껍데기가 발 밑에 수북히 쌓인다. 두 시간 동안 평원을 달리니 얕은 산과 구릉지대를 통과한다. 아마 여산廬山 부근을 지나는 모양이다. 산들은 모두 민둥산들이다. 호남성 일대의 잘 가꾸어 놓은 산림과 비교가 된다. 벌판에는 논들이 많이 보인다. 경지정리가 전혀 되어 있지 않다. 물소가 쟁기를 끌고 있다. 한쪽에서는 벼베기가 한창이고, 또 다른 한편에서는 모내기에 분주하다. 이모작이다. 사람들이 모두 허리를 굽히고 일을 하고 있다. 우리의 어릴 적 모습이다. 기계화가 전혀 되어 있지를 않고 그저 사람과 소에게 의존하는 농사다.

무한에서 이곳까지 곳곳에 늪지와 연못이다. 물의 나라다. 장강의 중류지방은 정말 물 위에 떠 있는 지역같다. 강한평야가 그러하고, 구강을 지나 남창에 이르는 지역이 또한 그렇다. 민물고기들을 양식하는 지 그물이 둘러쳐 있는 연못들도 많다. 붕어나 잉어, 미꾸라지 등을 기를 것이다. 한국에서 팔리고 있는 미꾸라지는 모두 중국산이 틀림없다. 중국에서 수입하는 미꾸라지는 정확히 말해 미꾸리다. 미꾸라지는 엄지손가락만큼 굵고 배가 노란색이다. 그리고 꼬리지느러미가 넓적하다. 미꾸리는 가느다랗고 그저 갈색이다. 맛도 물론 미꾸라지가 뛰어나다.

창 밖의 풍경은 광활한 평원이라는 점을 제외하고는 실제로 우리네 사는 모습과 크게 다를 것이 없다. 특히 눈에 보이는 나무와 풀들이 그러하다. 반가울 정도로 우리가 흔히 보는 나무들이 줄지어 나타난다. 아까시아, 삼나무, 소나무, 버짐나무, 히말라야 시다, 후박나무, 석류, 포플러, 파초, 오동나무, 버들강아지 그리고 대나무들이다. 풀도 마찬가지다. 쐐기풀, 바랭이, 망초, 도꼬마리, 강아지풀, 왕고들빼기, 억새풀, 피, 돼지감자, 댑싸리, 구절초 등이 보인다. 꽃으로는 수세미꽃, 나리꽃, 석류화, 능소화, 칸나 등이 한 여름의 자기 자랑을 하고 있다. 농작물로는 고구마, 고과, 호박, 피마주, 참깨, 땅콩, 넝쿨콩, 콩, 고추, 오이, 수수, 옥수수, 연, 토란, 해바라기, 팥, 녹두, 동부콩 등이 보인다.

수천 년간 농경문화가 서로 교류된 탓도 있지만 먼 세월을 거슬러 올라가 구석기 시대 정도 되면 중국대륙과 한반도 그리고 일본까지 육지로 연결되어 있었고 황해는 없었다고 하니, 식물의 생태계가 다를 것이 하나도 없었을 것이다.

열차는 완행이어서 정거장마다 선다. 사람들이 꾸역꾸역 올라타고 차는 점점 사람들로 통로까지 붐빈다. 쾌적하던 열차 안이 이내 소란스럽다. 해바라기씨 껍질들이 발 밑에 지천으로 널려지고 열차는 삶의 숨소리들을 싣고 계속 달려만 간다.

등왕각 滕王閣

"때는 9월이요 철은 가을이다. 큰물이 다하매 찬 못이 맑고, 희뿌연 빛이 어려 저무는 산이 검붉었다. 수레의 말들을 다스리니 한 길이 곧고, 풍경을 찾으니 언덕이 높았다. 등왕의 긴 물가에 다다라 선인仙人의 옛집을 얻었다. 층층한 봉우리 솟아 푸르니 위로는 하늘에 우러러 사무치고, 날고 있던 집이 단청을 흘려 밑으로 굽어 끝이 없구나. 학과 오리가 노는 모래톱은 뭇 섬들의 굽이를 다하고, 계수나무와 목란木蘭으로 지은 집들은 언덕과 산의 형세에 따라 벌려 있다. 수놓은 큰 문을 열어 조각한 기와 지붕에서 굽어 바라보면 산과 벌은 넓어 눈에 가득하고, 시내와 늪은 벌려 바라보니 놀라워라. 다닥다닥 엎드린 마을은 종을 울려 솥을 늘어놓고 식사하는 집들이요, 나루에 가득한 배들은 푸른 새와 누른 용의 배꼬리이다. 무지개 사라지고 비가 개니 채색이 구름 속에 사무친다. 떨어진 놀은 외로운 따오기와 가지런히 떠 있고, 가을 물은 긴 하늘과 한 빛이로다.

고기잡이 배가 황혼을 노래하니 울림이 팽려의 물가에 이르고, 기러기떼가 추위에 놀라니 그 소리가 형양衡陽의 포구 위에서야 끊어

등왕각 입구 패방

등왕각

진다. 우러러 읊조리고 굽어 즐기니, 그윽한 홍이 드높이 달리어라. 시원한 피리 소리 끝에 맑은 바람이 일고 고운 노래가 어리어 흰 구름이 끊어지도다. 수원睢園의 푸른 대는 그 기운이 팽택彭澤 도연명의 술항아리를 덮고, 업수鄴水의 붉은 꽃은 그 빛깔이 임천臨川 왕희지의 붓을 비추고 있다. 네 가지 아름다움이 모두 갖추어 있고 두 가지 어려움도 함께 하였다.

높은 하늘을 아스라이 바라보고 한가한 날을 마음껏 즐기노라. 하늘이 높고 땅이 넓으니 우주의 끝없음을 여기서 깨닫고, 홍이 다하고 시름이 생겨나니 차고 기움이 정해진 운수 있음을 또한 알겠다. 태양 아래에 장안長安을 바라보고 구름 사이에 오회吳會를 가리킨다. 땅 형세가 다해 남쪽 바다가 깊고 하늘 기둥이 높아 북극성이 멀다. 관산關山을 넘기 어려우니 누가 길 잃은 사람을 슬퍼해 줄 것인가. 부평초와 물이 서로 만난 듯 하니 모두 타향他鄕의 손이로다."

등왕의 높은 누각 강가에 솟아 있고
기생과 손님들 시끄러우니 가무도 끝이 났도다
단청 건물에 아침마다 남녘 포구 구름이 비껴 날고
주렴을 저녁에 걷으니 서쪽 산엔 비가 내리네
느릿느릿 구름은 연못에 그림자요
태양은 유유히 계절은 바뀌고 별자리 움직이니 몇 번 째 가을인가
누각의 등왕은 지금 어디메뇨
난간 저편 장강만 그냥 절로 흐르는구나[36]

문장이 장강의 거대한 물줄기처럼 장쾌하고 도도하다. 천오백 년이 되도록 사람들에게 회자되는 명문이다. 젊은 기백도 한껏 느껴진다. 인용한 문장은 일부에 불과하지만 그래도 왕발이라는 뛰어난 젊은이가 눈 앞에 살아서 붓을 휘갈기고 있는 듯 느낌이 생생하다. 「등왕각서」에서 그는 처음에 남창의 등왕각이 천연의 요지에 자리잡고 있음을 읊고, 이어서 등왕각에서 바라보이는 경물을 이야기한다. 그리고 숨을 돌려 역사와 인생을 노래한다.

36 | 고문진보 – 김달진 역, 문학동네, 141/2/3쪽.

또한 젊은 왕발 자신을 되돌아본다. 그리고 이런 기회가 주어진 것에 대해 감사드리며 마지막으로 시 한 수를 덧붙인다. 짜임새도 훌륭하다. 후인들이 무슨 누각이나 건물에 기념사를 붙일 때 당연히 전범이 되었을 것이고, 실제로 나중의 문인들이 쓴 글을 보면 그의 영향을 엿볼 수 있다. 참으로 글 한 편으로 길이 천고에 빛나니, 젊어서 죽었어도 여한이 없으리라.

우리가 굳이 일정을 늘려 남창까지 내려온 것은, 첫째 강남삼대 누각의 마지막인 등왕루를 유람하기 위함이요, 둘째로는 명말 청초의 위대한 화가인 팔대산인의 묘소를 참배하기 위함이다. 남창은 1927년 주은래와 하룡 등이 농민군을 규합하여 공산당 기의를 일으키고 이때 결성된 군대가 바로 인민군의 모태를 이룬 사실로 유명하다. 하지만 우리에게 20세기 격동의 역사 속에서 일어난 무수한 사건에는 그렇게 커다란 관심이 가지를 않는다. 격변하는 정치적 상황에서 무수한 백성들의 삶에 결정적 영향을 미친 것이야 공산혁명이 비교할 수 없을 정도로 더 크겠지만, 그래도 천년이 넘도록 무엇인가 생명을 존속하여 이웃나라 먼길에서 이곳까지 발을 이끌게 한 것은 바로 등왕각과 왕발의 「등왕각서」라는 문장 때문이다.

등왕각은 남창시내를 가로지르는 감강贛江 기슭에 자리잡고 있다. 커다란 대로변에 곧바로 패루가 나온다. 그럴듯한 모습을 하고 있는 패루지만 어딘지 모르게 어설프다. 근래 지어진 것이 틀림없다. 패루의 지붕은 청나라 때 양식이 아니다. 송나라 명나라 때의 완만한 곡선을 지니고 있다. 특이하게 단청도 칠해져 있다. 우리처럼 오색 단청이 아니라 푸른색과 금빛으로 단조롭다. 현판에는 '등각추풍滕閣秋風'이라 글씨가 걸려 있고, 패루 뒷편에는 '등우여운滕右如雲'이라 쓰여 있다. 패루에서 저 멀리 입구의 건물이 보이고 그 너머 등왕각이 웅장하게 하늘을 차지하고 있다. 붉은색과 초록색이 어우러진 건물들이다.

안으로 들어서니 공원이 잘 꾸며져 있다. 너른 공원을 가로질러 시선을 옮기면 등왕각이 좌우로 두 개의 정자를 거느리고 있다. 정자와 누각 사이에는 연결통로가 있고 지붕으로 덮여 있다. 완전한 대칭구조다. 등왕각을 받치고 있는 기단부가 거창하다. 시각효과가 만점이다. 높이가 11m에 달하고 옛날 높은 성벽을 본떠 만든 것이라고 한다. 일층까지 오르려면 두 부분으로 나누어진 층계를 올라가야 한다. 맨 아래 계단 전면의 벽에는 한유韓愈의 「신수등왕각기新修滕王閣記」가 새겨져 있다. 눈 앞 정면에 웅장하게 솟아있는 건물을 보니 지금껏 우리가 만난 건축물과는 많이 다르다. 건물양식이 우리의 눈에 익숙하다. 바로 송나라 건축양식 때문이다. 용마루에는 치미가 솟구치고 지붕의 추녀곡선은 우아하게 선을 내리고 있다.

건물의 높이는 기단부가 11m, 그리고 누각 자체의 높이는 57.5m에 달한다. 우리가 본 3대 누각 중에서 가장 높은 누각이다. 외관상의 층수는 기단부를 제외하면 4층이다. 하지만 내부구조는 모두 9층에 달한다. 2개 층을 합하여 지붕 하나씩을 얹었다. 1층은 모서리마다 추녀를 세 개씩 내밀었고 그 다음 층부터는 모서리에 2개씩 추녀를 만들었다. 우리나라에서는 좀처럼 볼 수 없는 양식이다. 1층 지붕의 정면 중앙에는 새끼 겹지붕을 얹어 보기가 아름답다. 우리나라에는 없지만 일본에서는 흔히 보이는 건물 양태다. 건물의 결구는 물론 다공포식이다. 층마다 난간을 두르고 붉은색을 칠하였다. 기둥과 난간의 붉은 색과 지붕의 푸른 기와가 잘 어울린다. 1989년 중건할 때 송나라 때 그림에서 보이는 건물 모양을 그대로 본 뜬 것이라 한다. 하면 천년 전 송나라 시절에도 이렇게 웅장한 누각을 세웠단 말인가.

설명을 보니 당나라 때 이미 누각의 규모는 대단했던 모양이다. 등왕각은 당나라 고종 653년에 당태종 이세민李世民의 동생으로 이곳 홍주도독洪州都督으로 부임한 등왕 이원영李元嬰이 처음으로 건립한 것이라고 한다. 그때 이미 높이가 구장九丈 즉 90척으로 어마어마한 규모였다 한다. 긴 세월 동안 등왕각은 무려 28번이나 불에 타거나 무너져 내렸고, 근래에는 1926년 마지막으로 병화를 입었다. 현재의 등왕각은 1989년에 이르러서야 새롭게 지은 것이라 한다. 1989년이면 문화혁명의 소용돌이도 끝나고 중국대륙이 전부 개방의 물결에 휩싸여 있던 시절이다. 역시 정치가 안정되고 살림살이가 풍족해야 사람들의 눈길이 문화와 예술로 쏠리게 된다.

누각 안에는 갖가지 치장을 해놓았다. 왕발을 비롯한 유명한 문인들의 초상화들이 보인다. 프레스코 벽화 기법으로 그린 것들인데 그리 촌스럽지가 않다. 문인들이 쓴 시편들도 어지러이 새겨 놓았다. 모택동도 끼여들어 글씨를 남겨 놓았다.

난간으로 나가 바라다보니 감강이 눈앞에 훤하게 펼쳐진다. 감강은 파양호로 흘러드는데 장강의 지류다. 하지만 말이 지류이지 거대한 강이다. 수량이 풍부하여 강폭이 무한에서 본 장강보다 더 넓은 것 같다. 오른 쪽으로 강을 가로지르는 8 · 1대교가 보이고 무수한 화물선들이 오르락내리락 하고 있다. 강 건너에는 모래사장이 광활하게 펼쳐져 있다. 하지만 왕발이 읊은 낭만적인 풍경은 보이지 않는다. 세월이 흘러 세상도 변한 것이다. 왕발 자신도 연회에 참석하여 시 한 수 읊었듯이 세월과 인생은 무상하고 그저 강물만 변함없이 흐르고 있다.

밖으로 다시 나와 건물을 둘러본다. 맨 꼭대기 등왕각 현판은 소식의 글씨를 집자한 것이라 한다. 층마다, 그리고 사면을 빙 둘러 현판들이 걸려 있다. 앞면에는 동인구월東引甌越, 강산입좌江山入座, 옆에는 북신고원北辰高遠, 조래상기朝來爽氣, 강쪽으로는 서공만형西控蠻荊, 하림무지下臨無地, 좌측으로는 남명회심南溟迴深, 동숙소운棟宿浦雲이라는 현판 글이 보인다. 모두 왕발의 등왕각서에서 따온 말들이다.

공원의 뜨락으로 다시 내려서 오른 쪽으로 옮아가니 조그만 연못 한가운데 돌난간이 있는 통로를 만들어 놓고 한 가운데에 젊은 왕발의 석상을 세워 놓았다. 하얀 석상이다. 허리에는 장검을 차고 어깨에는 도포를 둘렀다. 웅자를 자랑하고 있는 등왕각과 자그마한 한 인간의 석상이 대비된다. 그래도 등왕각을 기억하게 되는 것은 저 조그만 몸집의 보잘것 없는 한 인간 때문이 아닌가.

우리는 유명하다는 중국의 3대 누각을 모두 본 셈이다. 잘 정비되고 웅장하기로는 등왕각이 으뜸이요, 그 다음이 황학루다. 악양루는 이에 비하면 처진다고 할 수 있다. 하지만 지금껏 가장 인상깊게 남는 것은 악양루다. 규모가 초라한데 왜 그럴까. 동정호의 풍광 때문일까. 아니면 두보의 시편 때문일까. 아니다. 사람들의 인위적인 손길이 가장 적고, 또 주변에 오래된 고풍을 많이 간직하고 있기 때문이다.

그러나 저러나 사람들은 왜 이런 누각들을 아름답게 지어놓고 수천 년이 되도록 찬탄해 마지않는 것일까. 동양에서는 경치가 좋은 산기슭이나 강 언덕에는 어김없이 이런 누각이나 정자가 세워져 있다. 사람들은 그곳에서 눈 앞에 보이는 자연 경관을 감상하고 또 가까운 벗이나 동지들을 불러 함께 시간을 나누며 술과 가무와 풍월 읊기를 즐긴다. 그리고 그곳의 정자를 중심으로 인간들이 남긴 발자국들이 서서히 쌓여가며 역사와 전설을 만들어낸다. 누각에서 보이는 자연만물은 유구하여 변함없이 흘러가는데 인걸들은 속절없이 해와 달이 바뀌는 것처럼 나타났다가 사라진다. 그런 속성을 우리는 자연스레 받아들이며 그래도 세월의 흐름 속에 한 시대의 증표로 그림이나 시편, 글씨를 남긴다.

그리고 우리는 이를 기념하고 추억하며 되새긴다. 사람들의 기억 속에 자리잡아 하나의 전설이 되는 그 때, 누각이 불타 없어지더라도 전설은 살아남아 숨을 쉬고 우리는 못내 아쉬워 다시 누각을 새로 짓고 기억을 눈 앞의 현실로 만들어 전설을 살아있는 것으로 만든다.

십억이 넘은 인민들을 공산혁명으로 이끌어내어 20세기 중국역사의 커다란 장을 만든 모택동도 이런 무수한 전설에서 벗어나지 못하고 전설이 어우러진 곳곳을 찾아 시를 읊고 또 글씨를 남긴다. 등왕각에도 '落霞與孤鶩齊飛, 秋水共長天一色 - 지는 노을은 외로운 해오라기와 나란히 날고, 가을 물길은 아득한 하늘과 한 색이로다'라는 왕발의 구절을 써놓지 않았는가.

왕발의 「등왕각서」를 읽으며 새롭게 발견한 것은, 명나라 탕현조의 〈모란정〉 경몽驚夢에 나오는 곡패 조라포皂羅袍의 아름다운 구절이 바로 왕발의 「등왕각서」에 붙인 시구에서 따온 것이라는 점이다. 〈모란정〉의 대사는 대개 아름다운 시구로 짜여져 있는데, 많은 구절이 과거 유명 문인들의 아름다운 글귀를 차용하고 있다. '朝飛暮券, 雲霞翠軒. 雨絲風片, 烟波畵船… 아침엔 구름이 날고 저녁엔 주렴을 걷고, 구름 노을 위로 우뚝 푸른 기와집, 비는 주룩주룩 바람은 살랑살랑, 안개 어린 위로 그림 같은 돛단배' 얼마나 아름다운 구절인가.

한자가 지니는 축약된 의미와 상징성 때문에 번역하기도 무척이나 어렵게 하는 구절들이다. 장계청이 부르는 노래도 환상적이지만 그 노래의 가사들이 풍기는 맛 또한 가슴을 친다. 그림같이 눈에 선한 시구들. 하지만 이런 가구佳句들이 결국 오랜 세월 쌓여온 문화적 바탕 위에 만들어졌음을 우리는 새삼스레 확인한다. 그리고 사람들은 지금도 전설이 된 시구들을 입 안에 되뇌며 먼길을 마다하고 등왕각을 찾는다.

팔대산인八大山人

서위와 팔대산인은 세상의 범속함과는 멀고
오창석은 늙어서도 재주가 남다르네

이 몸은 저 세상에 강아지가 되어서라도

세 집 문 앞을 왔다갔다 하리라[37]

20세기 중국 화단에서 전통의 마지막 보루로 이름을 쌓아올린 화가 제백석齊白石이 읊은 시다. 제백석은 청나라 양주팔괴 이후 면면히 내려오는 전통을 이어받아 임백년, 오창석 등을 거쳐 소위 대사의화를 집대성한 위대한 화가다. 중국의 전통문인화가 근대에 들어서도 그 맥이 끊어지지 않고, 21세기 들어서도 새로운 모습으로 발전하고 있음은 제백석의 덕이 크다. 이런 화가가 오죽 존경하고 감탄을 하였으면 개가 되어서라도 그들의 문발치를 서성거리고 싶다 했을까. 명말의 서위, 명말 청초의 팔대산인, 그리고 청말의 오창석. 이름만 들어도 숨을 멎게 하는 위대한 천재화가들이 아닌가.

제백석은 그의 기나긴 생애 동안 헤아릴 수 없는 무수한 작품을 남겼지만 어찌 보면 형식적인 면에 흐른 감이 없지 않다. 너무 많은 작품들 탓이려니 생각할 수도 있지만 실은 서위나 팔대산인과 비교해서 그림에 나타나는 개성이 상대적으로 미약하다는 느낌을 지울 수가 없다. 서위나 팔대산인은 전통을 흡수하되 기법이나 예술적인 완성도에 있어서 독창성을 생생하게 드러낸다. 턱 보면 서위구나, 또 팔대산인이구나 하고 감을 잡을 정도로 그들의 그림은 독특하고 개성이 강하다. 하지만 모가 날 정도의 강한 개성을 그림으로 승화시켜 보는 자로 하여금 감동과 아름다

37 | 靑藤雪个遠凡胎 缶老衰年別有才 我欲九原爲走狗 三家門下轉輪來.

움을 느끼게 한다. 아마도 제백석은 누구보다도 자신 보다 앞서 살다간 위대한 천재들의 그러한 모습을 뼈저리게 인식하고 있었을 것이고, 절로 위와 같은 시구를 읊게 되었으리라.

아침나절 등왕각을 유람한 우리는 해가 중천에 이를 무렵, 택시를 타고 남창시 남부에 위치한 팔대산인 기념관을 찾는다. 휑하니 버려진 것 같은 연못들을 끼고 흰 담장이 나타나더니 거대한 나무 그늘이 더위를 식혀준다. 바로 기념관이다. 입구를 들어서자 곧바로 오래된 거목들이 우리를 반긴다. 장수樟樹도 보이고 붉은 열매가 달린 나무는 동청수冬青樹라 한다.

기념관은 본래 청운보青雲譜라는 도교사원이다. 사원의 한쪽

팔대산인 묘

귀퉁이에 팔대산인의 무덤이 있어 1959년 중앙정부에서 팔대산인기념관으로 지정하고 그의 작품을 일부 전시하기 시작하였다. 도관은 꽤 넓었지만 우리는 곧바로 팔대산인의 발자취만을 따라가기로 한다. 건물 일부에 그의 그림들이 걸려 있다. 첫 그림이 아직도 기억에 남는다. 바로 〈개산소상个山小像〉이다. 그의 나이 49세 되던 해, 친구 황안평黃安平이 그의 전신 초상을 그리고 팔대산인은 스스로 제목을 쓴다. 중심에 삿갓을 쓴 팔대산인이 있고, 화면 가득히 글씨들이 요란하다. 팔대산인의 얼굴은 비쩍 마르고 갸름하다. 눈은 날카롭게 우리를 쳐다보는 듯하고, 두 손은 널찍한 소매를 칭칭 감으며 읍하고 있다. 군더더기가 전혀 없는 멋진 초상이다. 팔대산인의 고매한 품위가 서릿발처럼 풍긴다. 역시 친구는 그의 진정한 면목을 있는 그대로 잘 표현하고 있다.

건물 회랑에는 그의 그림들이 여럿 걸려 있고 무수한 글씨들이 비각으로 만들어져 있다. 〈개산초상〉과 달리 진품이 아니라 사본들이다. 그의 화집에서 이미 무수히 본 것들이라 크게 흥이 나지를 않는다. 우리는 곧바로 뜰로 이동한다. 뜰 한 가운데 그의 동상이 세워져 있다. 상투를 튼 모습이다. 벗은 삿갓이 왼손에 걸쳐져 있다. 동상 또한 가냘픈 얼굴이다. 일생을 궁색하게 살았으니 기름진 얼굴이야 어디 합당한 일이겠는가. 동상을 받치고 있는 둥그런 돌기단에 '곡지哭之'라는 글자가 보인다. 팔대산인은 그의 호인데 한자로 흘려 쓰면 얼른 보아 곡지哭之도

팔대산인 초상화

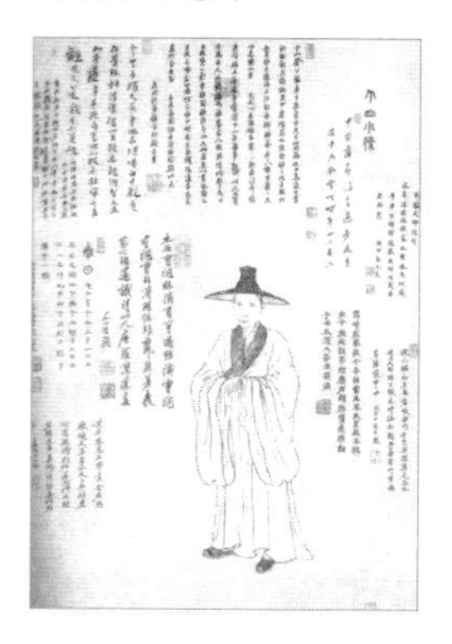

되고 소지笑地도 된다. 후인들은 그의 심적 상황에 따라 어떤 때는 곡지로 쓰고 어떤 때는 소지로 썼다고 생각한다. 그의 특정한 그림에서 곡지가 맞느냐, 아니면 소지로 읽는 것이 옳으냐 묻는 것은 우문이다. 울음과 웃음이 글자 하나로 교차되는 것이다. 그의 인생이 그렇듯이 말이다. 동상의 뒤편 양쪽에 아름드리 고목 두 그루가 보인다. 400년이 넘은 장수樟樹들이다. 하나는 위의 줄기가 부러져 맨몸을 드러내고 있다. 죽지는 않아서 옆가지가 불거져 나와 잎을 달고 있다. 기괴한 모습이다. 하지만 강인한 생명력을 느끼게 한다. 마치 팔대산인의 그림들이 기괴하면서도 수백 년이 넘도록 사람들에게 강렬한 인상을 주는 것과 똑같다.

그의 그림 〈고매도古梅圖〉(고궁박물원故宮博物院, 96×55cm)와 〈초석도蕉石圖〉(고궁박물원, 220×88cm)가 그렇다. 〈고매도〉를 보면 매화나무는 그저 보통의 매화가 아니라 수백 년 묵어 무슨 귀신이라도 깃들어 있을 것 같은 그런 나무다. 벼락을 맞았는지 아니면 불에 타 꺾였는지 나무기둥은 벌써 사라지고 없다. 그냥 꺾인 것이 아니라 남아 있는 나무 조각들이 위로 향해 날카롭다. 짙은 농묵으로, 그리고 감필減筆로 처리하여 그 효과가 강렬하다. 한쪽 귀퉁이는 그래도 살아남았지만 하늘로 뻗지 못하고 좌우로 비정상적으로 가지를 내밀었다. 잎도 별로 없고 그나마 꽃은 보이지 않는다. 나는 동양화에서 무수한 매화도를 보았지만 이렇게 기괴한 모습은 처음 접한다. 매화의 화려함과 고매함 그리고 은은히 번져 나오는 향기. 그런 것들이 매화그림의 요체인데, 팔대산인은 이런 기존의 생각과는 거리가 한참이나 멀다. 그렇다고 곧 죽을 나무도 아니다. 땅에 박힌 거대한 뿌리는 아주 강인한 힘을 느끼게 한다. 생명력은 끈질기고 드센 것이다.

〈초석도〉도 마찬가지다. 기다란 화폭에 돌과 대나무와 파초가 그려져 있다. 선과 면이 대부분 농묵과 적묵으로 처리되어 있다. 대나무도 풍성하지 못하다. 못생긴 바위에 겨우 기대어 자라난 파초는 파초로서의 풍만함을 다 잃어버리고 잎도 군데군데 잘려 나갔다. 게다가 줄기와 잎들은 바람에 시달린 탓인지 대부분 꺾인 상태다. 누가 이런 볼품없는 파초를, 파초의 풍성함은 도외시하고 마치 뼈다귀만 남은 것처럼 그리겠는가.

동상을 다시 한번 쳐다보고 걸음을 옮긴다. 정원은 매우 오래되어 정감이 느껴진다. 나무들이 무성하여 뜰에 만든 길들이 어둠컴컴하다. 세죽細竹이 울창하다. 키를 훌쩍 넘은 것을 보니 3m는 될 것 같다. 세죽의 키가 그렇게 크던가. 동상 옆에 정자가 있어 다시 걸음을 멈춘다. 배롱나무가 정자의 지붕을 덮고 있다. 유과나무도 보이는데 열매가 사과처럼 주렁주렁 달려 있다. 붉은 배롱나무 꽃들이 짙은 녹음 속에 선연하다.

둘러보니 여기저기 배롱나무다. 웬 배롱나무가 그렇게 많을까. 여름철이면 백일을 쉬지 않고 핀다고 해서 백일홍이라는 이름이 붙은 나무다. 꽃을 피려면 그 정도의 강인함과 끈기는 있어야 하지 않을까. 팔대산인처럼 말이다. 저편 집들 사이에 나한목羅漢木도 보인다. 수령 400년이라 한다.

정자 주위에는 작은 연못이 있다. 연잎이 흐드러지다. 매미와 새울음 소리가 요란하다. 큰 잠자리도 날아다닌다. 어렸을 때 보던 말잠자리다. 연못 위로 조그만 다리가 앙증스럽다. 선인교仙

人橋다. 풍경을 보면 선인교이지만 팔대산인을 생각하면 어울리지 않는 이름이다. 사람 기척을 느끼는지 매미들이 점점 더 시끄럽게 울어댄다. 매미들이 우는 것인가, 아니면 소리를 질러 대는 것인가. 아니면 자연의 이치에 따라 짝을 부르기 위해 그들대로 노래를 부르는 것인가. 아무려면 어떤가. 팔대산인의 그림에 나오는 곡지와 소지처럼 말이다. 양주팔괴의 하나인 판교板橋 정섭鄭燮에게는 모두 울음으로 보여 다음과 같이 시를 읊는다.

> 나라는 망하고 집안은 기울어 머리가 하얗고
> 붓통 하나로 시와 그림이요 모습은 중이라
> 옆으로 칠하고 위로 발라 수천 폭의 그림인데
> 먹물이 찍힌 게 아니라 온통 눈물 투성이로다[38]

팔대산인의 묘를 찾아 다시 천천히 발걸음을 뗀다. 그의 영혼을 찾으려 어두운 숲으로 들어선다.

"중국의 미술사에서 팔대산인은 단연 우리의 눈길을 끄는 인물이다. 그가 이러한 특별한 주목을 받는 이유는 그의 생 자체가 상당히 기괴하면서도 전설적인 색채를 띠고 있어서이기도 하지만, 그보다 더 주요하게는 그가 창조한 예술작품, 특히 그의 수묵화와 서예에서 뿜어져 나오는 강렬한 정신세계와 도처에 충만해 있는 인문정신, 나아가 그의 작품에서 선명하게 드러나 보이는 그만의 참신하고도 독특한

38 | 國破家亡鬢總皤 一囊詩畵作頭陀 橫涂竪抹千千幅 墨點無多淚點多.

품격 때문이라 할 것이다. …

우리가 명말 청초 변혁시기에 중국의 회화가 지녔던 전체적 모습을 보다 전면적으로 파악하는 데에도 많은 도움이 될 뿐 아니라, 나아가 누구보다도 복잡한 정신세계와 강렬한 예술적 개성을 지니고 있는 한 예술가에 대한 해부를 병행시킴으로써 이른바 예술의 창조와 시대성, 그리고 전통의 계승과 혁신과 같은 복잡한 문제의식에 이르는 데에도 훌륭한 계기가 되어준다. 예술의 창조적 파괴자 팔대산인! 그는 자신의 이상과 포부 및 사회 현실 사이에서 오는 격렬한 모순과 충돌에 기꺼이 맞서 그로부터 오는 거대한 정신적인 고통을 감내하였으며, 심지어는 자기 내심으로부터 흘러나오는 피를 거꾸로 핥으면서도 쉬지 않고 작품의 창작 활동에만 전념하여, 마침내는 …그 자신의 지혜와 담력, 매력 등을 유감없이 모두 발휘해 내었다. 그의 예술작품에는 시대의 낙인이 깊숙이 찍혀 있음과 동시에 너무나도 선명하게 그의 개성이 살아 숨쉬고 있다. 전통 속에서 스스로를 재구성하였으니 이는 곧 슬프고 처량하면서도 동시에 냉혹하고 무정하며 또한 고독한 정서를 지니는 '종괴縱怪(제멋대로 기괴한)' 화풍의 창조로 실현되며, 이는 곧 중국의 전통적인 문인화에 새로운 표현성과 추상성 및 상징성을 부여해주는 성과물이기도 하다."[39]

1685년, 그러니까 그가 나이 60세에 그린 〈잡화책雜畵册〉(고궁박물원, 30×47.5cm)을 보자. 추측컨대 바로 우리가 서 있는 이곳 청운보에 은거하면서 그린 그림이다. 화집의 두 번째 그림은

39, 40, 41 | 팔대산인화집 – 邵大箴, 천진인민출판사.

대나무다. 대나무의 전 모습을 그리지 않고 중간을 취해서 그렸다. 서위가 즐겨 채택했던 형식이다. 대나무는 줄기도 그렇지만 도대체 잎들이 균일하지를 않다. 비대칭이다. 잎의 모양이 섬세하지 않고 투박하다. 농묵이지만 건필이다. 하지만 우리가 보는 느낌은 거미줄의 가느다란 줄처럼 파르르 떤다. 그만큼 미묘하고 섬세하다. 송나라 문동文同과 소식蘇軾이 대나무를 즐겨 그린 이래 무수한 화가들이 사군자四君子를 그렸지만 대나무를 이렇게 이상하게 그리지는 않았다. 오직 서위 정도가 버금한다고 할까. 네 번째와 다섯 번째는 모두 새를 그렸다. 먼저 그린 것은 왜가리다. 기다란 부리와 머리 뒤로 삐죽이 뻗은 깃을 보니 왜가리로 추정되지만 실제 무슨 새인가는 중요치가 않다. 넓은 연잎 위에 앉은 새는 형해만 남아 무엇인가 뚫어지도록 응시하고 있다. 눈은 둥글지가 않다. 네모가 나 있다. 화가의 눈에는 네모난 눈이 더 정상으로 보였을 것이다. 마른 담묵으로 죽죽 바른 연 잎에 적묵으로 덧칠을 하고 잎줄기는 농묵으로 선을 그었다. 호방하다고 느끼기에는 너무 거칠다. 아무렇게나 그린 것 같다.

그러나 이러한 붓질이 어디 그냥 나오는가. 보통의 화가라면 꿈도 꾸지 못할 손길이다. 페이지를 넘겨 그의 다섯 번째 그림의 새를 보면 팔대산인은 분명 이 그림들을 그릴 때 무엇인가 홀려 있었음이 틀림없다. 도대체 배경을 이루고 있는 마른 붓자국은 무엇이란 말인가. 풀인가 무엇인가. 궁금하지만 물을 필요는 없다. 그냥 붓길이 그어진 자국을 따라 우리는 마음이 강렬하게 움직인다. 그뿐이다. 그리고 위에서 늘어진 농묵의 대나무 잎은 또 무엇이란 말인가. 새는 새까맣다. 눈은 역시 네모다. 까마귀일까.

팔대산인 새

도대체 무슨 새인지 알 수가 없다. 다리도 그렇고 깃도 그러하며 꼬리와 머리가 온통 거칠도록 새까맣다. 그냥 새까만 새가 그 이름일 것이다. 그것으로 충분하지 않은가. 20세기 들어 서양에서 인상주의를 뒤이어 표현주의 화파가 대두되었는데 그들의 그림을 보는 것 같다. 어떻게 보면 입체파 그림인 것 같기도 하다. 아니면 극단적으로 대상과 인간이 분해되어 추상화로 진입한 그런 그림들 같기도 하다. 이미 팔대산인은 현대 화가들이 고민하고 있던 문제를 인식하고 그림으로 멋지게 승화를 시키고 있다.

하지만 20세기 서양화와 팔대산인의 그림에는 중요한 차이가 있다. 예를 들면 에두아르 뭉크는 현대인의 고독과 절망을 강하게 표현하는데 성공하고 있다. 또 피카소는 울고 있는 여인 속에 여러 가지 인간 내면의 층차를 적나라하게 그려내고 있다. 하지만 대개의 경우 그들 서양화가들은 인간에게만 초점을 맞춘다. 인간의 겉으로 드러나는 모습을 분해하고 쪼개고 비틀어 비정상적으로 그림으로써 그들이 그리고자 하는 뜻을 전달하는데 주력하고 있다. 인간이 점점 분해되고 해체되며 그림은 그것의 증표인 셈이다. 인간이 주체이고 인간을 중시하고 있음이 틀림없지만, 그 효과는 정반대로 나타나 인간은 비극적일 정도로 분해가 된다. 인간이 파기되는 것이다.

팔대산인이나 서위는 바라보는 시점이 다른 곳에 서 있다. 응시하는 눈길은 절대로 분해되거나 부서지지 않는다. 무서울 정도로 말이다. 설사 그들의 내면이 서양화가들이 그린 것처럼 여러 가지 복잡다단한 층차로 구성되어 있더라도 그들은 시각을 흐트러뜨리지 않는다. 비틀리고 왜곡된 인간의 내면은 그러한 인간들이 바라보는 대상으로 투영되고 이전된다. 사물이라는 자연의 대상 속으로 건너가는 것이다. 유의해야 할 사항이 있다.

그들이 기괴하게 그리는 사물들이 화가가 그렇게 보아서 일부러 비정상적으로 그려진 것이 아니라 본래 자연을 구성하고 있는 만물은 실제로 상황과 경우에 따라 그런 모습들을 원천적으로 지니고 있는 것이다. 화가는 그것을 잠깐 빌려 수정함이 없이 선택을 하였을 뿐이고, 그런 선택을 통하여 화가 자신의 내면 상황이 그대로 투영되어 나타나는 것이다. 이런 이유로 서양화가들처럼 절망에 이르지는 않는다. 그냥 자연의 한 모습으로 되돌아가는 것이요, 바로 그것이 서양인들이 이야기하는 구원이 되는 것이다. 구원을 찾지 않았으니 굳이 구원이란 단어를 쓸 필요도 없다. 어쨌던 인간은 구제를 받고 보존된다. 상처를 입고 아픈 모습이지만 강한 생명력을 갖고 자연 속에 살아서 움직이고 존재한다. 그저 대립이나 분해가 소용없는, 자연과의 합일만 있을 뿐이다. 팔대산인이나 서위는 그러한 합일 속에 보통 사람들이 보지 못하는 것을 예민하게 잡아내어 그림으로 나타냈을 뿐이다.

팔대산인은 도대체 어떤 삶을 살았을까. 그는 명나라 마지막 황제 의종毅宗(숭정제崇禎帝)이 통치하던 1626년에 태어났다. 명태조 주원장의 16번째 아들인 주권朱權의 9대손이었다. 주권은 그 유명한 『신기비보神奇秘譜』라는 악보를 만든 사람이다. 주권이 남창에 봉해져 그때부터 팔대산인의 선조들은 강서성 일대를 근거지로 대를 물리고 있었던 것이다. 주권의 후손으로 팔대산인은 왕족 혈통 못지 않게 타고난 예술적 감성을 이어 받은 것이다. 본명은 주답이다. 호는 팔대산인 말고도 설산雪个, 개산个山 등이 있다.

할아버지와 아버지 모두가 서예와 회화에 이미 이름을 날린 사람들이어서 팔대산인은 어려서부터 그들의 영향을 받으며 자랐다. 어린 시절 조숙한 솜씨로 천재성을 드러내었으나 그의 나이 19세에 이르러 명왕조의 멸망과 그에 따른 집안의 몰락을 경험하게 된다. 그때부터 그의 비운의 나날이 시작되고 현실과 타협하지 못한 그는 결국 삭발하고 중이 된다. 나중에 환속을 하고 정신적으로 안정을 취하기도 하지만, 전체적으로 그의 일생은 극심한 고통과 절망이 지배한 그런 삶이었다. 살아서 글씨와 그림으로 명성을 얻었지만 그의 강직한 성품으로 곤궁함에 시달리다 1705년 청나라 강희 44년 80세를 수로 눈을 감는다.

"처음에는 땅에 엎드려 오열하는 듯 했다가 갑자기 하늘을 바라보며 박장대소를 터뜨렸다. 웃음이 그치면 또 조금은 흐느적거리는 듯하다가 돌연히 펄쩍펄쩍 뛰어다니며 큰 소리로 고함을 지르거나 또 때로는 몹시 울었다. 그렇지 않으면 배를 두드리며 매우 만족한 듯한 모양으로 소리 높여 노래를 부르고 이도 아니면 온 저자거리를 헤집고 다니며 되는대로 막춤을 추었다. 하루 사이에 그 꼬락서니가 천태만상으로 펼쳐지니 저자 사람들도 그 소동을 싫어하여 그에게 술을 갖다 먹여 취하게 함으로써 그만 절로 나자빠지게끔 만들었다.”[40]

후인들이 쓴 전기에는 그의 광적인 모습을 여러 가지로 기술하고 있다. 정말 그랬을까. 송나라 미불도 미치광이였고 명나라 말기의 천재화가 서위도 미쳐서 아내를 살해하고 자기 귀에 대못을 박았다 하지 않았는가. 꼭 그래야만 했을까. 사람들은 그들이 작품으로 남겨놓은 그림들과 그들의 정신이상을 연결하여 전설과 신화를 만들어 그들을 신비스러운 존재로 각인시킨다.

하지만 틀림없이 아닐 것이다. 미불의 몇 안 되는 그림을 보면 광기란 거의 찾아보기가 힘들다. 서위와 팔대산인의 그림들도 마찬가지다. 광기가 아니라 시대상황과 개인적으로 처해 있었던 삶이 그저 그림으로 생생하게 나타나고 있을 뿐이다. 시대를 넘어서 누구인들 그런 처지에 있었다면, 그리고 그들만큼 그림 그리는 재능이 뛰어났다면 아마 모두 비슷한 그림들을 그렸을 것이다. 우리는 다음과 같은 이야기에 주목해야 할 것이다. 팔대산인은 거대한 시대의 변화와 개인의 아픔을 높고 고매한 인격으로 격양시키고 또 위대한 그림으로 승화시킨 것이다.

“미불의 착란(전顚)이나 예운림倪雲林의 굼뜸(우迂)이나 황자구黃子久의 모자람(치痴)은 모두가 이들 그림의 진정한 성정이었다. 무릇 사람이 세상사에 익숙해지고 나면 그 기지로 넘치게 되건만, 도리어 고아한 맛은 그만큼 줄어들게 된다. 고로 미치고 어수룩하고 모자란 자는 그 성정이 그림과 가장 가까이 있지만, 반면에 명리를 좇느라 급한 자는 그 그림도 정교하지 못하며, 행여나 정교하다 해도 결코 우아할 수 없다."[41]

화조화花鳥畵와 달리 늦게 그리기 시작한 산수화와 글씨들을 보면 그가 얼마나 품위가 있고 우아한 인격의 소유자인가를 알 수 있다. 그의 산수화에 있어 산은 대개 황공망黃公望이요, 나무는 예운림倪雲林의 영향이 강하게 보이지만, 그보다도 이들의 기법과 정신을 나름대로 소화하여 자신의 개성을 드러낸 것이 돋보인다. 이는 문인화의 대가인 명말 동기창董其昌과 대비된다. 동기창 역시 고매한 인품의 소유자이고 그의 작품에서는 서권기書卷氣가 넘쳐나지만 팔대산인에 비해 나름대로의 개성이 부족하다. 특성이 없어 이것저것 과거의 뛰어난 화가들을 모방하여 그의 정신을 표현하고자 노력한 흔적이 여기저기 보인다. 팔대산인처럼 완전히 육화되지를 못한 것이다.

또 동기창이나 팔대산인 모두 서예에 일가견을 쌓아 명성을 누리고 있지만 팔대산인의 행서나 해서를 보면 옛날의 고졸하고 간략한 서체에 당나라의 둥글둥글하고 여유있는 모습까지 흡수하여 그만의 독특한 서체를 만들어 내고 있다. 스스로도 말한다. "晉人之書遠, 宋人之書率, 唐人之書潤, 是作兼之－진나라 사람들의 글씨는 심원하며 송나라 사람들의 글씨는 솔직하고 당나라 사람들의 글씨는 윤택하다. 이 모두를 겸하고자 한다." 화첩을 보니 그가 옛날의 석고문石鼓文을 모사하여 쓴 것들이 꽤 있다. 이런 노력 탓인지 그의 글씨들을 보면 전혀 흔들림없을 정도로 단단하고 고아한 멋이 풍긴다. 그리고 그런 글씨들을 보면 팔대산인이

미친 사람이었다는 이야기는 전혀 수긍이 가지 않는다.

이 또한 미불이나 서위, 그리고 팔대산인에게 다 같이 적용되는 이야기다. 세 사람 모두 광인으로 이름이 났지만 서예에 있어서 손을 꼽을 만큼 위대한 서예가들이 아닌가.

그가 말년에 그린 대작들을 보면 이런 점이 더욱 뚜렷이 부각된다. 고전체古篆體처럼 단단한 그의 그림들이 빛을 발한다. 걸작들이다. 〈송백동춘도권松柏同春圖卷〉(상해박물관上海博物館)은 무려 13m가 넘는 두루마기 그림이다. 1697년 그의 나이 72세에 그린 〈하상화권도河上花圖卷〉(천진시예술박물관天津市藝術博物館, 47×292.5cm)도 두루마기 그림인데, 우리는 이 두 그림을 화첩으로 보는데도 숨을 쉴 수가 없다. 팽팽한 긴장감 속에서도 아름다움을 강렬하게 느끼게 한다. 어느 한 부분이 그런 것이 아니라 그 기다란 화권 속에 담긴 모든 그림들이 그렇다. 그려진 대상들은 소나무, 향나무, 돌과 바위, 언덕, 연꽃봉오리와 잎 그리고 줄기, 난초, 대나무 등등이다.

그림을 구성하고 있는 대상들은 온전한 것도 있지만 대부분 일부만 취한 것들이다. 줄기의 끝 부분, 나무의 가운데 기둥줄기, 연잎을 받치고 있는 줄기 등 모두가 잘려져 있다. 잘려 있는 대상을 그린 것이 아니라 그림이라는 제한된 공간에 비추어지는 부분만을 그렸다는 뜻이다. 화가는 부분만을 취해도 전부를 이야기할 수 있다. 그것으로 충분하다. 게다가 사물들은 거의 형체를 알아볼 수 없을 정도로 간략하게 다루어지고 있다. 나무줄기는 그저 몰골법이고 큰 나무는 죽죽 그은 선으로 구륵법을 사용하고 있다. 간결하다. 작가가 이야기하고자 하는 뜻이 절절히 표현되어 있다. 표현성이 뛰어난 것이다. 배경은 그저 마른 붓자국으로 여기저기 그어댔다. 무엇을 그렸는지는 알 수가 없지만 그림의 중요한 부분으로서 감상자로 하여금 무엇인가를 강하게 느끼게 한다. 현대화에서 나타나는 추상성이다.

붓의 선도 눈여겨 보아야 하지만 무엇보다 면을 이루는 먹도 중요하다. 강한 농묵과 적묵이 주를 이루지만 필요하다면 연한 담묵과 발묵도 사용하였다. 작가의 원숙한 필법이 녹아들어 있다. 이 모든 것들이 노인이 그린 것이라고 믿겨지지 않을 정도로 강한 힘을 느끼게 한다. 분방한 필치, 그러면서도 섬세함을 놓치지 않는 손길. 지치지 않을 정도의 강한 생명력과 힘. 심수상응心手相應이라는데 도대체 팔대산인은 어디에 무엇을 숨겨 놓았길래 용솟음치듯 천재성이 쏟아져 나온단 말인가. 캄캄한 밤하늘, 어둠과 칠흑만이 자리 잡고 있는 하늘에 점점이 별들이 반짝이는데, 실은 이 별들이 무한히 크고 또 어떤 것은 폭발하고, 어떤 것은 두터운 불덩어리 가스로 충만해 있다는데 우리는 무심코 하늘만 쳐다본다. 모르는 것이다.

하지만 고성능의 천체망원경으로 당겨보면 우리는 그런 우주의 엄청난 작용을 인지할 수 있다. 팔대산인은 그의 눈에 비친 사물들에게서 우리는 볼 수 없었던 것을 집어내어 생생하게 우주가 폭발하듯, 그 놀라운 장면을 우리에게 보여주고 있는 것이다. 그리고 우리는 그가 그려낸 조그만 사물들이 빚어내는 압축된 상징성에 숨을 쉴 수 없을 정도로 감동을 하게 된다.

한 가지 유념하여야 할 것이 있다. 그가 〈하상화권도〉의 말미에 붙인 행서다. 서예에서도 일가견을 이룬 그의 천재성이 돋보이는 글씨다. 완숙의 경지에 들은 글씨들이다. 글씨의 크기나 모양을 보면 당나라 안진경의 서체가 느껴지기도 하지만 그 우아함은 왕희지의 필체요 전체적으로 풍기는 격은 고예古隸에 가깝다. 한마디로 고아한 품격을 풍기고 있는 것이다. 힘이 있되 이미 손과 마음에 모두 녹아들어 보는 이로 하여금 전혀 거부감을 느끼게 하지 않는다. 이런 조화와 안정이 있기에 그림도 지나칠 정도로 한쪽으로 치우침이 없이 보는 이로 하여금 감정을 감당할 수 있게 만드는 것이다. 아니면 기괴한 힘에 그냥 터져 버려 아무것도 아닌 것이 될 것이니 말이다.

이같은 면은 그가 그린 사군자 중에 난초를 친 것을 보면 금방 알 수가 있다. 난 그림은 간단하고도 어렵다는데, 난초들 중에 팔대산인의 난처럼 간결하면서도 힘이 농축되고 동시에 우아함을 느끼게 하는 작품을 거의 본 바가 없다. 역시 그 사람에 그 글씨에 그 그림이라 할까. 한가지로 모든 것이 관통되고 있는 것이다.

팔대산인의 묘는 숲속에 자리하고 있다. 의관묘衣冠墓라고 하니 시신은 실제로 없는 모양이다. 확인을 하지는 못하였지만 아마 그가 죽은 후 화장을 한 듯하다. 육신은 재가 되어 자연으로 돌아간 것이다. 아름드리 고목들이 울창하여 밝은 햇빛이 차단되어 있는 그늘 안에 그의 둥그런 봉분은 그의 영혼을 품고 우리를 맞이하고 있다. 오백 년이 넘었다는 장수樟樹들이 보인다. 고저苦櫧라는 나무 두 그루가 있는데, 모두 400년이 넘은 것들이다. 아마 이 나무들은 팔대산인이 청운보에 은거하면서 틈틈이 산책을 하는 모습을 보았을 것이다. 팔대산인과 함께 고락을 같이하며 그가 타계한 후에도 그 영혼을 감싸며 오늘에 이르른 것이다.

봉분 위에는 잡초가 무성하다. 저쪽으로 담이 나고 그 앞에 세죽이 울창하다. 햇빛이 나뭇잎에 걸려 조금씩 방울지며 떨어지고 있다. 우리는 '팔대산인지묘'라 쓰여진 비석 앞에 선다. 감회가 무량하다. 나는 가져온 술을 잔에 따라 그에게 받치고 절을 한다. 위대한 영혼을 찾아 바다 건너 이곳까지 찾아온 한 남정네에게 그는 무엇인가 표정을 지으며 손짓을 한다. 웃는 얼굴일까 우는 얼굴일까. 그늘을 깊게 드리운 거목 위에서 매미소리들이 요란하다. 그들은 울음을 울고 있는 것일까, 아니면 생의 희열로 웃음을 터트리고 있는 것일까.

07

여산廬山

늦은 오후, 우리는 남창을 뒤로 한다. 그리고 고속도로를 타고 구강九江으로 이동한다. 왔던 길을 다시 되돌아가는 셈이다. 강서성은 볼 것이 참으로 많은 곳이다. 강서성 맨 북쪽에 위치한 파양호 주위만 해도 명승지와 유적지들이 즐비하다. 여산 서북쪽으로 도연명이 살던 곳과 그의 묘가 있으며, 정토종淨土宗의 발상지인 동림사東林寺도 있다. 동남 방향으로는 주희가 강론하던 백록동서원白鹿洞書院이 자리잡고 있다. 여산 북쪽 기슭 분지 안에는 장개석을 비롯한 근대 정치사에 이름을 올리고 있는 유명인사들이 즐겨 찾던 별서別墅들이 널려 있다. 구강의 도시 북쪽을 흐르는 장강에는 심양루潯陽樓가 있으며, 백거이白居易가 강주사마江州司馬로 비파행琵琶行을 읊으며 눈물을 흘리던 곳도 있다. 남창 교외에는 등소평鄧小平이 살던 곳이 있으며 명나라 초기 『신기비보神奇秘譜』라는 악보를 출간하여 전통음악을 집대성한 주권朱權의 묘도 있다. 파양호鄱陽湖를 남창 오른 쪽으로 돌면 무주撫州에는 왕안석王安石이 살던 곳과 기념관이 있다.

무엇보다 인류가 자랑할 수 있는 불후의 희곡을 남긴 탕현조

湯顯祖의 발자취를 무주에서 찾을 수 있다. 송나라 성리학性理學에서 주희와 쌍벽을 이루었던 육상산陸象山의 무덤도 보이고, 파양호 동쪽으로는 우리나라 도자기 발달에 막대한 영향을 준 경덕진景德鎭이 위치한다. 동북부로 더 올라가면 무원婺源이 나온다. 무원은 주희가 태어난 곳이다. 그리고 무원 주위에는 명나라 청나라 시절부터 내려오는 고촌락古村落들이 무수하게 흩어져 있다.

모두 찾아볼 그런 일정이 아니어서 우리는 선택을 강요당한다. 결국 남창을 먼저 본 다음에 구강으로 되돌아와 여산 일대를 유람하고 다시 경덕진으로 이동하여 무원 방향으로 여행을 계속하기로 한 터다. 감강贛江을 먼저 건넌다. 강은 무한武漢에서 보았던 장강보다 폭이 더 넓다. 물줄기도 더 큰 것 같다. 커다란 강에 드문드문 모래섬이 보인다. 감강은 파양호로 흘러들며 거대한 삼각주를 형성하고 있다. 버스는 드넓은 벌판을 달린다. 이모작 모내기가 한창이다. 남창도 깨끗한 도시였지만 도로변도 잘 정리되어 있다. 공기도 맑다. 달리는 버스도 꽤나 고급스럽다. 창 밖에는 습지와 소호沼湖가 곳곳에 보인다. 정말 물의 나라다. 장강이 의창宜昌에서 협곡을 벗어난 다음에 동정호를 지나 구강에 이르러 그냥 퍼져 버린 것 같다.

파양호는 중국에서 가장 큰 호수다. 말이 호수지 바다다. 그리고 다른 나라의 호수처럼 산간의 계곡에 생긴 것이 아니라 평원에 자리잡고 있다. 중국의 장강 중류에 위치한 호수들은 그 자체로 역사가 되어 무수한 변천을 겪어왔다. 마치 그 땅과 물에 살았던 사람들이 역사를 만들고 역사에 시달려 왔던 것처럼 파양호도 또한 자신의 역사를 기록하여 왔다. 파양호는 원래 조그만 호수들 중의 하나였다. 5세기 경까지만 해도 장강 북부에 팽려택彭蠡澤이라는 거대한 호수가 존재하고 있었는데, 장강의 물줄기가 바뀌자 이 호수는 점차 축소되고 장강의 물줄기가 남쪽의 조그만 호수와 겹치며 거대한 파양호를 형성하기 시작하였다. 당나라 때부터 발달한 이 호수는 송대에 이르러 그 규모에서 절정을 이루고 그때부터 팽려택이라는 이름은 사라지고 파양호로 불리게 되었다. 하지만 이 파양호도 감강이 나르는 진흙과 모래로 인해 남쪽 호수는 다시 위축되고 현재는 북쪽으로 호수가 발달되고 있다. 호수는 아직도 역사를 만들고 있는 중이었다.

이와 비슷한 경우를 이미 운몽택雲夢澤과 동정호에서 보았던 터다. 운몽택은 수천 년 전 장강 북쪽으로 한수漢水와의 사이에 존재했던 거대한 호수를 말하는데, 동정호가 남쪽으로 발달하면서 점차 사라지고 현재는 무수한 조그만 호수들과 습지로 변하였다. 어디 이뿐인가. 황하도 지난 수천 년간 산동山東반도를 아래위로 물줄기를 수 차례 바꾸지 않았던가. 현재의 천진天津이 자리한 땅은 옛날 선진先秦시대에는 존재하지도 않았다. 황하의 물줄기가 실어온 진흙과 모래가 새로 만든 땅이 바로 천진이다. 물줄기가 변덕스레 바뀔 때마다 얼마나 많은 사람들이 고통을 겪었을까.

구강도 마찬가지다. 아홉 개의 강이라는 뜻인데 실제로 오래된 기록에서부터 구강이라는 이름이 보인다. 구강이 위치한 지역은 강주江州라도 불리고 또 심양潯陽이라고도 하지만, 구강이라는 지명이 가장 오래된 것이다. 아홉 개의 강 이름은 문헌마다 가지각색이다. 전설에, 황제 우禹가 여산 정상에 올라 무수한 강과 호수를 바라보며 어떻게 저 물들을 다스릴 수 있을까 궁리하였다 한다. 세월 따라 자유자재로 바뀌는 물줄기에 특정한 강 이름이란 의미가 없다. 자연의 힘은 위대하다. 중국은 땅덩어리가 큰 것만큼 산과 평야가 꿈틀거리며 요동치고 있다. 한시도 가만히 있지를 않는다. 사람들은 그 자연의 힘에 맞서 도전하기도 하고 싸우기도 한다. 옛날 우禹는 물을 다스리는데 성공하여 순舜으로부터 제위를 물려받고 하夏 왕조를 열었으며, 지금도 사람들은 장강에 삼협三峽댐을 건설하여 물을 다스리려 한다.

하지만 대체로 중국인들은 자연에 순응한다. 그 거대한 힘에 투쟁하는 것이 아니라 차라리 받아들이며 복종한다. 마찬가지로 역사에도 순응하며 살아갈 뿐이다. 그래서 그런지 중국인들은 도대체 서두르는 법이 없다. 아무래도 한 민족의 문화적 성격은 그들이 살아가는 땅과 기후에 어울리며 만들어지는 것 같다.

우리는 구강의 한 호텔에 여장을 푼다. 여산 안쪽에는 이름난 호텔들이 많지만 한마디로 바가지가 심하다고 해서 여산과는 좀 떨어진 구강 시내로 숙소를 잡는다. 호텔은 자그마하지만 깔끔하다. 배가 고파 먼저 저녁을 찾는다. 물의 나라이니 당연히 물고기 요리를 시킨다. 홍소완어紅燒鯇魚가 일미다. 펄떡이는 생선을 뜰채에 담아와 보여준다. 숭어도 아니고 붕어도 아니고 그 중간쯤 되는 물고기다. 칼집을 내어 튀겨낸 다음 향채를 듬뿍 올려놓았다. 오이도 날것으로 쓸어 올리고 참깨도 약간 뿌렸다. 모양도 일품이지만 맛이 정말 좋다. 이것저것 다른 접시도 주문한다. 중국을 여행하는 재미가 느껴진다. 어디를 가던지 다양하고 푸짐한 일품요리를 맛볼 수 있으니 말이다.

도시의 야경이 아름답다. 시내 한 가운데 커다란 호수들이 있다. 감당호甘棠湖와 남문호南門湖다. 서치라이트가 색색으로 여기저기를 비추어 댄다. 호수 주변의 거리에는 사람들이 소풍을 나와 있다. 한가로이 마작을 하며 저녁을 보내고 있다. 그렇게도 무더웠던 한낮의 뜨거움도 사라지고 여름이 이곳에서는 시원하다.

삼첩천三疊泉

아침부터 서두른 우리는 택시를 타고 삼첩천으로 향한다. 삼첩천이란 삼단으로 떨어지는 폭포를 이름이다. 여산의 시내 관광은 물론 모두 생략이다. 1920년대부터 건설되기 시작한 고령牯岭의 별장촌도 포기한다. 장개석과 송미령이 즐겨 찾던 유서깊은 별장 미려美廬가 아쉽다. 그러나 무엇보다 여산지미재남산廬山之美在南山이라 하지 않았는가. 여산의 진정한 아름다움은 남쪽에 몰려 있다는 말인데, 여산 시내의 볼거리들은 실제로 모두 여산의 북쪽 산록에 위치한다. 한가지 아쉬운 점은 동림사東林寺와 서림사西林寺를 지나쳤다는 점이다. 서림사의 탑이 볼만하다 하지만 그보다도 스님 혜원慧遠이 정토종淨土宗을 일으키고 도연명과도 교유하였다는 동림사를 빠트렸으니 아쉽다.

계곡은 처음부터 험난하다. 골짜기마다 세죽細竹이 무성하다. 왼편 숲 너머 멀리 암산이 보인다. 오른쪽에도 깎아지른 듯한 산들이 나타난다. 올라가는 길에는 무수하게 돌계단이 나타난다.

돌과 바위들을 디디며 걷다가 다시 돌계단을 타며 우리는 계곡을 오른다. 마치 우리나라 외설악에서 비선대를 지나 비로봉으로 올라가는 것 같다. 험한 비탈이나 계곡을 건너갈 때 곳곳에 다리가 보인다. 하지만 설악산과는 다른 점이 있다. 설악산은 험한 곳에 다리를 놓되 모두 강철로 만든 다리들이어서 튼튼하기는 하지만 영 눈에 거슬렸다.

여기는 다리들이 모두 돌이다. 깊은 계곡에 아취형으로 구름이 하늘에 걸려 있듯 멋지다. 다리들이 하나도 아니고 여럿이다. 물론 돌로 만들어 설치하는 것이 힘도 더 들고 시간도 더 걸릴 것이다. 하지만 자연과의 조화가 제일 중요한 것이 아니겠는가.

깊은 계곡에 흐르는 여울들은 조그만 폭포가 되어 연못으로 떨어진다. 모두 밑바닥까지 보이는 투명한 담소潭沼들이다. 거대

삼첩천 계곡 위의 돌다리

한 암석들이 벼랑을 이루고 있는데, 겉으로는 언뜻 하얀빛을 띄고 있지만 자세하게 보면 검은 회색빛이다. 우리의 화강암과는 완전히 다르다. 색깔로 보아 현무암처럼 보이지만 바위들이 층층이 평면으로 갈라져 있는 것을 보니 수성암이나 변성암일 것이다.

철벽정사鐵壁精舍를 지나 천문담天門潭를 통과한다. 이백이 놀았다는 조그맣고 볼품없는 정자도 나타난다. 그리고 거대한 비래석飛來石이 보인다. 더위에 힘이 들어 우리는 계곡으로 내려가 세수를 하며 땀을 씻어낸다. 계곡을 흐르는 물에 물고기가 노닌다. 세로무늬가 있는 조그만 놈들이다. 이렇게 높은 계곡에도 고기들이 살다니. 신기하다.

오른쪽 거대한 벼랑으로 이루어진 산들이 아마도 오로봉五老峰일 것이다. 하지만 우리는 산의 정상을 일목요연하게 볼 수가 없다. 깊은 계곡과 깎아지른 벼랑들만이 눈에 들어온다. 그래서 송나라의 소동파는 읊었던가.

> 옆으로 보니 고개마루 곁을 보아도 봉우리라
> 멀고 가까움 높고 낮음이 모두 한가지가 아닌데
> 여산의 진정한 얼굴은 알 수 없어라
> 다만 인연이 있어 몸이 이 산중에 있으려니[42]

동파의 시구들이 마치 이웃나라 멀리서 온 우리들을 보고서 하는 이야기같다. 인연이 있어 이곳까지 찾아 왔건만 우리는 계

42 | 橫看成嶺側成峰 遠近高低各不同 不識廬山眞面目 只緣身在此山中.

곡에 깊이 갇혀 여산이 어떤 산인지 알 수 없고, 오로지 코끼리 다리 만지는 식으로 일순간의 경치를 즐기고 있다. 여산 하면 이백을 빼놓을 수가 없다. 오노봉을 바라보며 읊은 그의 시를 읽는다. 아마 우리가 지금 걷고 있는 위치쯤에서 읊은 것일 게다.

여산 동남쪽 오로봉
푸른 하늘을 깎아지른 듯 금빛 연꽃이어라
구강의 아름다운 색깔이 모두 모여 맺혀 있는 듯
내 이곳에 구름과 솔나무를 집으로 하여 살리라[43]

얼마나 아름다우면 이곳에 살고 싶었을까. 봉우리가 금빛 연꽃 같다니! 하지만 우리 눈에는 오로봉의 봉우리는 보이지 않는다. 대신에 계곡 양쪽 봉우리를 이어놓은 줄에 사람들이 매달려 있다. 서커스 묘기를 부리고 있는 중이다. 놀란 우리의 눈동자 안으로 산봉우리 대신 곡예사들이 들어온다. 까마득한 높이다. 망원경이라도 있어야 제대로 보일까. 저렇게 높은 곳에서 줄을 타다니. 한 사람이 아니고 두 사람이다. 자전거를 타고 있다. 자전거 위로 올라가기도 하고 눕기도 하며, 어떤 때는 매달리기도 한다. 이태백의 신선놀음은 일순 사라지고 우리는 가슴을 졸이며 하늘만 쳐다본다. 폭포가 가까워지는 모양이다. 멀리서 물이 떨어지는 소리가 난다. 건물들도 보인다. 사람들도 언제 올라왔는지 인산인해다. 참으로 부지런한 사람들이다. 우리도 서둘러 올

43 | 望廬山 五老峰 ; 廬山東南五老峰 靑天削出金芙蓉 九江秀色可攬結 吾將此地巢雲松.

라왔는데 이렇게 사람들이 많다니. 올라올 때 계곡은 그렇게 한적하고 조용하였는데 어디서 그렇게 많은 사람들이 나타났는지. 모두 케이블카를 타고 왔음이 틀림없다. 볼품없는 몇 동의 건물들에서 음식도 팔고 갖가지 기념품과 물건들을 판다.

계단을 내려서니 용담龍潭이다. 용이 놀았다는 연못이지만

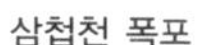
삼첩천 폭포

용은 간데 없고 물놀이하는 사람들만 시끌시끌하다. 조그만 오리 배들이 어른 아이 할 것 없이 태우고 연못을 가득 메우고 있다. 물론 돈을 내고 타는 배들이다. 와글와글 사람들에게서 우리는 눈을 돌린다. 조금 앞으로 전진하니 전면에 거대한 폭포가 나타난다. 물소리가 요란하다. 물들이 부서지는 소리들이다. 폭포는 아득히 먼곳에서 삼단으로 떨어지고 있다. 총 높이가 155m이고 바로 눈 앞의 마지막 폭포는 55m란다. 맨 위의 물줄기가 커다랗게 두 줄기로 나뉘어져 떨어지고 있다.

어디서 흘러나오는 물일까. 폭포 저편 너머로 고원이 있나 보다. 수량이 꽤 되지만 만일 비라도 온다면 무척 웅장하게 보일 것이다. 폭포 밑에는 젊은이들이 옷을 입은 채 떨어지는 물길을 맞고 있다. 시원하지만 아프기도 하겠다. 위험하기도 하고. 멀리 산 밑 계곡의 틈새로 파양호가 아득히 보인다. 경치가 아름답다.

사람들 탓으로 분위기가 혼란스러워 조금 실망스러웠다. 하지만 나도 구경꾼들 중의 한 사람이 아닌가. 그래도 여산의 경치는 이름난 그대로였다. 수천 년간 얼마나 많은 사람들이 여산의 아름다움을 노래하였던가. 여산은 산이지만 실은 중국 사람들에게 산 이상의 어떤 문화적 상징물이라 할 수 있다. 중국에는 문화적 의미를 지닌 산들이 많다. 산서성 오대산, 산동성 태산, 하남성 숭산, 사천성 아미산, 호북성 무당산. 안휘성 황산 그리고 강서성 여산 등등. 산마다 특징이 있다. 예를 들면 오대산은 불교의 총본산이고, 무당산은 도교사원들로 가득하며, 태산은 공자묘당으로 유명하다. 여산은 한마디로 동아시아 은일문화隱逸文化를 대표하는 곳이다. 동진東晉 이래 어지러운 세상을 등지고 무수한 사람들이 이곳에서 숨어살았다. 도연명도 벼슬을 버리고 이곳 여산 북쪽에서 손수 농사를 지으며 빈궁하지만 자족적인 삶을 살았다. 위진魏晉시대는 도가사상道家思想이 크게 발전하였는데 사람들은 청심과욕淸心寡欲, 즉 깨끗한 마음을 지니고 욕심을 없애며 사는 것을 으뜸으로 삼았다. 또한 한창 때에는 여산에는 무려 삼백여 개의 사찰이 있었다 한다. 대부분 19세기 태평천국의 난으로 소실되었다니 안타까운 일이다. 어찌했던 여산은 도교나 불교, 그리고 백록동서원白鹿洞書院의 유교까지 모든 것들이 혼재되어 있지만 그래도 여산은 도가들의 분위기가 더 짙게 풍긴다.

눈 앞의 폭포는 웅장하면서도 아름답다. 오죽하면 '부도삼첩천不到三疊泉 부산여산객不算廬山客—삼첩천에 와보지 않으면 여산의 유람객이라 여기지 말라' 하였겠는가. 호젓한 계곡 사이에서 그리고 깎아지른 듯한 벼랑 밑에서 천길 벼랑으로 쏟아지는 무지개빛 폭포를 바라보고 있으려니 그야말로 신선이 따로 없다. 이곳이 바로 천상의 낙원이었을 것이다. 해서 이백은 읊는다. 이백은 스스로를 신선이라 생각할 정도로 도가에 심취하였던 인물이다.

나는 본래 초나라의 미치광이
봉황새 노래로 공자를 웃었지
손에는 푸른 옥지팡이 짚고
아침에 황학루를 떠났노라
오악에서 신선 찾아 먼 길 마다 않고
일생을 명산 찾아 유람했노라

여산은 남두 별자리 옆에 우뚝하고
병풍이 아홉겹 구름 비단 펼쳐지네
산그림자 맑은 호수에 떨어져
검푸르게 빛나네
금빛 돌문 앞 열리나니 두 개의 봉우리 길고
은하수는 거꾸로 세 개의 돌 대들보에 걸려있네

향로봉 폭포 멀리 보이고
까마득한 절벽과 겹친 봉우리 하늘로 뻗어있네
푸른 그림자 붉은 놀이 아침 해에 비치고
새는 날아도 가지 못하려나 오나라 하늘이 길구나
높이 산에 오르니 웅장한 경치가 하늘과 땅 사이에 있고
커다란 강은 아득하여 흘러가면 돌아오지 않네

누런 구름이 만리라 세상의 색깔을 움직이고
하얀 물결이 강마다 여기저기 설산으로 흐른다
좋구나 여산이 노래하고
절시구 여산이 흥을 돋군다
한가로이 바위거울을 쳐다보니 내 마음 맑아지는데
사영운謝靈運이 놀던 곳은 푸른 이끼에 묻혔도다

일찍이 단약을 먹어 세속인정에 뜻이 없고
화기和氣 삼첩에 도를 처음으로 이루었도다
멀리 바라보니 선인은 영롱한 구름 속에

손에는 부용꽃 꺾어들고 궁전으로 들어서네
신선 한만汗漫은 벌써 이 세상 바깥에서 약속이 있다하니
노오盧敖나 만나 드넓게 맑은 하늘에 놀았으면[44]

이 시가 삼첩산의 폭포를 노래한 것인지 아니면 향로봉의 황암폭포黃岩瀑布를 노래한 것인지는 잘 모르겠다. 우리는 오히려 이 시에서 여산의 문화와 중국의 문화를 읽는다. 혼란스럽고 먼지가 가득한 세속을 떠나 아름다운 자연과 합일하여 세상을 보내며 신선이 되고자 하는 욕망이 시 전편에 철철 넘친다.

초나라의 미친 사람 접여의 이야기는 『장자莊子』의 인간세人間世편과 『논어論語』의 미자微子편에 나오는 인물이다. 접여接與는 본디 이름이 육통陸通이고 자가 접여다. 초나라 사람이다. 천성을 함양하기를 좋아하고 몸소 농사를 지으며 먹고 살았다. 초나라 소왕昭王 때 그는 초나라 정치가 바르지 못함을 보고 이내 거짓으로 미친 체하고 출사하지 않았다. 당시 사람들은 그를 초나라의 미치광이라 불렀다. 공자가 초나라에 갔을 때 접여가 그 주위에 노닐면서 말했다.

"봉황이여 봉황이여, 어찌하여 덕이 쇠했느냐? 올 세상은 의지할 수 없고 가버린 세상은 따를 수 없는 것. 천하에 도가 있으면 성인은

44 | 廬山謠寄盧侍御虛舟 ; 我本楚狂人 鳳歌笑孔丘 手持綠玉杖 朝別黃鶴樓 五岳尋仙不辭遠 一生好入名山遊 廬山秀出南斗傍 屛風九疊雲錦張 影落明湖靑黛光 金闕前開二峰長 銀河倒掛三石梁 香爐瀑布遙相望 迴崖沓嶂凌蒼蒼 翠影紅霞映朝日 鳥飛不到吳天長 登高壯觀天地間 大江茫茫去不還 黃雲萬里動風色 白波九道流雪山 好爲廬山謠 興因廬山發 閑窺石鏡淸我心 謝公行處蒼苔沒 早服還丹無世情 琴心三疊道初成 遙見仙人綵雲裏 手把芙蓉朝玉京 先期汗漫九垓上 願接盧敖遊太淸

이룬다. 천하에 도가 없으면 성인은 삶을 보전한다. 바로 이때는 애를 써야 형벌을 면한다. 복은 날개보다 가벼워도 그것을 잡을 줄 모르고, 화는 땅보다 무거운데 그것을 피할 줄을 모른다. 그만 두어라 그만두어라. 덕으로 사람들에게 임하는 것을! 위태롭고 위태롭구나. 땅을 구분하며 뛰어다니는 것이! 나무가시여 나무가시여! 나의 갈 길을 그르치지 말거라. 내 가는 길 구불구불하더라도 나의 발을 상하게 하지 마라"[45]

초왕은 접여가 현명하다는 이야기를 듣고 사자로 하여금 금 1백일과 수레 두 필을 보내어 '왕께서는 선생님께서 강남을 다스리시기를 청합니다'라고 말하며 그를 초빙하려 하였다. 그러나 그는 웃으며 응하지 않았다. 사자가 떠나자 그는 솥을 걸머지고 아내는 그릇을 챙기고 성까지 바꾼 다음에 천하의 명산을 유람하였다. 계수나무 열매를 먹고 황정자黃精子라는 단약丹藥을 복용하고 촉 땅의 아미산에 숨어 수백 년을 살고 신선이 되었다.[46]

사영운謝靈運(385~433)은 위진시대 처음으로 산수시를 지은 시인이다. 불우한 정치인생을 살다가 죽임을 당하였으나 명산을 유람하며 아름다운 자연을 노래한 수많은 작품들을 남겼다. 중국 회화의 산수화와 더불어 중국시가에서 산수시는 하나의 전통인

45 | 孔子適楚, 楚狂接輿游其門曰 : "鳳兮鳳兮, 何如德之衰也? 來世不可待, 往世不可追也. 天下有道, 聖人成焉; 天下無道, 聖人生焉. 方今之時, 僅免刑焉! 福輕乎羽, 莫之知載; 禍重乎地, 莫之知避. 已乎, 已乎! 臨人以德. 殆乎, 殆乎! 畫地而趨. 迷陽迷陽, 無傷吾行. 吾行郤曲, 無傷吾足." –장자 인간세편.

46 | 이백전집 – 中華書局, 1999, 678쪽 및 莊子今注今譯 – 中華書局, 陳鼓應, 2001, 140쪽.

데 바로 사영운이 그 시초가 되었다. 노오盧敖는 진시황이 불로장수약을 찾아 파견한 사람이다. 노오는 돌아오지 않고 스스로 신선이 되었다는 인물이며, 한만汗漫 또한 이 세상에 살지 않는 전설적인 선인의 이름이다.

이백도 시를 읊으며 스스로 접여와 같은 삶을 꿈꾸고 있다. 실제로 이태백은 제 멋대로의 삶을 살았다. 출사해서 크게 성공할 수는 없었지만 어디까지나 그 자신의 천성 탓이니 어찌하랴. 일생을 여기저기 유배도 당하고 유람도 했다. 중국의 명승지 치고 그의 발자취가 닿지 않은 곳이 거의 없다는 것이 이를 증명한다. 이백은 삼첩폭포만 보고 여산을 떠난 것이 아니다. 여산의 최고봉인 향로봉의 절경도 그를 기다리고 있었다. 한양봉이라고 불리는 이 산의 높이는 1,474m이다. 우리의 소백산 정도의 높이다. 향로봉 일대를 사람들은 보통 수봉秀峰이라 부른다. 우리는 이태백을 따라서 남쪽 수봉으로 이동한다. 여산지미재남산廬山之美在南山이라 했으니 말이다.

수봉秀峰과 황암폭포黃岩瀑布

수봉 가는 길은 포장이 안된 그냥 맨 땅이다. 덜렁거리는 버스를 타고 우리는 창 밖에 눈을 팔며 잘도 달려간다. 왼쪽으로 멀리 파양호를 끼고 내려간다. 주위의 야트막한 산들은 모두 민둥산이다. 속살이 드러나 흙들이 벌겋다. 간혹 식목된 곳이 있어 삼나무 흑송 등이 보인다. 하지만 환경의식이 아직 부족하여 호수 주변의 산들이 마구 채석장 등으로 파헤쳐 있다. 멀리서는 보이지 않았던 것이 가까이 보니 흉물스럽다. 참으로 안타까운 일이다.

수봉은 이름난 관광지여서 입구부터가 다르다. 담장으로 둘러싸인 대문을 먼저 지난다. 벌써 멀리 아득히 향로봉이 보인다. 최고봉인 한양봉이다. 그 앞으로 두 개의 거대한 봉우리가 나란히 앞서 있다. 쌍검봉雙劍峰이다. 산세가 웅장하다. 문 안으로 들어서 계단을 조금 걸어가면 곧바로 문인들의 시를 새겨 넣은 시각詩刻이 나타난다. 한편으로는 누각이 씌워진 비석이 나오는데 관음보살상이 음각으로 새겨져 있다. 지난 1980년대 조성된 것들이다. 본래 이 자리에는 원나라 때부터 내려오는 사찰의 벽화가 있었는데 당나라 오도자吳道子 류流의 걸작품이었다 한다. 모두 문화대혁명 때 망실되었다고 한다. 이곳 고유적지 수봉 일대는 문화혁명의 상처가 곳곳에 보인다. 참으로 안타까운 일이다.

조금 더 올라가니 곧바로 거대한 나한송羅漢松이 두 그루 나타난다. 오백 년 묵은 나무란다. 건너편에 호텔 수봉빈관이 보인다. 색이 바래고 을씨년스럽다. 지나쳐 돌계단을 오르면 주위에 청나라 건륭제가 썼다는 비석도 나오고, 윗편으로는 남당南唐의 마지막 왕이며 이름난 사인詞人이었던 이경李璟이 책을 읽었다는 독서당도 나온다. 그 앞으로는 총명천聰明泉이라는 정자우물이 있다. 그 물을 마시면 머리가 좋아지나 보다. 중국이나 우리나 공부 잘하여 출세하고 싶은 욕망은 똑같다. 그러니 샘물에도 그런 전설적인 바램이 나타난다. 이 자리는 본디 수봉사라는 절터다.

커다란 계수나무 두 그루가 사람의 시선을 압도한다. 이 나무 또한 마당에 심어 놓으면 그 집안에서 장원급제가 나온다는 속설이 있어 학당마다 집마다 이 나무를 심었다 한다. 성문 같은 건물이 나온다. '천암경수千巖競秀 만학쟁류萬壑爭流 인월용담印月龍潭'라는 글씨도 보인다. 천 개의 바위들이 빼어남을 겨루고 만 개의 봉우리에는 다투듯 물이 흘러 용이 사는 담소엔 달이 비친다라는 뜻이다. 가파른 계단을 더 가니 커다란 연못이 나온다. 용담龍潭이다. 사람들도 어지러이 여기저기 보이고 바위마다 글자들이 새겨져 있다. 하여튼 중국인들이나 우리나라 사람들이나 할 것 없이 편편한 바위마당만 있으면 무슨 글자라도 새겨야 직성이 풀리나보다. 이것저것 읽어본다. 용龍, 신룡약공神龍躍空, 청옥협青玉峽, 불인거不忍去, 은하세갑銀河洗甲 등등. 백거이가 일찍이 읊었던 여산 유애사의 고즈넉한 풍경과는 사뭇 거리가 있다.

돌을 즐기며 계곡에 앉았다가
꽃을 찾아서 절을 돌아갔더니
때때로 들리느니 새소리들
곳곳이 모두 물소리이어라(유애사遺愛寺)[47]

와룡교臥龍橋 돌다리를 건너 산으로 올라선다. 폭포와 향로봉을 제대로 보아야 하지 않겠는가. 폭포는 이미 수봉으로 올 때 멀리서도 보였지만 좀 더 가까이 산으로 올라가야 제 모습을 즐길 수 있기 때문이다. 돌계단이 잘 만들어져 있다. 힘이 든다. 케이블카가 있지만 내려올 때 이용하기로 하고 천천히 걸음을 옮기며

47 | 弄石臨溪坐 尋花繞寺行 時時聞鳥語 處處是泉聲.

주위 경관을 음미한다. 먼저 마미폭포馬尾瀑布가 보인다. 삼첩천과 달리 가느다랗고 높은 폭포다. 그래서 말꼬리 폭포인가. 상당한 높이다. 위에서 아래로 암벽을 가르며 흘러내린다.

사람들이 거의 다니지 않는 비탈길을 우리는 계속 오른다. 이 더운 날 참으로 미련한 생각이지만 그래도 경치를 제대로 보려면 발품을 팔아야 하지 않겠는가. 대나무 숲들이 나타나고 바위 틈새 산길은 더욱 가파르다. 드디어 폭포가 보인다. 황암폭포黃岩瀑布다. 앞에서 본 마미폭포보다 더 크고 높다. 대단히 웅장하다. 우리는 걸음을 재촉한다. 황암사黃岩寺에 도달한다. 말이 절이지 덩그러니 문수보살을 모신 탑이 전부다. 하지만 경관이 뛰어나다. 산봉우리들 가슴마다 대나무 숲이 울창하다. 복슬복슬 대나무마다 동글동글 햇빛을 받아 연두빛이 마냥 곱다. 향로봉 밑 고원에도 대나무 숲, 그리고 폭포가 떨어지는 깊은 계곡에도 대나무 숲. 온통 대나무 숲이 우리를 반긴다.

왼쪽 능선 하늘로 향해 여산의 정상인 향로봉이 우뚝하고, 앞으로는 바로 눈 앞에 쌍검봉이 다가선다. 멀리 아래에 마을들이 보이고 논밭과 숲이 있는 구릉들을 건너 파양호까지 펼쳐져 있다. 호수 건너 산들이 아득히 줄을 잇고 있다.

황암폭포가 내려다보인다. 정말로 멋진 폭포다. 거대한 검은 암벽 위로 한 줄기 하얀빛이 하늘에서 떨어지고 있다. 높이는 수백 미터가 될 것 같다. 생각컨대 이백이 읊은 시들은 아마도 황암폭포를 보고 지었음이 틀림없다. 삼첩산을 이야기하며 인용하였던 이백의 시에 삼첩이 나오지만, 그것도 아마 황암폭포에 대한 이야기였을 것이다.

황암 또는 황애黃崖라 불리는 거대한 바위가, 자세히 보면 커다란 바위덩이 세 개가 층층이 횡으로 쌓여 있다. 바로 삼첩이다. 황암폭포가 일명 이백폭포라 불리는 것도 그 까닭일 것이다.

> 향로봉에 해 비치니 는내가 솟아오르고
> 멀리 폭포는 앞 냇물에 걸려 있네
> 날으는 물길 바로 아래로 삼천 척
> 은하수가 세상으로 떨어지는 듯[48]

황암폭포

「여산을 바라보며」라는 시의 첫 수다. 역시 이백다운 표일飄逸함이 느껴진다. 소동파도 제견은하일파수帝遣銀河一派垂라 하였던가. 옥황상제가 은하수 한 줄기를 보내 세웠다니. 아마 이태백을 의식하고 이런 시구를 지었을 것이다. 이백은 계속해서 시를 손 가는 대로 읊는다.

서쪽으로 오르니 향로봉
남쪽으로 폭포가 보인다
걸린 물줄기 삼백 길
우뚝우뚝 봉우리 수십 리
홀연히 번개 떨어지듯
마치 하얀 무지개 피어나듯
처음엔 은하수 떨어지나 놀라고
반쯤 흩어진 구름이 하늘 속으로 숨고
올려다보면 산세가 돌아들어 세차니
장관이로다 자연의 조화여
바닷바람 끝임없이 불어오고
강에는 달빛이 공중에 비추네
공중에 어지러이 물이 쏘아지고
좌우로 푸른 바위를 씻어내는데
날으는 구슬들이 흩어져 가벼운 안개여라
흐르는 물거품은 큰 바위로 뻗치네

48 | 日照香爐生紫烟 遙看瀑布挂前川 飛流直下三千尺 疑是銀河落九天.

내 이름난 산들을 즐기나니
산만 대하면 마음이 더 한가롭고
옥같은 물로 씻고
먼지 묻은 얼굴을 씻어낸다
참으로 머물러 살 곳이로다
오래도록 바라건대 사람세상 떠날진저[49]

백록동서원白鹿洞書院

사람 세상을 벗어나지 못하고 우리는 향로봉에서 케이블카를 타고 벌써 아래 속세에 몸을 담그고 있다. 백록동서원은 소나무 숲 깊숙이 자리잡고 있다. 한길에서 내려 서원으로 들어가는 길은 마치 무슨 절을 찾아가는 기분이다. 아름드리 소나무들도 눈에 띄고 이상한 모양새를 한 나무들도 우리의 눈길을 끈다.

때는 이미 늦은 오후로 접어들고 서원으로 가는 길이 한껏 고즈넉하다. 솔밭길이 끝나는 곳에 너른 마당이 나오고 백록동서원이라고 붉은 글씨가 쓰인 대문이 나온다. 양쪽 옆으로 하얀 벽으로 된 담이 길게 뻗어 있다. 마당에는 그저 조그만 매점 하나만 덩그라니 있고 사람들도 거의 보이지 않는다. 참으로 호젓하다.

49 | 西登香爐峰 南見瀑布水 挂流三百丈 噴壑數十里 欻如飛電來 隱若白虹起 初驚河漢落 半灑雲天裏 仰觀勢轉雄 壯哉造化功 海風吹不斷 江月照還空 空中亂潨射 左右洗靑壁 飛珠散輕霞 流沫沸穹石 而我樂名山 對之心益閑 無論漱瓊液 且得洗塵顔 且諧宿所好 永願辭人間.

백록동서원 정문

이름난 관광지나 유적지라면 수백 미터 이상 요란스러울 정도로 상점들이 늘어선 우리네 풍경과는 사뭇 다르다. 표를 사고 들어선 서원의 경내는 앞으로 길이 죽 뻗어 있고 좌측으로 건물들이 나란히 배열되어 있다.

들어가자마자 첫 번째 건물에 '정학지문正學之門'이라는 글씨가 보인다. 올바른 배움으로 들어가는 문이란다. 사람을 긴장시킨다. 안으로 들어가니 주자사朱子祠다. 건물의 기둥들이 붉은색이 아니고 모두 검은색이다. 특이하다. 안에는 '학달성천學達性天'이라는 현판이 걸려 있다. 배움을 통해 인간의 본성이 하늘과 같아진다는 뜻이다. 하늘과 인간의 리理와 성性이 동일하다는 그의 생각이 드러나 있다. 벽에 걸린 석판에는 주희의 초상이 음각으로 새겨져 있다. 앞마당에는 커다란 두 그루의 계화桂花나무가 잘 가꾸어져 있다. 400년이나 된 것들이라 한다. 주위에는 온통 비문들이다. 서비랑西碑廊이다. 거대한 삼나무 두 그루도 보인다. 옆 건물은 전체가 겹겹이 사합원 양식으로 되어 있다.

돌로 된 패루를 지나 여러 건물을 통과하면 예성전禮聖殿이 나온다. 명나라 1467년에 세운 건물이라니 꽤나 오랜 건축물이

주희상과 만세사표 편액

다. 정면 세 칸에 이층 구조인데 공포도 복잡하지 않고 간단하다. 쇠서가 두 개씩만 달려 있다. 지붕의 곡선이 아주 단조로워 오히려 고아한 멋을 더 풍긴다. 안으로 들어가니 강희제가 직접 써서 내려주었다는 '만세사표萬世師表'라는 해서체 글씨가 커다랗다. 그 아래로 공자 상이 음각으로 새겨져 있는데, 전하건대 당나라 오도자吳道子의 그림이라고 하지만 믿을 만한 것은 아니다.

예성전을 나와 뒤로 돌아가면 성문 같은 축벽 안에 돌로 만든 하얀 사슴이 모셔져 있다. 축벽의 위쪽으로 아담한 건물이 올려져 있다. 사현대思賢臺다. 건물의 공포栱包를 보니 아무래도 송나라 때 양식이다. 고졸하면서도 우아하다. 본래 이 서원은 당나라 789~805년경에 이발李渤이 이곳에 은거하며 사슴을 키우고 또 독서를 즐겼다는 고사에서 유래한다. 남당南唐 940년에 처음으로 이곳에 여산국학廬山國學을 설치하였고, 송나라에 이르러 사액賜額을 받고 서원이 되었다. 주희가 이 지방에서 지사知事를 지내며 서원을 일으키고 직접 강의를 한 이래 백록동서원은 이름을 크게 날리게 된다.

백록동서원은 우리에게도 커다란 의미를 지닌다. 1541년 풍기豐基군수 주세붕周世鵬이 처음으로 영주에 백운동白雲洞서원을 세운 것이 바로 우리나라의 서원의 효시인데, 주세붕은 바로 백록동서원을 본떠 이름을 백운동이라 한 것이다. 우리가 흔히 알고 있는 소수서원紹修書院이 바로 백운동서원이다. 또한 황해도 황주黃州에는 이름이 같은 백록동서원이 존재한다. 조선왕조 오백 년을 지배한 정치적 문화적 힘의 근원이 바로 성리학이요, 그 본원적 근거지의 하나가 바로 이곳 여산에 있는 백록동서원이다.

백록동서원에는 마치 서원의 무슨 절대적인 법규처럼 전해지는 말들이 있다. 모두 주희가 한 말이다. "己所不欲 勿施於人 行有不得 反求諸己-자기가 원하지 않는 것은 남한테도 하지 말라. 행하여도 얻지 못하면 다시 자기를 반성하라." 유명한 말이다. 학문에 정진하는 자세는 또 어떻게 해야 되는가에 대한 답도

사현대

주희 동상

있다. "遁序漸進 熟讀精思 質疑問難 能者爲師－차례를 뒤로 하여 조금씩 나아가라. 책을 깊이 읽고 생각을 모으고 의문나는 것은 묻고 어려운 것은 질문하라. 이를 할 수 있으면 스승이 될 수 있으리라." 모든 말들이 자기 성찰을 담고 있다. 그리고 그 바탕을 이루는 것은 성誠과 경敬이다. 조선의 대유학자 퇴계 이황이 지은 『자성록自省錄』은 온통 성과 경으로 점철되어 있다. 조선의 유학이 중국의 영향을 받았다 하지만 오백 년을 면면히 내려올 수 있었던 것은 그 기초가 사람의 올바른 인성과 자세에 바탕을 두었기 때문이다.

다시 나와 길을 따라 서원 경내를 더 들어가니 근래 지은 것 같은 건물들이 나오고 앞마당에는 주희의 동상이 세워져 있다. 책을 왼 손에 펼쳐 들고 있는 얼굴 모습이 근엄하다 못해 무섭기까지 하다. 꼭 저런 모습으로 상을 만들어야 하나? 뒤편 건물 안에는 사람들이 모여 글씨도 그리고 그림도 그리고 있었다. 한참을 바라본다. 신기하다. 모두 글씨들을 참으로 잘 쓴다.

건물 뒤편으로 커다란 소나무들이 늦은 더위를 가려주고 있다. 서원의 전체 모습은 깊은 산중에 있지만 그래도 살아 있었다. 사람들이 모여 기숙을 하며 공부를 하고, 듣자하니 정기적으로 전국의 유림들이 모여 토론도 하고 배움을 청하기도 한단다. 우리의 소수서원이 그저 박제된 골동품처럼 관광객들에게 겉모습만 휑하니 보여주고 있는 현실과는 판이하다.

햇살이 소나무 숲 사이로 길게 뻗치는 것을 보니 시간이 꽤나 늦었나 보다. 서둘러 나오지만 차편이 없다. 정기차편도 없기에 우리는 하는 수 없이 큰길로 다시 되돌아 나온다. 하지만 큰길에도 버스는 보이지 않는다. 한 시간 이상을 걸어야 마을이 나오는데, 그곳에 가보아야 구강으로 돌아가는 차편이 있는지 확인할 수 있단다. 우리는 터벅터벅 포장도 안된 맨 흙길을 걸어간다. 드문드문 집들이 나타나지만 모두 전형적인 시골 흙집들이다.

왼쪽으로 멀리 여산의 모습이 한 눈에 우람하게 보인다. 산끝에 태양이 걸려 있다. 저녁놀이 여산을 하늘의 그림자로 만들고 바위산 봉우리들이 불타오르는 듯 뾰족뾰족하다. 여산은 평원에 솟아오른 산이다. 그래서 더 하늘로 치솟는 것 같다. 마치 우리나라 영암과 해남에서 쳐다보이는 월출산이나 파주에서 바라다 보이는 북한산 봉우리들같다. 기다란 해가 우리의 그림자까지 길게 늘어뜨리고, 우리는 중국의 어느 한 곳의 머나먼 과거에서 튀어나와 현재의 길을 천천히 걸어가고 있다.

어렵사리 호텔로 돌아온 우리는 언제나 그렇듯이 맛있는 음식으로 하루를 마무리한다. 오늘의 요리는 첫째 취하하醉河蝦다. 보리새우를 닮았는데 색이 새까맣다. 크기도 조그만 새끼손가락만 하다. 움푹 파인 커다란 쟁반에 새우를 가득 담아 내놓는데 그릇에는 물이 아니라 술을 채운다. 술이 술도 아니다. 대단한 호사다. 간장도 더하고 식초도 넣는다. 살아서 꾸물거리는 새우 위에는 향채도 뿌린다. 허 참. 새우들이 술 속에서 헤엄을 치고 있으니 녀석들은 술에 취해 정신까지 몽롱해졌을 것이다. 그리고 우리는 술 취한 녀석들을 날로 먹는 것이다. 술이 요리의 재료가 되니 새우를 술안주로 먹는 것이 아니라 술과 함께 먹는 셈이다. 맛이 상큼하다. 술에 취한 새우와 그것을 먹고 다시 취하는 사람들. 중국답다. 하여튼 천하의 일미다.

둘째 요리는 합리탕蛤蜊湯이다. 우리의 바지락을 닮았다. 기름을 두르기는 하였지만 그래도 국물이 시원하다. 셋째 접시로 곁들인 것은 타초금침고剁椒金針菇다. 육질이 있는 풋고추를 얇게 저미고 가느다란 버섯을 함께 기름에 볶은 것이다. 배가 점점 불러온다. 강주사마 백거이는 장안에서 젊은 시절을 보낸 퇴기退妓와 더불어 흐르는 세월에 몹시 배고파 눈물을 흘렸다는데, 이제는 비파소리 하나 들리지 않고 물의 나라 구강에서 우리는 호식을 하고 있다. 장강의 세월만 깊어 가는 저녁이다.

도연명陶淵明

우리가 여산을 찾은 가장 커다란 이유가 바로 도연명(365~427)의 발자취를 확인하기 위해서다. 여산의 터줏대감은 유람객 이백도 아니고, 이곳에 일시적으로 벼슬을 살았던 백거이도 아니라 여산에 정착하여 정토종을 열은 스님 혜원慧遠(335~416)이나 여산 서북쪽 시상柴桑현에 살은 도연명이다. 혜원과 연명은 서로 만나 청담淸談을 나누었다고 하는데 사실인지 모르겠다. 혜원은 북방의 전란을 피해 381년 이곳으로 내려 왔지만, 도연명은 이미 수대에 걸쳐 이곳에 터를 잡고 살아온 여산의 토박이였다.

날은 아침부터 구름 한 점 없이 맑기만 하다. 아침부터 더운 바람이 주위를 감싸고 있다. 택시를 타고 우리는 목적지로 서둘러 간다. 포장도 되지 않은 시골길을 한참 달린다. 주변에는 온통 논이다. 갓 심은 이모작 벼들이 무럭무럭 자라고 있다. 조그만 대문이 보이고 옆으로 회색의 벽돌담장이 길게 늘어선 건물 앞에서 우리는 내린다. 택시도 돌아가고 주위에는 아무런 기척이 없다. 조용하기만 하다. 대문이 무척 초라하다. 문이 굳게 잠겨 있다. 휴일인가. 도대체 사람들이 있어야 말문을 붙이겠는데 여름의 파란 하늘 아래 오직 우리 둘 뿐이다.

아무도 도연명을 찾아오지 않는다는 이야기다. 인산인해를 이루었던 여산의 삼첩천폭포나 수봉과 비교된다. 그렇다고 먼길을 찾아왔는데 문이 잠겼다고 되돌아갈 수야 없지 않은가. 우리는 담장을 따라 한참 올라간다. 역시나 허름한 담장 한 구석이 약간 무너져 있다. 우리는 담을 넘어간다. 도연명 묘역은 꽤나 넓었다. 일종의 기념관으로 생각하고 만든 것 같다. 도연명의 묘는 원래 청나라 건륭 원년에 조성되었으나 모두 파괴되었다가 1995년에 다시 대대적으로 수리를 한 것이었다. 하지만 관리를 전혀 하지 않나 보다. 잡초들이 무성하다. 드문드문 오죽烏竹 등 아름다운 관상수들이 심어져 있지만 다듬지를 않아 거칠기만 하다.

연명도 나이 41세에 이르러 팽택의 현령을 마지막으로 출사를 접고 고향으로 돌아온다. 지금 우리가 보는 것처럼 그의 고향 옛집도 돌보지 않아 풀들이 무성하였다.

돌아왔구나
전원이 풀로 덮이려 하니 어찌 안 돌아오나
……
어린 놈 데리고 들어서니
술이 잔에 가득
호리병과 술잔을 당겨 혼자 마시고
뜰의 나무를 보며 얼굴이 환하다
남쪽 창으로 기대니 호젓해지고
조그만 방이라도 쉬이 편안함을 알겠네
뜰은 날이 갈수록 멋이 있어지고

도연명 사당 입구

문이야 있어도 빗장이 걸린 걸

……

오른 쪽 물가에서 휘파람 내며

맑은 물 마주하고 싯구를 짓는다

자연섭리를 따라 죽음으로 돌아갈 터

천명을 즐기나니 또 무엇을 의심하리[50]

시인의 환한 얼굴이 눈에 선하다. 마음이 얼마나 새롭고 또 편안하면 이와 같은 시가 만들어질까. 마음을 일체 비우지 않으

50 | 歸去來兮辭 발췌, 405년 41세에 지음, 歸去來兮 田園將蕪胡不歸 …… 携幼入室 有酒盈樽 引壺觴以自酌 眄庭柯以怡顔 倚南窗以寄傲 審容膝之易安 園日涉以成趣 門雖設而常關 …… 登東皐以舒嘯 臨淸流而賦詩 聊乘化以歸盡 樂夫天命復奚疑.

면 불가능한 일이다. 천지조화에 순응하고 결국 자연으로 돌아가 삶을 마치는 것에 아무런 의문이 없는 그런 경지다. 사람은 태어나면 또 죽음에 이른다. 바로 그것이 자연의 이치가 아닌가. 도가道家의 사상이 물씬 풍긴다. 불가佛家에서는 죽음이 잊어야 할 대상이지만 도가에서는 죽음을 하나의 자연현상으로 그냥 받아들인다. 시를 이루고 있는 구절들이 전혀 어렵지가 않다. 그냥 평범하다. 하지만 평이하고 담백한 말속에 진정성이 깃들어 있다. 도연명이 아니면 따르기가 쉽지 않은 그런 멋이다. 북송의 유명 시인인 매요신梅堯臣(1002~60)은, 시에서 도달하기 가장 어려운 것이 바로 평담平淡이라 하였다.

전원으로 돌아온 연명은 그야말로 안빈낙도安貧樂道의 삶을 실천한다. 그리고 궁경躬耕을 즐긴다. 스스로 손에 흙을 묻히며

도연명 묘역

농사를 짓는다는 말이다. 고향의 시골로 돌아온 연명은 귀원전거歸園田居 다섯 수를 짓는다. 그 첫 번째 시를 읽는다.

어려서부터 속됨과 어울린 적 없으니
성품이 본디 산을 좋아하였어라
잘못되어 먼지 그물로 떨어져
훌쩍 삼십 년
철새는 옛 숲을 그리워하고
물고기는 옛 연못을 생각하네
남쪽 들가 거친 땅 일구고
못난 본성 지키려 시골로 돌아왔네
……
뜰에는 티끌 하나 없고
텅 빈집에는 한가로움이 그득
오래도록 새장에 갇혀 있다가
다시 자연으로 돌아왔구나[51]

시인은 왜 이런 궁벽한 시골로 스스로 돌아왔는지, 그리고 그 심경은 어떠한 것이었는지를 하나하나 술회한다. 직접적인 동기는 팽택彭澤의 현령으로 있을 때 중앙에서 파견한 젊은 감독관에게 허리를 굽히기 싫었기 때문이었다. 하지만 그가 고향인 시

51 | 歸園田居 – 少無適俗韻 性本愛丘山 誤落塵網中 一去三十年 羈鳥戀舊林 池魚思故淵 開荒南野際 守拙歸園田 …… 戸庭無塵雜 虛室有餘閑 久在樊籠裡 復得返自然.

상으로 돌아온 것은 불가피한 선택이었다고 본다. 무엇보다 본인이 이야기한 것처럼 세속의 지저분한 것들과 어울리기 싫었고, 그 다음에는 당시의 극도로 혼란한 정치사회에서 위험을 피하고 일신의 안위를 도모하고자 함이었다.

도연명은 대단한 명문호족 출신이다. 계급 중의 최고 지배계급인 사족士族에 속한다. 당시의 사회상을 보면 계급의 구분은 대단히 엄격하여 서로 혼인도 금할 정도였고 사족 출신들은 대대로 통치계급을 형성하여 부귀와 호사스러움을 누리며 살았다. 도연명의 증조부가 되는 도간陶侃은 서진西晉에서 대사마大司馬 지위까지 오른 공신이었다. 도간에 대한 일화는 『세설신화世說新語』에 여러 차례 나온다.

"도공陶公이 젊었을 때 어양魚梁을 관리하는 관리로 있었는데, 한번은 젓갈 한 단지를 모친께 보내 드렸다. 모친은 젓갈을 봉하여 심부름 온 사람에게 돌려주고 답신을 써서 도간을 질책하며 말하길 '관리인 네가 관청의 물건을 보내온 것은 보탬이 되지 않을 뿐만 아니라 오히려 나의 근심을 더하게 만든다'라고 했다"[52]

도간의 어머니는 참으로 대단한 여인이었다. 조조가 세운 위魏왕조는 사마의의 자식들에 의해 진晉 왕조로 바뀌어 있었는데, 당시 사대부들은 백성들을 수탈하여 사치를 일삼는 것이 풍조였다. 그런 사회분위기 속에서도 청렴하게 살아온 도씨 가문의 전

52 | 세설신어-劉義慶, 金長煥 역, 살림, 2000, 하권 129쪽.

통은 범상치 않았다. 도연명이 세상의 속된 일과 어울리지 못하고 귀향하게 된 것은 다 연유가 있었다. 이미 아버지 대에 이르러 가세는 기울어 있었지만 여전히 귀족의 혈통과 가문의 결벽성이 도연명에게도 이어지고 있었다. 더구나 도연명이 살았던 시기는 정치와 사회상이 극도로 혼란하였다. 흉노에 의해 서진西晉이 멸망당하고 강남의 동진東晉이 세워졌으며, 낙양이나 장안 등에서 살던 한족들은 전란과 유목민족의 지배를 피해 남방으로 대거 이주하였다. 우리가 지금까지 객가客家라고 부르는 사람들이다.

동진東晉의 사회는 극히 불안정하였다. 지배계급인 귀족들의 끊임없는 힘 겨루기와 농민들의 반란, 그리고 무엇보다 북방 왕조들과의 전쟁으로 인해 한시라도 평온할 수가 없었다. 귀족들은 지방에 할거하며 농민들을 수탈하였으며, 수시로 군대를 이끌고 중앙으로 진격하여 정권을 다투었고, 그 와중에 무수한 사람들이 목숨을 잃고는 하였다. 결국 도연명 말년에 유유劉裕가 동진을 대신하여 송宋 왕조를 일으키니 바로 유송劉宋이다. 조광윤이 세운 송나라와 구분하기 위해 유씨가 세운 송이라는 뜻이다.

고고한 성품의 도연명이 벼슬을 하기 위해 출사를 하였지만, 눈뜨고 볼 수 없는 그런 정치상황 하에서 목숨을 부지하고 현명한 삶을 선택하기 위해서는 결국 귀향을 하는 수밖에 없었던 것이다. 그리고 숨어 지내듯 농사를 스스로 지으며 삶을 이어간다. 나중에 여러 번 출사할 기회가 있었지만 모두 거절한다. 이미 자신의 삶에 자족하고 있던 그로서는 새삼스레 세상일에 신경을 쓰고 싶지가 않았던 것이다. 그는 살던 곳에 미루나무 다섯 그루 심어놓고 스스로 오류선생이라 하였는데, 어떤 삶을 살았는지는 그가 지은 『오류선생전五柳先生傳』에 잘 나타나 있다. 46세에 지은 명문이다.

"선생은 모른다. 어떤 사람인지를. 또한 자세히 알지 못한다. 그 이름을. 집 주위에 다섯 그루 버드나무가 있어 이를 호로 삼았다. 한가롭고 조용하여 말이 적었고 영화로움이나 이해를 생각하지 않았다. 책읽기를 좋아하였으나 깊이 이해하려 하지 않았고 뜻하는 바 얻는 것이 있을 때면 흔쾌히 끼니도 잊었다. 천성이 술을 좋아하였으나 집안이 가난하여 언제나 술을 얻을 수 있는 것은 아니었다. 친구들이 이런 사정을 알고 때때로 술상을 차리고 그를 불렀다. 마시게 되면 번번이 끝장을 보아 반드시 취하려 하였다. 취하게 되면 물러나니 일찍이 떠나고 머무름에 정을 두지 않았다. 담에 둘린 집 쓸쓸하고 처연하여 바람과 햇빛을 가리지 못하였다. 짧은 옷은 기워 짜집고 그릇은 여러 번 비었지만 마음은 편안하였다. 언제나 글을 지어 스스로 즐기고 자기의 뜻을 나타내었다. 얻음과 잃어버림을 가슴에 두지 않고 이렇게 스스로 삶을 마치었다."[53]

뒤주가 비어 있어 끼니를 걸러도 어찌 그리 마음이 편할 수 있을까. 아무리 노장사상에 심취하고 또 스스로 깨달음에 도달하였다 하더라도 어찌 세속의 욕망에 관심이 가지 않을까. 우리는

53 | 先生不知何許人也, 亦不詳其姓字. 宅邊有五柳樹, 因以爲號焉. 閑靜少言, 不慕榮利. 好讀書, 不求甚解, 每有會意, 便欣然忘食. 性嗜酒, 家貧不能常得. 親舊知其如此, 或置酒而招之. 造飮輒盡, 期在必醉. 旣醉而退, 曾不吝情去留. 環堵蕭然, 不蔽風日. 短褐穿結, 簞瓢屢空, 晏如也. 常著文章自娛, 頗示己志, 忘懷得失, 以此自終.

현대를 살면서 천오백년 전 위대한 시인 도연명의 살아가는 모습과 인생관에 새삼스레 주목한다. 현대 문명이 고도로 발달하였다 하지만 지구의 자원은 인간의 욕망에 의해 고갈되고 있으며, 인류는 자연의 생태계를 오염시키며 파괴시키고 있다. 이로 인한 폐해가 곳곳에 발생하며 무서운 재앙이 부메랑으로 인간들에게 되돌아오고 있다. 시인은 읊는다. "대균무사력大鈞無私力 만물자삼저萬物自森著—우주자연은 사사로이 힘을 쓰지 않고 만물은 절로 성하여 모습을 드러낸다." 맞는 이야기다.

인간은 물론이고 자연의 미물이나 사물들 모두 태어나거나 생겼을 때부터 그것들 자체로 충분함과 자족성을 지니고 있다. 비교하여 좋거나 나쁘거나, 아니면 옳거나 그름의 차별은 있을 수가 없다. 특히 인간은 본래 지니고 태어난 품성을 지키기만 하여도 다 나름대로의 삶을 잘 지낼 수가 있는 것이다. 더 이상 무슨 욕심을 내리오. 도연명은 철저히 인간의 욕심을 경계한다. 지나친 욕심은 화를 자초할 뿐이다. 우리 인간의 문명이 역사적으로 발전을 계속하고 있다지만, 발전이란 과연 어떤 모습이며 또한 무슨 의미인가를 깊게 숙고할 필요가 있다. 인간의 행복이란 과연 문명의 발전과 더불어 더 고양되었는가. 결코 아닐 것이다. 우리가 도연명에게서 배우는 바다.

우리는 천천히 그의 묘소가 있는 곳으로 발걸음을 옮긴다. 경내 한 편에 작은 건물들이 있다. 볼품없는 건물이다. 안에는 도연명의 상이 모셔져 있다. 분위기가 영 썰렁하다. 다시 이동한다. 작지 않은 연못이 나온다. 둘러싸인 석축 안으로 연못이 만들어져 있지만 물도 그냥 흙탕물이고 중국에서 그렇게 흔히 보이던 연꽃 한 잎 볼 수가 없다. 연못을 따라 흙길이 나 있고, 길 끝에 하얀 기둥으로 만든 패루가 우뚝 서 있다. '절고풍청節高風淸'이라는 글씨가 쓰여 있다. 한자의 뜻은 참으로 좋지만 그 글을 담고 있는 패루는 엉성하기 그지없다. 엉터리로 만들 바에야 없는 편이 낫지 않을까. 패루를 지나 계단을 올라간다. 주위에 여름철 잡목과 잡초가 한창이다. 묘소는 조그만 정자 위쪽으로 모셔져 있다. 묘역은 그래도 꽤 넓은 편이다. 평평한 돌들이 마루처럼 깔려 있고 주위는 석축으로 둘러 공간을 확보하고 있다.

묘역 한가운데 봉분이 있는데 구운 벽돌로 쌓은 다음에 그 위로 흙을 모두었다. 정면 중앙의 벽에 '진징사도공정절선생지묘晉徵士陶公靖節先生之墓'라는 글자가 보인다. 봉분 위에는 이름모를 잡초들이 한껏 키를 세우고 있다. 원래 중국인들은 묘에 난 풀이나 나무들을 그냥 버려 둔다. 무어라 탓할 수는 없지만 이런 문화에 익숙하지 않은 우리네 심사는 마냥 불편하기만 하다. 누워 있는 도연명한테 괜스레 미안하게 느껴진다. 하지만 이 모든 것이 도연명 자신이 바라던 것이 아니겠는가. 그가 죽던 해 스스로 지은 「자제문自祭文」은 이러한 사실을 잘 말해준다.

'不封不樹, 日月遂過, 匪貴前譽, 孰重後歌. 人生實難, 死如之何. 嗚呼哀哉!—봉분도 만들지 말고 나무도 심지 말고 해와 달이 그냥 지나가게 하라. 살아서 영예를 귀히 여기지 않았으니 죽어 다시 노래를 듣기 바라겠는가. 사람의 삶이란 정말로 어려운 것인데 죽음이란 또 어떻겠는가. 오호 슬프도다.'

시인은 죽어서 이름을 남기는 것에 전혀 무관심하였지만 그의 뜻과 달리 도연명이라는 이름 석자는 얼마나 천고에 빛이 나고 있는가. 이미 양무제梁武帝년간에 그의 아들 소통蕭統태자가 『도연명 전집』을 편찬한 이래 시성詩聖이라 일컫는 두보를 포함하여 무수한 문인들이 그의 시에 찬탄해 마지 않는다. 그리고 송의 대문호 소동파는 스스로 도연명을 차운次韻하여 숱하게 시작詩作하고 그를 최고 시인의 반열에 올려놓는다. 우리나라도 예외는 아니다. 이미 고려시대부터 도연명은 문인들에게 막대한 영향을 끼친다. 고려 때 최고의 시인들인 이인노李仁老와 이규보李奎報등은 도연명의 시에 대해 화답시를 지었고, 조선조에 들어서도 김시습金時習과 이황李滉 등이 화도시和陶詩을 짓는다.

내 도연명을 사랑하나니
말들이 깨끗하고 순수하구나
늘 줄 끊어진 거문고를 어루만지니
시 또한 그와 같아라
지극한 음은 본디 소리가 없다 했으니
어찌 애써 거문고를 손으로 타랴
지극한 말은 본디 꾸밈이 없다 했으니
어찌 일 만들어 새기고 쪼고 하랴
평화로움은 천연스러움에서 나오니
오래 새길수록 참맛을 알겠네
……
시를 읽으니 그대를 보는 것 같아

긴 세월 높은 절의를 우러러 보리 (이규보, 「독도잠시讀陶潛詩」)[54]

도연명 본인은 무덤에 나무도 심지 말라 했지만 후인들은 괜스레 묘소도 꾸미고 기념관도 세우며 그에게 경배를 드리고 싶어 한다. 우리도 예외는 아니다. 가져온 술을 따르고 절을 한다. 술은 독하지만 향기가 아주 좋은 백주白酒다. 술을 그렇게도 사랑하였던 시인이 아니던가. 무릎을 꿇고 절을 드리며 우리는 한참을 일어서지 않고 엎드려 있다. 강신降神인가. 위대한 시인의 넋이 우리에게 웃으며 손짓을 하는 것 같다. 멀리 구름 한 점 없는 남쪽 하늘 밑으로 여산의 봉우리들이 우뚝하다. 그야말로 유연견남산悠然見南山이다. 그가 52세에 지은 음주 시편 중에서 서문과 함께 두 수를 골라 읽는다. 다섯째 시는 내가 개인적으로 좋아하여 거실에 멋진 행서체로 쓴 족자를 걸어놓고 매일 쳐다보고 있다.

"내가 한가로이 살아 즐거움이 별로 없고 또 밤이 비해 이미 길어지고 있던 때 절로 좋은 술을 얻게 되어 저녁마다 마시지 않은 적이 없다. 그림자 돌아보고 홀로 마시고 홀연히 다시 취하는데 이미 취한 후에 문득 시구 몇 개에 제목을 붙이고 스스로 즐겼던 바 종이와 묵이 꽤나 들었다. 말들이 짜임새는 없지만 멋대로 친구에게 적어라 하고는 이 일로 웃고 즐길진저." [55]

54 | 吾愛陶淵明 吐語淡而粹 常撫無絃琴 其詩一如此 至音本無聲 何勞絃上指 至言本無文 安事彫鑿費 平和出天然 久嚼知醇味 …… 讀詩想見人 千載仰高義.

55 | 余閑居寡歡, 兼比夜已長 偶有名酒, 無夕不飮. 顧影獨進, 忽焉復醉. 旣醉之後, 輒題數句自娛, 紙墨遂多, 辭無詮次, 聊命故人書之, 以爲歡笑爾 ―.

초가집 지어 사람들 틈에 살지만
수레와 말소리는 들리지 않는다오
묻노니 어찌 그럴 수 있느냐고?
마음이 멀어지니 사는 곳도 외지다오
동쪽 울타리 아래 국화를 따다가
문득 남산을 바라보네
산에는 저녁노을 아름답고
새들은 나란히 함께 돌아가는구려
이런 속에 참뜻이 있어
말하고 싶었지만 이미 할 말을 잊었소[56]

가을의 국화가 때깔이 곱구나
이슬을 머금어 꽃부리를 꺾는다
그대 꽃잎은 술에 띄우니
멀어지나니 나요 떠나노니 속세의 정이라
잔이 하나구나 홀로 마셔도
잔이 비는구나 술병이 절로 쓰러지네
날 저무니 짐승들도 쉬고
돌아오는 새들은 숲 따라 운다
동헌 아래에서 으쓱 휘파람 부니
문득 삶의 생기를 다시 찾는다[57]

56 | 음주飮酒 다섯째 수: 結廬在人境 而無車馬喧 問君何能爾 心遠地自偏 採菊東籬下 悠然見南山 山氣日夕佳 飛鳥相與還 此中有眞意 欲辨已忘言.

57 | 음주飮酒 일곱 번째 수 : 秋菊有佳色 裛露掇其英 汎此忘憂物 遠我遺世情 一觴雖獨進 盃盡壺自傾 日入羣動息 歸鳥趨林鳴 嘯傲東軒下 聊復得此生.

俞氏宗祠

江南

찬란했던 明淸의 榮華

01

휘주徽州

늦은 오후에 우리는 경덕진을 뒤로 하고 허름한 장거리 버스에 몸을 싣는다. 구강을 떠나 경덕진에 이르는 길은 잘 닦여진 고속도로다. 하지만 좋은 길과 멋진 버스는 경덕진에서 끝난다. 무원婺源 자양진紫陽鎭으로 향하는 길은 이미 딴 세상이다. 휘주로 가는 길은 이미 과거로 되돌려져 있다. 우리는 나침반을 거꾸로 돌려 시간과 공간을 멀리 휘저으며 거슬러 올라간다. 우리가 만나는 세상은 바로 꿈속에서 보는 별천지이리라. 경덕진에서 이미 어떤 조짐을 발견한다. 경덕진은 며칠 묵어야 하는 곳이다. 도자기박물관이나 옛 가마터 등 찾아볼 곳이 많다. 하지만 아무래도 갈 길이 멀어 한 곳만 들러 보고 서둘러 떠나온다. 경덕진은 도시 전체가 대단히 깨끗하게 단장되어 있다. 중국에서 보기 드문 경우다.

후박나무를 그들은 광옥란廣玉蘭이라 부르는데, 길 옆 가로수들이 온통 후박나무들이다. 잎이 넓적하니 중국 이름이 제격이다. 택시도 새 자동차들이고 거리의 간판이나 건물들이 모두 산뜻하다. 우리는 택시를 타고 옥화당玉華堂과 주변의 가마터를 찾는다. 입구를 들어서자마자 후박나무들이 우리를 반긴다. 긴 담장이 둘러쳐져 있고 흰 벽에 곽말약郭沫若의 휘호가 흘림체로 쓰여 있다. 저쪽 구석으로 몇 개의 도요지 양식이 보인다. 일반인들을 위한 일종의 체험도요지다. 우리나라에서 주로 사용된 방식인 용요龍窯도 있고, 다른 방식인 마제요馬蹄窯와 호로요葫蘆窯도 보인다.

옥화당은 청나라 가경嘉慶년간 1796~1800에 지어진 것이다. 원래 민간의 씨족 사당이었다가 현재는 그 기능을 잃고 도요지를 기념하는 명원明園에 흡수되어 오가는 사람을 맞이하고 있다. 건물 앞 벽에 대문이 있는데 그 위에 일종의 패루를 만들어 놓았다. 대문 겸 패루 겸 동시에 벽의 기능을 하고 있다. 처음 보는 건물 양식이다. 바로 휘주 양식이 아닌가. 안으로 들어서니 월량月梁이 거대하다. 중국인들은 휘어진 대들보나 천장의 기둥들을 모두 월량이라 부른다. 초승달이나 그믐달이나 모두 허리가 휘어져 있으니 바로 그런 모습을 한 들보들이다.

건물을 가로지르는 들보와 기둥이 교차하는 곳에는 어김없이 작체雀替가 보인다. 작체는 우리의 보아지라 할까. 우리의 건축에서는 쇠서(牛舌)가 크게 튀어나와 보아지가 별로 발달하지 않았다. 작체는 기둥과 기둥이 어긋나는 직각 부분에서 기둥의 틀어짐을 방지하고 역학적으로도 버팀목의 기능을 하는 건축부재다. 하지만 옥화당에서 보이는 작체는 그런 건축상의 기능보다 시각적으로 대단히 아름다운 모습을 보여주고 있다. 입체적 목각이다. 섬세한 공예품이다. 대들보에 새겨 넣은 목각들도 모두 금빛으로 칠해져 있다. 이층으로 눈을 돌리면 현기증이 느껴질 정도로 찬란한 목각들이 우리의 눈을 앗는다. 난간 기둥이나 들보나 갖가지 무늬와 사람들이 새겨져 있다. 눈앞이 현란하다.

건물은 전형적인 사합원四合院 풍이 남방식으로 변형되어 발전된 천정원天井院이다. 훌륭한 건물이나 유감스럽게도 안에는 도자기 골동품상이 자리잡고 온갖 자기를 진열하고 있다. 우리도 경덕진 방문을 기념으로 홍유병紅油甁 하나를 산다. 푸른빛이 옅게 감도는 붉은색의 멋진 도자기다. 조선의 도자기는 명대 이래의 청화백자와 순백색의 백자가 주를 이룬다. 이와 달리 중국에는 다양한 색을 적용한 자기들이 특히 청대에 들어서서 고도로 발달한다. 홍유도자도 그런 자기의 하나다. 높이가 20cm는 실히 되는 자기여서 여행길에 어떻게 지니고 다닐까 걱정도 되었지만, 언제 다시 우리가 이곳을 방문할 수 있을까 하는 생각이 들자 주저없이 돈을 지불한다.

건물 밖으로 나오자 한편에는 도자기를 만드는 곳들이 줄지어 보인다. 도공들이 아직도 물레를 돌리며 진흙을 만지고 있다. 도자기를 굽던 가마터들도 보인다. 오른편으로는 커다란 건물이 나오는데, 명청시대의 옛 관요官窯를 완벽하게 복원한 진요鎭窯라 한다. 진요의 양식은 용요龍窯와 반도염요半倒焰窯를 종합한 것이라 하는데, 용요는 우리의 가마처럼 기다랗게 비탈을 타고 만들어진 양식이다. 왼쪽으로는 커다란 정원을 만들어 놓았다. 연꽃이 흐드러진 연못 옆으로 기다란 회랑이 설치되어 있다. 사람들이 거의 보이지 않고 우리들만 한적한 곳을 거닌다. 사람이 없음은 아직 중국인들이 볼거리를 찾아 이곳저곳 다닐 만큼 형편이 여유롭지 않은 탓이다. 육각정자도 만들고 태호석도 설치하고 꽤나 신경을 쓴 곳이지만 마냥 호젓하기만 하다.

버스는 험한 길을 잘도 달린다. 계곡이 험하다. 길의 양편으로 제법 산들이 가파르고 높다. 지금까지 우리가 여행한 곳은 장강을 끼고 발달한 화중평원이었다. 장강의 하류 쪽으로 접근하고 있지만 장강의 남동쪽 복건성이나 절강성은 실제로 산들이 더 많은 곳이다. 이미 강서성 동북쪽에서 우리는 점점 깊은 산골로 들어서고 있다. 휘주의 중심에는 그 유명한 황산(1,864m)이 있지 않은가. 휘주의 첫 종착지이며 옛 모습이 가장 훌륭하게 보존되어 있는 자양진 무원으로 우리는 달려가고 있다.

휘주는 현재 존재하지 않는 행정구역이다. 하지만 사람들은 아직도 휘주라는 말을 즐겨 쓴다. 휘주는 이미 하나의 고유명칭이 되었다. 휘주는 하나의 문화현상이며 중국을 대표하는 여러 역사문화의 하나다. 휘주라는 지역의 풍물과 사람들, 그리고 그것들에 얽힌 문화와 역사의 흔적들, 현재까지도 보존되고 유지되고 있는 문화유적과 관습은 고대 중국의 영화와 번영을 상징하고 있다. 황하 이북 산서성의 평요고성에서도 느꼈듯이 마치 꿈속에서나 볼 수 있는 그런 아름다운 곳을 우리는 장강의 남방에서 찾아가고 있다.

행정구역상으로 휘주부徽州府는 당나라 중엽 때부터 설정되어 명청 시기까지 내려온다. 흡歙, 휴영休寧, 이黟, 무원婺源, 기문祁門, 적계績溪 등 여섯 현으로 이루어져 있다. 현재 행정구역으로 보면 무원은 강서성 동북부에 위치하며 상요上饒시에 속한다. 다른 다섯 현들은 모두 안휘성 남쪽 끄트머리에 위치한 황산시黃山市에 포함되어 있다. 지리적으로 보면 우선 휘주의 중앙을 관통하는 신안강新安江이 있다. 이 강은 동쪽으로 흘러 부춘강富春江과 합쳐지고 다시 항주杭州를 지나 황해로 흘러 들어간다.

서쪽으로는 대공수大共水가 기문祁門을 끼고 흘러 경덕진을 거치며 창강昌江을 이루어 하류에서 요강饒江에 합쳐진다. 남쪽으로는 무수婺水와 무계수武溪水가 합쳐 자양진紫陽鎭 무원婺源을 흐르는데 이때 이름은 성강星江이라 한다. 이 강은 다시 낙안하樂安河가 되고 나중에 요강饒江에 합쳐지며, 이 모든 강들은 결국 파양호鄱陽湖로 흘러들어 장강長江에 연결된다. 북쪽으로는 중국에서 명산으로 손꼽히는 황산黃山이 있고, 남쪽으로는 백제산白際山 줄기가 기다랗게 뻗어 있다. 전체적으로 보면 왼쪽 오른쪽 모두 험한 산맥들에 둘러싸인 일종의 분지라 할 수 있다. 하지만 그 안을 흐르는 강들이 결국은 산을 넘어 왼편에서는 장강으로 통하게 되고, 오른편에서는 강남의 요충지인 항주지역으로 맞닿게 된다.

휘주의 산세와 들판들은 마치 우리나라의 경상북도와 흡사하다. 면적도 경상남북도를 합쳐놓은 정도의 크기다. 강원도처럼 산들이 빼곡이 들어차지는 않았지만 그렇다고 평지를 찾기도 쉽지 않은 곳이다. 사람들은 결국 자기들이 살고 있는 곳의 땅과 물의 기운을 받는다. 휘주 사람들도 마찬가지다. 척박한 곳에서 생존을 위해 그들은 장강 중부와 하류의 도시들로 진출한다.

"대체적으로 이미 동진東晋시대 이래 휘주인들은 멀리 타향에서 장사를 해왔다. 명청시대에 이르러 휘상들은 전통적인 상품인 차, 죽竹, 자토瓷土, 생칠生漆 등 지역특산물과 휘묵, 흡연歙硯, 징심당지澄心堂紙, 왕백현필汪伯玄筆 등의 문방사보文房四寶는 물론이고, 그외에도 소금, 전당典當, 포布와 해외무역 등 여러 가지 사업을 하였으니 그들의 발자취는 안으로는 산간벽지에 이르고 밖으로는 일본이나 동남아 등지까지 미쳤다. 휘주인들은 장사를 제일의 생업으로 하였으니 흡현의 소금상, 휴영의 전당업, 무원의 목재상, 기문의 차상 등 모두가 거액의 부와 뚜렷한 지역 특성으로 그 이름이 높았다. 명청시대에는 '나라에 열 개 보물이 있다면 휘상들이 세 개는 가지고 있다' 했으니 신안新安 상인들의 재력은 떠오르는 해와 같았고, 환남皖南의 황산 백악 일대에는 한 때 인문문화가 크게 일어나고 산천 풍물이 사방으로 화려해졌다. 휘주의 문화는 그야말로 전에 볼 수 없었던 휘황한 시절을 맞이하게 되었다. 신안이학, 휘주박학, 신안화파, 휘파판화, 신안의학, 휘극, 휘채, 휘파분경盆景과 휘파건축 등 여러 문화현상과 유파들이 일어났으니 중국의 수많은 지역문화 중에서도 아주 독특한 위치를 점하고 있다."[58]

명이 여진족인 청에게 패망당하고 나라를 내주었지만 청나라의 통치자들은 아주 현명한 군주들이었다. 마치 로마제국 초기의 훌륭한 황제들처럼 강희, 옹정, 건륭제들은 모두 중국의 역사상 손꼽히는 위대한 황제들이다. 그들은 외래민족이었지만 기존 중국의 체제를 파괴하거나 손상시키지 않았다. 북경의 자금성조차 있는 그대로 그들의 황성으로 사용하고, 한족의 사대부와 지식인들을 그대로 흡수한다. 이런 면에서 명말에 수준 높게 꽃피어나던 문화와 경제는 단절없이 그 발전가도를 달리게 되고, 청조에서 역사상 전무후무할 정도의 최대 번성기를 맞이한다.

58 | 鄕土中國 徽州 – 王振忠 지음, 三聯書店, 2000, 10/11쪽.

이러한 사회적 문화적 특이성에 주목한 미국인 역사학자는 휘주를 중심으로 당시의 시대상을 그리고 있다.

"12세기에 토지에 대한 압력이 증가하면서 휘주의 농업은 급속히 상업화되었다. 내다 팔 상품을 생산하도록 자극받았던 것이다. 차가 그중 하나다. 명초에 말차抹茶에서 잎차로 취향이 바뀐 것도 휘주의 차 생산에 일조했다. 말차는 찻잎을 갈아 가루로 만든 것이며, 가루를 적당한 덩어리로 압축해서 상하거나 썩지 않고 잎차보다 운반도 용이한 차병差餠으로 만들 수도 있었다. 명초 장난지방의 엘리트는 말차를 선호했지만 평민은 잎차를 선호했다. 홍무제도 개인적으로 잎차를 좋아했고 공납품도 잎차만 올리도록 했다. 이 결정에는 부분적으로 말차 징수를 둘러싼 각종 부패를 방지하려는 의도가 깔려 있었다. 휘주는 이런 변화로부터 이익을 얻었다. 휘주의 잎차는 양쯔강 상류의 다른 지역들이나 하류의 연안지역에서 생산된 차보다 더 빨리 남경·항주·소주같은 인근의 차 시장 중심지나 차 소비지로 운반될 수 있었다. 하지만 휘주 상인을 명대 최고의 부자 대열에 올려놓은 것은 차 교역이 아니라 개중법開中法이었다. 휘주 상인은 변경에 곡식을 공급하고 소금 전매권을 얻었던 것이다. 1492년부터 곡물수송 요역을 은납銀納으로 대체하게 되자 휘주 상인은 이문이 좋은 (해안가 염전에서 가까운 양주 도성 안에 근거를 두고) 소금 전매를 한층 더 강력히 지배할 수 있었고, 당대 최고의 부상富商으로 손꼽히게 되었다."[59]

59 | 쾌락의 혼돈, 중국명대의 상업과 문화－Timothy Brook, 이정 옮김, 이산, 2005, 171쪽.

우리는 휘주의 산간 내륙지방을 여행하면서 현재 낙후된 오지라 할 수 있는 산골짜기에 여기저기 나타나는 촌락들과 그 특이한 풍물에 놀라게 된다. 그리고 그 안으로 들어서면 다시 한번 그들의 높은 예술문화에 찬탄을 금치 못하게 된다. 어떻게 산간 골짜기에 이런 문화유적들이 산재해 있을까 하는 의문이 생긴다. 휘주 상인들은 바깥 지방에 진출하여 거상이 되고, 그들은 말년에 금의환향을 한다. 모든 휘주 상인들은 반드시 고향에 돌아가 이름을 빛내고 그 부를 자랑스럽게 표현하는 것이 소원이었다.

이런 연유로 그들이 태어나고 자라난 산간지방인 휘주에는 도시에서도 보기 드문 멋진 저택과 화려한 장식품들이 등장한다. 그런 집들이 어우러진 마을은 통상적인 농촌의 촌락 수준을 넘어서는 특이한 문화공동체를 형성하게 된다. 거대한 중국의 부를 손아귀에 쥔 그들이 거금을 쏟아 부으며 만들어 놓은 문화유산들은 현재의 우리들이 보아도 감탄을 금할 수 없을 만큼 위대하고 거창하면서도 섬세한 예술적 품격을 자랑하는 것들이다.

02

휘주徽州 무원婺源

무원은 동아시아, 아니 동양의 숨겨진 진주였다. 중국의 개방 후에 수많은 지역이 관광지로 개발 내지 소개되었으나 많은 외국인을 비롯하여 내국인들조차 대도시 중심으로 중국을 이해하고자 한다. 하지만 중국의 또 다른 진정한 모습들은 내륙의 시골구석에 깊숙이 자리잡고 있다. 무원은 그런 곳들 중의 하나다. 무엇보다 사람들의 발길이 뜸하고 관심도 적어서 옛날부터 내려오는 원형의 유적들이 다행스럽게 고스란히 잘 보존되고 있다.

무원은 행정구역상으로 강서성 상요시上饒市에 속한다. 인위적 행정구역 재편이므로 커다란 의미가 없다. 현재 자양진으로 불리고 있으며, 면적은 약 3,000km²로 우리나라 충청북도의 반 정도에 해당하는 너른 지역이다. 지리적으로는 오초분원吳楚分源이라 하여 고대 이래 오와 초의 경계에 해당되는 곳이다. 휘주 자체가 커다란 분지를 이루고 있지만, 무원 역시 그 안에 다시 분지를 형성하고 있다. 서쪽으로는 오고첨五股尖(1,619m), 장산鄣山(1,630m), 북쪽으로는 고호산高湖山(1,117m), 오룡산五龍山(1,469m), 동쪽으로는 석이산石耳山(1,260m), 천당산天堂山(1,167m) 등이 무원을 둘러싸고 있다.

주위가 모두 산들이니 무원은 명청 고건축군들 이외에도 빼어난 자연경관을 자랑하고 있다. 그들은 무원팔경이라 하여 고산평호高山平湖, 심담수조深潭垂釣, 녹수범주綠水泛舟, 호탄표류虎灘漂流, 강령풍광江岭風光, 용미연산龍尾硯山, 제운인가梯雲人家, 오초분원吳楚分源 등 여덟 가지 경치를 내세운다. 우리말로 하면 높은 산 너른 호수, 깊은 못에 낚시질, 푸른 물에 돛배, 험한 계류 타기, 강과 산들의 아름다운 경치, 용미연이 나오는 산, 구름 두른 인가들, 옛 오와 초의 경계선이라 할까. 무원에는 또 사고풍운四古風韻이라 하여 명청 고건축, 영암고동군靈岩古洞群, 고수명목古樹名木, 고문화古文化를 꼽는다. 사색四色도 있으니 녹차綠茶, 홍리어紅鯉魚, 용미연, 강만설리江灣雪梨를 일컫는다. 홍리어는 붉은 잉어다. 명말 여무형余懋衡이 만력년간에 나이가 들어 귀향하자 신종이 하사하였다는 전설이 내려온다.

우리는 동문대교東門大橋 옆에 붙어 있는 빈강빈관濱江賓館에 짐을 푼다. 오래되었지만 깨끗하고 아담한 건물이다. 읍내를 관통하여 흐르는 성강이 한 눈에 내려다 보인다. 안내서와 지도를 쳐다보니 자양진 읍내에는 막상 볼만한 것이 없다. 거리는 한산하기만 하다. 자동차가 거의 보이지를 않는다. 택시도 없다. 오토바이가 드문드문 나타나는데 바로 그들이 운송수단의 하나다. 미니버스가 공용버스인데 그나마 자주 다니는 것 같지가 않다. 교통수단이 이렇게 열악한데 충청도 반만한 크기의 너른 지역에 분산되어 있는 촌락들을 어떻게 찾아다닐까. 결국 우리는 호텔의 안내를 받아 내일부터 승용차를 대절하기로 한다. 값이 만만치가 않지만 그 길이 최선이다. 일정을 잡는다. 무원 지역을 샅샅이 보고 싶지만 쉬운 일이 아니다. 한 곳 한 곳 짚어보니 열 곳을 훌쩍 넘어선다.

1. 이갱李坑 : 고건축군, 소교유수小橋流水, 이문통李文通의 대부제大夫第
2. 왕구汪口 : 유씨종사兪氏宗祠
3. 강만江灣 : 소강대종사蕭江大宗祠
4. 상하효기上下曉起 : 고건축군, 계류溪流, 고장古樟, 대부제, 영록제榮綠第, 강씨江氏사당
5. 연촌延村 : 고건축군
6. 사계思溪 : 고건축군, 경서당敬序堂
7. 청화진淸華鎭 : 채홍교彩虹橋, 물레방아, 뗏목, 송대 다리
8. 진두진鎭頭鎭 양춘고희대陽春古戲臺 : 명대 건물, 방가方家종사
9. 절원浙源, 홍관虹關 : 용천탑龍天塔, 묘씨杳氏종사, 고건축군, 담천우詹天佑 조옥祖屋, 고장古樟과 홍두삼紅豆杉
10. 타천沱川 리갱理坑 : 고건축군, 여씨余氏종사
11. 용산龍山, 갱두坑頭 : 이십리 도계桃溪, 종사, 고건축, 송대 모란牧丹

이갱李坑 – 소교유수인가小橋流水人家

빗방울이 간간이 떨어지고 있는 아침에 동문대교를 건너는

사람들이 모두 우산을 쓰거나 우의를 입고 있다. 하루종일 돌아다녀야 하는데 잔뜩 찌푸린 하늘이 우리를 걱정스럽게 한다. 대절한 차량의 기사가 우리를 맞이한다. 삼십대 초반의 젊은 기사다. 짙은 회갈색 승용차다. 읍내 거리를 통과하여 첫 목적지인 이갱으로 향한다. 읍내거리는 아침인데도 조용하고 한산하다. 도대체 바쁘거나 시끄러운 모습이 없다. 길은 그래도 포장이 되어 있어 다행이다.

이갱은 전형적인 시골 촌락이다. 주위에는 얕은 산들이 둘러쳐지고 너른 들판에는 벼가 한창 자라고 있다. 드문드문 커다란 나무들이 보이고 들판 한 가운데는 개천이 흐른다. 그리고 그 옆에 마을이 있다. 멀리서 바라보이는 마을의 모습을 처음으로 보는 순간 우리는 즉각적으로 이상한 나라의 이상한 시대로 거슬러

이갱 주위의 개울

이갱의 마을 모습

들어섰음을 깨닫는다. 별나게 보이는 촌락만 아니라면 주위의 풍광은 우리의 산 많고 물 좋은 시골과 다름이 없다.

세상은 온통 풀과 나무로 초록 빛깔인데 마을은 흑과 백이 어우러져 있다. 초록바탕의 캔버스에 흑백이 강렬하다. 벽은 하얗지만 군데군데 회벽이 벗겨졌는지, 아니면 이끼가 꼈는지 검은색이 나돌고 지붕은 경사가 작아 테두리만 검게 보인다. 우리의 지붕이나 처마와는 거리가 멀다. 가까이 다가서니 무슨 성채 같은 집들이다. 문이 거의 보이지 않는 벽은 무척 높기만 하다. 일견 거부감이 느껴지는 구조다. 외부인의 접근을 허락하지 않는 듯하다.

마을에 들어서니 중앙 한 가운데로 개울이 흐른다. 폭이 꽤 넓다. 양편으로 돌벽이 세워지고 둑방 대신에 청석으로 잘 포장된 도로가 있다. 도로가 바로 인도다. 도로 옆으로 집들이 잘 정렬되어 있다. 개울에는 거룻배도 보인다. 강남에는 도처에 운하가 발달되어 있는 줄을 알겠지만, 동네 한 가운데에도 개울이요, 운하기능을 하고 있다니 중국인들의 실용성에 다시 놀라게 된다. 그러고 보니 개울 위에는 무수한 다리들이 놓여 있다. 커다란 석판이 걸쳐져 있다. 나중에 보니 동네 골목마다 다시 조그만 개울이 흐르고 그 위에는 돌로 만든 다리, 나무다리 등이 수없이 걸려 있다. 그 중에는 통제교通濟橋라는 아취형의 제법 멋진 돌다리도 있다. 개울은 그냥 개울이 아니라 수로이며 식수를 공급하고, 동시에 하수구이며 빗물을 내보내는 배수구인 동시에 빨래를 하는 곳이다. 곳곳에 개울로 내려가는 계단이 설치되어 있다. 배도 타고 빨래도 하려면 개울로 향하는 통로가 있어야 하는 법이다.

특이하게도 마을의 도로들은 모두 청석青石으로 포장되어 있다. 옛날에 마을의 도로를 모두 돌로 포장한다는 것은 쉬운 일이 아니다. 옛 로마가 돌로 다듬어 도시와 길을 포장하기는 하였지만 어지간한 부와 노력이 없이는 가능한 일이 아니다. 포장에 쓰인 돌들은 모두 청석이라 하는데, 변성암인 견운모편암絹雲母片岩인 것같다. 일정한 두께로 결을 따라 잘 쪼개지므로 나무판재처럼 사용하기가 좋다. 어떻든 이 청석은 이갱뿐만 아니라 무원 그리고 휘주의 모든 마을에서 사용되고 있다.

개울 옆 도로를 따라 올라간다. 집들이 비슷비슷하다. 사람들이 살고 있다. 관광지라 하지만 언뜻 발을 들여놓기가 망서려진다. 하지만 대부제大夫第에 이르러 우리는 활짝 열려진 집안으로 들어선다. 사람은 살고 있지 않는 것 같다. 휘주 일대의 고촌락들에는 대부제란 이름이 붙은 집들이 많다.

대부제란 특정한 집의 고유명칭이 아니다. 한자 '제第'란 집 또는 저택을 뜻한다. 대부제란 대부 이상의 벼슬을 한 사람이 살았거나 살고 있는 집이란 의미다. 집안에서 누가 벼슬을 한다는 것은 가문의 영광이다. 해서 대부제라는 이름을 대문에 걸고 집안 내력을 자랑하는 것이다. 이갱의 대부제는 청나라 함풍咸豊년간(1851~61)에 지은 집이다. 당시 종오품從五品인 봉직대부奉直大夫를 지낸 이문통李文通이 살던 곳이다.

옆에 다닥다닥 나란히 붙은 집들보다 규모가 약간 크다. 하지만 형편없이 퇴락한 모습은 똑같다. 가운데로 대문이 휑하니 뚫리고 앞 벽에는 오로지 조그만 창이 두 개 있다. 측면은 거대한

대부제

성벽처럼 높다랗게 올려져 있고, 맨 위는 마두장馬頭墻이다. 벽은 모두 하얀색이지만 벗겨져 속살이 드러나 거뭇거뭇한 색이 긴 세월의 풍상을 전해주고 있다. 겉모습만 보기에는 을씨년스럽기만 하다. 발을 안으로 들이자 네 개의 검은 기둥이 우리를 감싼다. 현관이다. 바닥은 물론 청석이다. 나서면 주위 양옆이 모두 방이다. 중국인들이 상방廂房이라 부르는 것이다. 우리말로 한다면 그냥 곁방 정도가 될까.

하지만 조그만 방들인 상방 벽이 모두 문으로 되어 있는데 이게 보통이 아니다. 중국인들은 이를 격선문隔扇門이라고 부른다. 문이라고 해서 우리처럼 무슨 격살무늬에 종이를 바른 그런 것들이 아니라 통나무를 두터운 판자로 만들고 그것을 조각으로 새긴 것들이다. 서양에서 말하는 부조浮彫 정도가 아니다. 부조는 다만 평면적이요 돋을새김에 불과한데, 이곳의 조각은 보다 더 입체적으로 파고 들어간다. 고개를 들어 들보(橫梁)를 바라보니 이 또한 온통 부조다. 들보와 주기둥 간에는 작체들이 보이고 그 또한 모두 조각품들이다. 머리가 어지럽다. 이층의 난간들도 모두 나무를 둥글게 깎아 만든 것들이지만 난간을 이어가는 나무들 사이의 버팀목 등 모든 목재 부재들이 조각으로 수가 놓여져 있다.

상방 하나의 벽만 보자. 벽 아래는 기초석들이다. 조각이 되어 있는 돌들이다. 그 위로 네 개의 세로 방향의 직사각형 문들이 연결되어 벽을 이루고 있는데 여러 부분으로 나누어져 있다. 여섯 개 정도의 부분인데, 맨 아래에는 판자 조각이고, 다시 그 위의 조그만 판자에 부조가 새겨져 있다. 그 위가 중간 부분으로 우리나라 격자무늬 문틀 형식이다. 하지만 격살무늬가 아니고 대단히 복잡한 무늬와 기하학적 장식으로 만들어져 있다. 섬세하기 그지없다. 그 위에 다시 커다란 각목이 지나가고 그 위에 다시 새로운 무늬의 문이 달려 있다. 그리고 그 위로는 목재로 된 벽이 이어지고, 그 위로 휘어진 들보(월량月梁)가 나온다. 물론 들보는 멋진 조각들이 가득하다.

지금껏 설명한 문구조의 벽들은 실제로 문 기능을 하고 있지 않는다. 그저 조각품으로 된 방벽이다. 이러한 문들은 벽의 기능을 하지만 실제로 중국 건축문화의 특징인 공간분할을 위한 도구다. 휘장이나 주렴은 말할 것도 없고 대표적인 공간분할도구가 바로 병풍이다. 그러므로 병풍에 수나 그림을 그려 넣는 것처럼 격선문 또한 아름다운 조각으로 치장되는 것이다.

집은 전형적인 천정원天井院이다. 중국의 전통적 기본구조인 사합원을 바탕으로 하였지만 남방의 기후와 여건에 맞게 변형된 것이다. 천정원이라는 이름이 붙은 것은 무엇보다 사면의 벽을 성벽의 보루처럼 높게 쌓아 올리고 그 안에 사방으로 방을 설치하고 중앙에 마당공간을 만든 다음에 위쪽으로 그에 상응하는 하늘 공간을 두기 때문이다. 보통 두 가지 양식이 주를 이룬다.

먼저 삼간三間 양탑상兩搭廂이 있다. 이는 대문 입구의 벽면에는 방을 짓지 않고 대문과 맞보는 쪽을 정중앙으로 하고 그 좌우에 상방을 설치하는 구조다. 물론 이층 구조가 주를 이룬다. 또 하나의 방식은 대합식對合式 천정원이다. 대문이 있는 벽 즉 정방형의 맨 아래 부분에다가 지붕을 올리고 방도 들인다. 맞보는 쪽이 물론 정중앙이고 그 좌우로 상방을 설치하는 구조는 동일하다. 양옆의 벽면은 높이 올리고 그 벽에 기대어 지붕을 한 면만

얹고 아래에는 상방이 들어선다. 앞과 정중앙 당옥堂屋이 있는 곳 위에는 정식으로 지붕을 올리고 용마루를 얹는다. 물론 양옆에 추녀마루나 합각마루는 없다. 높은 벽이 대신한다. 우리의 건물처럼 겹처마가 아니고 홑처마다. 물받이를 대고 있다. 사각형 구조이니 커다란 건물의 무슨 원형 돔처럼 사각형 하늘이 이채롭다. 왜 이런 특이한 구조를 가진 건축물이 발달하였는지 일견 의문이 든다. 먼저 기본 건축양식인 사합원이란 무엇일까.

"중국 건축의 단위는 기본적으로 원자院子(마당, 중심공간)를 둘러싸며 구성된 한 조組 또는 여러 조의 건축군으로 되어 있다. 이 원칙은 몇 천년간 채용되어 오면서 배치의 중요한 한 방식이 되었다."[60]

"사합원 식의 주택형식은 담으로 둘러싸야 되는 것이다. 건물을 사용하는데 실이 부족할 때는 양측의 담에 무랑廡廊을 덧붙여 짓고 당의 동서에 상방廂房을 더 지음으로써 점점 사합원으로 형성되어 갔다. 더 확충할 경우는 사합원의 배치를 한번 더 반복하였다. 한대漢代에는 이 같은 사합원식 주택이 완전하게 발전하였는데,… 주택의 개인적 성격은 일찍부터 강조되어 개인의 생활을 남에게 보이기를 바라지 않았다. '집의 담 높이는 남녀의 예를 구분하기만 하면 된다'고 하는 것이 바로 그것이다. 주택의 바깥은 반드시 담에 둘러싸여 있어서 뜰을 만들고, 다른 한편으로 다른 사람이 개인의 생활을 엿보는 것을 방지

60, 61, 62, 63 | 화하의장華夏意匠(중국고전건축의 원리) – 이윤화李允鉌 지음, 이상해 외 옮김, 시공사, 2000, 173, 115, 116, 117, 118, 174쪽.

하였다.”[61]

“중국의 역사는 오랫동안 불안하고 동요된 상황에 처해 있었으므로 건물을 설계할 때 방위성防衛性이 한층 강조되었다. 건물의 외장外牆이나 주위의 담은 안전을 위한 것이며, 문창門窓 역시 주변의 담에 달아서 임의로 열 수 있는 것은 아니었다. 따라서 채광과 통풍의 임무를 진 뜰은 없어서는 안되는 것이었다. 가령 건물이 중앙에 위치하고 주위에 담을 친다면, 토지의 사용이 경제적이지 못한 동시에 공사량도 대단히 증가한다. 그래서 사합원의 배치가 장기간 존속하였으며, 다른 형태로 바꾸려는 생각을 하지 않았다.”[62]

“원院을 중심으로 한 건축군 조직 방식이 중국 고전건축의 중요한 형식으로 발전한 최대 원인은, 원과 같은 성격의 공간이 모든 사람에게 필요하다는 점에 있다. 원은 실외환경과 실내환경의 과도적 성격을 지닌 것으로, 생활 중에 인간의 사상과 감정이 이같은 과도적 성격의 환경을 요구하게 되었던 것이다. 따라서 원은 중국 고전건축 평면조직의 중요한 내용이 되었고, 건축설계의 목적은 분명히 성격이 다른 두 공간을 만들기 위한 것 같다. 하나는 지붕이 있고 사방이 막힌 실내 공간이며, 하나는 사방이 둘러싸였지만 지붕이 없는 실외 공간이다. 이 두 공간은 제각기 성격이 다른 활동들에 대한 요구를 만족시켜 주었다.”[63]

중국의 건물들은 어떻게 보면 논리가 정연하다. 거의 예외없이 대칭구조를 이루고 있고, 또 사합원 양식을 바탕으로 하고 있다. 사합원의 기본단위는 일진一進 삼간三間인데 큰 규모의 건축이라면 이진, 삼진, 그리고 다섯 칸, 일곱 칸 등 배수로 얼마든지 확장할 수 있다. 마치 상자를 쌓듯이 말이다. 우리나라의 경우는 신라나 백제 등 삼국시대의 사찰들에서 그 영향을 볼 수 있다. 대칭구조가 많이 보인다. 하지만 이는 일부일 뿐 고려를 거쳐 조선에 이르기까지 우리의 건물배치 방식은 중국인의 기준으로 보면 혼란스럽기 짝이 없다. 한마디로 제멋대로인 것이다. 이러한 자유로운 배치구조는 물론 주어진 지형이나 미적 감각이 상이한 데서 비롯된다. 우리의 미감은 물 흐르듯 자연그대로 그냥 놓아두는 것이기 때문이다.

천정원 구조에서 가장 중요한 곳이 바로 당옥堂屋이다. 맞은편 벽 정중앙에 위치한다. 그 벽은 태사벽太師壁이라 부른다. 태사벽 위 들보에는 통상적으로 멋진 편액을 건다. 그 밑에 책상과 의자를 두는데, 그 의자를 태사의太師椅라 칭한다. 모두가 대칭형으로 배열된다. 이곳에는 값비싼 가구들이나 장식물이 놓여진다. 촛대나 화병 등이요, 좌우로는 멋진 족자가 내걸리기도 한다. 이곳은 가족들이 화합을 위하여 모이는 곳이요, 손님을 접대하는 공간이기도 하고, 동시에 가장 중요한 행사인 결혼식을 치르거나 제사를 지내는 곳이기도 하다.

당옥 좌우로는 와실臥室이라 하여 보통 침실이 배치된다. 이층에도 방이 구성되는데 이곳은 보통 물건이나 곡식을 쌓아두는 곳으로 쓰이나 가족구성원이 많으면 방으로도 활용된다. 이층에는 정방형으로 난간이 둘러 있다. 앞으로 "약간 휘어져 나와 있는데 이를 미인고美人靠라 한다. 여인들이 난간에 기대어 휴식을 취하기도 하고 중앙의 빈 공간을 통해 달도 보고 또 아래층에서 외부인들이 드나드는 것도 보고 한다."[64]

우리가 현재 쳐다보고 있는 대부제는 약간 변형된 양식이어서 이층의 한 벽면을 터고 난간을 외부로 만들었다. 아주 특이한 구조로 휘주 일대에서는 좀처럼 보기 드문 경우다. 일층과 이층을 연결하는 들보에는 감탄이 절로 나올 만큼 가지가지의 조각이 새겨져 있다. 퇴락하여 나무마다 검은색이 감돌고 있지만 수백 년 풍상을 꿋꿋이 견뎌온 그 기개가 은연중 느껴진다.

동네를 중앙의 개울을 따라 거슬러 올라간다. 양옆으로 골목들이 나온다. 천정원 집들이 다닥다닥 붙어 있고 창문 하나 없는 벽 사이로 좁은 골목이 거미줄처럼 뻗어 있다. 간혹 실개울이 나타나고 그 옆으로 다시 천정원 집들이 나열되어 있다. 동네 한가운데는 신명정申明亭이라는 정자가 보인다. 이층 사각정으로 청대 양식이다. 추녀가 하늘 높이 굽어져 올라가고 있으니 말이다. 신명정은 동네마다 있는 것으로 명태조 주원장이 만든 제도다. 매월 초하루나 보름에 동네사람들이 모여 공동의 일을 처리하는 곳이다. 일종의 자치기구 회의 장소다.

동네 골목 이리저리 발걸음을 옮긴다. 아직도 현대문명의 찌꺼기에 물들지 않은 곳이다. 개울에서 빨래하는 사람들이 보인다. 이끼가 곳곳에 보이는 것을 보니 물이 지저분하지 않다는 이야기다. 동네 한 편에는 이지성李知誠이 살았다는 허름한 고댁古

64 | 향토중국 휘주, 49쪽.

宅이 있고, 그 주변의 정원에는 돌벽으로 둘러쳐진 연못이 있다. 무원의 명물이라는 붉은 잉어들이 놀고 있다.

이갱李坑은 북송 때 만들어진 촌락이며 남송 시절 장원급제한 이지성이 살았던 곳이라 한다. 이씨 집성촌인 셈이다. 대나무로 만들 문살이 인상적이다. 주위에는 8백년이 되었다는 자미수紫薇樹가 꽃을 피우고 있다. 자미수란 배롱나무의 중국 이름이다. 가지 하나가 벼락을 맞았는지 꺾여져 죽어 있다. 이끼가 가득한 나무의 기둥이 천년 세월을 이야기해 주고 있다.

왕구汪口 유씨종사俞氏宗祠－강남 제일사江南 第一祠

먼 길 여행을 떠난 이후 우리는 호북·호남·강서·삼성을 돌면서 끔직한 더위에 시달려 왔다. 무한의 습하면서도 푹푹 찌는 더위는 견디기가 쉽지 않다. 섭씨 35를 넘는 것은 통상적이고, 어떤 때는 39도 40도에 이르니 가히 살인적인 더위다. 우리나라 팔월 더위와는 비교가 안된다. 대륙에서 안으로 깊숙이 들어온 내륙지방이라 그럴 것이다. 어떻든 무원에서의 발걸음은 마냥 가볍다. 후드득 빗방울이 사람들로 하여금 우산을 찾게 하지만 우리는 하늘의 비를 그냥 받아들이며 편하게 돌아다닌다. 흐린 날씨와 빗줄기가 여간 고마운 게 아니다. 승용차는 얼마 달리지 않아 강만진江灣鎭 왕구촌汪口村에 도착한다. 차는 곧바로 유씨종사 대문 앞에 멎는다. 바로 옆이 매표소다. 대문 앞의 너른 땅 너머에는 커다란 개울이 흐르고 있다. 푸른 물이다. 완전히 반월형으로 동그랗게 굽어져 흐른다. 개울이 마치 안동 하회마을처럼 올챙이머리 모양으로 빙 둘러 흐르고 그 안에 촌락이 자리잡고 있다. 들판과 물이, 그리고 멀리 산들이 어우러진 경관이 병풍의 산수화요, 우리나라 금수강산과 다를 것이 하나도 없다.

우리는 유씨종사 대문을 쳐다보는 순간, 숨이 멈춤을 느낀다. 거대한 솟을대문이다. 색들이 바래 있다. 검디검어 기괴한 모습이 우중충하게 흐린 날 우리를 굽어보고 있다. 먼 동화의 나라에서 귀신들이 사는 동네의 대문같다. 도대체 무슨 문이 저렇단 말인가. 그냥 대문이 아니라 온갖 장식이 복잡하게 어우러져 있고 전체 모습은 잘 짜여 균형을 이루어내고 있다. 고대 속의 장엄함이 느껴진다. 정면에서 바라보이는 문은 실제로는 중국식 솟을대문이 아니라 패루 형식을 빌린 대문이다. 기와를 얹은 지붕이 삼층으로 되어 있고 지붕은 팔작지붕 형식이다. 지붕의 곡선은 청대 양식이어서 추녀가 한껏 올라가 있다.

추녀마루에는 잡물도 보인다. 대문의 가구架構는 전체적으로 삼층에 다섯 칸이지만 드나드는 문 자체는 세 칸이다. 지붕의 중앙에 하얀 바탕에 행서체로 '유씨종사'라고 쓴 커다란 현판이 달려 있다. 흰 바탕이라 눈에 강하게 들어온다. 문을 이루고 있는 주 기둥의 상단은 월량月梁 즉 비스듬한 반월형의 들보가 한차례 건너 가로지르고 다시 약 1미터 위로 직선의 커다란 대들보가 걸려 있다. 그 위에는 우리처럼 공포가 설치된 것 같은데 자세히 쳐다볼 수 없다. 월량에는 부조가 새겨져 있고, 기둥과 월량 사이는 조그만 작체가 달려 있다. 월량과 대들보 사이는 문자 그대

유씨종사 정면

로 조각의 파노라마다. 우리처럼 회칠한 벽 등으로 공간을 채우는 것이 아니라 거대한 크기의 판재나 목재가 자리를 메우고 이를 온갖 형식의 조각기법을 동원하여 아름다운 공예품으로 수를 놓았다.

옆벽에서 설치된 간이문을 통해 안으로 들어선다. 천정원 구조다. 이진二進 다섯 칸 삼층 형식이다. 양옆에는 천정원 특유의 거대한 벽으로 막았고, 벽의 꼭대기는 물론 마두장으로 마감되어 있다. 벽에는 유랑遊廊이 붙어 있어 반 편의 지붕이 내려서고 그 아래로 나란히 서있는 기둥 옆의 공간이 통로 구실을 한다. 중앙의 하늘이 보이는 곳의 바닥은 넓게 청석이 깔려 있다. 일반 천정원과 다르게 면적이 꽤 크다. 문중의 수많은 사람들이 모이는 곳이라 넓어야 하리라.

대문의 안쪽을 쳐다본다. 바깥쪽에 비해 공간이 확보되어 있다. 대문의 모습도 검은색 일변도가 아니라 나무의 갈색이 많이 보존되어 있다. 우리는 대문의 모습이 너무 아름다워 한참이나 고개를 돌리지 못한다. 두 해전에 방문했던 소주蘇州의 강남정원 망사원網師園의 대문이 생각난다. 망사원의 대문과 지붕은 모두 전조磚雕 즉 벽돌로 만들어진 것이었다. 당시의 무늬와 조각 그리고 전체적인 문의 균형미에 얼마나 찬탄하였던가. 오늘 우리는 그 대문보다도 더 정교하고 복잡하고 또 멋진 균형미를 갖춘 대문을 눈앞에 두고 있다. 지붕을 넓고 웅장하게 올린 건물구조 즉 가구架構도 망사원에 비해 그 규모가 더 크다.

그뿐인가. 공포를 올려가며 나오는 쇠서 또는 살미첨차도 촘

도리와 들보의 결구마다 조각이 되어 있다

촘하고 정교하기가 이를 데가 없다. 쇠서는 우리 건축에서도 역학적인 기능에 장식적인 요소를 가미하고 있는 건축부재다. 하지만 이곳 유씨종사의 쇠서들은 이미 역학기능은 감추어지고 오로지 외관적으로 드러나는 미적 기능만을 중시하고 있다. 가운데 생취교훈生聚敎訓이라는 한자가 새겨져 있다. 자손의 안녕과 대대손손 번영을 희구하는 뜻이다. 바깥이나 안쪽이나 마찬가지로 월량과 대들보를 포함하여 그 가운데 있는 나무들이 모두 조각이다. 그리고 그 양쪽 끝으로도 모두 아름다운 공예품들이다.

서양에서의 부조(relief)는 그냥 돋을새김이다. 그러나 목재를 깎아 만든 이곳의 조각들은 단순히 부조라 할 수 없다. 서양의 의미 그대로의 부조는 물론이고 투조透彫(앞뒤가 뚫린 것), 심부조深浮彫(안을 파내어 조각품을 드러나게 하는 것) 등등 여러 가지 양식과 기법이 총동원되었다. 조각의 대상들은 당초무늬와 같은 여러 가지 무늬, 수많은 화초, 갖가지 상서로운 동물, 그리고 역사상의 숱한 인물들이다.

예를 들어 월량과 대들보 사이의 공간에는 커다란 두 마리의 봉황, 그리고 여덟 명의 선인들이 노니는 모습이 새겨져 있다. 삼국지에 나오는 여포가 싸우는 장면도 있다. 도대체 나무를 어떻게 다루면 저렇게 자유자재로 조각을 만들 수 있을까.

뒤돌아 다시 건물의 정면을 향한다. 마당 건너 향당享堂이 깊숙이 자리잡고 있다. 일반 가정에는 그 자리가 당옥堂屋이지만 종사 건물에서는 향당이라 부른다. 양쪽 유랑의 기둥과 그 기둥을 잇고 있는 들보와 또 지붕처마 공간에는 엄청난 조각들이 새겨져 있다. 건물을 이루고 있는 모든 건축부재가 조각이다. 기둥을 받치고 있는 주춧돌과 그 위의 받침돌부터 시작해서 기둥과 들보 사이의 우퇴牛腿, 그리고 그 위 모든 것들이 조각이다.

조각으로 퍼즐놀이를 하는 것 같다. 간간이 인물의 머리 부분이나 우퇴의 용조각 일부 등이 훼손되어 있다. 틀림없이 문화대혁명 기간에 손상되었을 것이다. 안타까운 일이다. 그래도 전체적으로 보존상태가 양호하다. 화조와 물고기, 정자나 누각, 각종 신화와 전설 등이 새겨져 있는 것이 인생과 세상자연의 파노라마다.

향당 쪽으로 발을 옮긴다. 첫 번째 공간에서 만나는 편액이 향현鄕賢이다. 푸른 바탕의 편액이 이채롭다. 그 다음이 부자주사父子柱史, 맨 마지막 안쪽에 인본당仁本堂이라는 편액이 보이고 옆

향당의 영정들

에는 도학명가道學名家, 옆벽에는 발공拔貢 등의 편액이 걸려 있다. 조각의 아름다움에 현혹되어 우리는 잠시 이 건물이 씨족의 사당임을 잊고 있다. 유씨종사는 문자 그대로 유씨兪氏 가문의 종사宗祠다. 유씨라는 성은 고대 전설의 왕인 황제黃帝 때 명의名醫였던 유부兪跗가 시조라 하며, 춘추시대의 유명한 유백아도 선조란다. 백아는 종자기와 함께 '지음'이라는 고사의 주인공이다.

유씨 일족은 동한 말 황건적의 난을 피하여 강남으로 내려온 하나의 객가客家다. 황건적의 난은 우리가 즐겨 읽는 삼국지 초두에 나오는 장각의 난이다. 유씨들은 이곳에 터를 잡고 대를 이어 벼슬아치를 배출하였고, 이 사당은 청나라 중엽에 조의대부朝議大夫를 지낸 유응륜兪應綸이 건륭 9년(1744)에 건립한 것이다. 이를 입증하듯 벽 한 면에는 송나라 이후 원나라 명나라 청나라를 거치며 벼슬을 한 조상들의 이름들이 벼슬의 내력과 함께 한참이나 기다랗게 나열되어 있다. 가문이여 영광 있으라!

우리나라에서도 집안에 제사지낼 때마다 몇 대조 할아버지가 무슨 벼슬을 하고 무슨 공적을 세웠다 하는 식의 덕담을 나눈다. 이곳 유씨종사에서도 씨족들이 모이면 절로 이런 벽면에 새겨진 내력을 보고 읽게 될 터이고, 자연스럽게 가문과 혈통에 자긍심을 지니게 될 것이다.

종사는 어떻게 생겨나고 또 무슨 목적으로 쓰였을까? 종사는 그 기능 면에서 우리나라의 종가 사당과 흡사하다. 우리의 사당은 집안 배치도에서 가장 뒤쪽 후원의 측면에 짓는 것이 보통이다. 그리고 돌담으로 둘러싸고 그 폐쇄된 공간 안에 조상의 위패들을 모신 일자형의 단순한 건물이 자리잡는다. 그리고 이곳은 언제나 굳게 잠겨 있고 연중 제사를 지낼 때만 종손의 손에 의해서 열린다. 신성불가침의 성역인 셈이다.

"일반 서민이 조상 제례를 행하는 별도의 장소는 사당祠堂이라 불렸다. 청대에 이르자 전국 곳곳에 무수한 사당이 들어섰다. 청대 옹정제는 '성유광훈聖諭廣訓'에서 사당의 기능에 대해 이렇게 밝히고 있다. '가묘를 세워 제사를 올리고, 가숙을 설립해 자제를 가르치며, 의전을 두어 가난한 자를 돕고, 족보를 만들어 먼 일족을 연결한다-立家廟以廟蒸嘗, 設家塾以課子弟, 置義田以贍貧乏, 修族譜以聯疏遠.' 여기서 말하는 가묘란 사당이다. 사당의 첫째 기능은 조상에 제사 지내는 것으로, 이를 통해 조상을 받들고 일족을 거두는 목적을 달성한다. 가숙을 설립하고 의전을 두며 족보를 만드는 일은 종족의 임무로, 흔히 사당을 통해 이루어진다. 오늘날 각지에서 볼 수 있는 사당의 안이나 곁에는 일족의 사숙과 학당이 딸려 있기 십상이다'"[65]

"종족제도는 사당에 여러 가지 기능을 부여했다. 그리고 사당은 기능의 실현을 위해 필요한 장소를 제공했다. 사당의 가장 중요한 기능은 조상제례로, 이를 위한 공간은 상당히 넓었다. 남방의 절강성 안휘성 강서성 등지의 사당은 대부분 중국 전통의 합원식合院式 건축물로, 주요 건물은 중축선 위에 들어서 있다. 즉 맨 앞에 대문, 가운데는 향당享堂, 맨 뒤에는 침실이 자리하고 대문과 향당, 향당과 침실 사이에는 각기 뜰이 놓이며, 뜰 양편에 곁채가 더해져 하나의 건축군을 형

65 | 중국고건축 이십강中國古建築 二十講-루경서樓慶西 지음, 삼련서점三聯書店, 2001, 81쪽.

성한다. 여기서 향당은 조상제례를 거행하는 곳이고, 침실은 조상의 위패를 모셔두는 장소이다."[66]

"이곳에서는 음력 2월과 8월, 해마다 두 차례에 걸쳐 조상에 제를 지낸다. 의식에 앞서 조상의 위패를 모셔두는 침실의 신감神龕 앞에 탁자 세 개를 나란히 늘어놓는다. 탁자 위에는 향안香案과 촛대가, 신감 양쪽에는 돼지와 양 한 마리씩이 놓인다. 제사는 일족 중에 가장 덕망 높고 재산 많은 사람이 주관하고 미리 지정한 십여 명이 그를 보조한다. 규정상 제사에 참여하는 사람은 수재秀才 이상의 지위를 지녀야 한다. 돈으로 학력을 산 사람도 참석할 수 있지만, 책을 가까이 해본 적 없는 사람은 나이가 지긋해서야 함께 할 수 있다. 오전 중에 중청中廳의 칸막이 문을 열어 젖혀 침실과 연결하고 의식을 시작한다. 제사를 주관하는 사람이 신감에 향을 피운 뒤, 여러 일족과 함께 조상의 신위 앞에 엎드려 절하고 술을 올리며 제물을 바친다. 이 때 한 사람은 따로 제문을 읽는다. 이와 같은 과정을 잇달아 세 번 되풀이하는데 이를 각각 초헌 아헌 종헌이라 한다. 삼헌이 끝나면 종이돈을 태우고 제물을 치운다. 제사에 참여한 일족들은 이쯤에서 일단 흩어졌다가, 정오에 다시 사당으로 돌아와 음식을 나누며 즐긴다"[67]

"사당은 대대로 종가의 맏아들이 맡아 관리하고 다른 자식에게 나누어 갈라져서는 안된다. 훼손된 곳이 있으면 곧 수리하고, 쓸고 닦아

66, 67, 68, 69 | 중국고건축기행-리우칭시 지음, 이주노 옮김, 컬쳐라인, 2000, 148, 149, 150, 151, 152쪽.

깨끗이 하며, 엄격히 닫아걸어 조상을 뵙는 일 외에 함부로 여닫아서는 안된다. 사당에 들어오는 자손은 의관을 해야 하며 돌아가신 조상의 신위가 위에 있으면 웃거나 이야기하거나 빨리 걸어서는 안된다."[68]

중국의 책자들에서 인용을 하며 읽고 있다 보니 중국의 책이 아니라 마치 우리나라 어느 문중에 관한 이야기를 서술해 놓은 것 같다. 우리의 유교문화라는 것이 그 구체적인 행동강령과 규범에서도 얼마나 중국의 영향을 철저히 받았는지를 짐작할 수 있다. 그러나 중국의 사당은 우리와 달리 씨족 사회의 공회당같은 다기능을 지니고 있는 공공장소였다. 어떻게 보면 우리의 사당과는 비교가 안될 정도로 열려진 곳이었다.

"강서성 무원 왕구촌에는 무원 제일이라는 유씨종사가 있다. 유씨 일족은 매년 초마다 이곳에서 조상에 대한 제사를 성대하게 치르는데, 여기에 새봄맞이 오락 활동을 결합했다. 즉 제사 외에 초롱에 수수께끼 문답을 써넣는 징미燈謎놀이나 연극 공연을 행하면서, 남녀노소가 다 같이 참여해 떠들썩하게 즐기는 가운데 조상을 숭상하고 일족의 일체감을 더하게 했던 것이다. 이러한 예는 다른 여러 지역에서도 널리 퍼져 있다. 종사에 연극무대가 등장한 것은 이런 이유로, 무대는 보통 뜰을 사이에 두고 향당을 마주하는 대문 안쪽에 세워졌고, 향당과 양 곁채는 관람석이 되었다."[69]

향당 안으로 들어가면 맨 마지막 안쪽 벽에는 커다란 화상이 두 개 걸려 있다. 조상들의 초상이다. 아래도 책상이 놓여 있고 촛대들이 늘어서 있다. 제사를 지내는 곳이다. 양쪽 유랑이 끝나는 곳의 기둥 위로 다시 공포가 설치되고 지붕이 점점 높이 올라가 삼층을 이룬다. 공포는 물론이고 반우퇴와 작체, 그리고 들보와 들보 사이의 조각들이 현란하다.

고개를 들어보니 하늘이 보인다. 그러니까 대문과 향당 사이에 마당과 텅 빈 하늘이 있고, 그 다음의 맞은편 건물과 맨 안쪽 향당 사이에 다시 천정원 형식의 공간과 건물이 배치되고 하늘이 다시 보인다. 그러니까 사면이 둘러싸인 공간에 건물이 정방형으로 두 번 배치되는 셈이다. 이진二進이다. 향당을 두르고 있는 앞 건물의 천장은 궁륭이다. 지붕의 추녀와 추녀 사이는 물론 처마가 힘을 버티고 있다. 홑처마다. 그러나 지붕 아래 안쪽의 천장은 둥글게 궁륭으로 되어 있다. 아취형의 천장이다. 우리나라에서는 볼 수 없는 양식이다.

향당 위의 천장은 그냥 보통 형식으로 서까래로 지붕을 받치고 있다. 지붕을 높이기 위해 대들보 위로 기둥을 세워 들보를 지르고 다시 기둥을 세우기를 세 차례 되풀이한 것이 그대로 눈에 보인다. 목조의 결구를 그대로 드러내 보이고 그 구조목재들을 모두 조각을 치장한 것이 매우 이채롭다. 구석구석 어느 한 곳이라도 소홀함이 없이 아름다움이 넘치는 건물이다. 현대에 이르러 저런 건물을 지어라 하면 아무래도 불가능할 것이다. 비용도 비용이지만 건축과 조각을 할 수 있는 예인들이 어디 있을까?

건축과 예술품은 모두 시대의 반영이다. 우리는 유씨종사 하나만 보아도 명청시기의 휘주 일대가 얼마나 부에 넘치고 문화가 고도로 발달된 곳인지를 절실하게 깨닫게 된다. 명말 그리고 청초 강희 · 옹정 · 건륭 등 세 황제의 전성기는 찬란하고도 위대한 문화의 시대였던 것이다. 왕구촌의 고건축들을 생략하고 다음 행선지로 발걸음을 재촉한다. 떠나는 우리의 머리에 동아시아의 유교문화는 예술적 측면에서 과연 무엇이었던가 하는 생각이 길게 여운을 드리운다.

강만江灣 소강대종사蕭江大宗祠

빗줄기가 제법 굵어진다. 빗속을 헤치며 우리는 강만에 이른다. 강만은 무원팔경 중의 하나인 강만설리江灣雪梨, 즉 맛있는 배로 유명한 곳이란다. 찾아간 곳은 소강대종사다. 산기슭에 휑하니 건물들이 들어서 있다. 건물 옆으로 뻗어난 산에는 커다란 교목과 대나무 숲이 울창하다. 거대한 고목들도 눈에 띈다. 이미 유씨종사를 본 뒤여서 우리는 소강대종사의 거대한 대문을 대하고도 담담히 쳐다본다. 유씨종사의 대문처럼 역시 다섯 칸에 삼층으로 된 패루 형식의 대문이다. 팔작지붕의 구조로 되어 있다. 지붕의 추녀 기울기가 상대적으로 완만하지만 어딘가 짜임새가 부족하다. 안으로 들어서니 마당의 공간이 무척 넓다. 앞으로 보이는 향당 건물도 이층 지붕으로 되어 있고, 용마루도 극히 간략하게 되어 있다. 옆으로 둘러친 벽 위는 물론 마두장으로 처리되어 있다. 건물의 들보와 들보 사이, 그리고 기둥과 기둥 사이에는 마찬가지로 목재로 공간을 처리하고 또 작체를 붙였다. 작체가 유난히 길게 기둥 아래로 내려지고 있다. 향당 위의 천장은 궁륭의 서까래로 되어 있고, 서까래를 바쳐주는 기다란 도리들과 이를 버텨주는 들보나 기둥들이 모두 조각 예술품들이다.

소강대종사는 강희제 때 1714~17년간에 지은 것이라 한다. 강씨 가문의 종사다. 거의 말이 없는 기사가 한 마디 한다. 현재 당 주석인 강택민의 성씨가 바로 같은 본이란다. 참고로 강택민은 할아버지가 양주에 거주하였고, 그곳에서 태어나 상해로 나와 학교를 다녔다. 강씨는 이곳 토착민으로 이미 주나라 때 소현蕭縣에 분봉을 받아 그때부터 이곳에 일족을 이루고 살고 있는 것이라 한다. 휘주 일대는 가는 곳마다 어김없이 거대한 종사들이 있다. 휘주부에는 중요 성씨들로 8대 성이 있는데 정程, 왕汪, 오吳, 황黃, 호胡, 왕王, 이李, 방씨方氏 등이고, 15대 성이라 하면 추가

소강대종사

천장과 들보의 조각들

로 홍洪, 여余, 포鮑, 대戴, 조曹, 강江, 손씨孫氏 등이 포함된다. 기타 중요 성씨로는 엽葉, 반潘, 유兪, 요姚 등이 꼽힌다.[70]

이러한 수많은 씨족들은 외지로 나가 장사를 하고 거대한 부를 이룩하여 고향에 서로 경쟁하듯이 엄청난 돈을 투자하여 사당을 짓게 된다. 가문과 씨족의 영광을 위한 것이니 그 정성과 노력은 이루 말할 수 없었을 것이다. 이런 연유로 휘주에는 휘주삼절이라 하여 패방, 종사, 고민가古民家를 꼽는데 과연 옳은 이야기다. 패방도 벼슬을 하거나 가문에 영광이 되는 사람이나 사건을 기념하여 세운 것이니 오죽하랴.

목각을 유심히 바라보니 소나무, 어부, 꽃을 들고 있는 신선

70 | 향토중국 휘주, 31쪽.

들, 계단, 말을 탄 사람, 누각, 파초, 말수레 등이 보인다. 정교하다. 소나무 밑에는 집이 있고 그 안에 사람이 있다. 소위 심부조深浮彫다. 깊숙이 파고 들어가 그 안에서 입체적 조각형상들을 만들어 내고 있다. 사람의 상을 하고 있는 조각의 발 부분만 들보의 나무 몸통에 붙어 있는 셈이다. 저렇게 파고 들어가면 힘이 가해질 때 저 부분이 먼저 부러지거나 무너지지 않을까.

웬걸, 옆 장면은 한 술 더 뜬다. 가마도 있고 가마를 메고 있는 가마꾼, 가마를 따르고 있는 행렬, 칼을 든 무사들, 큰 부채를 들고 있는 시녀들, 그리고 무엇보다 가마 속에 사람이 들어 있다. 그 공교로움을 어떻게 무슨 수로 나타낼까!

대문의 웅장함과 멋진 조각품들은 유씨종사와 흡사하다. 마당은 훨씬 넓고 잘 다듬어진 청석들이 가지런히 깔려 있다. 양쪽 유랑을 배치한 구조도 동일하다. 다만 향당으로 올라서는 부분을 돌벽 난간으로 공간 구분을 해놓았다. 그리고 유씨종사처럼 향당 자체가 천정원 구조로 되어 있지 않고 그냥 단조로운 배치를 이루고 있다. 건물의 결구도 비교적 단순하다. 물론 단순하다고 해서 그 조각이나 아름다움이 못하다는 이야기가 아니다. 구조가 다를 뿐 소강대종사도 그 기개와 위엄, 그리고 섬세한 아름다움이 넘쳐나고 있다.

패루 대문 아래 의자들이 있다. 얼마 전 무슨 행사라도 치른 모양이다. 너른 사당 안에는 아무도 없고 그저 기사와 우리 한국 사람 둘뿐이다. 비는 그칠 줄 모르고 줄기차게 내리고 있다. 천천히 담배를 빼어 문다. 내어 뿜는 연기가 빗속으로 퍼지고 있다. 먼 옛날로 뜬구름처럼 연기도 찾아가는 것일 게다. 저 기둥과 벽에 새겨진 조각들이 모두 귀신일 게다. 사람들이 만든 솜씨가 아니다. 꿈같이 먼 옛날 도깨비들이 득실거리던 시절에 밤마다 불을 켜놓고 재주를 넘으며 요술을 부려 만들었을 것이다.

상하효기上下曉起 – 고생태녹주古生態綠洲

비가 멈추자 구름이 얕게 깔리고 비안개가 산의 능선을 훑고 있다. 효기촌은 왕구촌에서 동북 방향으로 그리 멀지 않은 곳에 위치한다. 우리가 도착한 곳은 꽤나 넓은 공터다. 오른 편으로 거대한 장수樟樹가 몇 그루 보인다. 장수는 우리의 느티나무다. 공터 맞은편으로 매표소가 있고, 그 뒤편으로 거대한 느티나무들이 즐비하다. 마당 왼 켠으로 패루도 있다. 패루에는 금빛 문자로 효기촌이라 쓰여 있다. 패루의 양식이 근래 지은 것 같다. 아름답지도 않고 조악하다. 전체적으로 풍기는 모습이 관광지 분위기다. 다른 곳과는 다르다. 벌써 이곳도 점차 물들어 가고 있음이 틀림없다. 나같은 외지 관광객이 주범이겠지.

이곳을 비롯하여 무원은 물론이고 휘주 일대는 대부분 관광지로 개방되어 있다. 그냥 마을만이 개방된 것이 아니라 개인의 주택들도 대문을 열어놓고 관광객들이 마음대로 드나들게 한다. 개인 살림집인데도 아랑곳하지 않는다. 우리네 생각으로는 개인 생활이 침해당하니 결코 허용할 수 없는 일이다.

나중에 알고 보니 입장료는 정부의 관리당국과 마을 주민들이 공동으로 배분한다고 한다. 입장료가 상당히 비싼 편이므로 그 수입이 만만치가 않을 것이다. 대신에 옛 모습을 보존하기 위하여 건축물의 개조나 신축 등은 엄격히 규제되고 있다고 한다. 수리도 제대로 못한다고 한다. 우리의 그린벨트 지역보다 통제가 더 심한 것 같다. 현재 살고 있는 주민들에게는 불이익이지만 어쩔 수 없는 일이라는 생각이 든다.

마을의 동쪽으로는 얕은 언덕같은 동산이 있고 활엽수가 울창하다. 왼편 산등성이 밑과 멀리 동네 북쪽으로는 논이 이어져 있다. 마을은 온통 명청대의 옛집들로 가득하다. 천정원의 높다란 벽들 사이사이에는 좁다란 골목이 바둑판처럼 얽혀져 있다. 모두 청석이 깔려 있고 드문드문 파란 이끼들이 벽과 길바닥에 자라고 있다. 환경이 건강하다는 증거다.

이곳은 앞서의 마을처럼 동네 골목골목으로 개울이 흐르지는 않는다. 커다란 개울이 북동쪽 산기슭에서부터 마을의 입구 동쪽으로 흐른다. 개울 위로 거대한 고목의 가지 하나가 기울어져 물에 닿을 듯하다. 개울에는 수중보가 설치되어 관개를 위한 물막이 구실을 하고 그 위로 맑은 물이 철철 넘쳐흐른다. 산 많고 울창한 수림이 뒤덮여 있다. 개울물이 모두 맑다. 부러운 점이다. 우리네 시골에서 마을로 흐르는 개울이나 개천이야 어디 제대로 성한 곳이 있는가. 오염된 물에 몸살을 앓고 있지 않은가.

상효기촌은 마치 논바닥 위에 세운 듯 논빼미 옆에 바로 붙어 있다. 구불구불한 길을 따라 마을에 들어선다. 무슨 대로가 있는 것도 아니다. 마차가 겨우 다닐 정도의 좁은 길을 따라 왔을 뿐이다. 마을 주위로 온통 대나무 숲이다. 빗물을 흠뻑 머금고 연두빛으로 풍성한 대나무는 그루마다 풍만함이 넘친다. 그러고 보니 상효기는 대나무숲 바람소리가 옛날의 소리처럼 언제나 울리는 곳이다. 얼마나 멋진 환경인가.

첫 번째 만나는 집은 진사제進士第다. 진사에 급제하여 벼슬을 지낸 강지기江之紀의 집이다. 다음은 영록제榮祿第다. 그리고 다시 대부제大夫第를 구경한다. 청나라 광서제光緒帝 때 벼슬이 대부에 이른 강인택江人鐸의 집이다. 모두 강씨인 것을 보니 이곳이 강씨 집성촌임을 알려준다. 그러고 보면 대부제는 19세기 후반에 지어진 것으로 상대적으로 그리 오래된 건축물이 아니다. 안에는 '예경당禮耕堂'이라는 현판이 당옥 위에 걸려 있다. 농사를 짓듯이 예를 갈고 닦는 곳이다. 아래에는 대련이 보인다. 하나는 '제일 좋은 일은 책을 읽는 것이요-第一等好事便是讀書, 다른 하나는 '수백년 동안 적선을 베풀지 않은 적이 없는 가문이다-幾百年人家

상효기 촌락

하효기 촌락

無非積善'라는 뜻이다. 아래는 언제나 그렇듯이 자단목으로 만든 책상과 의자가 보인다. 고아하다. 간결한 무늬가 돋보이는 가구들이다. 그 품격이 프랑스식 가구보다 훨씬 앞선다. 중국의 전통가구는 정말로 예술품들이다.

우리는 건물들을 들어서고 나설 때마다 느낀다. 휘파徽派 건축建築이라고 할 수 있는 건물들은 하나같이 획일적이다. 크기와 규모에 차이가 있을 뿐이지 그 양식은 비슷하다. 그러나 집안 내부에 들어서면 이야기가 달라진다. 주인의 기호에 따라 조각의 양식이나 대상들이 천차만별로 달라진다. 문설주와 기둥을 받치는 주초석에 이르기까지, 그리고 문살을 이루고 있는 무늬까지 그 모양이 천태양상이다. 공예품이라 하기에는 모두가 멋진 예술품들이다. 무진장한 예술품들은 무한한 아이디어를 제공할 수 있는 디자인의 보고다. 온갖 상상할 수 있는 기하학적 무늬와 문양들은 물론 대상이 되는 조각품들도 상상을 절할 정도로 종류가 다양하다. 진사제라고 붙인 집의 대문을 보라. 대문의 테두리는 커다란 통대리석으로 두르고 '진사제'라는 글씨는 커다란 대리석 판 위에 부조로 새겨져 있다. 그 위로 지붕 처마 사이의 공간벽과 좌우 양측으로 엄청나게 아름다운 전조磚雕들로 가득하다. 입구의 대문이 그렇다는 이야기다. 그 안은 더 이상 말할 필요도 없다.

무원 일대의 고건축군을 다니다 보면 겉에서 보이는 풍광 속의 아름다운 촌락 풍경도 그렇지만 개개 집안의 아름다움에도 찬탄을 금치 못하게 된다. 아직 마을이 정비되지 않고 건물과 조각품들이 너무 오래되어 언뜻 보면 그저 그렇다고 생각할 수 있지만 휘주 일대의 건축이나 문화유적에 버금가는 품격과 수준을 지니고 있는 곳은 내가 생각하기에 이태리의 피렌체나 베니스 정도에 불과하다고 생각한다. 베니스의 성 마르코 성당을 비롯한 중요 공공건물은 그 규모와 짜임새에 있어 휘주보다 앞서 있음이 틀림없다. 하지만 그들은 오로지 석조만을 취급하고 있다. 무원 아니 휘주에서 보이는 것은 돌과 나무와 벽돌 즉 흙을 불에 달군 것이요, 한가지 더하는 것은 산과 자연이 곁들여 있음이다. 자유자재로 이러한 자재와 환경을 주무르는 그 공교로움과 정교함은 단연 휘주가 앞선다고 할 수 있다. 더욱 중요한 것은 이곳 무원의 유적지는 과거의 정지되고 단절된 유물이 아니라 지금도 계속되고 있는, 즉 사람들이 현재도 숨을 쉬며 살아가고 있는 삶의 현장이라는 사실이다.

안타까운 일은 과거의 영화가 너무 찬란하기에 현재 살고 있는 사람들의 삶의 수준이 상대적으로 뒤쳐져 있다는 점이다. 옛 선인들은 엄청난 부와 품격이 높은 미적 의식을 가지고 살았음에도 그 후손들은 영락해가고 있는 건물 안에서 하루하루의 삶을 힘겹게 사는 것처럼 보인다. 좁은 골목에서 만난 사람들의 얼굴에는 삶의 주름이 깊게 패여 있다. 골목 안 곳곳의 이끼들은 지금도 푸르지만 사람들은 옛날 조상들처럼 능동적으로 세월을 타개하지 못하고 시간의 흐름 속에 둥실둥실 떠내려가고 있다.

강씨 종사를 보는둥 마는둥하며 되돌아 걸어나온 우리들은 하효기촌 마을 입구 개울가에 있는 음식점으로 내려가 물고기 요리를 주문한다. 식당 건물은 온통 대나무를 엮어 만들었다. 배가 고프다. 하지만 김이 모락모락 피어나는 음식을 보고도 우리는 한참이나 건너편 거대한 고목 밑에 요란한 물소리를 내며 흘러가는 계류의 물보라를 물끄러미 쳐다만 보고 있다.

연촌延村, 그리고 사계思溪

다음날 비는 그쳤지만 구름이 잔뜩 흐리고 간혹 햇빛이 비춘다. 아침에 서둘러 길을 다시 떠난다. 강행군이다. 비포장 길로 들어선다. 그렇다고 험한 길은 아니다. 연촌에 이르는 동안에도 주위의 풍광으로부터 시선을 뗄 수가 없다. 간간이 보이는 촌락은 매 한가지다. 벽면이 모두 하얀색인데 바람과 비를 막는 풍화장風火牆 즉 거대한 벽이다. 그 위로 어깨를 흐르듯 검은색의 마두장이 보인다. 마두장 끝머리는 추녀를 올리듯 꼬부라져 하늘을 향한다.

연촌은 굽이굽이 흐르는 강물 너머 들판을 가로질러 산기슭 밑에 자리 잡고 있다. 그래도 들어가는 길은 무척 평탄하다. 휑하니 트인 길이다. 마을의 배치가 전형적인 임산배수臨山背水다. 우리나라에서도 흔히 보이는 그런 취락 배치다. 마을 앞은 물론 모두 논으로 조성되어 있고, 뒤로는 대나무 숲이 우거진 얕은 산들이다.

> 오래된 고목에 높고 낮은 집들
> 기우는 햇살에 멀고 가까운 산
> 숲 끝에 감도는 안개는 띠를 두른 듯
> 마을 밖 강물은 고리처럼 흐르네[71]

고층 빌딩이 빽빽이 들어서고 아파트가 나무숲을 대신하고 있는 괴물같은 도시에 살고 있는 현대의 사람들에게 연촌이 풍기는 이러한 풍광은 정말로 잃어버린 낙원이요, 도연명이 이야기하는 도화원桃花園이다.

마을에 들어서서 유심히 보니 오늘 따라 집들이 무슨 성채처럼 보인다. 높이가 어지간하다. 약 5~10m 정도는 실히 될 것 같다. 높은 천정원은 삼층구조다. 드문드문 맨 꼭대기에 풍화장의 벽을 트고 난간을 내어놓았다. 일종의 조망루다. 폐쇄된 천정원

71 | 古樹高低屋 斜陽遠近山 林梢煙似帶 村外水如環.

구조에서 밖을 내다볼 수 있는 숨통이다. 이러한 구조를 이미 이갱李坑의 대부제에서 본 적이 있지 않은가. 연촌에는 김金, 오吳, 정程, 왕汪 등 4성이 살고 있는데 대부분 김씨들이다.

김씨 일족은 청대 말기에 번창하여 그들이 지은 집이 무려 120여 동이었으나 현재 마을 전체로 남아있는 건물은 56동이라 한다. 마을은 청 후기 도광道光년간에 본격적으로 발전하였다고 한다. 그 당시 조성된 육각형의 우물이 마을의 중심인데 동네의 구조가 우물을 중심으로 인자人字 구조로 길을 만들어 뻗어나간다. 우물은 샘물이 끊이지 않고 솟아나듯 마을사람들에게 재화를 갖다줄 것이라는 믿음을 상징하고 있다.

연촌에는 얼마 전까지도 동네 바깥에 두 개의 석조 패방이 있었다 했다. 하나는 절효방節孝坊이요, 다른 하나는 효녀방孝女坊이었는데 문화대혁명 때 구습 타파의 상징으로 때려부쉈다 했다. 당시에 화를 입은 건물들이 또 있었으니 관제묘關帝廟, 영본당榮本堂, 대부제大夫第, 기현당企賢堂 등으로 연촌이 자랑하는 휘파건축의 대표적 상징이었다. 무척 안타까운 일이다. 문화혁명 때 손상된 것이 어디 이곳뿐이겠는가. 중국 전역의 문화재가 몸살을 앓아 지난 수백 년간의 전란이나 난리통에 훼손 당한 것보다 더 상처가 크다 했으니 정말로 통탄할 일이다.

한가지 놀라운 일은 기현당을 우리가 지나서 온 경덕진의 도자박물구陶瓷博物區에 옮겨 복원을 해놓았다는 사실이다. 경덕진에서 우리가 본 옥화당玉華堂의 건물이 바로 기현당이다. 안의 기둥이나 대들보에 새겨진 찬란한 금빛 목조가 우리의 눈을 어지럽게 할 정도로 대단하였는데 역시 무원의 유물이었던 셈이다. 당시 벽에 각종 오래된 문짝 틀이 다양한 문양으로 걸려 있어서 이상하다 싶었는데 바로 부서진 기현당의 유물이었던 것이다.

연촌에서 본 건물들 중에서는 총덕당聽德堂과 여경당餘慶堂이 기억에 남는다. 여경당은 전형적인 1진 3칸 2층구조로 되어 있으나 특이하게도 당옥 벽면 즉 태사벽 양옆으로 문을 설치하고 후당으로 들어가게 되어 있다. 후당은 조그만 정원이다. 조그만 연못이 있고 층층 구조로 되어서 갖가지 화분들이 올려져 있다. 이끼가 화분과 담벽을 뒤덮고 있다. 깨끗함과 함께 고색창연한 아름다움이 느껴진다. 정원 뒤로 담벽이 있고 하늘이 보인다. 천정이 두 개니 어찌 보면 이진 삼칸의 변형된 구조라 할 수 있다.

대문을 들어서면 좌우에 상방廂房이 있고 상방의 벽은 온통 문틀구조로 되어 있다. 이미 우리가 익숙해 있는 구조다. 들보들은 모두 월량이다. 우리가 배흘림기둥에서 아름다움을 느끼듯 중국인들은 약간 휘어져 천장을 받치고 있는 들보들에게서 무진장한 아름다움을 인지할 것이다. 물론 그 들보들과 들보 주위의 부재에는 온갖 조각이 새겨져 있으니 더욱 그럴 것이다. 태사벽 아래는 자단목 책상과 태사의가 있다. 태사벽 아래 정중앙에는 위패를 걸칠 수 있는 촛대가 있고, 화병이 동쪽에, 거울이 왼쪽에 있다. 화병의 병甁은 발음이 평平이요, 거울의 경鏡은 정靜과 발음이 같아서 화병과 거울은 평정平靜을 뜻한다고 한다. 집안과 집주인이 희구하는 덕목이 바로 평정인 것이다. 벽면에는 온통 한문 글씨들이 어지러이 붙어 있다. 지금 살고 있는 사람들도 종이에 이것저것 좋은 어구를 써서 벽에 붙이고 있기 때문이다. 깨끗이 옷

여경당

을 차려 입은 50대 여인과 손자인 듯한 남자아이가 마작놀이를 하고 있다. 주위에는 티부도 있고 키가 높은 선풍기도 있다. 그러고 보니 볼상사납게 전등과 전깃줄이 주렁주렁 달려 있다. 어울리지는 않지만 우리가 살아야 하는 현재의 모습이 아닌가.

상방 벽면에 붙어 있는 목조들을 찬찬히 바라본다. 휘주 일대의 조각들은 목각, 석각, 전각 등이 주를 이루고 있는데, 문루나 지붕은 주로 석각이나 전각으로 되어 있고 문설주나 주초석, 그리고 계단의 난간 등은 물론 석각이고, 그외 건축물의 구조는 모두 목재이기에 목각이 주를 이룬다. 조각들의 대상과 문양은 천태만상이므로 이루 무어라 이야기할 수 없다. 이곳 여경당에서 보는 상방 문틀구조의 조각들도 마찬가지다.

여경당 격선문

조각 양식은 앞서 이미 설명하였지만 다시 한번 되새기면 평조平雕, 부조浮雕, 투조透雕 등인데, 평조는 판에 음각으로 새겨 들어간 것이고 부조는 돋을 새김이다. 투조는 재료의 앞뒤를 뚫고 테두리를 남기는 것이다. 부조는 심부조深浮雕라 하는 것이 있는데 이는 입체조각이다. 그 깊이가 믿을 수 없을 정도로 깊은데, 여기서는 삼층, 오층, 칠층 등으로 그 단계별 깊이를 이야기한다. 보통 조각 대상은 새, 짐승, 물고기, 곤충, 꽃과 풀, 나무 등이며,

인물로는 신화나 전설상의 인물이나 당대 유행하던 희곡에 등장하는 주인공들이거나 역사적으로 유명한 사람들이다. 모두 상업에 종사하던 이곳 사람들의 열망과 동경이 담긴 그런 이야기들을 소재로 하여 조각이 이루어진다.

기린은 아들을 바람이요, 사슴은 발음이 비슷하게 벼슬과 녹을 의미한다. 학은 장수하기를 희망하는 상징물이다. 편복蝙蝠 즉 박쥐와 넘실거리는 바닷물은 만복이 동해바다처럼 넘치기를 바람이다. 용과 봉황은 옛날부터 길한 징조를 나타내는 것이고, 까치는 기쁨이 찾아올 것임을 말한다. 옥토끼는 상서로움을 의미하며 연못과 물고기는 여유로운 생활을 암시한다. 모란꽃은 부귀가 만대에 계속할 것임을 상징하고 포도알은 그 열매처럼 자손이 주

총덕당 격선문 무늬

렁주렁 번성할 것임을 희구한다. 소나무와 신선 그리고 학은 그들처럼 천년장수할 것을 고대하고 있으며, 꽃들이 꽂혀 있는 화병은 사계절 평안하기를 바란다는 의미다.

우리는 연촌에서 벗어나 사계를 들른다. 이미 머리에는 모든 상념이 꽉 차 있다. 솔직히 말해 천정원 양식의 건물들을 다시 더 본다 한들 머리에 들어갈 여유가 없다. 이제 그게 그거다. 청나라 옹정년간에 지었다는 경서당敬序堂을 비롯하여 촌락을 보는둥 마는둥 발걸음을 빨리 한다. 사계촌의 순방을 순식간에 마치고 도망치듯이 빠져 나온다. 명나라 청나라 때의 혼령들이 녹색의 물에 젖어 머리를 흐트러뜨린 채로 우리를 좇아온다.

청화진青華鎭 채홍교彩虹橋

낮부터 날이 개어 뜨거운 햇살이 쏟아지더니 채홍교에 도착하자마자 갑자기 비가 억수같이 내린다. 지나가는 소나기다. 엉성하게 포장된 도로 밑 언덕바지에 마을이 들어서 있다. 비를 피하느라 쏜살같이 뛰어가지만 중국의 건물들이란 도대체 비를 피할 만한 처마구조가 아니다. 동네는 볼만한 것이 전혀 없다. 골목길은 그냥 지저분하기만 하다. 저 멀리 밑으로 강이 흐르고 그 위로 다리가 보인다. 주위의 경치는 일품이지만 그 안에 들어앉은 마을은 고촌락처럼 품위가 있는 것도 아니고, 중국의 수많은 어느 시골마을에 불과하다.

다리는 고색창연하다. 채홍교란 문자그대로 울긋불긋한 무지개 다리라는 뜻이다. 하지만 의아스럽다. 주위를 돌아보아도 인구가 밀집한 커다란 읍이 있는 것도 아닌데, 산비탈 벌판의 계곡을 흐르는 조그만 강 위에 이런 아름다운 다리가 있다니!

다리는 아득하게 잃어버린 먼 옛날의 꿈속에서나 나올 그런 모양이다. 다리의 길이가 약 140m라 한다. 교각은 모두 여섯 개다. 교각이라 하지만 기둥식의 교각과는 거리가 멀다. 조그만 섬처럼 생겼다. 이들을 돈墩이라 하는데 반선형半船形의 모습이다. 배를 반 토막 낸 것 같은 구조다. 한쪽은 뭉특하고 평평하지만 강

채홍교

상류 방향으로는 배의 앞부분처럼 뾰족하다. 역학적인 설계다. 물살의 저항을 최대한 줄이려고 유선형으로 만든 것이다. 남송 때 만든 다리라고 하니 벌써 팔백 년이 된다. 참으로 오래된 다리다. 그때 벌써 이런 복잡한 역학구조를 고려해 만들었으니 대단하다. 무엇보다 얼마나 견고하게 돌을 쌓아올렸으면 지금껏 아무런 탈없이 온전하게 모습을 유지하고 있을까.

돈대 위에는 간단한 누각을 올리고, 누각과 누각 사이에는 난간으로 연결되어 있다. 모두 목조다. 난간과 목조는 교각과 달리 그렇게 튼튼하거나 아름답게 보이지 않는다. 아마 근세에 만들어진 것이리라. 하여튼 이런 내륙지방에 이런 커다란 다리가 놓여있다는 것은 고대 중국의 부와 발달된 기술을 보여주고 있다.

다리 밑으로 강물이 흐르고 있다. 흐름이 매우 완만하다. 다리를 건너 아래로 내려간다. 한편에는 수차가 있다. 거대한 수차다. 방앗간인 셈이다. 복잡하고 정교한 장치들이 보인다. 아직도 물 위에는 커다란 수차가 돌아가고 그에 연결된 축을 따라 절구들이 방아를 찧고 있다. 이곳에서 곡식을 찧고 또 가루를 만들며 아직도 일부 사용하고 있다 했다.

유럽의 네덜란드에서 산 적이 있는데 그곳은 풍차가 유명하다. 풍차라는 것이 결국은 바람의 힘을 이용한 방앗간이요, 동시에 운하나 강의 침수를 막기 위해 물을 퍼 올리는 곳이다. 당시에도 거대한 구조의 수차에 놀란 적이 있다. 하지만 중국의 경우 수차 등의 이용기술은 훨씬 앞서 있었음이 틀림없다. 영국인 조셉 니담이 쓴 『중국의 과학과 문명』을 읽으면 우리는 저자와 같은 질문을 하게 된다. 지난 수천 년간 중국의 실질적인 과학문명은 서양보다 앞서 있었는데, 무슨 이유로 근대 일이백 년간 갑자기 뒤떨어지게 되었는가? 답은 없지만 내 생각으로는 동아시아 문화권이 공통적으로 지니고 있는 문명에 대한 회의적인 시각이다. 노자와 장자는 물론이고 불교, 그리고 나아가서 실용적인 유학까지도 인간의 지나친 물질문명에 대해서는 부정적인 입장을 지니고 있지 않은가?

다른 쪽에는 마당이 조성되고 초가 정자도 있다. 그 앞쪽 강에는 거대한 대나무 뗏목이 놓여 있고, 그 위에 대나무 의자들이 보인다. 통나무 뗏목 이야기는 들었어도 대나무 뗏목은 금시초문이다. 대나무통이 무지하게 굵다. 전라도 담양에 가보았어도 저렇게 굵은 놈들을 본적이 없는데. 강물은 푸르고 조용하기만 하다. 바람도 없어 잔잔하다. 정말 푸른 산이 물위로 걸어 들어와 빠져들 것 같다. 아름다운 풍광이다.

설명을 보니 명대 오파吳派 전각篆刻의 비조인 문팽文彭과 명말 휘파徽派 전각篆刻의 시조인 하진何震은 이곳에서 유람을 자주 하였는데, 어느 날 문팽이 경치에 감동한 나머지 계류의 어느 석벽에 '소서호小西湖'라는 글씨를 써넣었다 한다. 그래서 지금도 이곳은 그렇게 불리고 마치 서호 위에 놓인 다리처럼 채홍교도 역시 아름다움을 자랑하게 되었다고 한다.

시간이 남아서 우리는 기사에게 타천沱川 리갱理坑의 고건축군을 구경하고 다시 동북쪽으로 거슬러 올라가 절원浙源과 홍관虹關 일대를 보자고 주장한다. 용천탑龍天塔도 있고 묘씨杳氏종사와 고건축군, 그리고 근대 중국 철도의 대부라 불리는 담천우詹天

佑의 조옥祖屋, 무엇보다 거대한 나무들인 고장古樟과 홍두삼紅豆杉을 보고자 함이었다. 하지만 기사는 고개를 절레절레 흔든다. 우선 길이 너무 나쁘다는 것이다. 그리고 시간상으로도 그곳에 가면 오늘 돌아오지 못한다는 것이다. 그렇지 않아도 자양진에서 이곳에 오는 동안 길이 험하고 거칠었지 않았던가. 비포장 도로였기 때문이다. 아쉬움을 달래며 우리는 자양진 호텔로 돌아온다. 호텔은 고급호텔은 아니지만 아늑하고 편안하다. 강물이 굽어 다시 우리를 바라보고 있다. 우리는 저녁에 강가로 나가 차를 마시다 기어이 맥주를 주문하고, 별빛과 네온사인 빛을 동시에 섞어 받으며 흘러가는 강물을 물끄러미 쳐다본다.

양춘陽春 고희대古戲臺

양춘의 고희대는 놀라움 이상이었다. 그것은 하나의 거대한 역사적 문화적 충격이었다. 믿을 수가 없었다. 가는 길은 승용차로도 한 시간이 더 걸렸다. 마지막 삼십여 분은 비포장도로다. 그것도 아주 좁은 길이어서 차가 한 대 겨우 지나갈 정도다. 누가 이런 곳을 찾아오겠는가. 무원은 아직 널리 알려지지 않고 교통편도 불편하여 관광객들이 그리 많지 않다. 작심하고 찾아오는 사람들뿐이다. 어제 채홍교에서도 관광객은 단 우리 둘뿐이었는데 이곳에서도 마찬가지다.

가는 길 옆으로 거대한 느티나무들이 드문드문 나타난다. 한 그루 한 그루가 모두 기념할 만한 거목이다. 밑둥의 둘레가 어른 몇 명의 아름도 넘을 것 같다. 하지만 밑에는 무슨 쉼터가 있는 것도 아니고 돌무더기 쌓인 성황당 나무도 아니고 그저 잡초만 무성하다. 하도 많으니 여기 사람들은 무관심인 듯하다. 산 많고 물 많은 두메산골을 찾아가는 기분이다. 논도 별로 보이지 않고 개간되지 않은 비탈들에 이름 모를 풀들이 무성하다.

그리 크지 않은 동네가 나타난다. 양춘이다. 이름이 좋다. 산록에 자리잡아 겉모습이 마냥 조용하고 한적하고 아늑하기만 하다. 안으로 들어서니 영락한 집들이 눈에 확 들어온다. 오래되고 무너질 듯, 퇴락하고 손을 대지 않아 일견 지저분하기 짝이 없는 골목과 집들이 늘어서 있다. 사람들의 옷차림도 궁색하기 짝이 없다. 강남에서는 화북지역처럼 궁한 티가 별로 눈에 띄지 않았는데 양춘은 빈곤이 덕지덕지 붙어 있는 곳이다. 사람들의 얼굴

양춘 고희대 정면

도 고생한 티가 역력하다. 코흘리개 아이들만 천진난만하게 뛰어 놀고 있다.

동네 한 가운데 골목 안으로 들어간다. 중앙통이지만 골목이 협소하기 짝이 없다. 얼마 안 가서 곧바로 고희대가 나타난다. 이것이 무슨 도깨비란 말인가. 골목길에 들어선 집들이 형편없이 퇴락하여 하얀 벽이 벗겨져 회흑색 벽돌의 안살이 드러나고 그 몰골들이 연민을 자아내고 있었는데 갑자기 나타난 패루 형식의 삼층 솟을누각은 무엇이란 말인가. 유씨종사에서 보았던 그런 누각이 아닌가. 하지만 기층부터 구조가 약간 다르다. 주춧돌 위에 큰 기둥과 작은 기둥들이 놓이고, 약 1.7m 높이에 마루가 만들어져 있다. 바로 희곡 상연을 위한 무대다. 길옆에 드러난 것은 무대 뒷면이다. 다섯 명도 넘은 아이들이 마루 위에서 우리를 쳐다보고 있다. 모처럼 나타난 외국인이요 관광객이다.

도대체 다른 곳은 관광지를 알리는 팻말이나 안내판이 있고 매표소를 두어 입장요금을 받는데 이곳은 아무 것도 없다. 그냥 휑하니 버려진 곳이다. 고개를 들어 바라보니 어마어마하다. 위엄과 아름다움이 동시에 느껴진다. 현판도 떨어져 나가고 아무 것도 없지만 학처럼 나는 듯한 날개들이 삼층지붕마다 달려 있다. 지붕은 팔작지붕이되 우리와 달리 중복구조로 되어 있다. 팔작지붕의 측면에 다시 팔작지붕을 올린다. 고난도의 건축기술이 요구될 것이다. 반월형 들보 위에는 온갖 조각들이 새겨져 있다. 기둥과 들보 사이의 작체를 비롯하여 좌우 옆의 모든 건축부재도 온통 조각이다. 우리는 이미 유씨종사를 비롯하여 도처에서 이러한 조각을 보았다.

마루로 올라선다. 마루는 세월에 꺼멓게 타들어 가고 있다. 삐걱거린다. 세월의 아픈 소리다. 안쪽으로 들어선다. 안에는 훨씬 더 너른 마루가 있다. 바로 무대다. 천장과 들보의 목재 구조는 우리의 눈과 가슴을 멎게 할 정도로 아름답다. 용머리 둘, 갑옷 입은 무사들, 문신들, 용 두 마리가 여의주를 물고 마주보고, 대칭을 이루고 있는 학, 화려한 꽃무늬들과 어우러진 봉황들, 성스럽게 보이는 나무들, 기린인가 해태인가 상상 속의 동물들, 그 꼬리들이 불에 타오르는 것처럼 힘차고 아름답다. 유씨종사에 비하여 전혀 손색이 없다. 그 이상의 아름다움이다. 이렇게 아름다운 건축물이 그냥 버려져 있다니. 우리나라라면 국보중의 국보로 취급을 받을 터인데…

양춘 고희대는 본디 방씨方氏 일족의 종사로 지어진 것이라 한다. 이 마을이 방씨 집성촌인 셈이다. 설명에는 명나라 때 지어진 것이라 한다. 나무들을 보면 정말 오래된 것 같다. 하지만 지붕 추녀의 꺾인 정도를 보니 명초의 건물보다는 그 가파름이 심하고, 청나라 때 건물들보다는 완만한 것으로 보아 명말에 건립된 것으로 추측된다. 건물 구조는 휘주 일대의 전형적인 종사와 다름없다. 종사는 대개 희극 상연을 할 수 있도록 마련되어 일족들의 화합장소로 쓰였지만 종사마다 그 정도가 다르다. 이곳 방씨종사는 희대를 처음부터 설치한 것이 특징이다.

전체 구조는 두 개의 천정원 구조다. 먼저 무대를 설치한 솟을 누각이 나오고, 그 앞에 커다란 마당이 펼쳐진다. 관중석인 셈이다. 그 다음에 다시 맞배지붕의 문이 나오고 그 안에 마당이 있다. 두번째 천정원이다. 다섯 칸으로 되어 있고 양끝의 칸은 유랑遊廊이다. 그 안으로 향당이 자리잡고 있다.

무대에서 마당으로 내려선다. 흐린 하늘에 갑자기 비가 내린다. 후드득 후드득 일정하지 않게 떨어지는 비다. 마치 눈물같다. 기사가 얼른 우산을 들고 와 씌어주려 하였지만 우산을 쓰고 싶은 마음이 없다. 그냥 맞고 싶다. 마당은 청석으로 덮여 있지만 곳곳에 잡초가 무성하다. 입구 무대 건물 옆으로 마두장이 되어 있는 것으로 보아 마당 좌우로 마두장이 있고, 또 유랑이나 유랑을 이루고 있는 아름다운 건물들이 있었을 터인데 아무 것도 없다. 오히려 다른 건물들이 불규칙하게 마당의 공간을 침범하고 있다.

저 앞으로 향당 건물이 보인다. 별도의 두 번째 천정원이다. 입구를 이루고 있는 맞배지붕 건물은 수수하기만 하다. 골기와가 어지러이 쌓여 있고 빛깔이 바랜 기둥들이 을씨년스럽기만 하다. 안으로 들어선다. 잘 짜여진 천정원이다. 대문은 수수하고 소박하지만 양쪽 유랑과 유랑 위의 건물들은 온통 장식이다. 높이도 일정하지 않고 층차를 두어 그 아름다움이 배가된다. 앞에 향당이 보인다. 다섯 칸 건물이 우리의 눈을 강하게 건드린다. 사백년이 지난 건물이지만 우리는 그것이 수천 년 전 아득한 미지의 세월에서 비행접시를 타고 날아온 것 같다. 도깨비다. 저런 것이 도깨비가 아니라면 무엇이 귀신이고 도깨비란 말인가. 아름다움의 극치이지만 돌보지 않아 어떻게 보면 세월의 깊은 맛이 무겁게 솟아나고, 어떻게 보면 소박맞은 여인처럼 청승맞기도 하고, 하! 무엇이라고 이 도깨비를 이야기하여야 할까.

주춧돌과 기둥들, 들보와 우퇴나 작체, 그리고 들보 위의 벽들이 모두 온전하다. 잘 보전되어 있다. 두메의 산골이니 문화혁명도 미치지 못하였나보다. 다행이다. 하지만 청석이 깔린 마당 한가운데는 역시 잡초가 무성하고, 놀랍게도 한편에는 살림집이 있다. 농부가 살고 있나 보다. 농기구가 그 아름답고 귀한 기둥들

고희대 목구조물과 조각

위에 아무렇게나 걸쳐져 있다. 탈곡기도 보이고 대나무들도 세워 놓고 대나무 소쿠리나 바구니들이 망치질을 당한 기둥의 못고리에 걸려 있다. 기다란 용두레인지 배수통인지 나무 구조물이 기둥과 기둥 사이에 걸쳐 있다. 한 숨도 아니고 탄식도 아닌 그 무엇이 가슴을 꽉 짓누른다. 세월일 것이다. 다 이렇게 된 것이 세월 탓이다. 어이한단 말인가. 현재의 삶이 더 중요한 것을! 검게 세월에 시달린 궁륭형 서까래와 아름답게 장식된 들보와 작체들이, 그리고 멋있게 새겨진 주춧돌들이 모두 말이 없는데 왜 멀리 객지에서 온 사람들이 한탄하고 슬퍼하는가.

빗줄기가 조금 더 거세어진다. 우리는 되돌아와 희대戱臺를 바라보며 텅 빈 마당에 서 있다. 담배도 하나 꺼내 문다. 연기가 제멋대로 비틀거리며 빗줄기를 헤치며 날아간다. 바로 이 자리에서 사람들은 웃고 떠들고 왁자지껄 무대의 공연을 바라보며 세월을 즐겼을 것이다. 무대 위의 거대한 들보 위에는 바로 희곡에서 등장하고 있는 인물들이 조각되어 있다. 이런 깊은 산골에 이런 멋진 무대가 있었다니. 앞서 설명한대로 휘주 상인들이 외지로 나가 거대한 부를 이루고 고향에 돈을 쏟아 부었기에 가능한 일이었을 것이다. 당대 유명한 예인들을 불러 희곡을 상연토록 하였을 것이다. 아마 이곳에서 그 유명한 탕현조의 〈모란정〉도 상연되었을지 모른다. 당시 명나라 후기에 휘주 일대를 포함하여 양자강 중류를 기점으로 한 강남 일대는 희곡예술이 고도로 발달하고 있었다. 그러니 부가 쌓여 있는 이곳에서 멋진 희곡이 공연되는 것은 당연하였을 것이다. 현재 눈 앞의 희대는 퇴색하고 이곳의 주민들은 빈한하기 짝이 없지만 당시에 전세계적으로 그 부와 문화의 경지에서 비교할 만한 곳은 아무 곳도 없다. 이탈리아 르네상스가 비견될 만 하지만 그것은 어디까지나 도시 중심이요, 특히 미술과 건축분야에서만 두르러진 상황이었지 휘주 문화처럼 음악을 포함하여 모든 방면에서 골고루 발전한 것은 아니다.

중국의 희곡은 역사가 오래고 그 다양성에서 타의 추종을 불허한다. 그리고 그들이 도달하고 성취한 예술 품격은 최고 수준이다. 희곡의 연원은 설창說唱이다. 한나라 때 이미 설창을 하고 있는 조각상들이 발굴되고 있다. 설창이란 주로 혼자서 창을 하거나 노래를 하며 이야기를 엮어나가는 것이다. 우리의 판소리 같은 형식이라고나 할까. 이는 당나라 때 대가무극大歌舞劇을 거쳐, 세계적 대제국을 건설한 원나라에 이르러 현대적 개념으로 보아도 전혀 손색이 없는 악극樂劇이 성립되었다. 이를 잡극雜劇이라 부르는데 이는 명청시대 희곡 발전의 모태가 된다. 원나라 때 관한경 등의 작품들이 800년이 지난 오늘에도 공연되고 있다.

놀라운 일이다. 명대에는 잡극을 거쳐 전기傳奇가 발전한다. 탕현조의 〈모란정〉을 포함한 〈서상기西廂記〉, 〈옥잠기玉簪記〉 등의 작품들이 유명하다. 이 모든 작품들이 현재 공연되고 있으며, 관련 음반들이 출간되고 있다. 청대에 들어서는 홍승洪昇(1645~1704)의 〈장생전長生殿〉이 단연 유명하다. 장생전은 당나라 현종과 양귀비의 사랑과 비극을 그린 이야기다. 18세기 후반, 곤곡은 급격히 쇠퇴하고 경극京劇을 비롯한 지방극들이 대두되는데, 경극 중에서 항주杭州 서호西湖를 무대로 한 전설 〈백사전白蛇傳〉, 초왕楚王 항우項羽와 우희虞姬에 관한 〈패왕별희霸王別姬〉, 양귀비를 이야기한 〈귀비취주貴妃醉酒〉 등이, 그리고 상해 인근에서 공연되는 월극越劇으로 〈홍루몽〉 등이 잘 알려져 있다.

넓은 의미에서 명청대의 전기를 바탕으로 한 희곡을 모두 곤곡이라 부르는데, 이중에서 단연 최고의 걸작으로 꼽히는 것이 바로 〈모란정〉이다. 〈모란정〉의 제10착 유원 경몽에 나오는 곡패曲牌 보보교步步嬌, 취부귀醉扶歸, 조라포皂羅袍, 호저저好姐姐, 산파양山坡羊, 산도홍山桃紅. 면탑서綿搭絮로 이어지는 곡들과, 제12착 심몽尋夢에 나오는 곡패 나화미懶畵眉, 특특령忒忒令, 가경자嘉慶子, 두엽황豆葉黃, 옥교지玉交枝, 강아수江兒水, 천발도川撥棹 등, 그리고 제20착의 곡패 집현빈集賢賓 등은 천고의 뛰어난 선율들이다.

안타깝게도 필자는 지금까지 배우들이 직접 연창하는 무대를 볼 기회가 없었다. 하지만 단지 영상음반으로 보고 들었음에도 우리는 온몸을 떨리게 하는 강한 아름다움에 정신을 잃을 정도가 된다. 가슴이 두근거리고, 어떻게 이런 아름다운 춤과 노래가 있을까 감격하여 눈물이 날 지경다. 수년 전 이 작품을 접하고는 오죽하면 사람은 오래 살고 볼일이다 하며 탄식을 하였을까.

탕현조는 무원에서 그렇게 멀지 않은 파양호 아래 쪽 무주撫州 임천臨川 사람이다. 그리고 당시 유행을 하고 있던 여러 가지 성강聲腔 중에서 익양강弋陽腔은 무원 바로 남쪽 지방에 근거했다. 휘주에는 휘극이라는 극이 있지만, 이 지방이 중국의 희곡인 곤극이 발전하는데 결정적으로 기여했음은 틀림없다. 경극도 건륭제 생일을 기점으로 안휘성 남부의 예인들이 올라가 새로운 창곡을 소개함으로써 시작된 것이라 하니, 휘주 지방의 희곡이 얼마나 융성했는지 짐작할 수 있다.

그리고 한가지 유념하여야 할 것은 경제적 번영과 문화가 고도로 발달되면 결국은 종합예술이 탄생되는데, 중국의 희곡이야말로 문학, 음악, 무용, 그리고 무대를 비롯한 건축예술 등이 종합적으로 어우러져 빚어낸 최고의 예술형식이다. 근대 중국의 미학자 종백화는 말한다.

"무엇보다도 춤, 그것은 최고도의 운율과 리듬, 질서, 이성이며, 동시에 최고도의 생명과 힘, 열정이다. 그것은 일체의 예술이 표현하는 가장 궁극적 양태일 뿐만 아니라 그 스스로가 우주가 창조되는 과정을 상징한다. 예술가는 이때 자신을 통째로 잊어버리고 그 깊숙한 곳으로 침잠해 들어간다. 그 깊이를 가늠할 수 없는 아득한 곳에서의 체험이 통째로 승화되어 밖으로 흘러나오니 모든 게 공허하고 또 무지개처럼 찬란하다. 이러한 순간에 춤, 즉 가장 긴밀히 조직된 율법과 가장 열렬히 소용돌이치는 하나의 힘만이 이러한 경계를 구상화하고 또 육신화할 수 있다."

최고의 미적 경계에 들어가 삶을 누렸던 이곳의 옛날 사람들. 하지만 우리는 마치 흑백 필름으로 된 활동사진을 보듯이 아련한 마음으로 다 쓰러져 가는 건물들을 빗속에 응시하고 있다. 골기와를 타고 내려와 낙숫물이 청석 위로 떨어진다. 처량하고 을씨년스럽다. 우리는 밖으로 나와 골목길을 이리 저리 배회한다. 중간중간 옛집의 벽 위로 드러난 투창綉窓과 그 밑의 난간 벽이나 우퇴의 아름다운 목각들이 비를 맞고 있다. 우리의 가슴이 더욱 아려진다. 골목 안에는 비닐봉지나 깡통들이 너저분하게 굴러다니고, 그 옆에는 잡초와 이끼들이 풍성하게 돌담을 덮고 있다. 골목 드문드문 사람의 발길이 잘 닿지 않는 곳에 벽과 청석 계단 등이 아름답게 보인다. 이런 곳이 약간만 정비되고 보호를 받을 수 있다면 귀중한 문화유산으로 다시 태어날 수 있을 터인데 아쉽기만 하다.

동네 끝자락 옆으로는 푸른 계류가 천천히 흐르고, 그 너머 대나무와 활엽수들이 뒤섞여 깊은 숲을 이루고 있다. 오백 년 전 귀신들이 우리를 부르는 것 같다. 우리는 얼른 되돌아 나온다. 그러고 보니 동네 안과 입구에는 유난히 커다란 대추나무가 많이 보인다. 물소들이 기둥에 매여 한가하게 놀고 있다.

돌아오는 길에 용산龍山을 들른다. 성의당成義堂이 인상적이다. 허촌許村도 방문한다. 공산인민군사무소라는 팻말이 걸린 건물이 기억에 남는다. 조그만 후원도 아름답지만 무엇보다 거대한 들보의 통나무 속을 파고 만든 조각들이 아름답다. 꽃과 사람들이 통나무 속에서 둥둥 떠다니는 것 같다. 기둥을 받치고 있는 주초석의 조각도 꽃들이다. 안쪽 두 개는 연꽃이요, 밖의 두 개는 매화다. 내친 김에 반산盤山도 구경한다. 대추나무들이 우거져 있는 동네다. 미로와 같은 골목길에는 반들반들 윤이 나는 청석들이 깔려 있고 푸른 이끼들이 말없이 외지에서 온 낯선 사람들을 반기고 있다. 용산이나 허촌, 그리고 반산 모두가 훌륭한 고촌락이지만, 머리의 기억 용량은 이미 한도를 넘어서고 있다.

03

휘주徽州 황산시黃山市

둔계屯溪 노가老街

날이 화창하게 개인 아침에 늦잠을 자고 나서 우리는 짐을 꾸린다. 다음 행선지인 황산시로 떠나기 위함이다. 아침은 무원에서 늘 그러했듯이 동문대교를 건너 조그맣고 허름한 식당으로 간다. 간판도 없다. 며칠째 연이어 이용하였더니 벌써 단골손님이 된 듯 주인 아주머니가 하얀 이를 드러내며 반긴다. 식당이지만 좁아서 앉을 자리도 거의 없다. 입구부터 음식 재료를 늘어놓았는데 대부분 채소다. 새삼스레 하나하나 확인한다.

백채白菜(열무—북경에서는 배추의 이름이다), 근채芹菜(근대), 양각羊角(긴콩), 동과冬瓜(박), 고과苦瓜, 교쟁交筝(죽순), 화채花菜, 편채扁菜(넓은 콩), 향고香菇(표고버섯), 목이木耳, 가자茄子(가지), 순과筍瓜(늙은 호박), 황아채黃芽菜(배추), 장간醬干(구운 두부) 등등. 늘 하는 대로 혼돈餛飩이나 국수류로 아침을 때운다. 호젓하기까지 한 읍내거리가 인상적이다. 우리는 아쉬움을 남기며 무원을 떠난다.

산골길을 헤치고 도착한 황산시는 무원의 자양진과 달리 도회지였다. 본래는 둔계라는 도시인데 적계績溪를 제외한 과거의 휘주 일대 대부분과 명산인 황산 일대를 포함하여 안휘성 황산시로 개편된 것이다. 도시의 서편에서 솔수率水와 횡강橫江이 합쳐져 신안강新安江을 이루고, 강은 도시의 중앙을 관통하며 흐른다. 신안강이야말로 휘주에 막대한 부를 가져다 준 젖줄이다.

벌써 저녁이 다 되어 간다. 여장을 풀고 몸도 씻고 빨래도 하고, 남은 시간을 활용해 시내에 위치한 정대위程大位 고거故居와 정씨삼택程氏三宅을 둘러본다. 그리고 유명한 골동품 거리인 노가老街로 자리를 옮긴다. 노가는 우리 식으로 말하면 서울의 인사동 골목이다. 하지만 격이 다르다. 인사동은 말이 전통문화의 거리

황산 노가의 골동품 – 격선문 무늬

요 골동품 가게가 즐비한 거리라 하지만 이는 아무래도 어불성설이다. 부끄러울 정도로 보잘것이 없고 실속이 없는 곳이 바로 인사동이다. 북경의 유리창琉璃廠을 두고서 하는 이야기가 아니다. 바로 이곳 황산시 노가만 보아도 그렇지 아니한가. 일개 지방의 골동품 거리가 이 정도니 더 무엇을 비교한단 말인가.

노가는 거리 자체가 골동품이다. 명청시대의 오래된 건물이 무수하다. 규모도 상당하다. 어떤 면에서는 북경의 유리창을 능가한다. 거리의 길이가 무려 1.2km 에 이른다. 무엇보다 갖가지 상품들이 산더미처럼 쌓여 사람들을 유혹하고 있다. 휘주 특산품이라고 할 수 있는 벼루부터 시작하여 고촌락에서 흘러나온 온갖 목공예품들이 눈을 어지럽힌다. 문짝들이 통째로 진열되어 있다. 천정원의 입구 양쪽에 보이는 격선문隔扇門들이다. 폐가에서 나온 것일까? 살기가 어려워 문짝 하나만 떼어내서 파는 것일까? 아니면 요즈음 사람들이 모조품으로 만든 것인지도 모른다. 어떻거나 우리도 원형의 목조각을 하나 산다. 새와 꽃이 새겨져 있다.

내친 김에 몇 가지 물품을 더 고른다. 하나는 벼루다. 오래된 벼루는 진품 여부를 판별할 능력도 없거니와 값이 만만치가 않다. 개중에는 믿을 수 없을 정도의 고가품도 있다. 나의 서재에는 지금도 벼루가 하나 벽에 장식으로 기대어져 있다. 바로 황산 노가에서 산 것이다. 골동품이 아니고 요즈음의 물건이다. 아마 휘주의 그 유명한 청석으로 만든 것이리라. 검은 바탕에 특이하게 연두빛 부분이 있다. 그 부분을 하나는 고금을 타는 노인으로 새기고, 하나는 둥근 반점이라 달로 형상화하였다. 그리고 '월하명심月下鳴心'이라는 글귀가 보인다. 주인은 값을 이천오백 위안으로 부른다. 탐은 나지만 너무 비싸다. 홍정 끝에 천 위안까지 내리는데 성공한다. 그래도 부담이 된다. 일단 작전상 후퇴하고 물러난다. 그런 다음에 저녁을 먹고 들른 다음에 우리는 다시 홍정을 한다. 기어이 400위안까지 깎아내고서 벼루를 수중에 넣는다.

기분이 대단히 좋다. 중국 관광지에서 기념품 홍정은 철두철미 중국적으로 해야 한다. 끈기를 갖고, 그리고 얼토당토하지 않을 정도로 과감하게 해야 한다. 그리고 포기할 것인가 살 것인가 과단성이 있어야 한다. 노가 중간에 만수루萬粹樓라는 멋진 삼층 누각이 나온다. 현판의 금빛 글씨들이 아름답다. 건물은 전형적인 청대 양식이다. 그 맞은편의 골동품가게는 자기 전문이다. 그곳에서 우리는 도자기 몇 점을 구입한다. 필구들을 넣는 커다란 자기필통을 쌍으로 사고, 또 '청향淸香'이라고 새겨진 타원형의 목이 짧은 초록색 자기도 산다. 횡재나 다름없다.

근처의 식당으로 옮겨 요기를 한다. 이층으로 된 커다란 식당이다. 요리는 이름을 모르는 것들이 부지기수 산더미처럼 쌓여 있고 식당 안은 저자거리처럼 사람들로 붐빈다. 인산인해다. 하지만 맛이 일품들이다. 아무래도 황산시는 같은 휘주이지만 벌써 무원과는 그 분위기가 다르다. 현대화에 먼저 물이 들으면 이리 되는 것일까?

호텔로 돌아와 우리는 황산 일대를 어떻게 유람할 것인가 궁리한다. 참으로 볼 것이 많은 지역이다. 며칠 정도의 일정으로는 어림도 없다. 중국의 명산인 황산 자체를 제외하고도 나름대로 파악한 관광명물들은 다음과 같다.

적계績溪—상장上庄 호적고거胡適故居

—화양진華陽鎭 주씨종사周氏宗祠

—갱구坑口 호씨종사胡氏宗祠

—북촌北村

휴녕休寧—제운산齊雲山 도교성지道教聖地와 다리

—황촌黃村 진사제

—수양秀陽 삼괴당三槐堂

—만안萬安 명대 고촌락

이현黟縣—병산屛山

—벽산碧山 : 경독원耕讀園, 운문탑雲門塔

—굉촌宏村 : 벽원碧園, 남호南湖, 남호서원, 월당月塘, 승지당承志堂, 삼립당三立堂, 동현당東賢堂, 경수당敬修堂

—서체西遞 : 도리원桃李園, 이복당履福堂, 경애당敬愛堂, 추모당追慕堂, 적길당迪吉堂, 음복당膺福堂, 앙고당仰高堂, 상덕당尙德堂, 대부제大夫第, 광고제曠古齋

—노촌盧村

—남평南坪 엽씨葉氏종사

—탑천塔川

—관록關麓

흡현歙縣—웅촌雄村 조씨공덕석방曹氏功德石坊

—웅촌雄村 도화桃花파

—당모唐模 : 수구정水口亭, 수가水街, 동포한림패방, 단간

원檀干園, 고양교高陽橋

—암사岩寺 암사탑

—잠산도岑山渡 정씨종사程氏宗祠

—괴당槐塘 승상장원방丞相壯元坊

—대부大阜 반씨사당潘家祠堂

—북안北岸 오가사당吳家祠堂

—당월棠樾 ; 패방군牌坊群, 청의당淸懿堂

—조야稠墅 패방군

—정촌鄭村 : 정백리석방貞白里石坊(원말), 정씨종사석방,

충렬사석방

—담도潭渡 황빈홍黃賓虹 고거故居

—남계남南溪南 진사패방

—허국석방許國石坊

—풍구豊口 사면방

—자양교紫陽橋(명), 태평교太平橋(송)

—어량漁梁 : 어량파(수 · 당), 고도古渡와 어량 노가

휘주구—잠구민택潛口民宅

—정감呈坎 : 보륜각寶綸閣(명), 장춘사옥長春社屋(명)

—서계남西溪南 노옥각老屋閣(명)

둔계屯溪—융부隆阜 대진戴震 고거故居

—노가老街 : 정씨삼택程氏三宅, 정대위程大位 고거故居

—황산박물관黃山博物館

선택을 할 수밖에 없다. 우리는 2000년에 세계문화유산으로

지정되었다는 이현黟縣의 굉촌宏村과 서체西遞를 중심으로 하고 다음에 흡현歙縣의 당월棠樾 패방군牌坊群과 당모唐模 단간원檀干園, 그리고 둔계와 휘주구 일대의 잠구민택潛口民宅을 비롯한 몇 군데를 들러보기로 한다.

굉촌宏村

아침에 서둘러 도착한 굉촌은 벌써 관광객들이 가득하다. 무원에서는 우리밖에 없는 듯 하였는데 이곳은 정말 딴 판이다. 광장에 관광버스들이 줄지어 있다. 주위에는 산만하게 건물들이 지어져 있다. 거대한 두 그루의 고목도 보인다. 나중에 알게 되지만 굉촌은 소의 모양을 하고 있는데, 머리의 두 뿔을 이루고 있는 나무들이란다. 하나는 은행나무이고 하나는 풍양楓楊이다. 입장료가 비싸다. 55위안을 요구한다. 하지만 입구에서 우리는 외국인이라고 제지를 당한다. 여행을 하느라 옷차림새가 엉망인데도 그들의 눈에는 영락없이 티가 나는 모양이다. 외국인은 공안당국의 허가가 있어야 구경을 할 수가 있단다.

허참. 아직도 중국에 이런 곳이 있단 말인가. 그리고 허가를 받는데는 55위안을 더 내야 한단다. 우리는 차를 타고 5분 여를 달려 공안 사무실로 간다. 그들은 장기를 두고 한가하게 시간을 보내고 있다가 그냥 도장을 꽝 찍는다. 간단하다. 아무래도 당한 느낌이지만 중국인들의 돈벌이 궁리에는 혀를 내두를 수밖에 없다. 88년도 북경 자금성 입장료는 내국인 1위안 그리고 외국인은 다섯 배인 5위안이었다. 그것에 비하면 그래도 고마운 일이다.

굉촌마을은 호수 건너편에 자리잡고 있다. 수양버들이 늘어진 길을 따라 조금 가면 호수를 건너는 길이 나온다. 호수는 남호南湖다. 길 가운데 아취형의 멋진 돌다리가 놓여 있다. 계단과 돌난간이 간결하고 우아하다. 길 양편에는 연잎들이 둥둥 떠 있고 간간이 분홍의 연꽃들도 보인다. 남호는 현대와 고대의 꿈 같은 세계를 갈라놓는 연못같기도 하다. 우리는 피안의 꿈나라로 타임머신을 타고 천천히 걸어 들어간다. 검은 기와와 흰 벽이 벗겨져 드러나 회흑색의 벽돌들, 그리고 죽은 이끼가 말라붙어 있는 모습들이 눈 앞으로 다가선다. 다리가 끝나는 곳에서 얼마 안가 호숫가에 남호서원이 있다. 동네가 크니 서원이 별도로 있나보다.

동네 안으로 들어선다. 명청대 고촌락에서 흔히 보듯이 조그만 골목들이 잘 발달되어 있다. 하지만 굉촌의 골목들은 어김없이 수로와 함께 만들어져 있다. 다른 곳에서도 많이 보았지만 이곳은 예외없이 청석이 깔린 포장도로와 그 옆에 잘 다듬어진 수로가 나란히 있다. 흐르는 물도 깨끗하다. 물고기도 놀고 있다. 빨래하는 사람도 있다. 그런데도 이렇게 수질이 맑게 보존되다니. 믿을 수가 없다. 틀림없이 어떤 체계적이고도 과학적인 방법으로 수로관리가 이루어지고 있을 것이다.

굉촌은 홍촌弘村으로도 불리는데, 남송 때(1131년) 왕씨汪氏 일족들이 건설하였다고 한다. 그들은 춘추시대 노魯나라 왕족의 후예들이라 한다. 명나라 초기 영락永樂년간(1403~23)에 양곡을 북경으로 운반하여 큰돈을 번 왕신汪辛이 일만 냥의 은을 내놓아 본격적으로 촌락을 이루게 되었다. 당시 왕신은 유명한 풍수지리 전문가를 초빙하여 풍수에 맞게 소 모양(우형牛形)으로 설계하였다. 굉촌의 지세地勢가 정와우형呈臥牛形이었기 때문이다.

서북으로 명산 황산에서 흘러나온 지맥인 뇌강산雷崗山이 있어 소의 머리를 이룬다. 동네 입구에서 본 두 그루의 거목은 바로 소의 뿔이다. 동네 한가운데 반월형의 지당池塘을 팠으니 소의 위胃에 해당되는 곳이다. 가가호호 무수한 건물들이 들어서니 바로 소의 몸통을 이루고 동네 골목마다 9곡曲 18만彎의 지류가 흐르며 곳곳에 수거水渠들이 들어섰으니 소의 내장이다. 물이 몸의 피처럼 돌고 돌며 남쪽에서 동쪽으로 돌아들어 다시 남호로 흘러간다. 남호는 애초에 없었는데 명 만력년간에 조성되었다. 소의 위를 이룬다고 한다. 소의 위는 여러 개 반월형의 연못과 남호가 모두 위를 이루고 있는 셈이다. 동네를 돌아 흐르는 개울 위에 네 개의 다리를 건설하였는데 이들은 소의 네 다리다.

물은 촌락구조의 핵심이다. 물은 이곳에서 재화를 가져다주는 상징물이다. 물이 흘러드는 것만큼 재화와 복이 쌓이게 된다. 그러나 이런 세속적인 믿음보다도 더 중요한 것은 현대의 과학성을 훨씬 넘어서는 고대인들의 합리적인 안목이다. 동양에서 자연과의 합일은 언제나 중요한 과제요 화두다. 자연을 정복하거나 파괴하려는 것은 이치에 어긋나는 일이요 비도덕적이기도 하다. 사람들은 가능한 한 최대로 자연에 순응하고 어울리는 것을 최상의 덕목으로 삼았다. 굉촌은 그러한 문화적 바탕에서 이루어진 소산이다. 굉촌은 자연적 환경에 맞추어 살짝 자연 속으로 끼어들어간 그런 촌락이다.

물은 사람들을 위하여 여러 기능을 발휘하고 있다. 우선 식용으로 쓰이고 동시에 빨래나 청소에도 활용된다. 흐르는 물은 폐쇄적 구조의 천정원 담벽 밑으로 흘러 들어가 여러 가지 목적으로 쓰인다. 집안 내 조그만 정원의 연못으로도 이용되고 연못에는 아름다운 물고기들이 노닌다. 무엇보다 물은 화재를 방지하는 기능을 한다. 높은 담으로 둘러싸인 집은 모두 목조로 되어 있어 불에 취약하다. 하지만 풍부한 물은 그러한 재난을 미연에 방지하거나 불이 일어나더라도 번지는 것을 막고, 특히 이웃집으로 확산되는 것을 막아준다. 또한 곳곳에 실핏줄처럼 흐르는 물은 촌락과 집의 전체적인 온도를 여름에는 낮추고 겨울에는 높인다. 공기를 맑게 정화시켜주는 것은 말할 것도 없다. 자연에 순리적으로 산다고 하지만 실제 내용을 보면 철두철미 과학적이요 합리적이다.

승지당承志堂은 지금껏 보아온 천정원 건물 중에서 가장 규모가 크다. 골목에서 움푹 들어가 만들어진 대문은 늘 그렇듯이 거대한 '상商'자로 되어 있다. 문이라 하지만 실은 앞 벽에 뚫은 문이요, 장식이라 하지만 바로 벽 위에 표시를 해놓은 것이다. 다만 벽을 쌓을 때 문 구조와 상商자에 해당되는 부분을 벽돌이 아닌 대리석으로 구조물을 만들고 또 벽 위에 패루 모양으로 지붕을 붙인다. 건물 안은 한 마디로 꿈같은 광경이다. 전형적인 천정원 구조로 되어 있으나 승지당은 삼진三進 삼간으로 보통 집들의 세배가 된다. 하지만 실제로는 더 많은 면적을 차지하고 있다. 승지당은 소금으로 커다란 부를 쌓은 왕정귀汪定貴가 함풍咸豐 5년

(1855년) 경에 지은 것이다. 총면적이 3,000m²에 이르고 연건평이 2,100m² 이다. 천정天井이 9곳에 이르고, 루층이 일곱 개요, 크고 작은 당옥이 모두 60여 칸에 달한다. 전체적인 구조는 내원, 외원, 전청, 후청, 동상東廂, 서상西廂, 서방書房, 소객청小客廳, 관어청觀漁廳, 편청便廳, 소서방小書房, 와실臥室, 마작놀이를 하던 배산

승지당 대문

각排山閣, 아편을 흡입하던 탄운헌呑雲軒, 화원花園, 일꾼들이 쓰던 용인방傭人房, 주방廚房, 교랑轎廊, 저장실貯藏室, 지창地倉, 마굿간, 우물, 연못 등등으로 이루어진다. 전하는 이야기에 의하면 총 건축비용이 백은白銀 60만냥에 달하고, 스무 명이 넘는 조각 공예인들에게는 별도로 황금 백 냥이 건네졌다고 한다.[72]

승지당의 진면목은 규모에 있는 것이 아니다. 우리의 시선이 머무르는 곳이라면 어김없이 목조 예술품들이 아름다움을 자랑하고 있다. 당옥은 집안 깊숙이 자리잡고 있다. 보통의 당옥으로는 사람들이 큰 모임을 가질 수가 없다. 승지당은 이런 점을 해소하기 위해 중문을 설치하고 필요한 때에 자유롭게 개폐할 수 있도록 되어 있다. 우리가 들어온 곳의 들보 위에 '복福'자가 커다랗게 붙어 있다. 양쪽 쪽문 위에는 '상商'자 무늬의 아름다운 목조가 걸려 있다. 중문 기둥에는 어漁, 초樵, 경耕, 독讀의 모습이 새겨져 있다. 고기를 잡고 땔감을 준비하고, 밭을 갈며 또한 책을 읽는, 중국인들이 이상적으로 생각하는 삶의 양태를 표현하고 있다.

전청의 들보 중앙에 연관도宴官圖가 새겨져 있는데, 당나라 황실에서 신하들과 연회를 베푸는 장면이라 한다. 두공斗拱(공포)의 위쪽에는 삼국지의 내용이 조각되어 있다. 당옥 가운데 들보에는 백자료원소百子鬧元宵 즉 설날의 갖가지 놀이가 새겨져 있다. 창을 들고 있는 사람, 음식을 나르는 사람, 춤을 추는 사람들의 모양이 생생하다. 목각의 보존상태들이 아주 양호하다. 설명을 들어보니 문화대혁명 시절에 마을 사람들은 조각들을 모두 진

72 | 漫游徽居 - 楊大洲, 절강촬영출판사, 2000, 186쪽.

흙으로 발라 메우고 그곳에 모택동의 초상화를 걸어 재난을 면하였다고 한다. 다행스러운 일이다.

행서체로 쓰인 승지당 현판 아래의 당옥은 통상적 구조로 되어 있다. 책상과 의자들이 아름답다. 벽면 아래에도 손님용 의자들이 가지런히 놓여 있다. 지윤이는 마치 주인이 된 것처럼 얼른 탁자 옆 의자에 앉아 포즈를 취한다. 간편차림의 관광객이 이렇게 자유롭게 넘나드니 죽은 왕정귀가 살아 쳐다본다면 어떻게 느꼈을까? 그러나 한편으로 당시 19세기 후반의 급변하는 세계정세 속에서 아무 것도 심각하게 느끼지 못하고 전통문화를 고수한 채로 이렇게 아름다운 집에 돈을 쏟아 부었으니 조금은 안타깝기도 하다. 일반 국민을 탓해서 무엇하랴. 19세기 말 서태후는 그 와중에서도 군자금을 전용하고 이화원頤和園을 증축하여 아름답게 꾸미지 않았는가.

관어청으로 들어선다. 난간이 퇴색하여 고색창연하다. 미인고美人靠라 불리는 난간들이다. 비스듬하게 몸을 기댈 수 있도록 만들어져 있다. 담벼락 밑에 조그만 연못이 파여 있고, 밖에서 흘러 들어온 물에 큼직한 금붕어들이 놀고 있다.

월당은 아름다운 곳이다. 동네 한 가운데 이렇게 멋진 연못이 있다니 옛날 사람들의 안목이 대단하다. 이곳은 주윤발이 주연으로 열연한 영화 〈와호장룡臥虎藏龍〉의 촬영지로도 잘 알려져 있다. 빙 둘러 있는 건물들의 높낮이가 일정치가 않지만 그게 바로 운치다. 울퉁불퉁한 건물들이 호수 안으로 스며들어 그림자를 이루고 있다. 연못 가장자리는 돌로 튼튼하고 간결하게 잘 정비되어 있다. 포도鋪道 위로 닭들도 놀고 사람들도 다니며 빨래하는 사람도 있다. 신기할 정도다. 대부분의 유적지는 사람들을 쫓아내고 유령같은 모습을 보여주는데, 중국의 고촌락들은 아직도 사람들이 숨을 쉬며 일상의 삶을 영위하고 있다. 생활인들과 관광객들이 함께 어우러진다. 걱정되는 것은 사람들로 인한 오염이다. 현재까지는 물도 그렇고 전체적으로 크게 물이 들지 않아 다행이지만, 중국인들의 소득이 높아지면 아무래도 문제가 생길 것 같다. 사전에 현명한 대비책을 강구해야 할 것이다.

승덕당承德堂은 1720년 강희제 때 지어진 오래된 건물이다. 승지당에 비해 고아하고 간결하다. 품위가 느껴진다. 시대와 역사는 이렇게 건물에서도 드러난다. 덕의당德義堂은 조그만 규모이

월 당

다. 집안의 한 마당에 작은 연못과 누각을 만들었다. 소정원이다. 옆에 약간 큰 규모의 후원도 있다. 파초도 있고 후박나무도 보인다. 무궁화가 담벼락에 붙어 피어나고 있다. 돌로 된 탁자와 의자도 있고 분재도 여럿 있다. 조그만 대나무와 태호석도 자리를 차지하고 있다. 강남의 원림을 보는 듯하다.

서체西遞

마을은 산기슭에 둥그렇게 자리잡고 있다. 꽤 큰 촌락이다. 뒷산은 그리 높지 않고 산등성이 너머 산들이 그림자처럼 겹쳐지고 있다. 산에는 나무들이 그리 많지 않지만 여름이라 초록이 뒤덮고 있다. 동네 앞은 물론 논들이다. 무럭무럭 벼들이 자라고 있다. 보이는 풍광은 산 많고 물 많은 그런 곳이다. 또한 산 좋고 물 좋은 그런 곳이기도 하다. 하면 우리나라 어느 시골에서 흔히 보는 그런 경치가 아닌가. 마을은 고즈넉하고 정감이 넘쳐 보인다. 그래서 이들은 '휘거고장심원徽居高牆深院, 린차즐비鱗次櫛比, 흑백상간黑白相間'이라 했나보다. 휘주지방의 촌락은 멀리 보면 높은 담과 깊은 천정원들이 다닥다닥 비늘처럼 붙어 나란히 늘어서고, 검은색과 흰색이 서로 어우러져 있다는 의미다. 느낌이 앞서 보았던 굉촌과는 사뭇 다르다. 우선 관광객들이 크게 눈에 띄지 않는다. 요란스럽게 상업화된 건물이나 시설물도 없다. 그냥 조용하기만 하다.

서체는 본디 서천西川 또는 서계西溪라 불렸는데, 과거 이곳에 역참驛站이 있어 서체라 이름이 바뀌었다 했다. 명나라 때 기록에 의하면 물이 동쪽에서 서쪽으로 흘러 들어간다 하여 서체라 명명하였다고 한다. 서체는 호씨胡氏 집성촌이다. 1047년경 북송 년간에 마을을 건립하였다. 호씨는 본디 당나라 황실의 후예라 한다. 변란을 피해 강남으로 내려와 성을 호씨로 바꾸었다. 5세조 호세량胡世良이 이곳을 지나다가 지세가 너무 좋아 터를 잡고 마을을 이루기 시작하였다. 이곳의 호씨들은 계속 번창하여 명청대에 이르러 거인擧人이나 수재秀才 등 과거에 급제한 이가 234인이나 되었고, 관계로 진출한 사람은 무려 115인에 달하였다.

마을의 골목길은 다른 곳과 마찬가지로 포장된 도로와 개울이 나란히 만들어져 있다. 개울이 굉촌에 비해 넓고 깊다. 개울 양쪽 도로와 집들은 모두 커다란 돌들로 석축을 올리고 그 위에

호씨사당

호씨사당 마당의 석부조

도로를 깔거나 마두장을 세웠다. 개울이 깊어 드문드문 내려가는 계단들이 보인다. 특이한 것은 개울에 면한 쪽에 대문들이 만들어져 있다는 점이다. 도로 옆은 거대한 담장들로 막혀 있다. 문 앞에 개울을 건너는 다리들이 놓여 있다. 재미가 있고 정겨운 풍경이다. 골목에서 어린 녀석들이 대나무에 개구리 새끼를 매달고 개울에서 무엇인가 낚고 있다. 바로 게다. 우리의 참게같은 것들이 개울에서 노닐고 있다니! 어렸을 때, 허구한날 고기만 잡으러 다니던 시절이 생각난다. 당시에 마땅한 놀이가 없어 물고기를 잡으러 다니는 것이 커다란 낙이었으니.

푸른 이끼들이 더덕더덕 붙어 있다. 집들 사이사이나 집안 소정원에 나무들이 심어져 있어 겉으로 비죽 보인다. 등나무도 있다. 맑은 생명이 숨을 쉬고 있다. 지붕은 휘주지방 어느 곳에서

나 볼 수 있는 마두장이 계단처럼 올라간다. 대부분 다섯 층의 마두장이다. 마두장은 처음에 실용적으로 화재를 막는다든지 하는 기능이었지만 점차 형식화되고 장식화되어 간다. 서체의 마두장들이 그렇다. 그러나 이런 검고 흰 지붕들과 벽들이 골목과 어우러져 한 폭의 아름다움을 선사한다. 참으로 꿈같은 풍경이다.

서체도 골목 안에 들어서면 굉촌 이상으로 볼 곳이 많다. 호씨사당胡氏祠堂은 규모가 상당히 크다. 특이한 것은 정문 패루식 지붕을 온전하게 올린 것이 아니라 반만 지었다. 반통 건물을 거대한 마두장 앞에 붙여 놓았다. 눈가림이 지나치다. 하지만 휘주 건축 양식에서 집집마다 대문 위에 무슨 눈썹 붙은 것처럼 패루 모양을 단 것을 생각하면 자연스레 수긍이 된다. 명나라 만력년간(1600)에 세운 것으로 넓이가 1,800m²나 된다. 전청 · 중청 · 향당의 구조로 되어 있다. 고아하고 간결하다. 기둥마다 새겨진 목각이나 작체의 목조, 그리고 궁륭 형식의 천장 등은 모두 휘주의 일반화된 건축양식이다. 중당의 앞 양쪽 아래 직사각형의 돌에 새겨진 석각이 눈길을 끈다. 소나무와 용이 아름답다. 서원西園은 조그만 정원이다. 격선문의 무늬는 21세기에 보아도 전혀 손색이 없는 뛰어난 아름다움이다. 루창漏窓들도 있다. 석조石雕다. 세한삼절歲寒三絶, 즉 소나무 대나무 매화가 한데 어우러져 있다. 돌을 떡 주무르듯이 한 모양이다. 경애당敬愛堂에는 행서체로 충忠, 염廉, 절節, 효孝가 걸려 있다. 중국 도처에서 볼 수 있는 주희의 글씨다. 천정 아래 마당의 돌들에는 사슴과 공작이 새겨져 있다. 전체적으로 문기文氣가 느껴지는 그런 당옥이다.

이복당履福堂도 볼만 하고 도리원桃李園도 일품이다. 이복당에서 본 대련은 다른 곳에서도 본 문구다. '第一等好事只是讀書, 幾百年人家非無積善'－제일 좋은 일은 책을 읽는 것이요, 수백년이 되도록 선행이 그치지 않은 가문이라는 뜻이다. 도리원은 아이들을 가르치던 사숙私塾이다. 우리 식으로 하면 서당이다. 하지만 그 규모에 있어 차원이 다르다. 만인헌萬印軒, 필소헌筆嘯軒 등이 보인다. '유도명군有道明君'이라는 글씨를 비롯하여 온통 글씨들이다. 광고재曠古齋 현판은 추사 글씨같다. 예서가 고아하고 아름답다. 밑에 대련을 보니 '快樂每從辛苦得, 便宜多自喫虧來'라는 구절이 보인다. 즐거움은 언제나 쓰디쓴 고생 뒤에 얻어지고, 편하고 좋음이 많아지면 절로 기울어짐이 온다라는 의미다. 평범하지만 진실이 아닌가.

대부제大夫第의 건물이 특이하다. 강희제 때 조렬대부朝列大夫를 지낸 호문조胡文照의 고택이다. 폐쇄된 천정원 구조에서 맨 꼭대기 한 면을 밖으로 터서 누각을 만들었다. 중국인들이 임가정각식臨街亭閣式이라고 불리는 건축 양식이다. 밖에서 보면 누각에는 커다랗게 '도화원리인가桃華源里人家'라고 멋진 예서체가 쓰여 있다. 도연명이 읊은 꿈의 낙원인 도화원 동네에 있는 집이라는 뜻이다. 현판의 아래 쪽 벽에는 움푹 파인 공간 속 벽에다 '작퇴일보상作退一步想'이라는 전서체가 쓰여 있다. 한 걸음 물러나서 생각을 한다는 의미다.[73]

73 | 古宅風韻 – 영상전집, 영하출판사寧夏出版社 .

우리는 휘주 일대에 조성된 문화의식을 서체에서도 강렬하게 느낀다. 옛 봉건사회에서는 전통적으로 농사를 으뜸으로 하였다. 하지만 이곳에서 농사와 더불어 더욱 중시한 것은 상업이다. 건물마다 '상商'자로 이루어진 대문이나 조각들이 이를 웅변한다. 그리고 휘주 상인들이 쌓은 부를 생각지 아니하고서는 휘주 일대의 엄청난 문화유산을 이해하기란 불가능하다. 휘주 상인들은 상당히 현실적이고 합리적인 생각의 소유자들이었다. 한마디로 우리는 그들을 유상儒商이라고 불러야 할 것이다. 도덕과 지식을 겸비한 상인들이다. 그들의 촌락과 집구조를 보면 자연을 즐기며 도연명과 같은 삶을 이상적으로 희구한다. 경독문화耕讀文化다. 밭을 갈면서 책을 존숭하고 또 읽는다.

하지만 그게 전부가 아니다. 적극적으로 사회에 진출한다. 관리가 되기도 하고 거대한 상인이 된다. 그리고 고향에 좋은 일도 하고 가난한 사람에게 선행도 베풀고, 또 양주의 유명한 휘주 소금상인 마왈관馬曰琯 형제처럼 재능있는 예술인들을 후원하기도 한다. 그들의 삶은 자본가답게 화려함의 극치이지만 동시에 검소함과 근면함을 덕목으로 꼽기도 한다. 한마디로 중상重商, 중사重仕, 중선重善이다. 어떻게 보면 서양의 칼빈이즘과 상통하기도 한다. 독경당篤慶堂에 걸린 글씨는 이렇게 쓰여 있다.

讀書好營商好效好便好, 創業難守業難知難不難－독서는 좋은 일이요, 장사도 좋은 일이다. 좋은 것에 힘을 다하면 팔자도 좋아진다. 창업은 어렵고 또 사업을 유지하는 것도 어렵다. 그런 어려움을 알면 결국 어렵지 않게 된다.

우리는 휘주 상인들이 도달한 경지가 현대 자본주의 사회에서도 통용될 수 있음을 인지한다. 특히 자본주의가 지나칠 정도로 횡행하고 있는 지금, 중용의 미덕을 강조하는 유교적 상인들이야말로 우리가 배우고 본받아야 할 그런 사람들이다. 그들이 살고 있던 집들을 보면 온통 예술의 보고다. 문학, 서예, 그림, 조각 등이 가득 넘치고 있다. 부를 쌓고, 책을 읽으며 후손들을 가르치고, 이웃에 선행을 베풀고, 나가서 자연 순리에 순응하며 더불어 산다. 담박영정淡泊寧靜한 예술의 미적 경계에도 몸을 담그고 한 세상을 보낸다. 얼마나 멋진 삶인가. 머리가 어지러울 정도로 모든 것이 급하고 빠르기만 한 각박한 세상에서 우리는 과연 그런 경지에 도달할 수 있을까.

마을의 한편에 서 있는 석방石坊은 빼놓을 수 없는 서체의 명물이다. 서체에는 열 개가 넘는 패방이 있었다 하나 모두 사라지고 현재는 오직 이것 하나 뿐이다. 세칸 사주四柱 오루五樓의 규모가 큰 패방이다. 명나라 만력 6년(1578), 교주자사膠州刺史를 지내고 형왕부장사荊王府長史를 지낸 호문광胡文光을 기리기 위하여 황제의 허락을 받아 세운 것이라 한다. 동네를 앞으로 마주하는 면에 '교주자사'라는 큼직한 글씨가 쓰여 있고, 뒷면에는 '형번수상荊藩首相, 등가정을묘과봉직대부호문광登嘉靖乙卯科奉直大夫胡文光'이라는 글씨가 보인다. 돌들을 자유자재로 다루며 새겨 넣은 조각들이 아름다움의 극치다. 용, 기린, 공작, 사자 등이 보인다. 공포마다 양쪽에 둥그런 화반을 달고 온갖 무늬들을 조각하였는데, 모두 32개로 호문광이 벼슬을 한 32년을 상징한다고 한다. 돌은 모두 이곳에서 나는 청석 즉 대리석을 사용한 것이다. 오백 년 세월을 견디며 커다란 훼손없이 우뚝 서있는 품이 대단하다. 무당산 입구에서 본 아름다운 석패방과 견줄 수 있는 뛰어난 작품이라는 생각이 든다.

여름도 깊어가고 초록도 깊어가며 오늘 하루도 깊어간다. 우리는 석방의 그림자가 기울어지는 것을 보며 발걸음을 돌린다. 휘주에 드리운 옛날의 엄청난 구름이 서서히 벗겨지는 것같은 느낌이다. 차를 타고 휴녕休寧 쪽으로 방향을 잡아 둔계로 향한다. 가는 도중에 제운산齊雲山 자락의 아름다운 경관에 잠깐 숨을 돌린다. 제운산은 그리 높지는 않으나 험한 모양을 하고 있다. 숲이

교주자사 패방

서체 마을 풍경

빈약하다. 그래도 드문드문 대나무 숲이 보이고 관목과 커다란 교목도 보인다. 산기슭 밑으로 푸른 강이 흐르고 있다. 이곳의 강이나 개울들은 물이 모두 푸르다. 울창한 숲이 많지 않은데도 그렇다. 그만큼 산이 많고 자연환경도 크게 훼손되지 않았다는 증거다. 기다란 다리가 보인다. 다리를 중심으로 수백 년 아름드리 고목들이 즐비하다. 가지와 잎들이 강물에 그림자를 드리우며 늘어지고 있다. 다리는 송나라 때 만든 아주 오래된 다리다. 우리가 앞서 보았던 무원의 채홍교와 양식이 같다. 반선형半船形의 돈墩을 높이 쌓아올리고 그 위에 돌로 아취형 교량을 놓았다. 대단히 견고해 보인다. 전체적으로 풍기는 모습도 주위의 자연과 어우러져 아름답게 보인다.

휘주 일대에는 명대의 자양교紫陽橋와 송대의 태평교太平橋도 유명하다. 특히 태평교는 천년 전 다리라고는 상상할 수 없을 정도로 규모가 대단하다. 지은 지 십수 년도 안 되어 무너지는 성수대교 생각이 난다. 하지만 이 다리는 천년이 지났는데도 앞으로 천년은 더 버틸 것 같다. 투박한 돌난간에 발 밑 기다란 석재들이 새삼스럽다. 얼마나 많은 사람들이 이곳을 지나며 난간을 짚고

격선문 무늬

바닥을 디뎠을까. 이보 안드리치의 '드리나강의 다리'가 생각난다. 투르크 제국이 보스니아를 지배한 지가 약 사백 년이 되고 그동안 벌어지는 인간들의 모든 역사를 드리나강의 다리는 쳐다보고 있었다. 우리의 눈 앞에 있는 다리도 마찬가지다. 세상사 볼 것, 못 볼 것 얼마나 많이 보았을까. 그래서 그런가. 건너편 제운산은 도교의 성지란다. 다리 건너에 이미 먼 옛날의 아득한 집들처럼 명청시대의 자그마한 마을이 보인다. 피안彼岸이다. 그리고 사람들은 아마도 옥황상제를 찾아 저 산을 올라갔으리라.

당월棠樾

다음 행선지는 당월棠樾이다. 패방군牌坊群으로 유명한 곳이다. 명대에 건립된 것이 3좌, 그리고 청대의 것이 4좌다. 패방군은 우리가 동네로 진입하던 방향과는 맞은편에 나란히 서 있다. 첫 패방 다음에 조그만 사각정이 있고, 그 뒤로 굽어진 길을 따라 늘어서 있다. 장관이다. 한 곳에 무려 7개의 패방이 있다니.

동네 바깥쪽에서 안으로 첫 번째 패방은 포상현상서방鮑象賢尙書坊이다. 1529년에 지어진 것이다. 명나라 때 공부상서工部尙書를 지낸 포상현이 반란을 진압한 공적을 기린다. 그리고 그 다음의 포봉창효자방鮑逢昌孝子坊은 노모를 위해 절강성까지 건너가 약초를 구하고, 또 자신의 허벅지 살을 베어 바친 효자를 위한 것이다. '인흠진효人欽眞孝'라는 어구가 패방 위에 빛나고 있다. 포문연계처절효방鮑文淵繼妻節孝坊은 후처로 들어온 여인이 60이 넘도록 시어머니를 봉양한 것을 기념한다. 석판 위에 '절경삼동節勁三冬'이라고 새겨져 있다. 절의가 엄동설한에도 꿋꿋하다라는 의미다. 낙선호시방樂善好施坊은 선행을 많이 베푼 소금장수 포수방鮑漱芳의 이야기다. 그는 청나라 가경년간에 회화淮河와 황하에 대홍수가 발생하자 밀 4만 섬, 쌀 6만 섬을 풀어 십만여에 달하는 이재민을 구호하였으며, 또 8백 리에 달하는 회하의 제방을 수축하는데 헌신하였다. 이를 기리기 위해 황제의 명으로 1814년에 세운 것이다. 포문령처절효방鮑文齡妻節孝坊은 25세에 남편을 잃고 노모를 모시다가 45세에 세상을 떠난 왕汪씨 부인을 기린다. 성장한 자식이 황제에게 수 차례 탄원하여 마침내 황제의 윤허를 받아내고 세웠다. 자효리방慈孝里坊은 영락 18년(1520)에 세운 것으로 가장 오래된 패방이다. '어제御制'라 쓰여 있다. 황실에서 직접 비용을 충당하여 건립하였다는 의미다. 마지막 포찬효행방鮑燦孝行坊도 명나라 1533년에 지어진 것으로 모두 효행을 기념하고 있다. 모두 포씨鮑氏들이 세운 것들이다. 당월이 바로 포씨 집성촌인 까닭이다.

패방 하나하나는 작품의 수준이라는 면에서 그렇게 격조가 높은 것들은 아니다. 하지만 우리는 어찌 보면 기이하기 짝이 없는 이들 석조 구조물에서 중국 문화의 특징들을 읽는다. 패방들은 모두 충효와 절의 등의 덕목을 기리고 있다. 사람들의 숨소리가 들린다. 오백 년을 면면히 내려오는 전통가치관과 도덕, 갖은 풍상과 전란에도 불구하고 무너지지 않고 꿋꿋이 버티고 있는 패방들. 아름답기도 하고 놀랍기도 하고 동시에 가슴이 저리도록 아프기도 하다. 고대 봉건시대에 살았던 사람들이 숭상했던 가치

패방군

관과 덕목, 그리고 엄격한 예교禮教라는 틀 안에서 괴로움을 겪어야 했던 무수한 여인들의 삶도 느껴진다. 그 동안 우리는 패방을 무수히 보았다. 그렇다면 패방은 무엇일까. 왜 이런 양식의 패루나 패각이 나타났을까?

"패방은 중국의 특수한 예교禮教 건축이며, 일반적으로 능묘 궁궐 앞 거리의 골목 입구 야외 대로의 다리 끝에 세웠는데, 목적은 충신 효자 절부節婦 의사義士 등의 덕행을 표창해서 사람들로 하여금 이들을 영원히 기념하고 본받게 하여, 예의 규범을 존중하고 지켜야 한다는 것을 느끼도록 하기 위함이었다."[74]

74 | 禮의 精神－柳肅, 洪熹 옮김, 東文選, 288 쪽.

위의 글은 사회적 도덕적 측면에서 패방을 설명한 것이다. 하지만 건축적인 측면에서 패방은 어떤 기능을 가지고 있을까.

"패방문은 화표華表가 변한 것이다. 화표의 역사는 매우 오래되어서 건축의 역사보다 연원이 깊다. 그것은 옛날에는 항표恒表라고 불렀는데, 대개 부락시대 토템 표지의 일종이었으며, 망주望柱의 형식으로 출현하였다. 화표는 모두 한 쌍의 형식으로 출현한 것이므로, 한 쌍의 화표 사이에 위로 액방을 얹어서 문을 만들었고, 액방에 명칭을 써넣었는데 이것이 바로 최초의 패방문이 되었다. …… 또 다른 방면으로 패방문은 더욱 발전하여 고대 거주 지역의 입구문이 방문坊門이 되었으며, 따라서 패방이라 하였다. 그 표지성의 기능을 한층 더 강조한 것이 패루牌樓다. 큰 패루는 한 칸에서 세 칸으로, 다섯 칸에서 일곱 칸으로 발전하였고, 액방 위에 두공, 옥첨, 용문작체龍門雀替 등을 얹어서 매우 화려하고 웅장한 건축형식이 되었다. 또한 패루는 기념비의 성격으로 변하였는데, 이것으로 당시 관에서 인정하는 사적을 표창하는데 사용하였다. 패루는 비록 부분적으로 기념비의 성격을 갖는 것으로 변했지만 여전히 문으로 존재하였다. 그것은 일반적으로 옛날에 도시 큰 거리에 가로 놓여서 거리를 구성하는 하나의 풍경이 되었다. 이를 두고 어떤 사람들은 시선의 종결점(terminal features)이라고 부른다. 동시에 그것은 항상 중대한 건축물로 통하는 도로의 기점을 표지하였다."[75]

우리나라 건축에서 이러한 양식의 패방은 찾아보기 힘들다.

75 | 화하의장華夏意匠 《중국고전건축의 원리》, 91, 92, 93쪽.

화표華表의 기능을 하고 있는 것들로는 주로 사찰 입구에 커다란 두 개의 돌기둥을 세우고 깃발을 다는 당간지주幢竿支柱와 절로 들어서는 첫 번째 문인 일주문 등을 꼽을 수 있을까. 왕릉의 입구에 세워진 홍살문도 그러한 경우일 것이고, 일본의 신사神祠 입구에 만들어 놓은 간단한 문들도 화표일 것이다. 그러고 보면 중국의 패방이나 거대하고 아름다운 패루는 중국 특유의 건축구조물이라 할 수 있겠다. 그리고 중국에서는 위치를 가리키는 표지성 기능보다도 기념비적인 성격을 더 강조하였다.

우리는 지금까지 보아온 패방들은 가문에서 높은 벼슬자리까지 오른 인물을 기리는 것들이 대부분이었는데, 이곳 당월의 패방들은 거의 다 효자와 열녀를 기리고 있다. 봉건 예교 시대의 문화가 강하게 느껴진다. 패방들은 통상적으로 황제의 윤허 즉 성지聖旨를 받들어 세운다. 이로 보면 패방을 세우는 목적의 이면에는 정치적 사회적 의도가 있음을 부인할 수가 없다.

마을에는 패방 말고도 청의당淸懿堂이라는 아름다운 사당이 나온다. 청나라 가경嘉慶년간에 세운 것이라 한다. 대문 주위에 붙어 있는 석조와 전조가 놀랄 정도로 아름답다. 전체 규모도 대단히 크다. 건물의 구성이나 새겨진 조각들이 단아하고 간결하며 고아하다. 여인의 절효節孝를 기리기 위한 사당이다. 의외가 아닐 수 없다. 여인을 기리다니! 그러나 역설적으로 우리는 당시의 여인들이 자유를 속박당하며 허울좋은 명교名教를 위해 얼마나 비참한 삶을 살았는가를 직시하여야 할 것이다. 남자들과 가문 중심의 사회에서 그 봉건사회가 요구하는 정절을 지켜야 하였던 여인들. 사람들은 정절이 뛰어난 여인들을 후손들에게 모범으로 보이기 위하여 패방을 세우고 사당까지 만들어 기린다.

"휘주 사람들은 나이 12/3세에 혼인을 하고 남자들은 외지로 장사를 하러 나간다. 그리고 보통 십년 또는 수십 년이 지나야 귀향을 한다. 보통 삼년에 한번 고향을 다녀온다. 〈신안죽지사新安竹枝詞〉에는 다음과 같은 구절이 나온다. 健婦持家身作客, 黑頭直到白頭回. 兒孫長大不相識, 反問老翁何處來—건강한 아내가 집을 지키고 몸은 나그네가 된다. 검은머리가 하얗게 되어서야 돌아오니 어린 자식들은 성장하였으나 서로 알아보지 못하고 어르신은 어디에서 오셨는가 거꾸로 묻는다." [76]

"기록에 의하면 여인이 어려서 청상과부가 되면 홀로 살 수가 없게 된다. 이럴 경우 친척들에게 모월 모일 스스로 자진할 것임을 통보한다. 이는 친척들에게 영예가 되기에 그들은 돈을 모아 조그만 관을 마련한다. 죽기 3일 전에 알록달록한 수레에 나팔을 불며 신인神人을 맞이하는 것처럼 하는데, 젊은 여인은 정장을 하고 모자를 쓴 채 수레에 단정하게 앉아 있고 마을을 한 바퀴 돈다. 마을의 유지들은 그녀에게 식사를 대접하기도 한다. 그녀는 한 다발의 생화를 손에 쥐고 있다가 아직 자식을 낳지 않은 젊은이에게 건네주는데, 이 꽃을 받는 사람은 나중에 아들을 낳게 된다고 한다. 3일간의 잔치가 끝나게 되면 길에 울긋불긋한 색칠을 한 선반을 세우고 그 위에 색줄을 매단다. 여인은 친척들에게 작별을 고하고 의연히 받침대로 오르고 스스로 줄에 목

76 | 향토중국, 44쪽.

을 매고 죽는다. 수많은 사람들이 박수를 치며 그 아름다움을 칭송한다."[77]

그리고 사람들은 그녀를 기리기 위해 정절패방貞節牌坊을 세운다. 상상만 해도 끔찍한 일이다. 인간의 맹목성을 잘 드러내주는 경우다. 인도의 일부 지방에서는 20세기에 이르기까지 남편이 죽으면 살아 있는 아내도 함께 화장을 하였다니 사람들과 사람들이 모여 사는 사회란 무엇인가 하는 생각을 다시 하게 된다.

휘주 지방의 경우도 찬란한 예술문화와 학문을 자랑하였지만 결국은 시대적 한계를 극복하지 못한 근대 이전의 봉건사회였음을 절감하게 된다. 벽이 감방의 벽처럼 높이 올라간 천정원 주택 안에서, 휘황찬란한 조각과 가구들 사이에서, 엄청난 금은보화가 쌓인 생활 속에서도 여인의 삶들은 고달프기만 하였고, 남정네들의 삶 역시 사회가 부과하고 하는 도덕이라는 무게를 감당하기는 쉽지 않았을 것이다.

패방들 주변은 그저 논밭뿐이다. 분홍빛 연꽃이 흐드러져 있다. 연못에 피어난 것이 아니라 재배한 것들이다. 농촌 아낙네가 연밥을 따고 있다. 밭이 습하니 나무판자를 고랑에 깔아놓아 사람이 밭으로 드나들 수 있도록 하였다. 우리는 사진기를 들고 연꽃을 담기에 바쁘다. 커다란 분홍빛 꽃잎 안에 노란 암술이 예쁘다. 정자나 누각을 끼고 있는 호수나 연못에서 피어난 관상용 연꽃은 어찌 보면 온실 속의 여린 꽃이다. 이곳의 연꽃들은 연뿌리

77 | '畏廬瑣記', 상동 책에서 재인용. 52, 53쪽.

로 수확되어 사람들의 식탁에 오를 것이다. 인간들의 거친 삶과 더불어 함께 생명의 숨을 쉬고 있다. 생생하게 살아가는 생명은 언제나 더 아름답다. 동네로 발길을 옮긴다. 사당도 있고 신덕당愼德堂도 있다. 석조로 된 사주四柱 석방들이 유리 안에 모셔져 있다. 우리는 마을을 구경하는 둥 마는 둥 자리를 옮긴다.

당모唐模

당모에 이르자 한낮이다. 햇살이 뜨겁다. 조용한 곳이다. 우리는 먼저 거대한 고목을 만나고 특이하게 생긴 정자를 보게 된다. 사제정沙堤亭이다. 삼층으로 된 높은 누각이다. 이층 삼층이 모두 팔작지붕으로 되어 있고, 추녀(중국에서는 비첨飛檐이라 한다)는 한껏 하늘을 향해 있다. 강희년간에 지어진 것이라 했으니 350년이 흘렀다. 거대한 석방도 우리를 맞이한다.

'동포한림同胞翰林'이라고 큼직한 글씨가 걸려 있다. 강희제 때 허승선許承宣, 허승가許承家 형제가 진사에 급제한 것을 기념하기 위한 패방이다. 꼭대기에 '은영恩榮'이라고 씌어 있으니 황제의 은총을 받아 영화를 누리게 되었다는 의미다. 기둥 아래에 사자도 쌍으로 붙이고 제법 멋을 내고 있다. 부조 석각들이 아름답다. 패방을 지나 잘 닦여진 길을 걸어간다. 좌측으로는 깊은 개울이 흐른다. 석축도 간간이 쌓여 있고, 물에는 시꺼먼 물소들이 놀고 있다. 바로 이가염의 그림들 중에 나오는 한 장면이다. 어디서 소치는 아이가 피리를 불고 있을 것만 같다. 주위에 커다란 나무

사제정

들이 무성하다. 사람들은 전혀 보이지 않는다.

단간원檀干園은 아늑하고 호젓한 곳이다. 건물들과 인공적으로 조성된 호수와 나무들이 잘 어울려 한 폭의 그림 같다. 배롱나무도 꽃이 한창이고 자귀나무도 꽃을 피우고 있다. 무궁화도 보인다. 호수 저 편에 원형의 정자가 지어져 있다. 단간원은 소서호小西湖라는 별명이 있는데, 이는 청나라 가경년간에 허이성許以誠이 늙은 노모를 위해 항주의 서호를 모방하여 지었기 때문이다. 허이성은 이름난 효자로 늙으신 어머니가 서호를 보고 싶어하였지만 연로하여 항주까지 서호 유람을 할 수 없음을 안타깝게 여겨 서호를 흉내내어 멋진 정원을 고향에 만든 것이다. 서호처럼 삼담인월三潭印月도 있고 호심정湖心亭도 있다.

우리는 호수 한가운데 백제白堤를 지나 돌난간까지 세운 돌다리 옥대교玉帶橋를 건너간다. 커다란 건물이 나오는데 허씨 일족들이 친지들을 불러 시회詩會나 문회文會를 열며 즐기던 곳이다. 벽에는 온통 석각으로 된 글씨들이다. 유명하다는 사람들의 글씨들은 몽땅 모아다가 파놓았다. 채양, 소식, 황정견, 미불, 주희, 조맹부, 동기창, 팔대산인 등등, 이름만 들어도 현기증이 난다.

동네로 들어선다. 점심도 때울 겸 마을을 구경한다. 참으로 휘주 일대는 모든 마을이 물과 함께 공존하고 있다. 어디를 가나 물이다. 이곳 역시 동네 한가운데로 단가계檀干溪라는 커다란 개울이 흐른다. 개울이 제법 넓다. 양쪽으로 길이 있고 집들이 늘어서 있다. 한쪽 길에는 회랑이 만들어져 지붕까지 있다. 개울가에는 난간이 있다. 미인고다. 기다란 의자도 기대어져 있다. 사람들

동포한림 패방

단간원

은 이곳에 앉아 미인고에 기대어 흐르는 개울을 보며 한가한 시간을 즐겼을 것이다. 곳곳에 널빤지 모양의 커다란 석판들이 다리를 이루어 양쪽 길을 연결하고 있다.

개울을 거슬러 올라가면 고양교高陽橋도 나온다. 두 개의 아취형 석축 위에 누각이 얹혀 있다. 벽돌로 정교하게 쌓여진 다리다. 누각 안에는 의자와 책상들이 있어 사람들이 즐겨 모이는 곳임을 느끼게 한다. 격선문들로 이루어진 벽에는 곳곳에 글씨들이다. 천장을 보니 들보와 도리들이 그대로 드러나 있다. 세월이 덕지덕지 묻어나는 회색빛 나무들을 보니 참으로 인생무상이다.

당모 마을 풍경

잠구민택潛口民宅

잠구의 촌락은 최근에 조성된 마을이다. 마을이지만 사람들이 살지 않는다. 우리나라의 관광지처럼 정부기관에서 개입하여 휘주 일대의 버려지거나 사멸되어 가는 건축물들을 그대로 옮겨 놓은 곳이다. 그 동안 중국 여러 곳을 돌아다녔지만 이렇게 고대 문화재를 보존하려고 관심과 예산을 쏟아 부은 곳은 처음이다. 중국도 이제 분명히 그들의 자랑스런 유산에 각별하게 신경을 쓰기 시작하였음이 틀림없다. 다행스런 일이다.

'잠구민택'이라고 커다랗게 현판을 내걸은 대문이 바로 매표소이다. 커다란 고목 두 그루가 손님들을 맞이하고, 거대한 석방도 기념표지물로 걸맞게 세워져 있다. 본디 방씨方氏가문의 종사에 서있던 패방이란다. 정교하고 아름답다. 서체에서 보았던 교주자사 패방에 비해서도 손색이 없어 보인다. 사주 삼층 구조다. 기둥과 들보 사이에 작체도 보이고, 들보 사이에 루창漏窓식으로 새긴 무늬도 있다. 위쪽 삼층은 특이하게 지붕을 얹었다. 나무가 아니라 돌로 만든 것이다. 대단하다. 여의주를 문 용 두 마리가 용솟음치고 봉황들이 연꽃 틈에 있다. 소나무 밑에서 호랑이를 다스리고 있는 선비의 모습도 있다. 공포마다 꽃잎을 새긴 조각들을 날개처럼 달고 있다. 화반花盤이다.

석주 양쪽에는 해태를 닮은 사자상들이 걸터앉아 있다. 화려함으로 보아 청대에 건조된 것 같다. 패방 주위에는 대숲이 울창하다. 의도적으로 식재된 듯 대나무 종류가 다양하다. 가느다란

잠구민택

세죽인 방죽方竹, 커다란 대나무인 모죽毛竹도 보인다. 잎이 세 개인 소엽삼각풍小葉三角楓이라는 나무도 있고, 야생 관음죽도 있다. 관광객을 위하여 나무에다 일일이 팻말을 달아놓았다. 나중에 보이지만 마을에는 일본 향나무를 닮은 설백雪柏, 회양목인 소엽황양小葉黃楊, 호랑가시나무와 비슷한 구골構骨, 사르비아꽃인 일관홍一串紅, 누운향나무를 말하는 지백地柏 등이 심어져 있다.

마을은 산기슭 비탈을 따라 잘 조성되어 있다. 이곳에 옮겨 세운 건물들은 대개 명나라 때의 건축물들이다. 낙선당樂善堂의 건물들은 처마가 모두 홑처마다. 단조롭지만 간결하고 우아하다. 기둥들은 모두 배흘림기둥이다. 건물에서 풍기는 품격이 마치 우리의 조선시대 건축물을 보는 것 같다. 명대에 지어진 건물들은 언제나 그렇듯이 우리의 건축들과 흡사하여 향수를 불러일으킨다. 주위에 '판율板栗'이라고 쓰여진 나무를 보니 산밤나무다.

'조문청曹門廳'이라는 멋진 글씨가 걸린 건물도 있다. 글씨는 청나라 후기 유명 화가인 조지겸趙之謙(1829~84)의 해서란다. 지붕은 홑처마이지만 다공포 양식이다. 지붕의 선이 매우 완만하여 우리의 기울기와 거의 같다. 청대의 지나칠 정도로 꼬부라진 선과는 격이 다르다. 명나라 홍치년간(1495)에 지었다는 사간제司諫第도 보인다. 이진삼칸二進三間의 구조다. 그 외에도 명대 민간 농가들이 여럿 보인다. 모두 일진삼칸一進三間으로 이층구조다. 방이 다섯 여섯 개 정도 되는 제법 규모들이 크다. 민간의 농가들이 이런 규모의 집에서 살았다고 생각하니 당시 세계 최대 강대국이었던 명나라의 국력이 느껴진다.

집안 내부를 보면 천정원 구조에 격선문 등은 청대와 다를

조문청

것이 없으나 이층에는 난간이 없이 그대로 격선문과 벽이다. 목각이나 조각들이 거의 보이지 않은 집들도 있다. 조각으로 장식된 집들은 청나라 때 지어진 집들처럼 요란스럽거나 화려하지 않다. 문의 창살무늬도 우리처럼 그저 격자무늬 정도이다. 그리스 건축 양식으로 말하자면 청대는 코린트 양식이요 지금 우리가 보는 명나라 건축물들은 이오니아식이다. 단조로우면서도 간결하고 우아함이 느껴진다. 지윤이가 2층으로 올라가 얼굴을 내민다. 여닫이 격선문 안에서 붉은 티의 지윤이가 한껏 어울린다. 잠구민택에서 우리가 본 건물들은 건축사학자들에게는 아주 귀중한 자료가 될 것임이 틀림없다. 우리는 이곳을 찾은 이들이라고는 우리밖에 없는 호젓한 분위기를 만끽하며 천천히 마을 이곳저곳을 산책한다. 새소리도 들리고 오솔길에는 무궁화가 한창이다.

정감 呈坎

정감은 본디 이름이 용계龍溪였다. 마을 가운데로 커다란 개울이 흐른다. 땅이 고르지 않고 울퉁불퉁하여 정감이라는 지명이 나중에 붙었다 했다. 일찍이 남송의 주희가 정감 쌍현리雙賢里를 강남의 제일촌이라 지칭할 만큼 정감은 아름다운 마을이다. 곧장 보륜각寶綸閣을 찾는다. 보륜각은 나동서사羅東舒祠에 있는 누각의 이름이다. 나동서사는 속칭 신사당新祠堂 또는 정정당貞靖堂이라고 불린다. 명나라 가정嘉靖년간에 나씨들의 13세 조상인 나동서를 추념하기 위해 세운 사당이다. 사당은 보통 규모가 아니다. 전청 중청 후청의 삼진三進 형식으로 되어 있고, 일개 청을 이루고 있는 건물의 칸 수가 세어보니 무려 11칸이다. 첫 번째 진은 의문儀門이다. '정정나동서선생사貞靖羅東舒先生祠'라는 편액이 걸려 있다. 안으로 들어서면 영성문欞星門이 나오고 사당을 지은 내력을 적은 비석도 보인다. 특이한 것은 청마다 앞의 기둥은 화강석으로 세우고 그 뒤에 늘어선 기둥들은 모두 목재다. 제 2진의 대청은 여섯 개의 석주 뒤로 모두 24개의 나무기둥들이 늘어서 있다. 대청에는 '이륜유서彝倫攸敘'라는 행서의 편액이 걸려 있는데 명말 서예와 회화로 이름을 떨친 동기창董其昌의 글씨다.

마지막 후청이 바로 보륜각이다. 거대한 이층구조다. 돌로 된 기단부가 견고하게 보인다. 건물 안으로 들어서기 위해서는 마당에서 계단을 올라가야 한다. 계단 옆의 석난간에는 아름다운 부조들이 새겨져 있다. 건물의 기단과 마당을 구획짓고 있는 기다란 난간에도 각종 무늬와 기화요초들이 즐비하다. 난간 하나

정감 보륜각

하나가 부조의 진수들이다. 전면에는 돌로 된 기둥들이다. 그리고 두 번째 기둥들은 목조인데, 그 사이에 바로 궁륭 양식으로 된 천장 구조물들이 위로 보인다. 기둥과 기둥 사이의 가로 방향 월량들 사이에 있는 작체들과 기둥의 주두를 연결하고 있는 기다란 도리들 사이에 있는 받침목들이 모두 정교한 조각들이다. 주두 위로 다공포 형식의 결구가 보인다. 공포를 이루고 있는 첨차들이 간결하고 고아하다. 소의 혓바닥 모양의 쇠서도 보이지 않고, 공포 자체를 이루고 있는 목재들이 그냥 다듬어져 있다. 소박하고 고아하다. 산서성 태원의 진사에서 보았던 건축 양식과 닮아 있다. 사당이라는 건축물에 잘 어울리는 양식이다.

지붕은 오래 만에 보는 겹처마다. 우리처럼 둥근 목재를 사용하지 않고 모두 사각 서까래들이다. 막새기와도 돋보인다. 일층 지붕 위로 이층 지붕 사이에 벽이 있고 '보륜각'이라는 현판이 걸려 있다. 벽은 모두 격선문들로 이루어져 있다. 격선문의 구조와 격살무늬들이 청나라때 건물들처럼 요란스럽거나 화려하지가 않다. 단조롭고 간단하다. 보륜각은 명나라 신종 때 감찰어사 등의 벼슬을 지낸 나응학羅應鶴 등 나씨 문중을 빛낸 조상들이 모두 황제의 은륜恩綸을 입었음을 기리기 위한 것이다.

건물 안으로 들어서면 찬탄을 금할 수 없게 된다. 결구된 나무들에 새겨진 목조들은 휘주 여행에서 그렇게 수없이 보았지만 다시금 그 아름다움에 경탄하게 된다. 특히 기둥과 들보가 연결되는 부위의 모든 목재 부재에는 기기묘묘한 조각들이 새겨져 있다. 약간씩 휘어진 들보들의 아름다움도 그렇지만, 그 위로 주심도리, 중도리, 종도리를 따라가며 연결되는 들보들 또한 아름다움의 극치다. 특히 용마루 밑을 이루고 있는 종도리의 좌우 양쪽으로 내려서는 목재는 그 자체가 멋진 조각이다. 그리고 모든 도리들에는 각종 문양이 채색되어 있다. 우리의 단청인 셈이다. 기하학적 문양을 이루고 있는 채색들과 섬세하고 정교한 목조들, 그리고 서까래 위의 천장들이 묘한 조화를 이루고 있다.

안의 벽에는 눈이 어지러울 정도로 편액들이 마구 걸려 있다. 절효節孝, 관찰하동觀察河東, 진사進士, 농과거인農科擧人, 기년박학耆年博學, 문헌文獻, 경문위무經文緯武 등등. 한편에는 하얀 바탕에 장문의 글씨들이 적혀 있다.

밖으로 나와 얼마 떨어지지 않은 곳에 위치한 환수교環秀橋를 구경한다. 언뜻 보기에 초라하다. 벽돌로 쌓은 교각에 석재로

판을 깔았고 한편에 나무로 지은 누각을 세웠다. 누각은 돌보는 사람이 없어 금방 쓰러질 것 같다. 하지만 이 다리는 원나라 때 세운 것이라 한다. 무척 오래된 다리다. 전란을 여러 번 겪었으나 그때마다 중수를 하여 지금껏 보존되어 온다 했다. 마을에는 융홍교隆興橋라는 다리도 있고, 장춘사長春社라는 건물도 있으나 우리는 포기한다. 이곳 마을은 휘주의 보통 고촌락과는 달리 명나라 때 건물들이 많다. 한 두 집만 구경한다.

황 산

휘주의 마지막 구경거리는 황산이다. 대부분의 사람들이 휘주를 방문하는 이유는 명청대의 고촌락과 문화를 즐기려는 것보다 황산의 아름다운 절경을 감상하기 위함이다. 그만큼 황산은 널리 알려진 명승지다. 우리는 저녁에 시내에서 황산 아래로 숙소를 옮긴다. 이른 새벽부터 산을 타기로 하였기 때문이다. 산의 최고봉인 연화봉蓮花峰이 1,864m에 이르는 높은 산이고, 본디 이름난 절경이 많아 며칠간 묵어도 시원치 않을 그런 곳이지만 하루에 주파하기로 한 터다.

황산의 입구를 알리는 패루인 황산대문을 지나 황산빈관黃山賓館에 여장을 푼다. 오래된 호텔이다. 새로 지은 듯한 신관으로 안내된다. 값도 적당하고 깨끗하다. 주위에 산림이 울창하다. 가까이 계곡의 물이 흐르는 소리도 들린다. 지도를 보니 도화계桃花溪다. 저녁을 먹고 자리에 누우니 산바람인가 계곡바람인가 심상치 않게 불어댄다. 황산은 정말로 운이 따른다 했는데 아무래도 날씨가 마땅치가 않을 것 같은 느낌이다.

어두운 새벽에 일어나 미리 파악한 버스를 기다린다. 미니버스다. 깜깜하다. 기어이 빗방울이 간간이 우리를 건드린다. 하루에도 몇 번씩 변하는 산중의 날씨이니 그래도 미련을 가지고 우리는 자동차에 올라탄다. 자광각慈光閣이 버스의 종착지이다. 자광각은 케이블 카가 올라가는 출발점이기도 하다. 황산에는 모두 세 군데 케이블카가 있는데 이곳은 옥병참玉屛站까지 올라간다. 우리는 단연코 걸어서 등산하기로 한다. 등산을 하며 깊은 맛을 느끼려면 걸어서 천천히 올라가야 한다.

날이 벌써부터 밝아 입마교立馬橋를 거치며 절경들이 나타난다. 잔뜩 흐린 날씨이지만 그래도 가까운 봉우리들이 흐릿하게 보인다. 다행이다. 금계규천문金鷄叫天門에 이르니 오른쪽으로 천도봉天都峰이 깎아지르듯 솟아 있다. 1,810m의 고봉이다. 생김새가 북한산의 인수봉같다. 빼어난 자태이지만 절벽의 바위들이다. 하지만 소나무들이 드문드문 솟아나 자라나고 있는 것이 인수봉과 다르다. 왼쪽으로는 노인봉老人峰이다. 역시 바위들이 가파르다. 모양이 약간 둥글다. 계곡에는 푸른 숲이 빼곡하다. 전체적으로 우리의 북한산, 도봉산이나 설악산의 풍경 같다. 친근미가 느껴진다. 화강암으로 이루어진 산들이 보여주는 그런 자태다.

갑자기 구름 덩어리들이 물컹물컹 솟아오른다. 삽시간에 오른 쪽 봉우리들을 뒤덮는다. 앞에 보이는 것이라고는 오로지 하얀 안개 덩어리들이다. 길은 잘 닦여져 있다. 비가 온 탓으로 길이 모두 젖어 있다. 길은 석재를 쌓아 만든 곳도 있으나 길 자체의 돌을 파서 계단을 만든 것이 많다. 돌난간도 있다. 길을 이렇게 닦기란 쉽지 않은 일인데 중국이니 가능하겠지, 의문을 접는다. 무당산武當山에서도 사오백년 전에 닦은 도로들을 보지 않았던가. 무당산보다 더 유명한 산이니 오죽할까.

순간 구름이 확 걷힌다. 기암괴석들이 눈앞에 즐비하다. 금강산의 만장봉을 보는 것 같다. 아름다움에 숨이 막힌다. 참으로 절경이다. 천도봉을 포기한다. 너무 위험하고 힘이 들 것 같다. 우리는 천도봉 아래의 천도북로天都北路를 택한다. 곧바로 일선천一線天이다. 사람이 하나만 다닐 정도로 비좁은 길이 한참이다. '석단포石團蒲'라고 새겨진 바위 앞에는 커다란 바위가 통로에 박혀 있다. 바위 아래와 옆으로 좁은 계단길이다. 양쪽으로 커다란 바위를 비좁은 듯 가파르게 올라서면 봉래삼도蓬萊三島가 나온다. 구름이 잔뜩 산을 뒤덮고 있다. 먼 시야는 막혀 있고 바로 지나온 뒤로 멋진 바위덩어리가 세 개 보인다. 난간에 걸터앉아 쉴 겸 사진을 담는다. 멋진 풍경이다. 세 개의 뾰족한 봉우리와 소나무가 잘 어울린다. 산수화로 그린다 해도 누가 실경實景이라 믿을까. 바위틈을 비집고 헤매듯 올라간다. 구름이 짙어 가까운 곳만 보이지만 그래도 눈 앞의 경치는 아름답다. 먼 곳이 다 보인다면 얼마나 황홀할까. 아쉬움이 넘친다. 산세가 험하다. 금강산을 구경하였을 때도 이런 적이 없고 북한산에도 이런 곳은 없다.

옥병루에 도달한다. 갑자기 사람들이 인산인해다. 우리가 산을 올라올 때 사람들 자취라고는 거의 보지를 못했는데 어디서

황산 올라가는 길

이렇게 많은 사람들이 나타났담? 바로 옥병참이 아래다. 케이블카를 타고 온 사람들이다. 도대체 이렇게 흐린 날에 무엇을 보았을까. 지척도 분간키 어려운 구름안개 사이로 무엇을 보았을까? 옥병루 근처는 잘 개발되어 있었다. 여관도 보이고 식당도 있다. 너른 마당에는 판돌이 잘 깔려져 있다. 그리고 바로 옆이 영객송迎客松이다. 나그네를 맞이하는 소나무라. 이름이 좋다.

거대한 바위 비탈 아래 커다란 소나무가 치솟아 있다. 옆으로는 비탈이고 조그만 바위들이 뾰족하게 솟아있다. 나무는 마치 빵모자를 쓴 듯 중간에 가지가 한쪽으로 크게 뻗어나 있다. 단순하다. 그리고 한 방향으로 가지들이 힘을 모으고 있다. 바로 황산송黃山松이다. 망객송도 있다. 황산에서 만나는 나무들은 대개가 이런 모양을 띠고 있다. 높은 산 가파른 벼랑에서 숨을 쉬려니 바람에 쏠려 저렇듯 한쪽으로 쏠려 있다. 거친 환경이니 아무래도 나무의 성장이 더디고 힘들었을 것이다. 그리고 어떻게 단단한 바위를 뿌리가 파고들었을까. 우리는 동아시아 문화권에서 소나무가 공자 이래 유별나도록 절개가 굳은 사나이의 나무로 간주되고 있음을 안다. 황산의 소나무들을 바라보고 있노라면 절로 수긍이 가는 이야기다.

저쪽으로 멀리 연예봉蓮蕊峰이 보인다. 가파른 산봉우리에 황산송들을 머리로 얹고 있다. 가파른 절벽과 산봉우리들. 그리고 소나무들. 형호荊浩나 범관范寬의 산수를 보면 험한 산과 기암괴석 그리고 내려꽂히는 비폭飛瀑들이 보이는데, 그전에는 모두 실제의 경치를 그린 것이 아니라 모두 상상의 세계이려니 여겼는데 중국의 이곳저곳을 돌아다니다 보니 그림보다 실제의 경관이 더 험하고 사람들의 상상을 절한다. 감탄을 하는 순간, 얄궂게도 눈앞의 경관은 치솟아 오르는 구름들로 몽땅 가려진다. 눈앞이 하얗게 변해 버린다. 바다다. 아무 것도 보이지 않는 진공의 바다다. 우리가 가야 할 연화봉도 보이지 않는다. 아무래도 오늘은 황산의 한 부분만 감상할 수 있으려나 보다.

연화봉 올라가는 길은 험하기만 하다. 지도를 보면 오른 편으로 기암절벽 만개의 봉우리들이 절경을 자랑하는 천해天海 즉 하늘의 바다라 하는데, 우리의 눈에는 아무 것도 없다. 바위를 파내어 만든 계단은 좁고 가파르고 한편에는 그냥 망망운해다. 풍덩 빠져 헤엄을 치고 싶은 충동이 느껴진다. 하지만 실제로는 천길 낭떠러지일 것이 틀림없을 터. 겁도 은근히 난다. 아래가 구름탓으로 안 보이는 것이 고소공포증이 있는 나에게는 차라리 잘된 일인지도 모른다. 내 배에서 난 자식이 확실한 지윤이는 어려서부터 겁이 전혀 없어 앞서서 잘도 간다. 놀이터 회전열차나 바이킹도 어른인 아빠가 망서렸지, 녀석은 계속 타고 싶어 안달이었으니 이곳 황산에서 실력을 십분 발휘한다.

주위가 전혀 안보이니 발 아래만 쳐다보며 산을 탄다. 가파른 계단. 깊이 파서 바위로 절벽 난간을 만들 정도로 잘 다듬은 길. 바위 아래에 겨우 뚫려 있는 여우길, 거대한 바위가 얹혀져 있는 동굴같은 길, 뾰족뾰족 묘하게 솟아있는 삼형제 봉우리들, 무성하게 길 옆 비탈에서 안개를 헤치고 있는 녹색의 황산송들, 맨 위 줄기가 꺾여 고개를 숙이고 있는 멋진 소나무 등등, 우리는 그저 가까이 있는 것들에도 감탄을 연발하며 발길을 옮긴다. 그러나 마침내 연화봉 정상(1,864m)에 도달하였지만 아무 것도 안 보인다. 정말 유감이다.

아쉬움을 달래며 가져온 과일과 음료수를 마신 다음에 우리는 곧바로 북해北海 방향으로 더 전진한다. 백보운제百步雲梯를 지나 광명정光明頂으로 향한다. 도중에 별어태금구鱉魚太金龜를 만난다. 정말로 무지막지할 정도로 거대한 석벽 바위다. 거북 위에 자라가 걸터앉은 형국이다. 해심정海心亭에 이르니 능선 길이요 너른 고원이다. 평평하다. 무슨 벌판같다. 장가계도 올라서면 고원이더니 이곳도 마찬가지다.

고원 저편 북해 쪽에도 절경들이 많다 했다. 보선교步仙橋, 배운정排雲亭, 비래석飛來石, 석주봉石柱峰, 석상봉石床峰 등 그 일대를 몽환경구夢幻景區, 즉 꿈속에서나 볼 경치라고 별도로 이름을 붙일 정도이니 얼마나 아름다운 경관일까. 우리는 망서린다. 하지만 구름은 사라질 기미가 보이지 않고 10미터 앞도 안 보일 정도로 기승을 부린다. 썩 운이 좋은 날이 아니다. 안타깝지만 포기한다. 그리고 백아령참白鵝岭站에서 케이블카를 타고 운곡사雲谷寺로 하산하기로 한다. 안내 표지를 보니 높이가 1,660m이고, 내리는 지점은 고도가 800m가 넘는단다. 총 연장은 2,800m다. 아쉽지만 다음 기회를 약속하는 수밖에 없다.

아래로 내려서자 얄궂게도 시야가 좀 트인다. 우리는 내친 김에 시간도 있고 해서 구룡폭포九龍瀑布를 찾아간다. 한참 땀을 흘리며 다시 올라가야 하는 길이다. 그래도 보람이 있나 보다. 산능선에 올라 맞은편에 바라다 보이는 폭포가 장관이다. 경사를 내려 폭포 방향으로 접근하여 운치를 즐긴다. 용심담龍心潭이 깊고 푸르다. 믿거나 말거나 황산과 달리 사람들이 하나도 없다. 저 멋진 거대한 폭포와 용이 꿈틀거리는 용심담이 모두 우리의 독차지다. 이런 티없는 자연을 욕심스럽게 차지하려 들다니. 아니 우리의 몸과 마음의 더위가 식혀지더니 점점 형체도 없이 녹아 내린다. 우리가 사라진다.

황산빈관으로 돌아가는 길은 호젓하기만 하다. 대나무 숲이 울창하다. 동글동글 고개를 숙이며 풍성한 모습을 자랑하는 대나무 숲이 마냥 부럽기만 하다. 여기서도 발견한 사실이지만, 식물의 생태가 우리와 아주 흡사하다. 높은 고도에서는 소나무 숲이 자리잡고, 다음에는 약간의 참나무 숲 그리고 음나무 숲이 나타난다. 설악산과 마찬가지다. 자연의 이치는 정해진 것일까. 아니면 식물들이 그렇게 적응하고 있는 것일까. 산에 오는 사람이 날씨가 궂다고 탓하면 무엇할까. 다 정해진 이치이거늘. 식물들처럼 순응하고 이해하며 살아가야 하지 않을까.

04

소흥紹興

어제 산을 타서 무척 피곤하였지만 우리는 아침을 서둘러 황산시와 휘주 일대를 벗어난다. 버스는 좁은 산길을 잘도 헤치고 나간다. 길이 꽤나 험하다. 강원도 깊은 산골을 달리는 것 같다. 욱령관昱岭關을 지나 항주로 가는 길이다. 지도를 보니 천목산맥天目山脈이 강서성에서 시작하여 항주 북쪽으로 기다랗게 뻗어 있다. 그래서 예전에는 험한 산길보다는 신안강新安江을 타고 남으로 내려와 다시 부춘강富春江으로 연결하고, 다시 전당강錢塘江에 통하니 바로 항주다. 버스는 고개를 힘들게 올라간다. 고갯마루를 넘어서니 평원이다. 가파른 산들이 급격히 줄어들고 구릉지대에 드문드문 호수들이 박힌 너른 벌판이다. 임안臨安이다. 송이 금나라 여진족에게 개봉을 잃고 강남으로 허둥지둥 쫓겨 내려와 남송을 세우고 도읍을 정한 곳이다. 여기저기 취락들이 나타난다. 집들이 지금껏 보아온 것들과 다르다. 삼층 양옥집이 대부분이다. 사층짜리 집들도 나타난다. 주거형태로 보아 한 가족의 살림집이다. 대가족일 것이다. 연건평으로 따진다면 백 평은 실히 넘어 보인다. 강남의 부가 엿보인다. 중국이 인구는 많아도 실제로는 넓게 살고 있다는 사실이 부럽기만 하다.

우리의 목적지는 수향水鄕, 즉 물의 도시 소흥이지만 시간이 넉넉하다. 항주에서 한나절을 보내기로 한다. 항주는 언제 보아도 인상이 좋다. 다른 도시들과 달리 무성한 숲이 도시 곳곳에 자리잡고 있다. 숲 속으로 시원스레 뚫린 길을 달리는 버스들도 크고 편안하고 깨끗하다. 사람들도 미소가 넘치고 친절하기 그지없다. 도대체 이곳이 중국이라는 생각이 들지 않을 정도다.

서호는 한낮인데도 짙은 안개가 껴 있다. 단교斷橋를 지나 멀리 백제白堤를 쳐다본다. 유명한 경극 〈백사전白蛇傳〉에서 주인공 백낭자白娘子는 동생 청아靑兒와 함께 서호로 놀러왔다가 서생 허선許仙을 만나 운명적으로 사랑에 빠진다. 뱀이 인간을 사랑하다니! 뱀의 요사스러운 환술에 놀라 금산사의 스님은 그들의 사랑을 갈라놓는다. 주인공 백낭자 즉 백사白蛇와 동생 청사靑蛇는 요괴의 무리들을 동원하여 금산사에서 전투를 벌인다. 하지만 스님이 이끄는 관군에게 패배를 당하고 둘만 도망쳐 나와 서호의 백제에 이르러 신세를 한탄한다. 그때 뒤늦게 사랑을 깨달은 허선이 금산사에서 탈주하여 서호에서 백사를 만나게 된다. 청사는 화가 나서 칼로 허선을 베려 하지만 언니가 만류하여 목숨을 부지한다. 결국 그들은 사랑을 확인하고 부부의 연을 이어간다.

제도와 관습이 아무리 무섭고 엄하지만 사랑과 생명의 뜨거움은 불굴의 힘이다. 고금을 통하는 진리다. 〈백사전〉에서 금산사의 전투 장면은 중국 희곡의 한 축을 이루는 백희百戲의 최고봉이다. 산책하는 길옆에 연꽃이 한창이다. 바로 옆 정자에는 사람들이 한가로이 앉아 있다. 안개가 점점 더 기승을 부리며 우리의 시야를 가로막는다.

길눈이 어두워 약간 헤매며 다시 찾아간 옹가산翁家山에 이르자 안개는 씻은 듯이 사라지고 비탈에는 차밭이 넓게 펼쳐져 있다. 고금제顧錦弟씨 댁을 찾는다. 아주머니가 반색을 하며 우리를 맞이한다. 벌써 구면이다. 나는 두 번째요, 지윤이는 엄마하고 따로 한번 더 이곳을 찾았었으니 세 번째 방문이다. 오늘은 아저씨도 웃음을 환하게 머금고 우리를 반긴다. 아주머니의 나이가 63세다. 아저씨는 퇴직교사란다. 금년 차농사는 풍년이었다고 한다. 용정다 녹차를 주문한다. 이곳에는 해마다 3월 5일과 3월 20에 첫차를 수확하는데 먼저 딴 것이 훨씬 비싸다. 보름 간격인데도 맛과 향이 다르단다. 우리나라에서는 곡우穀雨 즉 4월 20일 딴 것을 우전차라 해서 제일로 친다. 이로 보면 항주 일대의 기후가 아열대니 우리보다 한달 여 빠른 셈이다.

큰 맘 먹고 제일 좋은 차를 주문한다. 값이 만만치가 않지만 그래도 대도시에서 사는 것보다 싸고, 무엇보다 진품이라는데 더 큰 가치가 있다. 좋은 품질의 차는 뜨거운 물을 부으면 찻잎이 세로 방향으로 일자로 일어선다. 그래야 정말로 좋은 차다. 발효차인 홍차도 주문을 한다. 값이 용정다에 비해 십분지 일이다. 홍차가 너무 선홍색을 띄면 인위적으로 붉은 색소를 추가한 것이라 주의해야 한다고 한다. 어쨌든 홍차는 열기를 내므로 위장이 약한 사람에게 좋단다.

일년 수입이 얼마냐 물으니 차밭에서만 2만위안 정도 번다고 한다. 지방에서 이 정도 수입이면 고소득이라 할 수 있다. 그들의 안내로 집안도 둘러본다. 이층구조의 가옥이다. 가전제품이 완비되어 있고 화장실도 널찍하고 좋다. 전체적으로 살림도구도 넉넉하게 보이고 집안이 깨끗하다. 연두빛 대추알이 주렁주렁 달린 두 그루의 대추나무가 풍요로와 보인다. 확실히 화북지방이나 내륙지방보다 생활이 윤택하게 보인다.

고속버스를 타고 달리니 소흥이 지척이다. 우리나라를 여행하는 기분이 든다. 그만큼 모든 것이 쾌적하다. 소흥의 도심 한가운데 노신중로魯迅中路 변에 위치한 호텔이 짐을 풀고 밖으로 나선다. 벌써 어둑어둑하다. 우리는 다짜고짜 가까이 함형주점咸亨酒店으로 발길을 옮긴다. 문을 밀치고 들어가니 사람들이 꽤 들어차 있다. 문은 고동색 창살과 틀로 되어 있고, 벽은 모두 흰색으로 단일하다. 단순하고 정갈한 이미지가 넘친다. 함형주점은 역사가 오래된 음식점이다. 광서光緖 갑오 1894년에 노신魯迅의 당숙뻘 되는 주중상周仲翔이 개점을 하였는데, 노신의 본가가 바로 인근이다. 원래는 두 칸 남짓한 주점이었던 모양이다. 우리 식으로 말하면 선비나 서생쯤 되는 사람들이 운영을 하여 그렇게 번창하지는 못했다고 한다. 소흥 성내에는 그런 주점들이 백여 곳도 넘었고, 함형주점은 그중 하나였다.

'함형咸亨' 두 글자는 본래 주역周易의 곤괘坤卦에 나오는 품물함형品物咸亨이라는 말에서 유래한다고 한다. 그 의미는 만물득이개미萬物得以皆美인데, 만물이 다 아름답다는 뜻이다. 또 함형은 만사형통萬事亨通 재원순달財源順達이라는 뜻이기도 한데, 모든 일이 술술 풀리고 재물도 절로 들어온다라는 이야기다.

물의 도시 소흥은 본디 문화예술의 도시라 할 수도 있어서 문인과 예술가들이 넘쳐나는 곳이었다. 소흥은 춘추시대 월왕 구천이 도읍을 한 이래 진의 전국통일 후에는 회계會稽라 불렸는데 역사적으로도 위대한 인물들이 수없이 배출된 곳이기도 하다.

서성書聖으로 불리는 왕희지王羲之(307~65)는 동진 시절 우군장군右軍將軍으로 회계내사會稽內史에 임명되어 이곳에서 관직생활을 하였고, 당시 난정에서 쓴 난정서蘭亭書는 불후의 서예작품으로 이름이 드높다. 동한 초기에 『논형論衡』이라는 유명한 책을 지은 왕충王充(27~100?), 남송의 애국시인 육유陸游(1125~1210)도 이 고장 출신이다. 명대의 위대한 철학자로 양명학의 창시자인 왕수인王守仁(1472~1529)의 무덤이 소흥성 남쪽에 있고, 동양회화에서 한 획을 긋는 위대한 천재 화가 서위徐渭(1521~93)와 명말의 화가 진홍수陳洪綬(1598~1652)의 묘소도 소흥에 있다. 근대에 들어서는 20세기초 중국 문화교육의 중심에 있으면서 북경대 총장을 지냈던 채원배蔡元培(1863~1940)가 이곳 출신이다. 그리고 무엇보다 중국이 떠받드는 위대한 문인 노신魯迅(1881~1936)의 연고지이기도 하다.

소흥은 한마디로 우리나라의 전라남도, 전주시같은 곳이기도 하다. 예향藝鄕인 셈이다. 함형주점은 수많은 문인이나 묵객들이 다녀간 곳이다. 맛있는 술과 음식으로 이름을 날렸다 했다. 그러나 지금의 술집은 노신 탄생 백주년을 기념해서 지난 1981년 새롭게 재단장하여 문을 열었다 했으니 아무래도 격동하는 20세기 역사의 흐름 속에서 언제였던가 문을 닫았었음이 틀림없다. 우리도 자리를 잡고 음식을 주문한다.

매모두가자초霉毛豆茄子炒는 가지와 고추를 볶은 것이다. 전혀 맵지가 않다. 함형팔진咸亨八珍이라 하는데 이를 빼놓을 수가 없다. 엄채腌菜(절인고기와 야채), 천장결千張結(두부껍질), 화퇴火腿(구운 허벅지살), 시쟁時箏(죽순), 개양開洋(새양), 두인豆仁(큰콩), 초고草菇(알버섯), 포패鮑貝(맛조개) 등이다. 상해를 중심으로 한 이곳의 음식은 전반적으로 맵거나 짜지 않다. 음식들이 모두 달콤하거나 부드럽다. 확실히 하북이나 섬서성 일대의 음식들과 다르다. 음식과 문화는 밀접한 상관관계가 있는가? 이곳의 월극越劇들은 하나같이 부드럽고 아기자기하며 달콤한 가락이 주를 이룬다. 월극의 대표적 작품이 〈홍루몽〉인데 북방의 곡들과는 완연히 다르다.

술이 없을 수 없어 이곳의 명물인 황주黃酒를 주문한다. 황주는 쌀로 담근 약주다. 소홍화조紹興花雕는 소홍의 명주로서 전국적으로 이름이 드높다. 중국의 명주名酒는 대개 알코홀 도수가 높은 백주白酒인데, 이곳의 술만이 특이하게 약주다. 보통 3년 이상을 숙성시켜야 조雕라는 이름을 붙인다고 한다. 설명을 들어 보니 자랑이 대단하다. 칠천 년 전 신석기 시대 하모도河姆渡문화로 거슬러 올라간다고 한다. 벼농사는 세계 최초로 양자강 유역에서 이루어졌는데, 그 시기가 대강 칠천 년 전쯤이다. 그리고 하모도 문화는 약 이천 년간 장강 하류에서 발전하였던 신석기 문화다. 쌀을 재배하였으니 쌀로 술을 빚었음은 당연할 터.

함형주점에서는 우리에게 태조왕주太雕王酒라는 14도 짜리로 8년을 숙성시킨 술을 권한다. 비싸고 고급스런 술이다. 한약을 섞었다 했다. 포도주 색깔이 난다. 이곳까지 와서 귀한 술을 마다하면 여행이 아니다. 붉은 빛 감도는 술이 달콤하게 목을 부드러이 넘어간다. 수천 년 소홍의 맛이 밤과 함께 깊어간다.

노신魯迅 기념관

아침의 첫 행선지로 호텔 가까이 있는 노신기념관을 찾는다. 노신은 중국이 자랑하는 20세기 위대한 문학가다. 1881년 소흥의 명망있는 집안에서 태어난 노신은 이곳에서 1897년까지 살았다. 본명은 주수인周樹人이고 자는 예재豫才다. 노신은 백 개도 넘는 필명 중의 하나로 「광인일기狂人日記」를 발표할 때 사용한 이름이다. 할아버지 주복청周福淸(1837~1904)은 북경에서 한림원 벼슬을 지냈고 아버지 주백의周伯宜(1861~96)는 병약하여 과거에서 뜻을 이루지 못하였다. 어머니 노서魯瑞(1858~1943)는 천수를 다하도록 오래 살았다.

노신은 부유한 집안을 배경으로 어려서 삼미서옥三味書屋으로 공부를 다니고 이미 사서삼경을 읽고 있었다. 그러나 할아버지가 낙향하여 모종의 사건으로 투옥된 후 가세가 급격히 기울고 설상가상 아버지가 오랫동안 병환에 시달리다 젊은 나이로 세상을 떠나자 노신은 남경으로 나가 근대학문을 접하게 된다.

나이 21세가 되던 1902년, 그는 일본으로 유학을 떠난다. 동경에 있는 홍문弘文학원을 졸업하고, 1904년 선대仙臺에 있는 의학전문학교에 입학한다. 의사가 되기 위함이었다.

어느 날 수업시간 중에 환등기의 한 장면은 그의 인생을 결정적으로 바꾸어 놓은 계기가 되었다. 당시 노일전쟁 때 러시아의 스파이로 몰린 중국인이 일본헌병에 의해 처형당하는 순간을 보게 된다. 그러나 외국인에 의해 자국 땅에서 스파이로 억울하게 죽는 중국인보다 더 충격적이었던 것은 그 장면을 바라보는 중국인들이 무력하기만 하였고 심지어 히히덕거리는 사람들까지 있었음이다. 그는 깨닫는다. 사람을 고치는 의학보다 더 시급하고 중요한 것은 사람들의 정신을 개조하는 것이라고.

학교를 자퇴하고 동경으로 돌아온 그는 서구문학과 언어들을 섭렵하게 된다. 1909년 귀국하여 가족들의 생계를 위해 교편을 잡기도 한 그는 1918년 「광인일기」를 발표하고, 1921년 「아큐정전」을 발표하며 문단에 놀라운 반응을 일으킨다. 백화문학 즉 구어체로 쓰는 소설이 본격적으로 문단을 휘어잡는 순간이었다.

노신에 대한 평가는 정치적 사상에 따라 입장을 달리하는 경우가 많다. 나는 그의 작품들을 지난 60년대 초반 중학교 시절에 정음사가 출간한 문학전집 중의 하나로 읽었다. 당시는 소설이 지닌 단순한 재미로만 이해하였다. 「아큐정전」의 주인공 아큐의 어리석은 행동이 얼마나 우스꽝스러웠던지. 세월이 흐르고서야 작가의 날카로운 비판의식을 의식하게 되었지만, 「아큐정전」이나 다른 작품들은 대개가 소설에 나오는 이야기들 그 자체로서도 흥미를 자아내기에 충분하다. 아큐는 언제나 바보같은 짓을 하고 사람들에게 놀림을 당하지만 그는 언제나 마음속으로 승리를 이룩한다. 자위와 변명으로 사건과 상황을 합리화시켜 스스로를 위안하고 더 나가 만족까지 느낀다. 중국인들이 지금도 가지고 있는 특성 중의 하나가 아닌가. 좋게 이야기하면 참을 줄도 알고, 끈기도 있고 기다릴 줄도 아는 미덕이다. 하지만 소용돌이치는 국제정치의 흐름 속에 중국 사람들은 얼마나 어리숙하였던가. 작가의 칼날은 이런 허위의 탈을 사정없이 벗겨낸다. 허울좋은 혁명의 위선까지도 그의 예봉을 피하지 못한다.

노신은 좌우를 갈라서 이야기할 사람이 아니라고 본다. 다만 그가 태어난 시대의 정황을 어느 누구보다도 가슴 아프게 느끼고 진실을 밝히고자 하였음이다. 선각자의 고통스런 길을 걸었을 뿐이다. 정치적 해석이 지나치면 그의 진면목을 읽는데 방해가 될 뿐이다.

기념관은 사합원 건물로 꽤나 큰 건물이다. 입구 정면의 거대한 흰 벽 중앙에 나무벽을 세우고 그 앞에는 노신의 흉상을 커다랗게 세워 놓았다. 하얀 석고상이지만 대단히 큰 조상彫像이다. 조상 앞에는 화분들이 깨끗하게 진열되어 있다. 안에는 사진과 책들 그리고 편지 등이 잘 진열되어 있다. 진열관 말고도 여러 건물들이 보인다. 후원도 있다. 잘 가꾸어져 있지만 지금 사람들이 손을 대었을 것이다.

그러나 저러나 노신은 부자집 아들이었음이 틀림없다. 기념관 옆으로는 태평천국의 난 때 반군들이 쓰던 지휘소가 그대로 남아 있다. 대단히 큰 장원이다. 기념관 앞의 도로와 운하 건너에는 노신이 공부하러 다니던 삼미서옥이 있다. 서당이다. 기다란 복도의 흰 벽과 검은 기둥들이 인상적이다. 깔끔하다. 천장에 드러난 서까래 아래 현판은 노신을 가르친 수경오壽鏡吾선생(1849~1930)이 쓴 글씨라 한다. 행서다. 고풍의 탁자와 의자들이 벽이나 천장의 깨끗한 분위기와 잘 어울린다. '독서삼매'라는 글씨가 보인다. 청나라의 서예가인 양동서梁同書가 쓴 것이라 한다. 독경미여도량讀經味如稻粱, 독사미여효찬讀史味如肴饌, 제자백가미여혜해諸子百家味如醯醢라는 구문들도 붙어 있다. 경서를 읽는 맛은 밥과 같고, 사서를 읽음은 맛있는 반찬과 같으며, 제자백가를 읽음은

삼미서옥

맛좋은 젓갈과 같다는 뜻이다. 작지 않은 건물이어서 난간이 투창綉窓으로 된 것도 있고 격선문들도 보인다. 궁륭 구조로 된 천장도 있다. 꽤나 격조가 있는 건물인 셈이다.

심씨원沈氏園

심원은 노신박물관에서 노신중로를 따라 동쪽으로 조금만 가면 오른쪽으로 곧바로 나온다. 도시의 중심을 관통하는 도로이지만 그리 넓지 않은 길가를 따라 버짐나무가 줄지어 서있다. 인도와 차도의 경계다. 그리고 바로 그 옆으로 운하가 있다. 좁은 운하가 양쪽 석벽 사이로 길게 뻗어 있다. 정크선은 아니지만 지붕을 씌운 기다란 거룻배들이 곳곳에 자리잡고 있다. 운하는 그렇게 깊지는 않은 듯 삿대를 저어가며 배들이 움직이고 있다. 어린아이들이 기다란 대나무 장대에 뜰채를 매달고 고기를 잡고 있다. 허허. 정말 도심 한가운데서 고기를 잡다니!

자세히 들여다보니 정말 피라미나 송사리같은 물고기들이 놀고 있다. 수질이 좋다는 이야기다. 역시 수향이다. 노신의 「고향」이라는 단편을 보면 어린 시절 농촌 아이와 어울려 물고기도 잡고 겨울에 새도 잡은 이야기가 나온다. 운하를 따라 석벽 위로 돌다리들이 수없이 놓여지고 석벽에는 배를 탈 수 있도록 도처에 거의 집집마다 계단을 만들어 놓았다. 이끼들이 푸릇푸릇하다. 개나리들이 운하 양편에 줄기를 흐드러지게 늘어뜨리고 드문드문 파초도 보인다. 다리는 아취형의 멋진 돌다리도 있고 그냥 석판을 연결한 것도 있다. 양편의 집들도 고색이 완연하여 거리에는 우아하고 아름다운 정취가 배어 난다. 멋진 도시다. 강소성 소주가 물의 도시였는데, 소흥도 마찬가지다.

'심씨원沈氏園'이라고 쓴 패방을 지나 안쪽으로 들어서자 담장이 보이고 거대한 정원이 나타난다. 눈앞에 '시경詩境'이라고 쓴 태호석이 보이고 주위에 흐드러진 가지의 수양버들과 파초들이 온통 초록을 자랑한다. 태호석 바로 아래에는 빙 둘러 대나무들이 우거져 있다. 모두 세죽細竹인 방죽方竹이다. 정원 한가운데는 커다란 연못이다. 연꽃들이 한창이다. 가운데 섬이 보이고 건너편에 멀리 큰 규모의 누각이 있다. 오른 편으로 길을 잡아 걸어가면 초가지붕의 누각이 나온다. 문매함問梅檻이다.

세죽과 소단풍 사이의 잘 닦여진 석도를 걷노라니 어디선가 고쟁古箏 소리가 들린다. 영산홍이 즐비하고 석교도 있다. 우물이 있는 육각정을 지나 우리는 호수를 가운데 두고 시계방향 반대로 걸음을 옮긴다. 괴나무 두 그루가 양편으로 자라고 돌로 된 기단부에 고학헌孤鶴軒이 나온다. '고학헌'이라는 동일한 글자가 밖에는 해서풍의 현판으로, 그리고 건물 안에는 초서로 갈긴 편액으

심씨원

로 걸려 있다. 건물은 명말 청초 양식이다. 건물 안에는 정 가운데가 깊게 파이고 돌난간이 둘러쳐져 있다.

안에는 옛날 당나라와 명나라 때의 가산假山과 물고기가 노닐던 연못 등의 유적이 보존되어 있다. 정원 안에 다시 옛날 정원인 셈이다. 그렇게 보면 정원문화는 그 역사가 꽤나 오래다. 연못을 온통 희고 붉은 연꽃이 뒤덮고 있다. 보이는 누각들마다 수양버들이 그림자를 드리우고 있다. 소주에서 본 졸정원보다 화려함과 짜임새가 덜하지만 자연스런 맛은 오히려 더 깊다. 마치 우리나라 정원 같다. 편안하고 아름다운 정원이다. 근처에 세워진 석벽에는 육유와 당완의 시들이 적혀 있다. 옆에 있는 한정정閑井亭에 앉아 잠시 휴식을 취한다. 뒤편으로 송나라 때 조성되었다는 호리병 모양의 연못과 토산土山, 그리고 우물도 있다.

우리는 동원東園도 구경한다. 그곳에는 육유기념관도 있다. 밖에는 현대식 조각물과 함께 육유의 입상이 있고, 전시관 안에는 별도로 육유의 반신상이 세워져 있다. 육유는 남송 때의 애국시인으로 유명하지만, 별도로 기념관을 만들 정도는 아니다. 아무래도 심원에 얽힌 육유와 당완의 비극적 사랑 이야기와 육유가 일생 동안 잊지 않고 이에 대해 노래한 시편들, 그리고 무엇보다 이를 소재로 한 희곡 〈차두봉釵頭鳳〉이 대중에게 널리 알려진 탓일 것이다. 심원이라는 아름다운 정원과 시인의 사랑, 그리고 음악 등이 어우러지면 상업적으로도 최고의 관광상품 아닌가.

육유는 당완唐琬이라는 여인과 결혼을 한다. 하지만 정국의 소용돌이 속에서 육유는 뜻하지 않게 지방으로 전출당하고 사주를 받은 시어머니는 당완을 쫓아낸다. 결국 두 사람은 각자 재혼을 하게 된다. 나이 서른이 되던 해 1155년 육유는 심원으로 놀러 와 우연히 먼발치에서 옛 여인이 남편과 함께 연회를 즐기고 있음을 보게 된다. 옛 정이 아프게 되살아난 육유는 사詞 한 수 적어 전달하니 바로 〈차두봉〉이다.

> 섬섬옥수 황등주
> 성안에는 봄빛이 가득하고 담장에 버들이어라
> 봄바람 짓궂어 기쁜 마음도 잠시
> 한줄기 수심이 일어나니
> 어언 몇 해나 헤어졌던가
> 잘못되었구나 잘못이로다 잘못이로다

육유의 동상

봄은 예나 같은가 사람만 괜스레 야위어라
눈물 자국 붉구나 비단 수건 적셔든다
복숭아꽃 흩날리고 연못가 누각은 호젓한데
굳은 약속 있다 한들 비단 편지 어찌 보낼거나
막막하구나 막막해라 정말 막막하여라[78]

이를 받은 당완도 다음과 같은 사詞로 답한다.

세상 인심 야박타 사람 마음 미워라
빗속에 어스름 지고 꽃은 쉬이 떨어진다
새벽바람 메말라도 눈물자국 못 지우고
그리운 마음 글로 쓸까 홀로 난간에 기대어라
힘들구나 힘들어라 정말 힘들어라

모두가 홀로 각각 이루었으니 옛날과 다르네
병든 혼은 언제부턴가 여러 해 쓸쓸하고
뿔피리소리 차갑고 밤은 깊어 가는데
누군가 물어볼까 두려워 눈물 삼키며 기쁜 척 꾸미네
거짓이어라 숨길까나 정말 거짓이어라[79].

78 | 紅酥手, 黃藤酒, 滿城春色宮牆柳. 東風惡, 歡情薄, 一懷愁緖, 幾年離索! 錯, 錯, 錯 // 春如舊, 人空瘦, 淚痕紅浥鮫綃透. 桃花落, 閑池閣, 山盟雖在, 錦書難託, 莫, 莫, 莫

79 | 世情薄, 人情惡, 雨送黃昏花易落. 曉風乾, 淚痕殘, 欲箋心事, 獨倚斜欄, 難, 難, 難 // 人成各, 今非昨, 病魂長似千秋索. 角聲寒, 夜闌珊, 怕人尋問, 咽淚裝歡. 瞞, 瞞, 瞞

이루어질 수 없는 사랑에 대한 두 사람의 심정이 비통하게 그려져 있다. 당완은 결국 병이 들어 쓰러지고 얼마 있지 않아 세상을 하직하였다고 한다. 안타까운 일이다. 육유는 이러한 첫 사랑이자 첫 번째 부인인 당완과의 사랑을 죽을 때까지 잊지 못하였다. 그는 1199년 나이 75세가 되어 다시 심원을 찾는다. 그리고 칠언율시 「심원」을 짓는다. 800년 전 이야기인데도 가슴이 저리다.

> 성 위엔 저녁놀 피리소리 아득해지고
> 심원도 여전하고 못가 누각 그대로구나
> 마음은 쓰라리나 다리 아래엔 봄물결 파란데
> 이는 놀라 떠난 기러기 그림자이려니
>
> 꿈이 사라지고 향기가 스러진지 사십 년
> 심원의 버들은 오래되어 솜꽃 흩날리지 못하네
> 이 몸은 회계산에 묻히련만
> 아직도 님의 자취 찾아 눈물만 흘리네[80]

심원을 되돌아 나오는 길에 연꽃 그림자가 짙푸르다. 수양버들의 잎들은 땅바닥에 왜 그리 많이 떨어져 있는지. 새로 결혼한 한 쌍이 결혼기념사진을 찍고 있다. 남자는 연미복, 그리고 여자

80 | 城上斜陽畵角哀 沈園非復舊池臺 傷心橋下春波綠 曾是驚鴻照影來 夢斷香消四十年 沈園柳老不吹綿 此身行作稽山土 猶弔遺蹤一泫然.

는 흰 드레스를 땅에 질질 끌며 치맛자락에 나뭇잎들을 쓸어모으고 있다. 사랑을 모으고 있으려니! 기념으로 사진 한 장 찍자고 하니 환하게 웃으며 포즈를 취한다. 버들의 기다란 가지가 렌즈 안에서 흔들린다. 웃는 사랑의 연인들은 마치 육유와 당완이 다시 살아 나온 것 같다. 사랑의 젊은 아름다움이 넘친다. 뒤편 연못의 움푹 파인 연잎과 물 위의 마름풀들에도 주렁주렁 사랑들이 담긴다.

서위徐渭 – 청등서옥靑藤書屋과 묘墓, 그리고 난정蘭亭

서위(1521~93)가 살던 청등서옥은 성내에 있었다. 심원에서 그리 멀지 않은 곳이다. 택시를 탔더니 금방 우리를 골목 앞에 내려놓는다. 이번 여행에서 소흥을 찾은 가장 커다란 이유는 노신이 아니라 서위였다. 그의 발자취를 더듬고 그의 묘소에 참배하기 위함이었다. 빨래가 널려 있는 후미진 골목길을 따라 올라가자 곧바로 청등서옥이 나온다. 주위의 집들과 분리되어 있는 것도 아니고 그저 비슷비슷한 담장의 한 군데가 청등서옥이다. 다른 점이라고는 직사각형 돌로 테를 두른 듯한 문 옆에 벽을 파고 그 안에 청등서옥이라는 표시를 해놓았다는 점이다.

안으로 들어서자마자 왼쪽 귀퉁이에서 입장료도 받고 간단한 기념품도 판다. 가게라 할 수도 없고 그저 조그만 점방이다. 관람객이라고는 아무도 없다. 조금은 을씨년스러운 분위기이지만 그래도 앞에 펼쳐지는 정경이 고즈넉하다. 마당 한가운데 보도가

서위 유실도

깔려 있다. 강남의 정원에서 보아온 무늬 보도다. 부채살 모양으로 돌들이 박혀 있다.

세 그루의 커다란 석류나무가 인사를 한다. 백년도 더 된 성싶은 나무들이다. 꽃이 지고 돌배 크기만한 열매들이 익어가고 있다. 서위는 터지는 석류를 얼마나 그렸던가. 그냥 밋밋한 열매가 아니고 껍질이 부서지며 파열되는 그런 석류만 그렸다. 오른 쪽 담벽을 따라 대나무가 무성하다. 방죽들이다. 마당을 가로질러 서옥의 담벼락으로 다가서니 '자재암自在岩'이라는 글씨가 보인다. 서위가 붙인 이름이다. 석벽 아래 막돌을 둥그렇게 쌓아올리고 그 안에 회양목을 심었다. 옆으로 사람 키를 넘기는 파초가 몇 그루 심겨 있다. 모두 서위의 그림들에 즐겨 나오는 대상들이다.

중국 회화사에 있어 가장 위대한 화가 세 사람만 꼽아라 한다면 누구를 택하겠는가. 기라성같이 수없이 많은 화가들 중에서 누구를 고를 것인가. 우문우답일 것이다. 그러나 나는 단연 서위, 팔대산인, 그리고 석도石濤를 거론하고 싶다. 모두 16세기 17세기 이백 년 동안에 살았던 천재들이다. 명말 청초는 위대한 시기다. 그림 양식과 주제의 다양성에서는 팔대산인과 석도가 서위를 능가할 것이다. 서위는 산수화를 거의 그리지 않았다. 주로 화훼에 집중하였던 탓이다.

하지만 어떤 면에서 서위는 나중의 두 사람과 격을 달리한다. 서위는 시, 문, 서, 화에 모두 능통하였지만, 무엇보다 그는 음악에서도 한 획을 긋는 인물이었다. 『남사서록南詞敍錄』이라는 음악평론을 집필하였을 뿐만 아니라 직접 〈사성원四聲猿〉이라는 희곡을 짓기도 하였다. 『남사서록』은 지금도 중국음악사에서 귀중한 자료다. 그의 희곡 작품집 〈사성원〉은 희곡발달사에서 탕현조보다 앞선 시대의 뛰어난 작품으로 꼽히고 있다. 중국 희곡에서 불세출의 걸작 〈모란정〉을 쓴 탕현조는 서위보다 한 세대 늦게 태어난 사람이지만, 한 때 서위와 시문을 주고받는다.

1591년 탕현조가 42세였을 때 그는 젊어서 만든 시집 『문극당집問棘堂集』과 함께 시 「기월중서천지위寄越中徐天池渭」를 보낸다. 감탄을 한 서위는 〈여탕의잉서與湯義仍書〉라는 그림을 그리고 「독문극당집의기탕군讀問棘堂集擬寄湯君」이라는 시를 보내 화답한다. 1593년 절강성 수창현遂昌縣으로 부임한 탕현조는 그때서야 서위의 〈사성원〉을 접하고 탄식한다.

"이는 문단의 최고라. 내가 어찌 그에게 미치겠는가?"

그러나 서위는 같은 해 이미 세상을 떠난 후였다. 생전에 두 사람은 만난 적이 없다. 아쉬운 일이다. 하지만 상대방의 작품을 최고로 높이 평가하고 있었으니 인물은 서로를 알아주는가. 1593년은 임진왜란이 발발한 다음 해다. 명나라 장수 이여송李如松이

평양성을 탈환하고 왜군을 패주시키고 있었다. 이여송은 서위와도 각별한 사이였으며, 둘째 아들 서지徐枳는 이여송의 막부에서 일하고 있었다. 서위는 이여송의 승전보를 접하고 흥분하여 「춘흥春興」이라는 시를 쓰기도 하였으나 얼마 있지 않아 타계하고 만다. 그의 나이 73세였다.

서위의 글씨로 집자集子하여 '천한분원天漢分源'이라고 쓴 원형의 문을 지난다. 하늘의 은하수와 나눈 수원水源이라는 의미다. 집이 좁으니 눈앞에 연못과 청등서옥 서실이다. 정원이라고도 할 수 없는 조그만 공간이 나온다. 들어선 왼쪽 담장 옆으로 '여정女貞'이라는 별명이 붙은 거목이 솟아있다. 기둥과 밑둥에는 온통 이끼다. 이백 년이 넘었다 했다. 돌난간을 사각형으로 두른 연못도 있다. 바로 은하수와 물을 공유하는 천한분원이다. 맞은편으로 등나무가 보인다. '수등아漱藤阿'라는 글씨가 보인다. 등나무를 씻는 곳이다.

건물은 세 칸 일자 집이다. 홑처마의 단순구조다. 벽은 격선문으로 되어 있지만 지금껏 보아온 문들에 비해 아무런 장식도 없이 소박하기 짝이 없다. 기둥 위에는 대련이 붙어 있다. "一池金玉如如化, 滿眼靑黃色色眞―작은 연못 금과 옥은 여래께서 나타나심이고, 눈 안 가득히 푸르고 누런 색은 세상의 진실이로다." 모든 글씨와 제호가 서위가 생전에 쓴 글들에서 그대로 차용한 것들이다. 그리고 실제로 그가 그린 청등서옥을 보면 초가가 세 채 나온다. 그것도 방향이 일정하지 않게 얽혀 있다. 대나무도 있고 파초도 있다. 그러고 보면 아무래도 지금 우리가 보고 있는 집

수등아

과 정원들은 모두 후인들이 그의 집터에 그를 기념하기 위해 새로 조성한 것임이 틀림없다. 실제로 서위는 그가 살던 이 집을 젊어서 떠난 이후로 다시 돌아가지 못한다. 다만 어렸을 적 이 집에 대한 추억을 잊지 못하여 그의 호를 청등거사 또는 천지도인 등으로 사용한다. 일생을 불우하게 지낸 그로서는 어렸을 때 부모님 그리고 형제들과 함께 오손도손 살았던 시절이 가장 행복하였을 것이다.

북경 고궁박물원이 소장하고 있는 그의 그림 〈사시화훼권四時花卉劵〉은 폭 32.5cm, 길이 795.5cm에 이르는 두루마리 그림이다. 진본을 보지 못하고 오직 화첩으로만 보는데도 그의 그림은 우리의 숨을 멎게 만든다. 눈을 맞은 매화와 소나무, 눈이 수북히 쌓인 대나무, 여름의 파초, 포도나무와 가을의 국화 등이 그려져 있다. 오로지 수묵으로만 그린 작품이다. 그림의 대상이 되는 사물들 중에서 온전하게 전체의 모습이 그려진 것이라고는 하나도 없다. 가로로 화폭이 기다랗기 때문은 아니다. 의도적인 것이다. 아니 작가가 이를 목적으로 한 것이 아니라 대상을 모두 그려내는 것은 의미가 없기 때문이다. 이미 서위는 사형이전신舍形而傳神이라 하지 않았는가.

대상을 사실적으로 그리는 것보다는 그 이면에 숨어 있는 화가의 의경을 더 중시하는 중국 화풍의 대표적인 그림들이 바로 서위의 작품들이다. 소위 말하는 사의화寫意畵다. 문인화 범주에 넣을 수 있겠으나 엄밀히 말해서 그 범주가 다르다. 〈사시화훼권〉에 나오는 사물들은 모두가 허리를 잘리거나 가지들이 떨어져서 나온다. 일부분만 보여준다. 그것으로 충분하다. 눈을 맞은 대나무 잎은 날카롭고 섬세하다. 붓도 거침이 없이 순식간에 그어진 것이다. 대나무 그림을 이렇게 바짝 마른 듯이 건필로 그려낸 사람은 과거에 없다. 눈이 부분적으로 덮인 소나무를 보자. 옆으로 비죽 부러진 소나무 가지는 그 생김새는 말할 것도 없거니와 붓의 자국이 상상을 절한다. 강렬하다. 단단한 얼음이 쪼개지는 것 같다. 듬성듬성 그려낸 파초의 중량감은 또 어떤가. 포도넝쿨은 왜 마구 얽히듯 그렸을까. 묵의 농담이 종횡무진 자유자재로 사용되고 있다.

서양의 회화에서 19세기 말 빈센트 반 고흐가 억한 심정을 나타내기 위해 보이는 사물 즉 밀밭이나 나무들을 변형시켜 그려내고, 세잔느는 바라보이는 경치를 그릴 때나 정물화를 그릴 때 사물을 임의로 자기 주관에 의해 새롭게 해석하여 표현하였고, 더 진전하여 표현주의자들이 인간 내면을 자연 사물에 투영시켰음을 우리는 잘 알고 있다. 이러한 서구 회화는 결국 입체주의와 추상주의로 나가더니 결국은 무너져 내리고 만다. 지나치게 자의적이고 의도적이어서 인간이나 사물이 철저히 분해되어 그림을 그리는 주체나 대상들이 모두 부서지게 된다. 파멸인 셈이다. 서구 회화가 기독교에 머무르다 겨우 르네상스로 인해 기지개를 피고 있을 무렵 서위는 이미 서양화의 발전 양상을 수백 년 먼저 드러낸다. 하지만 중요한 차이가 있다. 사물에 인간이 투영되더라도 인간은 어디까지나 사물과 더불어 자연질서 내에 공존한다. 한 주체에 의해 분해되거나 파괴되지는 않는다. 온전함을 유지한다. 아픔을 보여주되 치유되어 있는 것이다.

누각 안으로 들어선다. 공간 분할을 이루는 어떠한 칸막이도 없이 그냥 휑하니 뚫려 있는 공간이다. 격선문 앞에 의자와 탁자들이 놓여 있다. 벽 위에 '일진부도一塵不到'라는 편액이 걸려 있다. 아래에는 '未必玄關別名教, 須知書戶孕江山'이라는 대련이 붙어 있다. 먼지하나 티끌 하나도 범접하지 못하는 곳이고, 또 이곳이 선승들이 깨달음을 얻는 문턱과 같지만 굳이 세상 이치를 멀리할 이유도 없고 다만 멀리 강과 산이 다 보이니 그것으로 충분하다는 이야기다. 서위다운 문구다. 한편에는 문방사우들이 놓여 있다. 그가 쓰던 것인지는 알 수가 없다. 벽에는 유리로 방벽을 쳐놓고 그 안에 서위의 그림들이 진열되어 있다. 화첩에서 익숙한 그림들이다. 〈모란초석도牧丹蕉石圖〉도 있고 〈유실도榴實圖〉와 〈포도도葡萄圖〉 등이 보인다. 모두 사본일 것이다. 뒤편에는 조그만 후원이 있다. 우물도 있다. 공간이 너무 좁고 쓸쓸하다.

발길을 돌린다. 나오면서 우리는 이백의 시를 쓴 탁본을 하나 구입한다. 기념품이다. 살아 생전에 그는 스스로 그의 글씨를 첫손으로 꼽고 다음을 시와 문이 괜찮다고 생각하였다. 그림이나 음악 등은 별로 대단한 것으로 여기지를 않았다. 참으로 모순이 느껴진다. 지금은 단연 그의 그림들을 첫손에 꼽고 희곡도 인정을 받고 있으니 시대의 비극인가.

서위의 묘는 회계산 자락 목책산木柵山이라 불리는 구릉지대에 위치하고 있다. 가는 길목에 그 유명한 난정이 있어 잠깐 둘러보기로 한다. 관광지 냄새가 난다. 사람들은 그렇게 많지는 않았지만 너른 주차장도 만들어 놓았고, 주위에 상가들이 조성되어 기념품을 팔며 호객을 하고 있었다. 전체적으로 근래 정비를 해놓은 것이 틀림없다.

난정은 동진의 왕희지王羲之(307~65)가 쓴 행서 난정서蘭亭序에 유래한다. 서예사상 최고의 걸작으로 꼽히는 작품이다. 그가 우군내사로 재직중이던 영화 9년(353) 늦봄에 41명의 이름난 사람들이 난정蘭亭에서 있었던 유상곡수流觴曲水의 연회에 참석하였다. 철 따라 지내는 풍습으로 흐르는 물에 술잔을 띄워 즐기는 그런 모임이었다. 그들이 지은 시들을 모아 왕희지는 서두에 서문을 쓰니 바로 난정서蘭亭序다. 내 서재에는 난정서 탁본이 하나 걸려 있다. 서체가 날아갈 듯 날렵하고 막힘이 없다. 부드러움과 우아함이 넘쳐난다. 품격이 높게 느껴지는 그런 글씨다. 전서 예서 해서와 달리 행초에서 이런 작품을 만나기는 쉽지가 않다.

하지만 지금껏 내려오는 난정서 글씨가 진본인지는 아무도 모른다. 첫째로는 왕희지의 글씨를 사랑한 당태종이 살아 생전에 그의 글씨를 모조리 수집하고 죽을 때 무덤으로 함께 가져갔기 때문이다. 현재 내려오는 작품들은 대개 비문 등에 그의 글자를 집자한 것들이다. 둘째로는 난정서가 너무 유명한 나머지 후인들의 모작이 대단히 많다는 점이다. 명필로 손꼽히는 저수량褚遂良(596~658)이나 우세남虞世南(558~638) 등을 포함한 무수한 사람들

서위의 묘

이 그의 글씨를 모방하여 작품을 만들었기 때문이다.

특이하게 눈길을 끄는 것은 팔각정 안에 거대한 비석이 보이는데 바로 청나라 강희제가 직접 쓴 난정서다. 황제도 그의 글씨를 흠모하여 임모臨摹한 것이다. 건륭제의 활달한 글씨도 보인다. 한편에 글씨들을 모아놓은 서각이 나오는데 기다란 양쪽 벽이 온통 글씨들이다. 중국 여행을 하며 언제나 질리는 것이 석벽에 새겨놓은 글씨들이다. 헤아릴 수 없이 수많은 글씨들이 우리의 머리를 어지럽게 하는 것이다. 강희제의 글씨 말고도 앞서 말한 명필들의 난정서도 새겨져 있다. 서각 옆으로 더 올라가면 개울이 나오고, 개울을 건너면 탁 트인 조그만 호수가 나온다. 초가집도 가운데에 떠 있다. 정경이 아름답다. 마음을 시원스럽게 하니 엉성하게 조성한 난정보다 훨씬 편하고 좋다.

서위의 묘소는 야트막한 구릉 사이에 위치하고 있다. 타고 온 택시 기사는 서위의 묘를 처음 듣는다고 한다. 한참이나 헤맨다. 길가에 차를 세워놓고 우리는 시골 좁은 길을 걸어간다. 돌아갈 길이 막막하니 기사에게 돈을 많이 얹어 줄 것을 약속한 터다. 조그만 산이라 할까 아니면 구릉이라 할까, 주위에는 온통 차밭이다. 길은 마냥 울퉁불퉁하다. 도중에 수레를 끄는 남정네와 아낙을 만난다. 사람들이 수레를 끌다니. 수레 위에 옥수수 대와 나무들이 한껏 쌓여 있다. 움푹 패인 길에 빠지자 나오지를 못하고 쩔쩔 맨다. 우리가 도와준다. 고생에 찌든 얼굴들에 고맙다는 웃음이 환하다.

서위의 묘를 가리키는 팻말 같은 것은 아무 것도 없다. 한참을 걸으니 대나무 숲 안에 초라한 집이 하나 나타나고 표를 파는 곳이 나온다. 허허. 누가 찾아온다고 표를 파나. 인민복을 입은 영감이 조그만 걸상에 앉아 있다가 무표정한 얼굴로 문을 열어준다. 묘역에는 무덤들이 여럿이다. 서위 집안 사람들이 묻힌 곳이기 때문이다. 서위의 묘는 제법 멋을 내며 포장된 길을 굽어 따라가면 나온다. 전면에 '明徐文長先生墓'라고 쓰인 비석이 나온다. 초라하다. 그래도 바닥은 석판을 깔아놓았다. 돌로 쌓은 사각 기단이 둘러치고 그 안과 위로 그의 봉분이 놓여 있다. 무덤 위에는 고사리, 조릿대 등 잡초들이 무성하다. 주위에는 방죽이 심어져 있고 파초도 보인다. 모두 그가 좋아하던 나무들이다.

서위는 서자 출생이다. 자는 문장文長이다. 태어나자마자 백일도 안되어 부친을 여읜다. 고모 밑에서 성장한 그는 어려서부터 천부적 재능을 나타낸다. 20세에 향시에 합격하여 수재秀才가 되고 반씨潘氏와 결혼을 한다. 이때까지가 가장 행복하였던 시절이다. 집안의 기둥이었던 맏형이 죽자 가세는 몰락하고 불행하게도 26세 되던 해에는 사랑하던 처까지 잃는다. 대과에 해당되는 과거에는 운이 없어 41세까지 무려 8번이나 응시하지만 번번이 뜻을 이루지 못한다.

37세에 왜구를 토벌하고 있던 호종헌胡宗憲의 막부로 들어가 많은 공을 세우고 신임을 얻는다. 호종헌 덕분에 이름도 날리게 되고 그의 배려로 새집도 장만한다. 그러나 호종헌이 1565년 권력의 다툼 중에 옥에 갇히고 자살까지 하게 되자 서위는 자기에게도 해가 닥칠까 두려워하여 정신이상이 오게 된다. 스스로를 자해하여 죽음의 위기도 겪다가 급기야 후처인 장씨를 살해하게 된다. 이로 인해 7년간의 옥살이를 하고 친지들의 도움으로 풀려 나게 된다. 그의 나이 52세였다. 이후 십여 년간은 유람이나 시문을 짓거나 그림을 그리며 보내는 순탄한 생활을 한다. 나머지 십년간은 고향에서 제자들을 가르치며 그림을 그리며 지낸다.

"그의 내심과 사상은 여전히 복잡하고 모순적이었으며, 이는 때때로 '제멋대로이면서 황당한' 그의 성격으로 표현되어 나타났다. 그는 세상의 불합리한 모든 것에 분개하고 증오하였으며, 자신의 재능을 믿고 남을 업신여기는가 하면, 상당히 괴팍하면서도 집요하여 좀처럼 예법에 구속되는 법이 없었다. 그는 거나하게 술을 마시는 것을 즐겼으며, 또 돈있고 권세있는 자들을 매우 싫어하였다고 전해진다"[81]

현실 속에서 겉으로 드러난 그의 삶이 어떠하였든 간에 우리는 그의 그림들을 사랑한다. 반 고흐가 괴팍하여 고갱과 결별하고 스스로 그의 귀를 자르다 못해 나중에 권총으로 자살하였다 하더라도 우리는 그의 〈해바라기〉를 사랑하며 그의 자화상을 이해한다. 서문장도 마찬가지다. 정상인들이 보기에 그는 광인에 가까웠으나, 그가 보기에는 아마도 보통의 사람들이 이해가 되지 않았을지도 모른다. 팔대산인도 그러하지 않았던가.

남경박물원이 소장하고 있는 그의 또 다른 두루마리 그림인 〈잡화권雜花卷〉을 보자. 포도열매가 달린 포도 줄기가 2미터도 넘게 그려져 있다. 마구 휘갈긴 붓인가. 아니면 미쳐서 휘두른

81 | 서위 정품화집精品畵集, 서위의 삶과 예술, 단국강單國强, 천진인민출판사天津人民美術出版社.

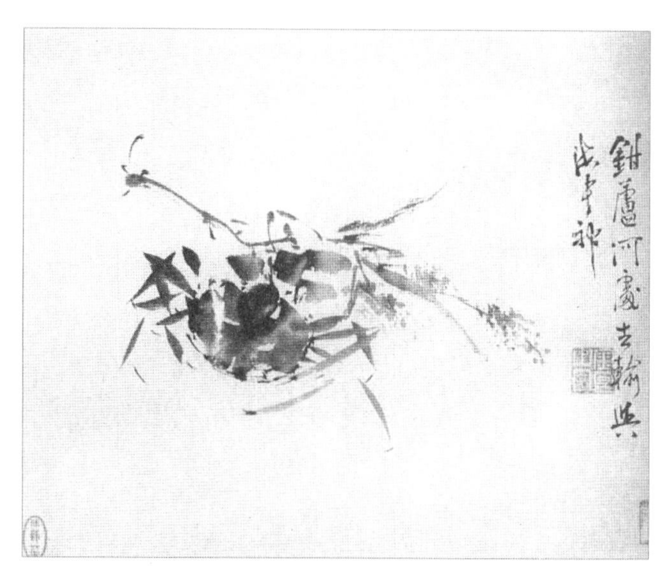

서위 게그림

것인가. 그도 아니면 정신을 차렸으되 도저히 이렇게 밖에 그릴 수 없었던가. 적묵積墨으로 먹의 농담을 구별지었지만 바탕의 붓은 건필이다. 붓의 획 하나마다 강렬한 힘과 열정이 느껴진다. 무한대의 힘이 솟구치고 있는 것 같다. 파열된 석류도 마찬가지다. 선보다는 면으로 처리된 묵의 질편함이 강한 생명력으로 넘쳐난다.

어디 그뿐인가. 고궁박물원 소장인 〈묵화구단권墨花九段卷〉의 그림들은 또 어떠한가. 세죽과 난, 그리고 수선화, 바위에 걸터앉아 피어난 매화 등등 선으로 이루어진 그림의 대상들은 그 섬세함에 가슴이 시릴 정도다. 섬세하면서도 매듭이 지어지는 강단이 보인다. 아무나 그릴 수 있는 것이 아니다. 그는 참게를 즐겨 그렸는데 붓 몇 점만 찍어놓은 것 같은데도 모양이 절묘하다. 천재의 손길이 아닐 수 없다. 후에 오로지 제백석만이 이 정도

수준으로 따라갈 수 있었던 그림들이다. 채색을 전혀 하지 않고 오로지 흑과 백만이 어우러진 묵으로 이러한 형상들에 도달할 수 있다니 믿어지지 않는다.

양주팔괴의 한 사람인 정판교가 지적하였듯이 '서문장 선생은 여윈 붓(수필瘦筆), 깨어진 붓(파필破筆), 마른 붓(조필燥筆), 끊어진 붓(단필斷筆)' 등으로 그렸다 하니 이미 기법에 있어서도 새로운 경지를 개척한 것이다. 그렇다고 어디 기법만일까. 그의 붓 한 획마다 그의 삶이 아프게 묻어 있는 것을! 하늘이 가엾게 여겨 그에게 아프기만 한 삶을 곱게 씻어줄 솜씨를 베풀어주었을 것이다. 서위가 이룩한 사의화의 위대한 전통은 청초의 양주팔괴를 거쳐 근대 중국에 이르러 오창석吳昌碩(1844~1933)과 제백석齊白石(1864~1957)에 전해진다.

이 글의 앞부분에서 팔대산인을 쓰며 이미 이야기를 한 적이 있지만 한 세기를 풍미한 제백석은 서위를 존숭한 나머지 죽어서라도 강아지가 되어 서위 집 앞을 왔다갔다 했으면 좋겠다 했다. 어찌 제백석만 그런 감정이겠는가.

우리는 그의 위대한 예술정신을 기리고자 이곳까지 찾아온 나그네들이다. 주위에는 아무도 없다. 뜨거운 해만 내리쬐고 있다. 햇살이 아프다. 묘 앞에 갓 심은 소나무 두 그루도 지지목을 기대며 아픈 듯이 서 있다. 틀림없이 그의 육신이 눈 앞에 누워 있을 것이다. 그리고 아직도 파란 불꽃을 이글거리는 그의 영혼이 오래 만에 찾아온 후인들을 위해 웃음을 짓고 있을 것이다. 우리는 가져온 이과두주를 잔에 따르고 절을 올린다. 죽은 넋이라도 편안함을 빈다.